Scarlet
스칼렛

Scarlet

스칼렛

지금부터
방송불가!

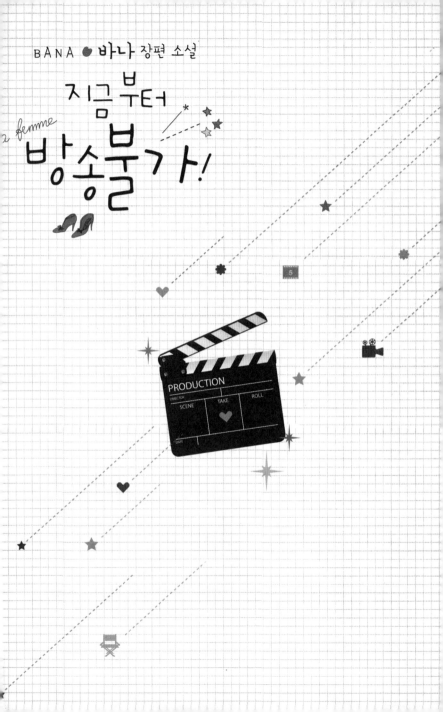

contents

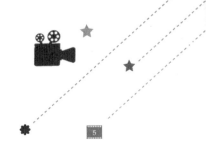

프롤로그

잠에서 깬 영희는 기분이 이상했다.

우선 눈앞에 보이는 천장이 낯설었고 등살에 닿는 이불의 감촉이 지나치게 푹신했다. 그리고 무엇보다, 지금 자신의 왼쪽 시야 끝을 대부분 차지하고 있는 살색 덩어리…… 그렇다. 저것은 덩어리일 것이다. 살이 아닌, 살색 덩어리여야 한다. 어쨌건 그 언뜻 보기에도 꽤나 탄력 있어 뵈는 살색 덩어리가 무지하게 낯설었다.

'뭐, 뭐지……?'

침을 꼴깍 삼키고 고민에 빠졌다. 지금 고개를 왼쪽으로 지그시 돌려 저 살색 덩어리의 정체를 확인해야 하는가, 아니면 그 존재를 무시하고 오른쪽으로 몸을 한 바퀴 반을 굴려 조용히 일어나 최대한 신속히 이 방을 빠져나가야 하는 것인가…….

그 때 영희는 무언가 허전함을 느끼고 덮고 있던 보송보송한 이불을 슬쩍 들춰봤다.

'아아악!'

벗. 고. 있. 었. 다!

그것도 실오라기 하나 걸치지 않은 완벽한 태초의 모습 그대로!!

터져 나오려는 비명을 입속으로 꾸역꾸역 밀어 삼키며 영희는 다시 한 번 생각했다. 낯선 방, 올 나체, 그리고 옆에 누워 있는 탄탄한 남자의 가슴팍…… 가슴팍. 그래, 저것은 아무리 봐도 남자의 가슴팍이다. 저 완벽한 대흉근이라니, 저것은 절대 A컵이니 B컵 따위와는 차원이 다른 상남자의 가슴근육이 분명하다.

'드디어 내가 사고를 친 건가? 그럼 이……이놈은 누구지?'

영희는 필사적으로 눈동자를 굴려가며 어젯밤 상황을 떠올렸다. 분명 회사 사람들과 술을 퍼마시고…… 퍼마시고…… 퍼마시고……. 이런 제길슨! 퍼마신 기억밖에 없잖아?!

직접 머릿속으로 들어가서 어제의 기억을 삽으로라도 퍼 올리고 싶은 심정이었다. 그렇지 않고서는 한 침대 위에 실오라기 하나 걸치지 않고 버젓이 누워 있는, 저 가슴근육만으로 미친 관능미를 폭발시키고 있는 남자의 정체에 대해선 절대 알 수 있는 방법이 없…… 아니지, 사실 짐작 가는 놈이 있긴 하다.

'헉! 안 돼! 그놈이어선 절대 안 돼! 아니, 그놈만이 아니라 어떤 놈이어서도 안 돼!! 젠장! 도대체 무슨 짓을 한 거야. 나??'

고개를 들어서 얼굴을 확인하는 방법이 가장 쉬운 방법이지만 그럴 용기가 나지 않았다. 할 수 없이 알코올에 젖어 툭툭 끊어진 필름 사이를 편집기술로 재생해내려는 눈물겨운 노력을 거듭하고 있을 때였다.

"으음……."

그때 옆에 누워 있던 남자가 나직한 한숨을 쉬면서 몸을 뒤척였다. 그 움직임에 흠칫 놀란 영희는 순간적으로 고개를 쳐들었다. 그리고,

"아아악—!"

영희의 비명 소리가 넓은 객실을 쩌렁쩌렁 울렸다. 그 비명 소리에 놀란 남자가 눈을 번쩍 뜨더니 벌떡 일어나서 주위를 황급히 둘러봤다.

이윽고 사자 머리를 하고 비명을 지르던 영희와 그가 눈이 마주쳤다.

"선배……?"

역시, 그는 성현이었다.

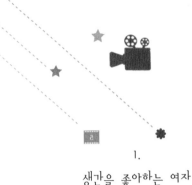

1.
생간을 좋아하는 여자

'저건 여자도 아니야!'

성현은 다시 한 번 생각했다.

저건 여자여도 안 되고, 심지어 자신의 사수는 더더욱 아니었어야 했다. 왜냐면, 30분 전 자신의 사수로 소개받은 저 여자는 전화기를 붙잡고 쩍벌남 저리 가라로 다리를 쩍 벌리고 앉아 자신의 머리를 득득 긁고 있었기 때문이다. 초면에, 여자가! 더구나 저 더럽기 짝이 없어 보이는 볼펜으로!

거기다 저 촌스러운 쌀부대 같은 야상에 낡은 청바지를 입고 머리도 대충 묶어 잔머리가 사방으로 튀어나와 있었다. 그리고 묶은 머리임에도 충분히 느껴지는 오일리함……. 조금만 더 발전시키면 저 머리에서 기름이 솟아나는 기적을 볼 수 있을 것만 같다.

"그러니까 아저씨, 그 차는 우리가 먼저 수배한 거라니까요? 상도덕 몰라요, 상도덕? 아, 진짜 오늘 기분도 더럽게 텁텁하고 구질구질한데 짜증나게……."

이젠 쩍벌남에서 일수수첩을 옆구리에 낀 채 침을 찍찍 뱉고 다니는 주먹계로 넘어가는 중이다.

"자꾸 이러시면 현피 뜹니다! 찾아간다고요, 내가!!"

여자는 버럭 소리를 내지르며 이번엔 볼펜이 아니라 제 손으로 머리를 마구 긁어댔다. 까치가 열심히 나뭇가지를 주워 모아 방금 막 완성한 새집마냥 잔뜩 헝클어져 부풀어 오른 머리를 본 성현의 표정은 똥이라도 씹은 것처럼 구겨졌다.

'안 되겠어.'

마침내 성현은 다짐했다.

직장을 그만두더라도 저 더러운 여자와 같이 일할 수는 없었다. 지금 저 여자가 사수인 상황만 벗어날 수 있다면 히말라야 14좌 완등 다큐를 찍는 팀이라고 하더라도 만면에 웃음을 띠고 따라갈 수 있을 것 같았다.

"어? 화장실 가요?"

슬쩍 일어나는 성현을 보고 방금 전화기를 부숴버릴 듯 내려놓은 여자가 물었다. 그 여자의 부풀어서 엉켜 있는 한쪽 머리를 보던 성현은 눈살을 찌푸리며 대강 끄덕거렸다.

"후딱 갔다 와요. 차량 섭외됐으니까."

여자는 그 말만 하곤 휙 몸을 돌려 또다시 어딘가로 전화를 해댔다. 착잡한 표정으로 문을 나서려는데 뒤에서 거나한 트림 소리가 울렸다.

"끅, 짜장면은 소화가 드럽게 안 된다니까."

중얼거리는 여자의 목소리를 들으며 성현은 기획실 문을 조용히 닫고 나왔다. 기분이 좋지 않았다. 이 느낌은, 아주 기분 나쁜 트라우마를 떠오르게 했다. 바로 세 달 전까지 뫼비우스의 띠처럼 계속 이어졌던 지긋지긋한 트라우마.

'······이거 위험한데?

화장실에서 거울을 보던 성현은 지금 자신이 처한 상황의 심각성을 깨달았다. 지금 당장 저 여자에게서 벗어나지 못한다면 아주 안 좋은 상황에 몰릴 것 같다는 기분 나쁜 예감이 척추를 타고 스멀스멀 기어 올라왔다.

성현은 빠르게 화장실을 빠져나왔다. 당장 데스크실로 가서 부장님을 만나 팀을 옮겨주지 않는다면 사표도 불사할 생각이라고 말할 작정이었다.

"어? 성현 씨 길치였어? 그쪽이 아니라 이쪽인데."

화장실 근처에서 서성대고 있었는지 갑자기 나타난 여자가 먹잇감을 낚아채듯 그의 팔을 홱 잡아끌었다.

"바로 나가야 돼서 내가 자기 짐도 가지고 나왔어. 성현 씨, 스물여덟이랬지?"

자기 생각을 간파당한 것인가 당혹감을 느끼고 있는 성현에게 여자가 빙긋 웃으며 말했다.

"아홉입니다."

"난 서른하나야. 그리고 내가 4년 선배인 거 알지? 그러니까 말 놓을게. 자 이거 들고 빨랑 달려가서 차에 시동 건다. 실시!"

여자가 어깨에 메고 있던 성현의 가방을 던지듯 떠안기고 차키를 쑥 내밀었다.

"······네?"

눈앞의 차키를 성현이 멀뚱히 보고만 있자 이내 벼락같은 명령이 떨어졌다.

"귀 먹었냐? 당장 차 빼오라고!"

"네, 넷!"

엉거주춤 들고 있던 가방과 차키를 움켜쥐고 성현은 미친 듯이 달리기 시작했다. AD생활 2년차에게 PD의, 더구나 직통사수의 명령이란 생각보다 몸이 먼저 반응해버리는 절대 주문 같은 것이었다.

정신없이 달려서 배치된 차에 키를 꽂고 시동을 걸어 후진으로 빼내자 그 여자가 태연한 얼굴로 옆 좌석에 올라탔다.

"촬영장 알지? 고!!"

여자는 전방을 가리키며 힘차게 외쳤다. 명령대로 여자의 손가락 방향에 따라 착실하게 핸들을 이리저리 꺾다가 세 번째 신호가 걸릴 때쯤 성현의 머릿속으로 의문 한 줄기가 스쳐 지나갔다.

'내가 지금 뭘 하는 거야?'

"옴마? 저 녹음처럼 푸릇탱탱 싱그러운 남자는 누구야? 연기자인 줄 알았는데 스탭이었어?"

메인 작가 유진이 눈을 가늘게 뜨고 새로 온 AD를 탐욕스럽게 훑었다. 위아래로 훑고, 좌우로 훑고, 대각선으로 훑어 나갔다. 하긴 저 싱싱한 젊은 놈은 확실히 훌륭하기 짝이 없는 비주얼을 가졌다.

쭉 뻗은 큰 키에 모성애가 들끓어 오르게 하는 조막만한 얼굴, 손이 절로 갈 듯한 부드러워 보이는 머릿결, 치노팬츠 아래로 드러난 섬세한 발목, 거기에다 떡 벌어진 어깨와 캐주얼한 네이비 셔츠 소매 아래 보이는 팔뚝에 솟은 남성미 넘치는 힘줄까지!

"황 작가. 그 끈적한 눈길 좀 어떻게 하라고 몇 번 말해? 좀 어리고 잘생긴 남자 볼 때마다 그게 뭐야? 지금 무슨 생선이라도 골라?"

양 피디가 쯧쯧, 거리며 혀를 찼다.

"음머? 내가 언제??"

발끈해서는 뱁새눈을 치켜뜬 것도 잠시, 그녀의 시선은 다시 성현에게 자석처럼 착 달라붙었다. 본래 본능은 이성을 압도하는 법이다.

"정말 보면 볼수록 예술적인 비주얼이다. 와……."

유진이 감탄 어린 표정으로 고개를 설레설레 저었다.

"떠들 시간 없어! 5시까지 다 끝내야 돼. 빨리빨리!"

영희가 크게 소리치며 촬영장을 활보했다.

조명 세팅됐는지, 오디오 이상 없는지, 붐대 잘 올라가 있는지, 조명판 상태 괜찮은지 등등 빠짐없이 체크하며 에너자이저처럼 쉴 새 없이 돌아다니는 영희 뒤를 성현이 따라다녔다. 힐끗 보니 그들의 좌장인 메인피디 석 피디는 느긋하게 담배를 물고 앉아 카메라감독과 농담 따먹기를 하고 있었다.

"도현아, 여기! 이거 상표 가려라!"

영희의 말에 멀리 있던 막내작가 도현이 한걸음에 달려와서 음료수 병의 상호를 검정색 테이프로 가렸다.

"한정운 왔어?"

영희가 빠르게 걸으며 뒤도 돌아보지 않고 성현에게 물었다.

"네. 방금 전에 통화해보니 아까부터 와 있다고 합니다."

"다른 사람들은?"

"다 왔는데 정봉석만 아직입니다. 거의 다 왔다고 했는……."

"그 인간 또야?!"

영희가 짜증스러운 표정으로 머리를 사정없이 북북 긁어댔다. 그 격렬한 액션에 움찔 놀란 성현이 저도 모르게 한 발짝 뒤로 물러섰다.

"당장 전화해서 10분 안에 안 나타나면 이번 녹화에서 빼고 그래! 하루 이틀도 아니고 정신상태가 아주 글러먹었어!"

"알겠습니다!"

성현이 급히 휴대폰을 빼들며 밖으로 나갔다. 다 와 간다는 말을 거의 한 시간째 하고 있는 정봉석에게 PD의 말을 고대로 전하고, 다시 촬영지로 섭외된 고깃집 안으로 들어갔다.

"오늘 회식 분위기로 오프닝 한다고 했는데 테이블 위에 아무것도 없으면 어떡해?! 고기랑 상추, 마늘 배치해. 김 팀장님! 여기 조명 너무 밝아요. 조금만 낮춰줘요. 얼굴이 달덩이마냥 덩실 뜨겠네. 막내야! 소품 체크 끝났니?"

속사포 랩을 하듯 영희의 입에서 지침이 쏟아지자 스탭들은 숙련된 운동부원들처럼 일사분란하게 움직이며 오케이를 외쳐댔다. 성현은 뒤에서 영희를 찬찬히 훑어봤다. 아무리 봐도 티끌만큼도 신경 쓰고 있지 않은 듯한 패션. 통통한 체형에 대충 눌러쓴 야구모자. 얼굴 생김 자체는 나쁘지 않은 것 같은데 저렇게 테러 수준으로 꾸미지 않고 있으니 여자다움이라곤 전혀 느껴지지 않았다.

"아!"

영희가 갑자기 돌아보자 성현은 마치 자기 생각을 들킨 것 같아 움찔했다.

"환영회 해야지? 오늘 끝나고 해줄게."

성현의 얼굴이 확 굳었다. 대충 빠져나가려고 했는데 환영회까지 해 버리면 그럴 기회가 없어져 버리지 않는가. 절대 반갑지 않은 소리다.

"아니 뭐 그럴 필요는……."

"아니지. 그래도 이제 한솥밥 먹는 한 식군데 해야지. 자네, 곱창 좋아하나?"

대충 빠져나가려는 성현의 말을 끊고 영희가 중년의 배 나온 과장 아저씨 같은 말투로 물었다.

"곱창……은 좋아하지만……."

거짓말이다. 사실 남의 내장 따위, 더구나 소나 돼지의 내장 따위를 먹는 걸 즐길 리가 없지 않은가! 그런 야만적인 음식 따위 줘도 안 먹는다는 게 솔직한 심정이었지만 사회생활 경험상 싫은 것도 좋은 척하며 먹는 스킬이 생겼을 뿐이다.

"그럼 곱창이나 먹자. 오늘 제대로 달릴 준비하라고. 어엇! 봉남 씨!

그걸 그런 식으로 하면 어떡해요?!"

영희는 그 말을 외치며 또 어딘가로 후다닥 달려갔다. 봉남 씨인 듯한 남자가 멋쩍은 표정으로 뒷머리를 긁적이는 것이 보였다. 성현은 전장에서 병사들을 지휘하는 늠름한 장군 같은 영희를 착잡한 표정으로 바라봤다.

'젠장, 환영회라니…….'

어떻게든 튀어야 한다는 생각이 그의 머릿속을 뱅글뱅글 돌고 있었다. 그 때 한정운이 커다란 은색 챔피언 벨트가 달린 빨간색 쫄쫄이 복장을 하고 나타났다.

"안녕하십니까!"

"아, 정운 씨 왔어요?"

영희가 정운을 발견하고 잰걸음으로 다가갔다. 정운의 손에는 까만 플라스틱이 달린 빨간 헬멧이 들려 있었다.

"대본 보셨죠? 오늘은 회식 자리를 지키는 든보맨 컨셉인데요. 여기서부터 오프닝을 시작해서……."

성현은 큐시트를 들고 설명하는 영희의 말을 연신 끄덕거리며 듣고 있는 한정운을 바라보았다. 「든보맨」은 지구방위대 설정으로 5명의 멤버들이 말도 안 되는 미션이나 보통 사람들이 보기엔 하등 쓸데없는 일들을 하며 지구를 지키는 컨셉의 버라이어티 예능이었다.

보통 모든 멤버들을 인기 연예인으로 하지 않더라도 메인만은 일류 MC나 톱스타를 쓰는 다른 방송과는 달리, 석 피디는 제대로 된 고정패널 자리 하나 가지고 있지 않은 말 그대로 든보로 분류되는 예능인들만 모아다가 프로를 만들었다. 그런 무명들만 써서 한 달이나 가겠냐고 석 피디를 조롱하던 다른 피디들은 불과 1년 만에 최고 인기 예능프로로 자리 잡은 「든보맨」에 경악했다.

멤버들은 몇 년 사이 몸값이 천정부지로 치솟았고 그중에서도 리더를 맡은 한정운은 특유의 성실한 이미지와 변하지 않는 방송에 대한 열정으로 국민MC 대열에 끼게 되었다.

"인사해요, 정운 씨. 우리 새로 온 조연출이야."

영희가 성현 앞으로 한정운을 데려와서 소개했다.

"윤성현이라고 합니다."

"반갑습니다! 한정운입니다!"

한정운이 깊이 고개를 숙이며 인사를 하자 당황한 성현이 더 아래로 머리를 숙였다.

"하하하! 머리가 땅에 닿으시겠어요! 앞으로 잘 부탁드립니다!"

한정운이 너스레를 떨며 악수를 청했다. 다른 스탭들에게도 인사를 하러 가는 한정운을 보며 성현이 슬쩍 카메라 감독에게 중얼거렸다.

"헛소문이 아니었군요. 그렇게 겸손하다더니……."

"그렇지. 우리 석 피디가 사람 하나 아주 잘 키웠어. 석 피디가 보기에는 나무늘보같이 맨날 퍼질러 있는 것 같지만 꽤 예리해. 보는 눈이 아주 날카롭다니까."

빙긋이 웃는 카메라 감독을 보며 성현은 주위를 둘러보았다.

"성현아! 여기!"

"네!"

영희의 외침 소리에 성현이 반사적으로 소리쳤다.

"새로 온 우리의 형제를 위하여!"

영희가 술잔을 높이 치켜들고 외쳤다. 결국 환영회를 빠져나가지 못한 성현은 겉으로는 웃고 있었지만 속은 뭉크 같은 절규를 토해내고 있었다.

"위하여!!"

이번에도 기합이 잘 들어간 운동부원들처럼 외치고 힘차게 건배했다.

곱창집에서 열린 회식은 외주팀까지 합세해서인지 초장부터 시끌벅적했다.

"성현 씨라고 했죠? 성현 씨. 연상 좋아해요?"

옆자리에 앉아서 의미심장한 미소를 띠고 어깨로 쿡쿡 찔러대는 유진 때문에 성현은 첫 잔부터 쏟을 뻔했다.

"연상이라. 뭐 나쁘진 않다고 생각합니다."

"정말? 나 연하 좋아하는데. 완전 딱이다, 딱! 그치? 아항항~"

물어보지도 않은 말을 하며 함박웃음을 지은 유진이 찡긋 윙크를 했다. 성현의 눈썹이 확 올라가자 영희가 유진의 얼굴을 사정없이 뒤로 밀어버렸다.

"얘는 왜 또 취하기도 전에 주정질이야? 성현아. 신고식이라고 생각해. 얘 특기니까."

오만상을 찡그린 유진이 휘청이던 몸을 바로 세우며 버럭거렸다.

"퉤퉤! 아유, 야! 더럽게 손가락을 얻다 들이밀어?! 퉤퉤퉤엣!!"

영희가 손으로 밀치면서 손가락 하나가 입안으로 들어간 모양이었다. 태연하게 손을 뗀 영희는 손가락에 질펀하게 묻은 침을 자기 청바지에 슥슥 닦고는 그 손으로 오이를 집어 들었다.

"어쨌든 다음 학기까지 잘 지내보자."

영희가 오이를 입에 물고 바로 몇 초 전에 침범벅이 되었던 손을 그대로 내밀며 당당하게 악수를 청했다. 미간을 바짝 좁힌 성현은 그 손을 잡을지 말지 잠시 동안 치열한 고민을 하다가 결국 그 손을 맞잡았다.

"잘 부탁드립니다."

"뭐야? 대장은 빼고 자기들끼리 인사하는 게 어딨어?"

카메라 감독이 있던 옆 테이블에 앉아 있던 석 피디가 의자에 엉덩이를 붙인 채 그대로 끌고 와 다가앉았다.

"선배가 저쪽 자리에 있었잖아요."

영희가 대수롭지 않게 초장을 듬뿍 찍은 오이를 아작아작 씹으며 말했다. 석 피디는 니가 그럴 줄 알았다는 표정으로 구시렁거리더니 성현에게 술병을 내밀었다.

"성현이라고 했냐? 한 잔 받아라."

석 피디가 따라주는 술을 성현이 정중하게 두 손으로 받았다.

"2년차 조연출이면 한창 개 같은 시절을 보낼 때겠군. 으으, 그때 생각하면 지금도 진저리가 쳐져."

양 피디가 술을 한 입에 털어 넣고 어깨를 부르르 떨었다. 영희는 자기 술잔을 채우며 말을 받았다.

"이 바닥에서 그 시절 안 겪은 사람이 어디 있어? 더러워도 참아야지."

"그래도 요즘 많이 나아지긴 했지. 성현이 넌 운이 좋은 줄 알아. 내가 조연출 땐 어땠는지 알아? 그 시절엔 감히 피디한테……."

기다렸다는 듯 여기저기서 조연출 시절 개고생담이 봇물 터지듯 터져 나왔다. 성현은 따라주는 술을 얌전히 받아 마시며 끊임없이 이어지는 그 시절의 눈물겨운 일화들을 듣고 있었다. 사실 이쪽 바닥에서 조연출 시절은 말 그대로 '개 같은' 시절이긴 했지만 어쨌거나 본인들은 말년병장도 넘어간 예비역 아닌가.

'식성도 딱 저 여자스럽군.'

성현이 미간을 찌푸리고 영희의 곱창 흡입을 바라봤다. 저 여자는 그야말로 곱창에 환장한 여자 같았다. 심지어는 불판에서 곱창이 익기도 전에 자기 입으로 가져가기도 했다.

"어? 선배. 그거 내 건데 왜 선배가 먹어요?"

"곱창에 이름표 달아놨냐? 니 거 내 거가 어딨어?"

영희의 분기 어린 말을 석 피디가 콧방귀로 응수했다.

"그건 내가 정확히 4번 반을 뒤집은 내 거란 말이에요! 우씨, 내 곱창 뺏어가면 내 전부를 뺏어가는 거라고 내가 몇 번을 말해?!"

"시끄럽고 이거나 먹어."

석 피디가 제 앞에 있던 큼직한 곱창을 집어서 입에 넣어주자 영희는 그제야 입을 다물었다. 그래도 분이 풀리지 않는지 곱창을 꾸역꾸역 씹으면서도 영희의 눈은 여전히 석 피디를 노려보고 있었다. 입가에 번들거리는 기름을 잔뜩 묻히고 곱창을 씹어대는 영희를 바라보고 있던 성현은 작게 한숨을 내쉬며 고개를 돌렸다.

옆에 앉아 있는 정 피디라는 여자는 소주잔을 다소곳하게 양손으로 잡고 홀짝이고 있었다. 어찌나 조용히 있는지 존재감이 아예 없을 정도였다.

"귀여운 막둥이도 왔는데 추잡하게 왜 이런대? 성현 씨는 라디오 쪽에 있었다고?"

유진이 콧소리를 잔뜩 섞어 다시 말을 걸어왔다.

"네. 라디오에서 1년 있다가 교양 쪽으로 옮겼습니다. 그다음에 예능 쪽으로 왔고요."

성현이 술잔을 만지작거리며 대답했다. 유진의 눈빛이 초롱초롱 호기심으로 빛났다.

"왜 옮긴 거야? 라디오가 생각하고 달라서?"

"아니 그런 건 아닙니다. 전 라디오 쪽도 흥미는 있었는데 인원문제인지 위에서 바꿨어요."

"그래? 보통 TV 쪽으로 넘어오려는 사람들이 많아서 성현 씨도 그런 타입인가 했는데. 그럼 교양 쪽에선 뭐 한 거야?"

"뭐가 그렇게 궁금해서 꼬치꼬치 캐물어? 앞으로 천천히 알아가면 되지. 신상 조사 하는 것도 아니고."

영희가 인상을 쓰며 끼어들었다.

'아니, 난 당신과 천천히 알아가고 싶지 않아.'

눈살을 찌푸린 성현이 마음속으로 외쳤다.

"아니이 난 그냥 궁금해서 그러지이……."

몸을 배배 꼬는 유진을 보며 석 피디가 코웃음을 쳤다.

"유진이 니가 궁금한 건 그거 아냐? 애인이 있는가, 없는가? 그럼 내가 대신 속 시원하게 물어봐주지. 우리 신입, 애인은 있나?"

"아뇨. 애인은……."

"어머? 없어? 왜? 왜 없어? 이렇게 잘생겼는데 왜??"

성현의 대답이 나오자마자 유진이 호들갑스럽게 얼굴을 들이밀며 질문을 해댔다.

"황 작가. 그게 무슨 말이야? 그럼 이 세상에 생존하는 잘생긴 남자들은 다 임자 있고, 못 생긴 남자들은 다 솔로게?"

"그래도 확률상 그렇잖아. 안 그래요?"

유진이 성현에게로 휙 시선을 돌리며 묻자 성현이 살짝 난처한 표정으로 술잔을 입술로 가져갔다.

"이쪽 계통에 있다 보면 저런 얼굴 흔하지 뭐. 아줌마! 여기 곱창 3인분 더 줘요!"

영희가 붉게 달아오르고 있는 제 목을 벅벅 긁으며 외쳤다.

'혼자 4인분은 족히 먹었겠구만. 또 먹어?'

당당하게 곱창을 주문하고 밑 빠진 독인 양 소주를 들이붓고 있는 모습에 성현의 눈살이 더 찌푸려졌다.

"정 피디, 술만 먹지 말고 안주 좀 먹어. 왜 맨날 술만 홀짝대고 있어?"

"소주가 얼마나 맛있는데요."

양 피디의 타박에 정 피디가 나른한 목소리로 말했다. 그녀가 소주를 바라보고 있는 표정에서 묘한 미소가 배어 나오자 절로 오싹해지는 기분이었다.

성현이 제 술잔을 급히 들이켰다. 맨정신으로는 도저히 버티기가 힘들었다. 곱창과 소주에 환장한 더러운 여자와 시종일관 끈끈한 시선을 보내는 말 많은 여자, 그리고 혼자 술 마시며 음침하게 웃고 있는 여자……. 여긴 자신이 절대 좋아할 수 없는 여자들만 모아놓은 소굴 같았다.

"이건 서비스!"

마침 주인아줌마가 서비스를 가져왔다. 영희는 발갛게 상기된 얼굴로 다가오는 아줌마를 뚫어지게 바라보더니 아줌마가 내미는 접시를 두 손으로 경건하게 받아들었다. 마치 불타는 사랑에 빠진 듯한 표정으로 접시 위를 바라보고 있던 영희가 그 위에 담긴 시뻘건 생간을 우적거리며 씹어먹기 시작했다.

"남의 살도 맛있지만 남의 내장도 참 맛있다니까."

"캬~ 김영희! 역시 넌 짐승스러워. 딱 내 타입이라니까? 영희는 이대로 사바나에 떨어뜨려도 새끼들 대여섯 포함해서 나 하나 정도는 거뜬히 사냥해서 먹여 살릴 것 같지 않아?"

양 피디가 엄지손가락을 추켜올리며 감탄의 눈빛을 보내자 영희가 헹, 하고 콧방귀를 뀌었다.

"내가 왜 당신을 먹여 살려? 이왕 먹여 살려야 한다면 늙은 수컷 말고 젊고 탱탱한 수컷 잡아다가 먹여 살리지."

"김영희 나이스!"

이번엔 유진이 깔깔거리며 엄지손가락을 치켜들었다.

입가에 묻은 벌건 것을 혀로 스윽 훑으며 히죽이 웃는 영희를 본 성현은 또다시 술을 급히 들이켰다.

"어쨌든 마리야. 결국 그거란 마리야. 조흔 프로그람을 만들며는, 조흔 반응이 나온다니까능?"

"알겠……다니까요?"

성현은 술에 취한 영희를 업고 필사의 힘으로 걷고 있었다. 2차로 간 노래방 소파 위에 대자로 뻗어 있는 영희만 남겨두고 썰물 빠지듯 빠져나간 동료들에게 분노가 치솟았다.

'예능 피디라고 아주 처음부터 끝까지 버라이어티하시구만. 술버릇까지 개망나니가 따로 없네, 젠장. 그나저나 이놈의 집은 도대체 언제까지 올라가야 나오는 거야?'

얼굴을 잔뜩 구기고 씩씩거리던 성현은 막내작가라던 남자가 문자로 보내준 영희의 집주소를 노려봤다. 원래 이 역할은 분명 이놈이 해온 것이었으리라. 무거운 짐짝을 떠넘기듯 후련한 얼굴로 잘 부탁한다던 막내 작가의 얼굴이 생각나 또 부아가 치밀었다.

택시에서 내려서 걷기 시작한 지 한참이 되었는데 도대체 서울 한복판에 어디서 이런 달동네가 나타났는지 구불구불한 오르막길과 계단을 아무리 올라도 지도 어플에 찍은 영희의 집은 나오지 않고 있었다.

"알게써? 조흔 프로그람을 만들며는……."

"아, 알았다니까요!"

고장 난 녹음기마냥 같은 소리를 반복하는 영희를 향해 성현이 버럭 소리를 쳤다.

"뭐라?"

축 늘어진 쭈꾸미처럼 성현의 등에 찰싹 달라붙어 있던 영희가 갑자기 고개를 번쩍 쳐들었다.

"이게 어디서 사수한테 앙탈이야?!"

"아야!"

성현은 사정없이 자신의 뒤통수를 철썩 후려친 영희 덕분에 하마터면 그대로 길바닥으로 고꾸라질 뻔했다.

"아, 가만히 좀 있어 봐요! 여기 나자빠지고 싶어요?!"

겨우 중심을 잡은 성현이 버럭거렸다.

"이게 또……!"

"아!!"

솥뚜껑 같은 영희의 손이 한 번 더 그의 뒤통수를 시원하게 후려갈겼다. 손이 크고 두툼해서 그런지 엄청 매웠다. 성현이 고개를 홱 돌려 영희를 노려보자, 영희도 살벌하게 눈을 부라렸다.

"뭐야? 할 말 있냐? 윤성현?"

"……아닙니다."

"그럼 조용히 걷도록. 반항하지 말고, 앙?"

이 무서운 여자는 만취상태에서도 자신이 반항하자마자 풀렸던 눈과 혀가 돌아오는 신기를 보여줬다. 성현은 투덜거리며 다시 오르막길을 걸어 올라가기 시작했다.

"……여긴가?"

헉헉거리며 주소와 대문을 번갈아 쳐다봤다. 영희의 집은 칠이 살짝 벗겨진 파란 대문의 오래된 단독주택이었다.

"김 피디님. 다 왔……."

성현은 말을 하다 자기 어깨에서 코를 골고 자고 있는 여자를 흘깃 쳐다보고 한숨을 쉬었다. 가만 생각해보니 오밤중에 문 열어주러 나온 식구에게 이상한 오해를 받을지도 모른단 생각이 들었다. 이 버라이어티한 여자가 애인이 있을 리가 없으니 이 기회에 얼씨구나 하며 코가 꿰일지도 모르는 일이다. 친구 한철이라는 녀석이 그런 식으로 술 먹고 뻗은 여자를 집까지 데려다 줬다가 그 집 서방으로 눌러앉게 된 전적이 있었다.

딩동, 딩동.

영희를 던져놓은 뒤 벨만 누르고 도망치는 건 아무래도 사수에 대한 예의가 아닌 것 같아서 성현은 할 수 없이 벨을 눌렀다.

'어차피 이 여자가 남의 등에 업혀 실려오는 일도 하루 이틀 일은 아

닌 것 같으니 뭐……. 그런데 왜 아무도 안 나와?'

집 안에서 인기척이 없자, 성현은 벨을 다시 한 번 눌렀다.

딩동딩동딩동.

여전히 묵묵부답이다. 아무도 없는 모양이었다. 다행이라고 생각하며 등을 흔들며 업혀 있는 영희를 불렀다.

"김 피디님, 다 왔어요. 일어나 보세요."

아무리 벨을 눌러도 나오지 않는 식구처럼, 영희 역시 아무리 흔들어도 대답이 없었다.

"다 왔다니까요? 일어나보시라고요. 김 피디님!"

어깨를 세차게 흔들자 마지못해 영희가 침 흘리는 얼굴을 들어올렸다. 그의 어깻죽지부터 주욱 늘어난 침에 기겁을 하는 순간 영희가 눈썹을 확 찌푸렸다.

"뭐야? 뭐가 이렇게 흔들…… 우웁……구웨에에에엑!"

쓰나미 같은 격한 토사물이 영희의 입에서 분출됐다. 성현의 눈에는 자신의 상반신에 쏟아지는 토사물이 슬로우모션으로 아주 느릿하게 움직이고 있었다. 툭, 하고 그의 이성의 끈이 끊어지는 소리가 들렸다.

그리고 그 순간 그의 뇌리 속엔 뜬금없게도 노란 얼굴의 심슨이 미국 국기를 펄럭이며 당당하게 외치고 있었다.

'충격과 공포를 보여주마, 이 그지 깽깽이들아!'

성현은 영희의 가방에서 찾은 열쇠로 대문을 열고 무작정 집 안으로 달려 들어갔다. 내팽개치듯 소파 위에 영희를 던져버리고 문이란 문은 죄다 벌컥벌컥 열어본 끝에 욕실을 발견해냈다. 파랗게 질린 얼굴로 끈끈한 토사물로 얼룩진 옷을 미친 듯이 벗어내며 욕실 안으로 뛰어 들어갔다.

쏴아아아아아아.

샤워기의 거센 물줄기가 온몸을 꼼꼼히 씻어 내리자 그제야 겨우 막혔던 숨이 하아, 하고 터져 나왔다.

차가운 물에 점차 제정신이 들자 욕실 안을 천천히 훑어봤다.

하나뿐인 칫솔, 대강 쑤셔 박혀 있는 낡은 수건들, 여기저기 영역 표시를 하듯 떨어져 있는 머리카락, 치약이 사방에 튀어 있는 더러운 거울…….

'젠장.'

성현은 침을 꿀꺽 삼키고는 바닥에 널브러져 있는 샴푸 통을 세게 눌러서 샴푸를 짜내 머리를 감았다. 그리고 결코 만지고 싶지 않은, 머리카락이 화석처럼 달라붙어 있는 하나뿐인 비누를 인상을 쓰고 주워들어선 거품을 내서 몸을 닦았다.

그리고 토사물 범벅이 된 자신의 옷도 비누로 벅벅 비벼서 빨았을 때, 아차 싶은 생각이 머릿속을 관통하며 지나갔다.

'이걸 빨아버리면 입을 옷이 없잖아?!'

오늘 처음 본 여자 사수의 집에서 나신으로 돌아다니란 말인가.

성현은 머릿속으로 시뮬레이션을 시작했다. 이 욕실을 보건대 이 집에 사는 건 영희 혼자인 것 같았다. 일단 다른 식구들을 만날 위험은 없으니 일단 안심이고……. 좀 전에 욕실을 찾으려고 문을 열어보다 언뜻 옷장처럼 보이는 것이 있던 게 기억이 났다. 지금 영희는 거실 소파 위에 쓰러져 자고 있으니 그 틈에 그 방으로 들어가 대충 맞는 옷을 빌려 입고 나오는 것이 최선의 방법이리라.

'제발 그동안 깨지나 말아라.'

성현이 비장하게 욕실 문 쪽으로 다가가는 순간, 갑자기 문이 발칵 열렸다.

"……!!"

영희였다.

산발한 머리로 인상을 찌푸리고 있는 그녀는 굳어 있는 나체의 성현은 본 체도 안 하고 욕실 안으로 성큼 들어섰다.

"비켜봐, 좀."

영희가 귀찮다는 듯 성현을 어깨로 밀치고 지나갔다. 그리고 곧, 등 뒤에서 변기를 부여잡고 영희가 내지르는 소리가 들렸다.

"우웨에에에에엑!"

얼굴이 흙빛이 되어 있는 성현의 머릿속으로 노란 얼굴에 눈이 툭 튀어나온 심슨이 알록달록한 국기를 펄럭이며 또다시 외쳤다.

'충격과 공포를 보여주마, 이 그지 깽깽이들아!'

냉동인간같이 굳어 있던 성현이 삐거덕거리며 움직인 것은, 토악질을 무사히 마친 영희가 변기 물을 내리고 비척거리며 욕실을 나간 다음이었다. 그대로 비틀비틀 걸어간 영희는 소파 위로 황소개구리처럼 부웅 점프해서 올라가더니 납작 누웠다.

"크어어어~"

집 안이 떠나가라 영희의 코 고는 소리가 울리자, 충격에서 벗어나지 못하고 공황상태에 빠져 있던 성현의 머릿속으로 실낱같은 희망이 한 줄기 지나갔다.

'……저렇게 취했는데 설마 기억하겠어?'

성현은 스스로를 안심시키고 하반신만 수건으로 겨우 가린 채 욕실에서 나왔다. 그리고 최대한 소리를 내지 않고 옷장이 있는 방으로 들어가 벽을 더듬거려 스위치를 찾았다. 스위치를 켜자 형광등이 부싯거리며 깜빡거리다 켜졌다.

일순 성현의 눈이 커졌다.

환해진 방 안은 놀랍도록 지저분했다. 침대와 옷장만 덜렁 놓여 있는 작은 방을 어떻게 이렇게 엉망진창으로 만들어놓을 수 있는지 신기할 정도로 너저분했다.

'아니 왜 침대 위에 밥상이 올라가 있는 거야?'

침대 위에 펼쳐져 있는 밥상 위엔 라면 면발이 달라붙어 있는 양은 냄비와 먹다 남은 김치 그릇이 올려져 있었다. 그리고 그 주변엔 각종 서적과 잡지 등이 널브러져 있었고, 바닥에는 구겨진 종이들과 돌돌 말린 휴지부터 과자봉지, 옷가지와 속옷, 말라비틀어진 과일 껍데기 등이 널려 있었다. 그야말로 처참한 광경이었다.

성현은 창백해진 얼굴로 쓰레기들을 밟지 않게 건너서 옷장 문을 열었다.

"으앗!"

옷장을 열자마자 산사태처럼 우르르 쏟아져 나온 옷더미에 놀라 성현은 저도 모르게 팔을 들어 올려 머리를 막았다. 쏟아진 옷더미는 침대 위 밥상까지 엎어버렸다.

성현은 낮게 욕설을 내뱉으며 바닥에 쏟아진 옷 중 헐렁해 보이는 셔츠와 트레이닝 바지를 입었다. 트레이닝 바지는 기장은 짧은데 품이 넉넉했다. 문득 입고 있는 빨간 티셔츠를 내려다보던 성현이 쿡, 하고 헛웃음을 지었다.

"……운명인가?"

티셔츠 한가운데 심슨 그림이 해맑게 삿대질을 하며 웃고 있었다.

번쩍 눈을 뜬 영희는 튕기듯 벌떡 일어나 시계를 확인했다.

8시 40분.

"이런!! 알람! 내 알람 어딨어?!"

깜짝 놀라 불을 뿜을 듯 소리치는 영희의 시야에 바닥에서 나뒹굴고 있는 휴대폰이 보였다. 잽싸게 집어 들었지만 휴대폰은 보기 좋게 방전되어 있었다. 급한 대로 세수할 때까지만이라도 충전을 시키려고 방 안으로 달려간 영희의 눈이 휘둥그레졌다.

"이, 이게 뭐야?!"

밤사이 우렁각시라도 왔다 간 것인지, 놀랍게도 그녀의 처참한 시궁창 같은 방이 번쩍거릴 정도로 깔끔하게 정리되어 있었다. 그저께 밤에 새벽까지 기획서 만들면서 먹은 라면상은 어디로 갔는지 사라져 있고, 침대 위의 이불보는 주름 하나 없이 단정하게 펴져 있었으며, 피사의 사탑처럼 쌓아 올려 있던 책들은 한쪽에 차곡 쌓여 있었다. 심지어 그 책들은 가나다순으로 정렬까지 되어 있었다. 방바닥에 나뒹굴던 수많은 쓰레기들은 다 어디로 간 것일까?

귀신에 홀린 듯한 표정으로 충전기에 휴대폰을 꽂고 둘러보다 늦은 게 생각이 나 욕실로 뛰어 들어갔다.

"더헉……!"

영희는 더더욱 큰 충격에 휩싸였다. 욕실 타일들이 목욕재계라도 한 듯 반질반질 윤이 나고, 거울에선 광채가 났으며, 수건들은 각 맞춰서 수납함에 들어가 있고, 샴푸 통을 비롯한 모든 통들은 일렬로 쭈르륵 늘어서 있었다.

어안이 벙벙한 표정으로 찬물을 틀어 격하게 세수를 한 뒤 다시 고개를 들어 둘러봤다. 똑같았다.

"술이 덜 깬 게 아니네??"

반질한 거울 속에서 부어터진 자신의 얼굴이 더욱더 선명하게 보였다. 도대체 지난밤에 무슨 일이 있었던 거지? 영희는 미간에 주름을 빡 세우고 기억을 더듬어봤지만 당최 하나도 기억이 나질 않았다. 분명 곱창집에서 회식을 했고, 2차를 간 것 같은데……. 기억은 거기서 툭 끊겨 있었다.

귀신이 곡할 노릇이었지만 곡할 땐 곡하더라도 우선 출근이 급했다. 바람같이 골목을 내려와 잽싸게 택시를 잡아탄 영희는 비실비실하게 충전이 된 휴대폰으로 급히 스마트폰 메신저를 열었다.

[막내야. 어제 네가 바래다줬지? 미안. 내가 기억이 안 나.]

착실한 도현답게 바로 답장이 왔다.

[아닌데요? 어제 새로 온 AD가 바래다줬어요.]

[진짜? 걔가 우리 집을 어떻게 알고?]

[주소는 제가 알려드렸어요.]

영희의 표정이 어두워졌다. 이럴 수가. 내심 만만한 막내이길 바랐는데 이거 꼬투리 잡히는 거 아냐?

'이름이 성현이라고 했던가?'

분명 어제 번호를 저장해놓은 기억이 있어서 서둘러 새로 등록된 친구 목록을 보니 '윤성현'이라는 세 글자가 떡하니 떠 있었다. 메시지를 보내려는데 마침 택시가 방송국에 도착했다. 영희가 택시에서 내려 부리나케 안으로 뛰어 들어갔다.

"어? 영희야!"

로비를 지나는데 익숙한 목소리가 뒤에서 날아들었다. 돌아보니 대학 때부터 친구인 슬비가 청설모마냥 폴짝거리며 달려왔다.

"너 요즘 왜 이렇게 연락이 안 돼? 비싼 얼굴 보기 힘들다, 야."

"말도 마. 눈코 뜰 새 없이 바쁘다. 나 지금 늦어서 들어가 봐야 되니까 나중에 얘기하자."

"아! 잠깐, 잠깐."

슬비가 매정하게 뒤돌아서는 영희의 옷깃을 잡아끌었다.

"너 왜 날 그렇게 애절하게 보냐? 돈 빌려달라고? 나 돈 없어."

단호하게 말한 영희의 팔뚝을 찰싹 때린 슬비가 눈썹을 찌푸리며 말했다.

"아니 그게 아니라! 물어볼 게 있어서 그래. 나 대박 정보 들었는데, 조연출 중에 모델남으로 소문난 애, 너네 팀으로 갔다며?"

"무슨 모델남? 아! 이번에 우리 새로 온 조연출 말하는 거야?"

영희가 팔을 문지르며 말하자 슬비가 눈을 반짝이며 끄덕거렸다.

"응. 걔! 나도 지나가다 언뜻 보기만 했었는데 웬만한 배우 뺨은 연타로 후려치게 생겼더라. 아주 그냥 삼삼하던데?"

슬비가 우스꽝스러울 정도로 한쪽 눈을 찡긋거리며 엄지손가락을 추켜세웠다.

"뭘 그렇게까지……. 그 정도는 아냐. 그런데 넌 무슨 드라마국에 있는 애가 예능조연출 얼굴까지 꿰고 있어?"

영희가 심드렁한 얼굴로 슬비가 잡고 있는 팔을 빼내더니 생각났다는 듯 말했다.

"아! 그러고 보니까 너야말로 그 누구냐, 그 인기 많다는 최뭐시기 피디랑 같이한다면서?"

"뭐? 우리 피디?! 인기 피디면 뭐해? 완전 악마가 따로 없는데!!"

슬비가 인상을 팍 썼다.

"피디계에 악마가 한둘이냐, 그리고 스타피디 되는 건 거의가 악마계열이지 뭐."

"몰라! 난 싫어! 악마보다는 너네 귀염둥이가 훨씬 낫지! 나 개 다음에 한번 보여주라, 응? 한 번마안~ 나 궁금하단 말이야아~"

키가 작은 슬비가 영희 팔을 부여잡고 대롱대롱 매달리고 있는데 뒤에서 천둥소리 같은 고함이 내리쳤다.

"이슬비! 빨리 안 와?!"

"으앗! 넵!!"

슬비가 깜짝 놀라선 목소리가 난 쪽으로 부리나케 달려갔다. 영희가 고개를 내밀고 보니 작은 슬비를 더욱 작아 보이게 만드는 키가 엄청 큰 남자가 서 있었다.

"저 남자가 그 최 피디인가 하는 남자인가 보군……. 어이구. 저 눈빛 봐라. 애 잡아먹겠네, 잡아먹겠어…… 쯧, 불쌍한 것."

팔짱을 끼고 서슬 퍼렇게 내려다보는 남자 아래에서 슬비의 작은 어깨가 더더욱 오그라들어선 고개도 들지 못하고 있었다. 그 모습이 조금 처연해 보이긴 했지만 회의시간이 임박한지라 영희는 잽싸게 걸음을 돌렸다.

"전 그냥 바래다주고 왔는데요?"

성현이 무슨 소리냐는 듯 멀뚱하게 쳐다보며 말했다. 성현을 편집실로 끌고 온 영희의 눈이 당혹스러움에 흔들렸다.

"으, 응? 너 아냐?"

"제가 왜 남의 집에서 청소를 합니까? 대문까지만 바래다주고 전 돌아왔어요. 김 피디님 술버릇 아닙니까?"

태연한 성현의 말에 영희가 끄덕거렸다.

"하긴 그러게……. 네가 우리 집을 청소해줄 이유는 없지. 근데 지금까진 그런 술버릇은 한 번도 발동된 적이 없었거든."

영희는 머리를 긁적이며 고개를 갸웃거렸다.

"할 말은 다 하신 겁니까?"

"아, 그래. 어쨌든 네가 바래다준 거면 고맙다. 우리 집 오르막길이라 많이 힘들었을 텐데……. 고생했지?"

성현의 어깨를 툭 치자 그가 별거 아니라는 듯 으쓱였다.

"뭐 그닥 고생까진 아니었어요."

"어쨌든 고마워. 이따 음료수나 살게! 그럼 회의실에서 보자!"

왠지 민망한 질문을 한 것 같아 뻘쭘해져서 서둘러 편집실을 빠져나온 영희가 중얼거렸다.

"거참 이상한 일이네……. 정말 새로운 술버릇이 생긴 건가?"

"뻔! 그건 너무 뻔~하지 않아? 다른 거 없어?"

회의실에선 영희가 화이트보드를 탕탕 치며 작가들을 닦달하고 있었다.

"엠티 컨셉으로 춘천에 보낼까요?"

"그건 작년에 했던 거잖아."

"또 보내죠, 뭐. 이번엔 양평이나 다른 데로……."

"죽을래?"

영희의 험악한 눈 부라림에 의견을 피력하던 작가가 다소곳이 눈을 내리깔았다. 영희의 매의 눈이 작가들을 지나쳐 회의 테이블 끝에 앉은 성현에게 꽂혔다.

"성현이 넌, 아이디어 없니?"

노트 위에 무언가 끄적거리던 성현이 고개를 들고 영희를 바라봤다.

"우리 프로 모니터 했을 거 아냐. 넌 뭐 이런 거 했으면 좋겠다 싶은 아이디어 없냐고."

갑자기 날아든 질문에 잠시 다른 사람들을 훑어보던 성현이 자세를 고쳐 앉자 영희는 호기롭게 팔짱을 끼며 등을 의자에 기댔다.

"제 생각엔……. 웬만한 건 지금까지 다 한 거 같은데요. 예전에 했던 걸 바꿔서 하는 건 어떨까요?"

"예를 들어 어떤?"

사내다운 포즈로 성현을 보고 있던 영희가 물었다.

"작년에 했던 특집 중에 농번기 특집 같은 의미 있는 것들 있었잖습니까. 그때 다음에 또 온다고 하고 클로징 했던 기억이 있는데 말로 그칠 게 아니라 올해 또 같은 곳에 가서 작년처럼 도와주고 게임도 하고 그러는 거죠. 그럼 약속을 지켰다는 이미지도 주고, 좋은 일이니까 일회성에 그치지 않은 모습을 보여 지속적으로 농촌에 관심도 줄 수 있고, 그때 반응 좋았던 것도 살릴 수 있을 테니 괜찮지 않을까요? 그리고……."

"계속해 봐."

영희가 등받이 깊숙이 몸을 기대고는 성마르게 볼펜을 휘휘 휘둘렀다. 성현이 잠시 생각하더니 말을 이었다.

"그리고 우리 프로는 다른 예능에 비해 메인피디부터 연출진이나 스탭들의 출연이 적어서 시청자와의 친밀도가 낮은 것 같아요. 다른 예능은 담당피디들을 전면에 내세워서 친밀도를 높이고, 연출진과 멤버들이 경쟁구도 같은 걸 만들어서 긴장감도 높이는 것이 일반화되어 있지 않습니까."

"……그렇긴 하지."

조용히 앉아 있던 정 피디가 중얼거리듯 동조했다. 이 사람도 있었던가, 하는 표정으로 정 피디를 보고 있던 성현이 계속 말해보라는 영희의 채근에 말을 이었다.

"그런데 우리는 메인피디가 '귀찮피디'라는 별명은 있지만 그 별명만큼이나 등장을 하지 않으니 시청자 입장에선 다른 예능에 비해 거리감을 가지고 있는 것 같습니다. 우선 메인피디의 노출을 늘리고 시청자가 친숙하게 만드는 것이 좋을 것 같아요."

성현의 말이 끝나자 영희가 볼펜으로 테이블을 톡톡 치더니 뒤에서 의자를 붙여놓고 얼굴에 신문지를 덮고 누워 있던 석 피디를 흔들었다.

"선배. 들었죠? 어때요?"

석 피디가 움찔거리더니 신문지를 치우고 누가 봐도 자다 깬 얼굴을 들어 올렸다.

"어어. 좋은데? 그걸로 가지."

"……정말 들었어요?"

영희가 눈을 가늘게 뜨고 의심스러운 시선을 보냈다.

"그럼. 들었지, 들었어."

석 피디는 매의 눈 같은 영희의 시선에는 아랑곳없이 까만 뿔테안경을 추켜올리며 태연히 그 시선을 받아냈다.

"좋아. 대장도 좋다고 했으니 이번 촬영부터 그걸 반영해서 진행하자. 농번기 특집도 다시 진행해 보고. 기태야. 작년에 갔던 데 다시 연락해 봐. 이장님께도 가능한지 연락드려 보고. 유진이는 애들이랑 세세한 거 아이디어 좀 짜보고. 작년이랑 똑같이 하면 안 하느니만 못해. 뭔가 색다른 거 생각해 봐."

영희의 명령이 떨어지자마자 기태는 전화기를 들고 일어서고 유진은 작가진을 데리고 따로 회의를 진행하기 시작했다. 영희는 두꺼운 파일 꾸러미를 챙겨들고 다시 신문지를 덮고 자려는 석 피디를 거칠게 일으켜선 밖으로 끌고 나갔다. 그 뒤를 양 피디와 정 피디도 총총 따랐다.

"김 피디님 엄청 깐깐한데 한 번에 오케이 받다니 대단한데요?"

옆에 있던 조연출 형미가 슬쩍 성현에게 말을 걸었다.

"그런가요?"

"네. 엔간해선 다시! 뻔해! 다시!를 외치시는데. 저도 아이디어 채택되기까지 세 달 이상은 걸렸었거든요."

영희를 흉내 내며 삿대질을 하는 형미를 보며 성현이 입꼬리를 추켜올렸다. 더럽고 술버릇도 고약한 여자지만 의외로 인재를 보는 눈은 있는 모양이다.

"저기 그런데, 저보다 나이도 많으신데 오빠라고 불러도 되죠?"

형미가 은근슬쩍 볼을 붉히며 말하고 있는데 나갔던 영희가 문을 발칵 열고 얼굴을 들이밀었다.

"윤성현, 나와!"

"네!"

성현이 벌떡 일어나서 가방을 메고 급히 나가는 것을 형미가 안타까운 눈으로 바라보고 있었다.

"지금 어디 가는 겁니까?"

꿔다 놓은 보릿자루마냥 조수석에 앉아 있던 성현이 운전하고 있는 영희를 슬쩍 보며 물었다. 그들이 탄 차는 어느새 서울을 벗어나고 있었다.

"너 납치 중이잖아. 내가 지금 남자가 많이 고프거든."

영희가 한쪽 입술 끝을 이죽거리며 말했다.

"……."

성현의 표정이 싸늘해지자 영희가 투덜거렸다.

"답사 간다. 사내놈이 그 정도로 겁먹어선 인상을 팍 쓰고 말이야."

"제가 언제 인상까지……. 그런 적 없어요."

성현이 어깨를 으쓱이자 영희가 눈을 가늘게 뜨고는 수첩을 던졌다.

"이거나 훑고 있어. 오늘 답사 갈 명단이니까. 원래 황 작가가 갔어야 되는데 오늘 회의가 길어질 것 같아서 우리가 가는 거야."

수첩에 적힌 곳들을 눈으로 훑는 사이 영희가 가방을 뒤적거려 햄버거와 콜라를 두 개씩 꺼냈다.

"먹어. 휴게소 들러서 먹을 시간 없으니까."

영희가 건네는 햄버거를 받아들고 포장을 벗기며 계속 수첩에 있는 글씨를 읽어 내려갔다.

"섬? 지금 섬에 가는 겁니까?"

"맞아. 답사할 시간이 오늘밖에 없으니까 후딱 해치워야 돼. 오늘 갔다 돌아오면 바로 밤새 편집해야 하거든. 그래도 작년에 한 번 했던 곳이라 좀 나을 거야."

성현이 미간을 좁히고 햄버거를 한 입 베어 무는데 옆자리에서 꺼억— 하는 거나한 트림 소리가 들렸다. 어이없는 얼굴로 바라보자 영희가 표정 하나 바꾸지 않고 들고 있던 콜라를 차에 부착된 홀더에 꽂으며 말했다.

"아, 쏘리."

"……아닙니다."

성현은 입맛이 싹 가셨지만 꾸역꾸역 햄버거를 억지로 입안에 쑤셔 넣었다.

"성현이 햄버거 좋아하는구나? 잘 먹네?"

"네. 아주 좋아하죠."

억지로 먹은 걸 알 리 없는 영희가 해맑은 얼굴로 말하자 성현이 이를 악문 채 대답하고는 포장지를 얇게 접어서 봉투 안에 넣었다. 그때 영희가 한 손으로 포장지를 주먹 안에 우그러뜨리더니 뒷자리로 휙 하고 던졌다. 그걸 본 성현의 눈썹이 확 휘어 올라갔다.

"선배! 봉투 여기 있는데 왜 거기다 버려요?"

성현이 봉투를 들어 보이자 영희가 힐끗 보더니 몰랐다는 듯 말했다.

"어? 그랬어? 괜찮아, 괜찮아. 나중에 치우면 돼."

"나중에 언제……."

자기도 모르게 목소리가 날카롭게 나오고 있는 것을 감지한 성현이 나머지 말을 억지로 삼켜버렸다. 그저 남들보다 조금 깔끔할 뿐이라고 말하곤 했지만 자신에게 어느 정도 결벽기질이 있다는 걸 스스로도 알고 있었다.

영희는 뒷좌석으로 던져 버린 햄버거 포장지 따위 잊어버린 듯 라디오에서 흘러나오는 음악소리에 맞춰 콧노래를 흥얼댔다.

'생각하지 말자. 생각하지 말자.'

성현은 관자놀이를 손가락으로 꾹꾹 누르며 되뇌었다.

"왜 그래? 멀미하니? 껌 먹을래?"

영희가 껌을 내밀자 아니라고 하려던 성현이 그냥 받아들었다. 껌을 잘근잘근 씹고 있으면 짜증이 조금 가라앉을 것도 같았다. 껌 종이를 벗기고 껌을 입안으로 집어 넣는 순간, 영희가 껌 종이도 뒷좌석으로 휙 하고 던지는 것이 성현의 시야 좌측 아래에 정확히 잡혔다.

"봉투 여기 있다니까요?!"

성현이 자신도 모르게 버럭 소리를 질렀다.

"응? 아아, 그렇지. 습관이라. 하하."

영희는 또 대수롭지 않게 웃어넘겼다. 그는 화를 참아 누르며 창밖을 바라봤다. 오늘 하루가 무지하게 길 것 같은 불길한 예감이 드리우고 있었다.

부욱—

그 때 조용하지만 강한 소리가 라디오 소리를 뚫고 올라왔다.

"아, 미안. 먹자마자 바로 소화되네? 하하하!"

시원하게 발사의 욕구를 해결한 영희가 너스레를 떨며 웃었다.

"……."

성현은 짜증스런 한숨을 후욱 내쉬더니 거칠게 창문을 내렸다.

"으아아아악!"

영희가 괴성을 지르며 엉겨 붙자 성현이 인상을 팍 쓰고 떼어냈다.

"왜 이러십니까?"

"끄아아아악!"

또 한 번 배가 출렁이자 영희가 다시 괴성을 내지르며 성현에게 답삭 매달렸다. 그들이 타고 있는 통통배는 위아래로 크게 흔들리고 있었다. 분명 차로 올 때까지만 해도 날씨가 좋았는데 배를 타자마자 쿠르릉거리며 먹구름이 몰려오더니 바람까지 세차게 불고 있었다.

"엄마야!!"

배의 요동이 심해질수록 영희가 성현의 허리를 옥죄는 힘은 강해졌다. 허리에서 느껴지는 고통에 성현이 인상을 팍 쓰고 소리쳤다.

"아야야!! 아, 진짜! 안 죽어요! 그냥 바이킹 탄다고 생각하라고요!"

"나 바이킹 못 탄단 말이야! 히익! 나 물 공포증 있어!!"

"그럼 지금까지 섬 촬영은 어떻게 했대? 섬 촬영 자주 갔잖아요!"

"매번 이랬다! 왜! 히이익!!"

영희가 바들바들 떨며 답삭 매달리자 더는 밀어내지 못했다. 성현도 요동치는 배 때문에 멀미가 나긴 했지만 그것보다는 이러다 허리가 끊어지는 것이 아닐까 걱정이 될 정도로 허리의 고통이 더 컸다.

어느 순간 빗줄기가 더욱 강해지기 시작했다. 마치 배가 뒤집힐 듯이 크게 출렁이자 성현이 맞은편에 앉아 있는 선장에게 물었다.

"이러다 배 뒤집히는 거 아닙니까? 정말 괜찮은 거예요?"

"아, 뭘 이 정도 갖구 이런대? 이 정도는 아무것도 아니지."

선장은 한심하다는 눈빛으로 성현을 건너다봤다. 그는 정말 아무렇지도 않다는 듯 평온한 표정을 유지 중이었다. 무시하는 듯한 눈빛에 기분이 상했지만 성현이 다시 물었다.

"오늘 섬에서 나갈 수는 있다고 하셨죠?"

"걱정 말라니까 그러네. 이 정도 날씨면 곧 갤 거여. 사내가 돼 가지고 그렇게 겁이 많아서야 원……."

선장이 혀를 쯧쯧 차자 성현은 울컥하는 화를 삼키며 모자를 고쳐 썼다. 빗방울 때문에 모자 속까지 다 젖고 있었다.

"히이이이익!"

영희가 성현의 허리춤에 매달려선 허벅지를 부여잡고 있던 손가락에 바짝 힘을 줬다.

"아야!! 선배! 아파요! 아프다고!!"

성현이 버럭거렸지만 영희는 아무것도 들리지 않는다는 듯 익룡마냥 연신 괴성을 내지르며 성현의 허벅지를 꼬집어댔다.

"아얏! 아프다니……!!"

순간 성현이 뜨악한 표정으로 굳었다. 영희의 얼굴이 성현의 아랫도리에 처박혀 있었다.

"까아아아악!!"

"선배!! 고, 고개 좀 들어요!"

"히이이익!!"

다급한 표정의 성현이 영희의 몸을 억지로 일으켜 세우려고 했지만 영희는 어마어마한 힘으로 버티며 더더욱 고개를 안쪽 깊숙이 파묻었다. 그 모습을 맞은편에서 묘한 표정으로 바라보고 있던 선장이 씨익 입꼬리를 올렸다.

"신혼인가? 참 뜨겁구먼."

"그, 그런 거 아닙니다! 선배! 일어나요, 좀! 선배!!"

잔뜩 억울한 표정이 된 성현이 아무리 외치며 흔들어도 영희는 이미 이성을 상실한 뒤라 아무것도 들리지 않았다.

여러 가지로 지옥 같은 시간을 보낸 영희와 성현은 만신창이가 되어 섬에 도착했다. 비가 억수같이 퍼붓고 있어서 제대로 된 답사가 불가능했다. 총 30가구 정도밖에 살지 않는 섬 안에서 이장님 댁을 찾아내어 가보니 아까 선장이던 남자가 나왔다.

"아저씨가 이장님이셨어요?"

영희가 눈을 둥그렇게 뜨고 이장에게 말했다.

"뭐여? 아까 그 신혼부부 아니여?"

"신혼부부 아니에요. 저희는 방송하는 사람인데 이곳을 취재하러 왔거든요."

"방송? 꼬딱지만 한 섬에서 뭔 방송을 한다고."

이장이 코웃음을 치자 영희가 부스럭거리며 지갑에서 무언가를 꺼내려고 용을 썼다. 비에 젖어서 잘 나오질 않아 한참 씨름을 하고 있으려니 이장이 시크하게 손을 내저었다.

"어허, 꺼내지 마. 나 뇌물 안 받응게."

"네? 명함인데요."

영희가 멀뚱멀뚱 이장을 바라봤다.

"아……. 명함이여?"

겨우 꺼낸 꼬깃꼬깃한 명함을 건네자 이장이 조금 실망한 표정으로 받았다.

"시에서 허락은 받았거든요. 아직은 답사 과정이라 확답은 못 드리지만 답사 후 결정이 나면 이장님께 정식으로 연락이 갈 거예요. 아! 나가는 배 시간은 언제예요?"

"뭔 소리여?"

이장이 눈을 끔벅거렸다.

"아니 그러니까……. 저희가 방송 촬영을 여기서 하게 될 수도 있고 안 하게 될 수도 있는데요. 저희가 오늘 그걸 알아보러 온 건데 지금 날씨 때문에 그걸 할 수가 없어요. 그래서 오늘은 일단 돌아가고 다시 와야 될 것 같은데 오늘 나가는 배가 언제 있나요?"

"아아, 그 소리였어? 없어."

이장은 이번에도 시크하게 말했다.

"없다니요?"

영희가 대답을 하기도 전에 성현이 재빨리 물었다. 이장이 대수롭지 않은 얼굴로 말했다.

"나가는 배 없다고. 이런 날씨에 어떻게 배가 떠? 오늘 풍랑 떴어. 풍랑."

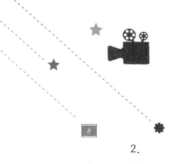

2.
흡입PD와 간지PD의 탄생

"아니 좀 전에 들어올 때는 충분히 나갈 수 있다고 하셨으면서……."

청천벽력 같은 소리에 성현이 창백해져서는 말했다.

"내가 언제?"

생전 처음 듣는 소리라는 듯한 표정으로 바라보고 있는 이장에게 성현은 부아가 치밀었다.

"아까 분명 그렇게 말씀하셨지 않……."

"그래도 이장님. 어떻게 안 될까요? 저희가 돌아가서 해야 할 일들이 있거든요."

영희가 사나운 얼굴로 말하는 성현의 말을 끊고 이장 앞으로 다가가며 말했다.

"급하면 헤엄쳐서 가든지. 헤엄쳐서 가다가 힘 **빠져서** 가라앉으면 뭐 할 수 없는 일이지만서도……."

이장이 귀를 후비적거리며 태연한 얼굴로 말했다. 영희는 상황파악을 하곤 잽싸게 휴대전화를 빼들었다. 액정에 묻은 물기를 슥슥 옷에다 닦고 전화기를 귀에다 댄 영희가 곧 눈을 휘둥그레 떴다.

"어? 이장님! 전화가 안 되네요?"

"어. 여기서는 안 터져. 저기 앞에 골목으로 주욱 나가다가 슈퍼 앞에서 우회전해서 또 주욱 가다가 좌회전해서 한참 가믄 전봇대가 하나 있는데, 거기서 걸어야 터져."

"아……."

잠시 이장을 난감한 얼굴로 바라보던 영희가 곧바로 다음 카드를 제시했다.

"저기 그럼 죄송하지만 이장님 댁 전화 좀 쓸 수 있을까요?"

"그러든지."

이장의 안내에 따라 황급히 걸레로 발에 물기를 닦으며 집 안으로 들어간 영희는 녹슨 전화기로 석 피디에게 전화를 했다.

"선배! 갇혔어요!"

황망하게 서 있던 성현은 퍼붓는 비를 바라보며 마루에 털썩 걸터앉았다. 슬레이트로 된 지붕 밑으로 쉼 없이 빗물이 떨어지고 있었다. 아까부터 담배 한 개비가 강하게 생각났다.

잠시 그러고 있으니 영희가 나왔다.

"뭐라고 해요?"

득달같은 성현의 물음에 영희가 뻐근한 뒷목을 잡고 이리저리 돌리며 말했다.

"내일 오래."

"……네?"

어이없는 표정으로 보고 있는 성현과는 달리 영희도 포기했는지 이장만큼이나 태연한 얼굴이었다.

"오늘은 여기서 자고 내일 날이 개면 취재하고 오래. 내일도 날이 계속 이 모양이면 그냥 오고. 어차피 오늘은 배가 안 뜨니까."

성현은 할 말을 잃었다. 내일 오라니? 그럼 지금 섬에 발이 묶인 상황이라는 소린가?

"오늘 어디서 잔담?"

영희가 쪼그려 앉아서 쏟아지는 비를 바라봤다. 정적에 감싸인 둘 사이에 빗소리만이 흐르고 있었다.

"너무 걱정하덜 말어."

뒤에서 이장의 목소리가 들려왔다. 돌아보니 이장이 시크한 얼굴로 말했다.

"하루쯤이야 여기서 재워 줄 텐게 걱정하덜 말라고."

"아! 정말요? 감사합니다!"

영희는 환한 얼굴로 잽싸게 이장에게 고개를 숙였다. 성현은 아직 상황파악이 안 되어 멍한 얼굴로 둘을 바라보고 있었다.

"멀리서 왔는디 뭐 그쯤이야 못 해 줄 것도 없지. 일단 들어와서 몸 좀 녹이고들 있어."

"네! 정말 감사합니다!"

영희가 다시 허리가 부러져라 인사를 해댔다. 이장은 호기롭게 웃으며 우산을 받치고 마당으로 나섰다.

"뭐해? 일단 들어가자. 이렇게 된 거 어쩔 수 없잖아. 그나마 이장님 덕에 비오는 날 노숙은 면했으니 다행이지 뭐."

영희가 아직도 얼빠져 있는 성현을 툭툭 쳤다.

"그러죠."

성현은 마지못해 대답하고 머리에 물기를 털며 마루 위로 올라섰다. 조연출 생활을 하며 이런 상황에 봉착하게 된 적이 없던 건 아니었다. 선배와 출장을 간 적도 여러 번 있었고 촬영하다 보면 노숙하다시피 하며 밤을 새는 일도 많았다. 하지만 문제는······.

"아, 간지러워 죽겠네!"

영희가 휴지로 발가락 사이를 미친 듯이 문지르고는 마당을 향해 탈탈 털었다.

그렇다. 문제는 저 여자였다.

저 더러운 여자와 이런 곳에서 하룻밤을 보내게 된다는 것은 절대 유쾌한 일이 아니었다. 물론 절대 같은 방에서 잘 일은 없겠지만 그렇다 해도 그 더러운 방에서 사는 생명체와 한 지붕 아래에서 잔다는 것은 성현에겐 재앙에 가까웠다. 차라리 더러운 남자 선배가 참아줄 만했다.

잠시 후, 식사를 마친 성현에게 또다시 청천벽력 같은 소리가 들렸다.

"신혼부부니까 괜찮지?"

이장은 이불 한 채만 깔린 좁은 방으로 그들을 이끌었다. 성현이 핏기가 싹 가신 얼굴로 이장을 바라봤다.

"저기 이장님······. 아까도 얘기했지만 저희 신혼부부 아닌데요?"

"배에서 보니까 신혼부부 같던데 뭘, 아냐? 그럼 연인이야? 요즘 연인들은 애정표현도 참 화끈하구먼. 허허허."

"연인도 아닙니다!"

성현이 경기 일으키듯 소리를 질렀다.

"아닌 척하긴. 괜찮여, 괜찮여. 나 그렇게 막힌 사람 아녀. 어차피 남는 방도 이거 하나밖에 없어서 이거밖에 못 줘. 난 혼자 잔 지 오래돼서 다른 사람이랑 같이 못 자거든. 그러니께 괜히 사양할 것 없어."

이장이 다 안다는 얼굴로 히죽 웃으며 둘의 등을 떠밀었다.

"그, 그래도······."

"넵! 감사합니다! 이장님! 방이 아주 넓고 좋아요! 정말 감사합니다."

성현이 뭐라 말하려는 입을 틀어막고 영희가 잽싸게 허리를 꾸벅 숙였다. 둘이 겨우 누울 수 있을 정도로 작은 방인데도 영희는 마치 거대한 스위트룸이라도 배정받은 양 감탄 섞인 찬사를 쏟아내고 있었다.

"허허, 뭘 이 정도 가지고. 그럼 푹 쉬어."

이장은 호기로운 웃음을 띠고는 방문을 닫아주고 나갔다. 그제서야 영희의 손에서 겨우 풀려난 성현이 눈을 날카롭게 떴다.

"선배! 이게 무슨…… 어떻게 같은 방에서 잡니까?"

"야! 조용히 안 해? 이만한 것도 감지덕지해야지. 걱정 마. 안 덮칠게. 그리고 너도 나 못 덮치고. 왜냐면 내가 더 힘이 세니까."

"하, 설마."

성현이 어이없다는 듯 코웃음 쳤다.

"해볼래?"

영희가 진지한 눈빛을 빛내며 팔을 걷자 성현은 고개를 절레절레 젓고는 이불 위에 털썩 앉았다.

"……정말 이건 아닌 것 같은데."

"투덜대지 마. 노숙 면한 것만으로도 감사하게 생각해야 된다니까? 밥도 얻어먹었잖아."

물론 선뜻 방을 내주고 조금 전에 밥상까지 직접 차려서 대접해준 이장의 친절에는 감사하게 생각한다. 하지만…….

성현은 힐끗 영희를 바라봤다. 영희는 이불을 들어 올리고 주섬주섬 그 안으로 들어가고 있었다. 두 개가 딱 붙어 있는 베개 한 쪽 위에 벌러덩 누워서 제 발바닥을 또 벅벅 긁어댔다.

'아, 정말……. 저 여자 무좀까지 있는 거 아냐?'

의심스런 눈빛을 하고 보고 있던 성현의 머릿속에 술에 떡이 됐던 영희가 제 옷에 오바이트하던 모습이 불현듯 뇌리를 건드리고 지나갔다. 생각만으로 진저리 쳐지는 기억에 온몸을 부르르 떠는데 영희의 목소리가 날아들었다.

"뭐해? 빨랑 누워. 얼른 자고 일어나야 내일 일찍부터 취재하고 후딱 올라가서 편집하지."

성현은 인상을 구기고 베개를 확 당겨서 벽에 찰싹 밀어붙인 다음 이불의 끄트머리만 배에 감고 누웠다.

"걱정 마. 안 건든다니까? 나 어린놈 건들 만큼 굶지 않았다."

영희가 벽을 향해 돌아누워 있는 성현을 보며 눈살을 찌푸렸다.

"그걸 어떻게 믿습니까?"

"뭐야?"

날카로운 목소리가 성현의 뒤통수에 날아와 박혔다.

"주무세요."

"불을 꺼야 자지. 나 밝은 데서 못 자."

성현이 벌떡 일어나 신경질적으로 형광등 스위치를 누른 뒤 다시 누웠다.

"땡큐. 잘 자라."

"……주무세요."

벽에 달라붙어 몸을 잔뜩 구부리고 있던 성현이 건성으로 대답했다. 일이 이렇게 된 이상 어떻게든 잠들어서 가능한 한 빨리 아침을 맞이하는 게 상책이었다.

"크어―"

성현이 난데없는 소리에 눈을 치켜뜨고는 뒤를 휙 돌아봤다. 벌써 영희가 코를 골고 자고 있었다.

"나 참, 무슨 여자가 베개에 머리 붙인 지 1분도 안 돼서 잠들어?"

무기와도 같은 자신의 몸매와 얼굴만을 믿고 지나치게 무방비한 것이 아닌가 하는 생각이 들었다.

성현은 옆으로 머리를 괸 팔에 더 깊이 머리를 묻으며 잠을 청했다. 하지만 잠은 오지 않았다. 지독히도 오지 않았다. 어제부터 내내 자신을 덮치던 충격과 공포로 몸은 분명 피곤에 절어 있는데 정신은 갈수록 말짱해지고 있었다.

"크어어—"

영희의 코 고는 소리는 갈수록 고조되고 있었다. 꺽꺽, 하더니 한참을 숨을 멈추고 있을 땐 이 여자가 죽은 게 아닐까 하는 불안감마저 생겨서 잠이 점점 더 깨고 있었다.

"음……."

그 때 성현이 억지로 감고 있던 눈을 번쩍 떴다.

'헉! 뭐야?'

고개를 들어 돌아보니 영희의 포동한 다리가 자신의 다리 위에 척 하니 올라와 있었다.

"에이, 진짜!"

성현이 짜증을 확 내며 영희의 다리를 잡아 치워 버렸다.

"음냐아……."

영희가 목을 북북 긁으며 몸을 저쪽으로 뒤집었다. 그제야 안심을 하고 다시 잠을 청하는데 또 성현의 눈이 확 뜨였다. 딱딱하게 굳은 표정 위에 당혹스러운 눈동자가 천천히 움직였다. 등 뒤에 말캉한 무언가가 느껴졌다. 마치 커다란 고무풍선을 두 개 겹쳐 놓은 것 같이 풍만하고 부드러운.

'……!'

뒷목에선 훅훅거리는 뜨거운 입김과 함께 영희의 목소리가 들렸다.

"크어—"

코 고는 소리가 바로 뒤에서 들린다는 건……. 입술이 그 위치에 있다는 건……. 성현의 신경이 등에 닿은 그 부드러운 것에서 벗어나지 못하고 있는데, 영희의 넓적다리가 또 처억 하니 그의 골반 위로 올라왔다.

성현은 침을 꿀꺽 삼켰다. 만약 손을 들어서 다리를 잡아 치우려는 순간에 영희가 깨 버리면, 이 묘한 자세의 난감함을 본인만이 아니라 영희까지 같이 느끼는 상황이 되어버린다.

"음푸…… 하아~"

영희의 입술에서 뜨거운 입김이 후욱 뿜어져 나와 성현의 뒷목을 간질였다. 그 순간 온몸이 뻣뻣이 굳는 것과 동시에, 자신도 믿을 수 없는 엄청난 상황에 직면했다.

'……젠장!'

성현이 속으로 낮은 욕설을 내뱉었다. 지금 자신의 신체에서 일어난 이 말도 안 되는 현상을 부정하고 싶었다. 아니, 반드시 부정해야 된다. 이런 일은 절대 있어서는 안 되었다.

등 뒤에서는 쩝쩝거리는 소리와 함께 다시 코 고는 소리가 들려왔다. 성현의 얼굴이 무섭도록 딱딱하게 굳었다.

'내가…… 이 여자를 상대로…… 빌어먹을!'

영희가 부스스 몸을 일으켰다. 잠이 덜 깬 눈으로 주위를 둘러보다가 여기가 어디지? 하는 표정으로 멍청하게 앉아 있었다. 곧 여기가 이장님 댁이라는 생각이 떠오르자 목을 북북 긁으며 옆자리 쪽으로 시선을 돌렸다.

"얘는 벌써 일어났나?"

영희가 손을 더듬거려 베개 옆에서 휴대폰을 찾아 들었다. 아직 6시도 안 됐다. 비척거리며 문 밖으로 나와 보니 성현이 차가운 마룻바닥에서 이불을 뒤집어쓰고 자고 있었다.

"너 왜 여기서 자? 감기 걸려!"

영희가 놀란 얼굴로 쭈그려 앉아서 성현을 탈탈 흔들었다. 성현이 잠이 덜 깨 잔뜩 찌푸린 눈을 하고 짜증스런 목소리를 냈다.

"……선배 코 고는 소리가 좀 커야 말이죠."

성현이 신경질적으로 머리를 부비며 몸을 일으켜 앉았다. 영희가 자다 깬 퉁퉁 부은 얼굴로 히죽 웃었다.

"아유~ 미안! 내 코 고는 소리가 그렇게 컸어? 몰랐네. 하하하. 어, 어디 이장님은 일어나셨을라나?"

영희는 민망한 듯 서둘러 말하고는 벌떡 일어났다. 잠을 도대체 어떻게 잔 건지 기하학적으로 머리카락이 휘몰아쳐 있는 영희의 뒷모습을 보는 성현의 표정이 그녀의 뻗친 머리 방향만큼이나 복잡했다.

"이장니이이임~ 일어나셨어요오오?"

영희는 엉망으로 뻗친 머리를 한데 모아 묶으며 이장님 방을 향해 종종걸음으로 걸어갔다.

다행히 밤사이 날이 개어 무사히 취재를 마치고 돌아갈 수 있었다.

돌아가는 길, 영희는 성현에게 운전을 시키고 입을 쩍 벌린 채 입안에 파리가 들어가도 모를 것처럼 숙면 중이었다.

성현은 그런 영희가 괜히 얄미워 일부러 험하게 운전을 했다. 그런데 저런 강적을 봤나. 급브레이크를 밟아도, 클랙슨을 아무리 크게 울려도 영희는 깨지 않았다. 아니 심지어 코까지 골아댔다.

"쯧!"

성현은 미간을 찌푸리고는 라디오 볼륨을 크게 높였다. 새벽의 그 일 이후로 계속 기분이 안 좋았다.

방송국으로 돌아온 영희는 곧장 편집실에 투입됐다. 이대로 내일까지는 꼬박 편집실에 잡혀 있어야 되는 모양이었다. 팀에 합류한 지 얼마되지 않아 아직 실전 편집은 무리라고 판단한 석 피디는 성현에게는 보고서만 작성하고 퇴근해도 된다고 했다. 사실 며칠째 잠을 설쳐 몸이 여간 고된 것이 아니었지만 사수가 밤을 샌다는데 먼저 퇴근하는 짓도 할 수가 없었다.

취재기록을 끝낸 성현은 썩 내키진 않지만 테이크아웃 커피와 도넛을 사서 영희가 있는 편집실로 들어갔다.

"뭐야? 아직 안 갔어?"

영희가 퀭한 눈으로 돌아보며 물었다.

"저도 보고 배워야죠."

커피와 도넛을 내려놓은 성현은 영희를 슥 쳐다봤다. 그새 다크서클이 턱까지 내려와 있었다.

"도넛이네? 밥 먹으러 갈 시간도 없었는데 고맙다."

영희가 무서운 기세로 도넛들을 흡입했다. 아무리 피곤해도 식욕이라는 게 사라지질 않는 여자인 모양이다.

"그러다 체하겠네."

성현이 미간을 찌푸리며 커피를 영희 앞으로 밀어줬다. 급히 커피를 들이켜고는 또 도넛을 흡입했다. 허겁지겁 입속에 도넛을 밀어 넣는 영희가 왠지 안쓰럽게 느껴질 정도였다.

"좀 더 사올까요?"

"아냐, 괜찮아. 덕분에 잘 먹었다."

영희는 입안에 도넛을 욱여넣더니 휴지로 대충 손을 닦고 다시 편집에 몰두했다. 뒤에 앉아 있는 성현은 아메리카노가 담긴 컵에 꽂힌 스트로우를 입에 물고 영희가 화면 나누는 작업을 하는 것을 보고 있었다.

보고 있다 보니 영희는 뒤에 성현이 있다는 것도 잊은 듯이 몰두한 표정이었다. 다크서클이 내려앉은 눈가와 달리 그녀의 눈동자는 초롱초롱 빛나고 있었다. 저런 모습도 있었나 싶어 커피를 빨아들이는 것도 잊은 채 멍하니 영희를 바라보고 있었다.

"어? 성현이 너 여기서 잤어?"

"……네?"

갑작스레 들려온 누군가의 목소리에 흠칫 놀란 성현이 눈을 번쩍 떴다. 자기도 모르게 잠든 모양이었다. 돌아보니 석 피디가 편집실 문을 열고 성현을 보고 있었다. 석 피디도 다른 편집실에 내내 있었던 듯 턱에 수염이 거뭇하게 돋아나 있었다.

"아……. 지금 몇 시죠?"

"새벽 세 시."

앞쪽에서 들린 웅얼거리는 듯한 목소리에 성현이 고개를 돌렸다. 영희가 여전히 모니터를 바라보며 편집 중이었다.

"아직도 안 끝났습니까?"

"영희는 오늘 밤새야 돼. 넌 여기서 이렇게 자면 불편하니까 숙직실 가서 자. 내일 촬영 있잖아. 가능한 한 체력은 아껴둬."

석 피디가 피곤한 듯 하품을 하며 말했다.

"그럼 먼저 내려가겠습니다. 수고하세요."

의자에서 일어난 성현이 인사하고 편집실 문을 나섰다. 문을 닫기 전 뒤돌아보니 석 피디가 자기가 앉았던 의자를 당겨 영희 옆에 앉고선 화면을 보며 무언가 말하고 있었다.

탁. 편집실 문을 조용히 닫고 성현은 복도로 나왔다. 방금 본 영희와 석 피디가 붙어 앉아 있던 모습이 묘하게 뇌리에 남았다.

성현은 뇌리에 남은 영상을 털어내듯 머리를 푸르르 흔들며 숙직실로 향했다.

아침 일찍부터 모인 스탭들은 이리저리 분주히 움직이며 촬영준비를 하고 있었다. 영희는 그 전날과는 비할 수 없을 만큼 폐인의 몰골이었다. 야구모자를 얼굴의 반이 가려질 정도로 푹 눌러썼음에도 그 초췌한 몰골은 감춰지지가 않았다.

"선배. 정말 한숨도 못 잤어요?"

성현이 눈썹을 찌푸리고 촬영소품을 챙기는 영희 옆으로 가서 물었다.

"이번 촬영 1박이잖아. 내일 와서 편집 마무리할 시간도 빠듯해."

영희는 끄덕이며 대답하고는 꽤나 무거워 보이는 박스를 두 박스나 옮겨 차에 실어 넣었다. 미간을 좁히고 보고 있던 성현이 다가가는데 문득 영희의 코에서 뻘건 것이 뚝뚝 바닥으로 떨어졌다.

"어어?"

"고개 젖히지 마요!"

후두둑 떨어지는 코피에 영희가 눈을 크게 뜨는 사이에 성큼 다가온 성현이 재빨리 입고 있던 체크무늬 셔츠를 벗어 코를 막았다.

"거봐요. 그렇게 무리를 하니까 아침부터 코피 쏟는 거 아닙니까."

이상하게 화가 치밀어서 목소리가 날카롭게 튀어나왔다.

"뭐 코피야 일상이지. 안 죽어. 괜찮아."

영희가 손을 내저었지만 뒷목과 코를 잡고 있는 성현의 손은 완강했다.

"어머, 영희 코피 쏟았어?"

유진이 얼른 달려와서 영희의 얼굴을 살피더니 휴지를 가져왔다. 그제야 성현은 영희의 코에 대고 있던 셔츠를 떼어냈다.

"너 좀 쉬어야 되는 거 아냐? 괜찮겠어?"

유진이 휴지를 잔뜩 뜯어주며 걱정스럽게 말하자 영희가 머쓱한 얼굴로 별거 아니라는 듯 말했다.

"코피 가지고 뭘 호들갑이야. 괜찮으니까 가서 준비해."

휴지를 돌돌 말아 야무지게 콧구멍에 끼워 넣은 영희는 성현 손에 들린 셔츠를 보고 눈이 확 커졌다.

"좀 전에 내 코를 막고 있던 게 그거야? 옷 버렸겠다. 이리 줘. 내가 빨아서 줄게."

"괜찮아요."

성현은 미간을 좁히고 딱딱한 말투로 말하고는 휙 몸을 돌렸다. 내민 손이 어정쩡해진 영희는 뻘쭘하게 도로 가져가며 입술을 비쭉렸다.

"자기가 막아줘 놓고 왜 승질이래? ……비싼 옷인가?"

자리에 돌아온 성현이 이상하게 치밀어 오르는 짜증에 거칠게 촬영 준비를 하고 있는데 누군가가 아래에서 옷깃을 잡아끌었다.

"이분은 누구예요? 처음 보는데."

고개를 내려 보니 발랄하게 머리를 묶고 있는 여자가 생긋 웃으며 올려다보고 있었다. 노랗게 염색한 머리에 깨끗한 피부를 가진 커다란 눈의 여자는 어디서 본 듯한 얼굴이었다.

"스탭이세요? 저 아세요?"

성현이 눈을 가늘게 뜨고 내려다보는데 여자가 다시 물었다.

"어우, 기집애. 여기 너 모르는 사람이 어디 있다고?"

유진이 얄밉다는 듯 눈을 흘기며 영희에게 속삭였다. 영희가 주변을 둘러보자 남자 스탭들이 입을 헤, 벌리고 핫팬츠를 입은 여자애의 늘씬한 다리를 감상하고 있었다.

"쟤는 왜 지 촬영도 없는데 여기 와서 알짱대?"

"여기가 방송국 입구니까 들어가는 길이었겠지."

눈을 흘기는 유진과 달리 영희는 무관심한 표정이었다.

"누군지 모르겠는데요."

성현이 무표정한 얼굴로 말했다. 여자는 일순 당황한 얼굴을 했다가 금세 발랄하게 웃었다.

"저 모르세요? 키라라 멤번데. 제 이름 모르세요?"

익숙한 얼굴이다 했더니 아이돌 멤버였던 모양이다.

"글쎄요. 미안하지만 제가 요즘 아이돌은 잘 몰라서."

성현의 퉁명스러운 대답에 여자의 매끈한 이마는 구겨졌고, 뒤에서 심통맞게 입술을 삐죽대던 유진은 쾌재를 불렀다.

"아이참, 정말 몰라요? 저 해리예요. 해리. 못 들어보셨어요?"

뾰루퉁하게 볼을 부풀리며 해리가 말했다. 키라라는 요즘 확 뜬 아이돌이라 인지도도 상당했고 그 멤버 중 해리는 가장 인기 많은 아이였다.

"글쎄요. 그런 것도 같고…… . 바쁘니까 좀 비켜주세요."

성현은 힐끗 쳐다보더니 짐을 들고 해리를 지나 성큼성큼 걸어갔다.

"어? 저기…… ."

미처 말을 이을 새도 없이 어느새 저만큼 멀어진 성현의 뒷모습을 보는 해리의 표정은 제법 볼만했다. 그런 해리를 고소해 죽겠다는 듯 바라보는 유진의 표정은 더욱 볼만했다.

차에 소품 등을 실은 성현이 차 뒤로 돌아가 휴대폰을 확인하며 담배를 꺼냈다. 출연진들이 도착하기까지 시간이 조금 남아 있었다. 문득 앞을 쳐다본 그의 한쪽 눈썹이 확 올라가더니 꺼내든 라이터를 도로 집어넣었다.

"이것도 저쪽으로 옮기면 됩니까?"

영희 옆으로 간 성현이 영희가 지금 잡으려던 상자를 먼저 잡고 물었다.

"어? 어어. 저기다 실으면 돼."

영희가 대답하곤 옆에 있는 큰 가방을 들려고 했다.

"놔둬요! 내가 할 테니까."

성현이 신경질을 버럭 냈다. 영희가 멈칫하더니 멀뚱히 쳐다봤다.

"왜 짜증이야?"

"……짜증낸 거 아닙니다. 현장 다 훑었으면 차에 들어가 잠깐 자든가 해요."

성현은 인상을 찌푸린 채로 상자를 들고 영희 앞을 지나갔다.

"저놈 왜 저래……? 셔츠 때문에 그러나?"

영희가 그의 뒷모습을 보며 어이없다는 듯 중얼거렸다.

"김 피디님! 잠시만요!"

"어, 그래!"

도현이 급히 부르는 소리에 영희가 그쪽으로 달려갔다. 성현은 영희가 들려던 까만 가방도 마저 나르며 영희의 뒷모습을 불퉁한 눈빛으로 좇았다.

"정봉석! 이 인간이 정신이 나갔나, 진짜!"

영희가 도현이 내민 문자메시지를 보더니 야구모자를 구겨서 땅바닥에 거칠게 패대기를 쳤다. 성현이 가방을 차에 밀어 넣고는 영희에게 다가갔다.

"왜 그래요? 무슨 일인데."

"지가 뭔데 오프닝을 한 시간 늦춰? 미친 거 아냐? 그것도 만만한 막내작가한테 문자 하나 달랑 보내?? 이 뻔뻔한……!"

성현이 묻는 말도 귀에 들어오지 않는지 영희는 광분하며 씩씩거렸다.

"김영희 진정해. 넘어갈라. 너 넘어가면 아무도 못 받쳐줘."

어디서 나타난 건지 지금까진 코빼기도 보이지 않던 석 피디가 하품을 하며 영희 어깨에 손을 턱 올렸다.

"선배! 못 해먹겠어요! 정봉석 왜 이런대요? 진짜!!"

영희가 격하게 분노했지만 석 피디는 태연한 얼굴로 슥 보더니 물었다.

"너 그 휴지는 뭐야? 코피 났냐?"

"아, 조금요. 근데 지금 그게 문제가 아니라 정봉석이……."

석 피디가 영희의 말을 자르고 쿨하게 말했다.

"놔둬. 상황 알겠으니까 걔 빼고 진행해."

"네? 오프닝을요?"

영희의 눈이 번쩍 뜨였다. 덩달아 성현의 눈썹도 꿈틀 올라갔다.

"그래. 지각했다고 자막 내보낼 거라고 해두고, 오프닝 끝나기 전까지 안 오면 두고 갈 거라고 해."

"저, 정말요……?"

담백하기 그지없는 석 피디의 말에 영희가 놀라운 얼굴로 다시 물었다.

"그럼 내가 지금 졸려 죽겠는데 너랑 농담 따먹기나 하고 있겠냐? 다른 애들 다 왔으면 촬영 시작해."

석 피디가 귀찮다는 얼굴로 인상을 팍 썼다. 그제야 영희는 제가 구겨 던진 야구모자를 얼른 집어 들어 다시 쓰고는 세팅된 오프닝 장소로 달려가며 외쳤다.

"촬영 시작합니다! 도현아, 출연자들 나오라고 해!"

성현이 바라보자 석 피디는 터덜터덜 걸어가 지정석에 털썩 걸터앉았다. 옆에 있던 메인 작가 유진이 큐시트를 보여주며 무언가 말하자 석 피디가 크게 하품을 하며 끄덕거렸다. 그는 평소와 다름없이 까만 트레이닝복을 입고, 더벅머리 위에 모자를 대충 구겨 쓴 채였다.

'방송 노출 계획 진행한다더니 아직 아닌가? 설마 저러고 카메라 앞에 선다는 건…….'

설마, 생각하며 성현이 머리를 저었다. 하지만 언제나 설마는 사람을 잡는다. 석 피디는 그 모습으로 카메라 감독에게 멤버들의 반응과 자신의 반응을 번갈아 잡으라고 말했다.

"정말?"

카메라 감독도 석 피디를 위아래로 훑으며 어이없는 표정으로 웃었지만 석 피디는 초지일관 태연한 표정이었다.

영희는 오프닝이 진행되는 내내 눈을 부라리고 사방을 훑었다. 정봉석이 언제 오느냐를 감시하는 듯했다. 영희는 석 피디의 말을 정봉석에게 문자로만 통보하게 했고, 다른 연출진들을 포함한 모두에게 일체 그의 연락을 받지 말라 엄포를 놓았다.

"어디 언제 오나 보자."

영희는 기세 좋게 팔짱을 꼈다.

자기 없이 오프닝을 진행한다는 사실이 꽤나 충격적이었는지 정봉석은 촬영 시작한 지 십오 분이 채 되지 않은 상황에서 도착했다.

"죄송합니다. 집에 일이 좀 생겨서……."

뚱뚱한 몸을 연신 숙이며 능청스럽게 멤버들 사이로 끼어들자 영희가 뱁새눈을 하고 물었다.

"한 시간 늦으신다면서 일찍 오셨네요?"

"하하. 미안합니다, 자자. 다시 시작하시죠."

"지금까지 찍었는데 뭘 다시 시작해? 그냥 갈 거니까 알아서 끼어들어."

봉석이 천연덕스럽게 하는 말을 석 피디가 단박에 잘랐다.

"네? 피, 피디님. 그러지 마시고~"

정봉석이 난감하게 말했지만 석 피디는 눈 하나 깜짝 않고 다음 멘트를 치라고 한정운에게 지시했다. 한정운이 난처한 표정을 지은 것도 잠시, 이내 하던 멘트를 이어서 했다. 그런 한정운 옆에서 정봉석이 커다란 몸을 배배 꼬며 당황스러워했다. 석 피디는 아랑곳하지 않고 촬영을 이어나갔다.

'대장 보기와 다른 면이 있네.'

성현이 의외라는 눈빛으로 석 피디를 봤다. 평소처럼 느긋한 자세로 목을 긁적이고 있었지만 이런 때는 꽤나 카리스마 있어 보였다. 둘러보니 스탭들은 다들 내심 고소한지 두말 않고 석 피디 말대로 진행했다.

성현의 시선이 문득 영희에게 멈췄다. 그녀는 양 콧구멍에 휴지를 끼워 넣은 채 어울리지도 않게 불그스름해진 볼을 하고 석 피디를 흘끔거리고 있었다.

'……뭐야?'

성현의 눈썹이 꿈틀거렸다.

처음엔 얼굴이 붉으락하길래 화가 난 줄 알았다. 저 여자가 왜 화가 났지? 하고 한참 보고 있고서야 알았다. 화가 난 것이 아니라는 걸. 그것은 일종에 사랑에 빠진 사춘기 소녀의 발간 뺨 같은…….

'하, 저 여자가 대장을?'

성현은 어이없는 듯 헛웃음을 흘리다가 점점 얼굴이 딱딱하게 굳어옴을 느꼈다.

영희는 촬영지로 이동하는 버스 안에서도 쉴 새 없이 유진과 머리를 맞대고 회의를 했다. 석 피디는 맨 앞에 앉아서 쿨쿨 자고 있었다.

멤버들은 6밀리 카메라가 설치된 승용차에 두 팀으로 나누어 타고 오는 중이었다. 이동장소마다 미션 성공 여부에 따라 미리 짜뒀던 진행 내용에 실시간으로 첨삭이 필요했다.

"정봉석이 조용하네요?"

작가인 수혁이 슬쩍 말하자 영희가 입술을 비죽였다.

"흥, 눈치 좀 보라고 해. 도현아, 오늘 숙박하는 데 연락해놨지?"

"네. 좀 전에 확인 전화 해놨어요."

"스탭들 방까지 다 체크했어?"

"넵!"

"영희야. 이건 어떻게 할까?"

"김 피디님! 지금 터미널 통과했대요."

성현은 다음 장소에서 필요한 소품을 챙기며 영희를 힐끔거렸다. 태양계 행성들이 태양을 중심으로 돌듯이 스탭들이 영희를 중심으로 돌고 있었다. 영희는 밤샌 사람이 아닌 것처럼 활기를 띠고 있었다.

그 정신없는 중에도 영희는 틈틈이 앞좌석에서 의자에 머리를 기대고 잠든 석 피디의 뒤통수를 수시로 확인하고 있었다. 지금까지는 안 보였던 그 시선이 왜 갑자기 잘 보이는지 성현도 의아스러울 정도였다.

영희의 습관적인 석 피디를 향한 시선은 촬영 내내 이어졌다.

이동하는 버스 안에서도, 미션을 하는 동안에도, 베이스캠프에 도착해서도, 그리고 다시 촬영이 시작된 다음에도 마찬가지였다. 석 피디를 향하는 영희의 시선을 성현이 내내 좇고 있었다.

이윽고 그날의 마지막 촬영이 끝나갈 즈음, 한정운을 필두로 멤버들이 은근슬쩍 준비해둔 상황대로 분위기를 몰고 나갔다.

"맨날 카메라 뒤에 숨어서 저희만 고생시키지 마시고 나와 보시죠? 피디님. 깔끔하게 딱! 한판 대결해서 원하는 쪽 부탁 하나 들어주기 합시다. 저희가 얼마나 고생하는지 피디님도 같이 한번 느껴보시라니까요? 저희 많은 거 안 바랍니다. 뭐 그냥 신속한 퇴근, 그런 걸로……. 대신 종목은 피디님이 정하시구요."

"옳소! 합시다! 맨날 우리끼리 지지고 볶는 거 이거 아주 지겨워요! 같이 만들어가는 프로그램 아닙니까!"

"나와라! 나와라!"

다년간의 호흡을 자랑하며 멤버들이 분위기를 고조시켰다. 석 피디는 머리를 긁적이며 고민하는 듯하다가 영희 쪽을 홱 돌아보며 손가락으로 가리켰다.

"우리 팀 최고의 미녀피디, 김영희 출격!"

"네?!"

영희의 눈이 크게 떠졌다. 영희의 눈만이 아니라 연기자들, 그리고 스탭들의 눈도 동시에 커졌다. 카메라감독은 석 피디의 의도를 알아채고 재빨리 영희에게 카메라를 고정했다.

"선배가 나간다면서요?"

영희가 당황스러운 표정으로 말했다. 지금 상황은 그전 회의에서 나왔던 석 피디와 듣보맨 멤버와의 대결 장면이었다. 미리 짜놓은 상황대로라면 듣보맨 멤버들이 담당피디와의 대결을 청하고, 석 피디와 대결 구도를 만들어서 TV화면에 석 피디 등장을 늘려 시청자와의 친밀감을 높인다는 계획이었다.

"그냥 네가 나가."

"선배!"

이 장면은 물론 수많은 카메라들에 의해 고스란히 찍히고 있었다. 당혹스러운 표정의 영희가 난감해하며 입을 쩌억 벌리고 있는 모습과, 석 피디가 팔짱을 끼고 앉아서 모르쇠로 일관하는 모습까지.

"좋습니다! 해보죠, 뭐!"

머리를 마구 헝클이던 영희가 마침내 결심한 듯 외쳤다.

'해보긴 뭘?!'

성현의 미간이 확 찌푸려졌다. 연기자들도 술렁이며 자기들 앞으로 걸어 나오는 영희를 바라보고 있었다. 야구모자 아래 엉망으로 묶인 머리, 개기름 좔좔 도는 생얼, 리얼한 수면부족 상태를 증명하듯 눈 밑을 시커멓게 물들이고 있는 다크서클…… 한마디로 엉망이었다.

"아니, 피디계의 최고 미녀 우리 김 피디님이 대표로 나오시는 겁니까?"

정운이 넉살좋게 석 피디의 멘트를 받아 미녀피디라며 영희를 추켜세웠다. 영희는 일주일 내내 입고 있던 야상점퍼를 야성적으로 확 벗어젖히며 소리쳤다.

"미녀피디! 출동 완료!"

그 멘트와 함께 그 자리에 있던 사람들이 다 빵 터졌다. VJ들까지 웃음이 터져서 화면이 위아래로 들썩였다. 영희만이 홀로 태연한 얼굴이었고, 성현만이 창백해진 얼굴이었으며, 석 피디만이 의미심장한 미소를 짓고 있었다.

"대결 상대와 종목은 제가 정해도 됩니까?"

"아, 물론이죠. 레이디퍼스트니까요."

영희의 말에 정운이 또 너스레를 떨며 그렇게 하라는 손짓을 했다. 영희가 빙긋 웃으며 말했다.

"레이디퍼스트라는 말, 2차 대전 당시 적군이 지뢰를 매설한 지역에 여자 먼저 지나가게 해서 지뢰를 확인하게 한다고 해서 나온 말이라는 거 알고 있어요? 한마디로 여자 먼저 죽으라는 뜻인데."

"네? 아, 그, 그런가? 하하하."

정운이 난감한 얼굴을 하고 웃자 영희도 따라 웃었다.

"뭐 그냥 그렇다구요. 하하하. 어쨌든 상대는…… 정봉석!"

명쾌한 삿대질에 하루 종일 눈치를 보고 있던 정봉석이 움찔했다.

"그리고 대결 종목은 말이죠."

영희가 잠시 고민하는 듯 눈을 가늘게 뜨고 손을 턱에다 댔다. 정적에 싸인 촬영장에서 다들 영희를 향해 시선을 두고 있었다.

'저 여자는 무슨 용기로……'

성현은 미간을 찌푸리고 영희를 보고 있었다. 아니 어떤 여자가 카메라 앞에서 저리도 당당하게 자신의 생얼을 내보일 수 있단 말인가? 뒷모습도 아니고, 정면을? 하다못해 비비라도 바르든지, 그럴 시간이 없다면 머리라도 좀 곱게…… 아니 옷이라도 좀……. 도대체 어디 하나 멀쩡한 데가 없는데 무슨 용기로?

"대결종목은 컵라면 많이 먹기!"

"뭐라고?!"

영희의 말에 다들 눈을 휘둥그레 떴다.

"제한시간 안에 컵라면 많이 먹은 개수로 승부를 정하는 겁니다. 듣보맨이 이기면 아까 말한 대로 바로 퇴근! 지면 오늘 밤새 촬영입니다!"

"정말? 리얼?? 정봉석을 상대로??"

다들 술렁거렸다. 정봉석은 멤버 중에 가장 뚱뚱하고, 가장 많이 먹는 멤버였다. 방송에서만이 아니라 웬만한 먹는 대회에선 빠지지 않고 결승에 진출하고 타이틀을 거머쥐는 푸드파이터로 유명했다.

"선배! 잠깐만요!"

성현이 자기도 모르게 카메라 앞으로 뛰쳐나갔다. 그러곤 다짜고짜 영희의 팔을 잡아끌어 카메라 라인 밖으로 끌고 나갔다.

"미쳤어요? 뭘 한다는 건데? 지금 상황 뭔지 몰라요? 전국적으로 망신당하고 싶어?"

목소리를 낮춰서 으르는 성현에게 영희가 태연한 얼굴로 말했다.

"왜? 나 이거 할 건데?"

"선배!"

성현이 답답하다는 듯 작게 소리쳤다.

"……그림 나올 수도 있겠네."

눈을 가늘게 뜨고 보고 있던 정 피디가 중얼거렸다.

"영희야. 다시 생각해 봐. 쟤 먹신인 거 몰라?"

"김 피디님. 지금 퇴근 시켜서 어쩌려구요? 오늘 장면 많이 안 나왔어요."

영희 쪽으로 우르르 달려 나간 연출진들도 뒷모습만 보이는 각도를 유지하며 영희를 만류했다.

"뭐야? 지금 내가 진다는 거야?"

영희가 허리에 손을 얹고 사나이 포즈를 취했다.

"그럼 지금 선배가 이긴다는 거예요? 정봉석이라고요. 정봉석! 먹신,

먹자왕, 먹탐봉 몰라요?"

성현도 완강한 목소리로 말했다. VJ들은 석 피디의 손짓에 따라 연출진들의 필사적인 회유와 이게 웬 떡이냐는 연기자들의 모습을 나눠서 담았다.

"미녀피디님! 낙장불입입니다! 아시죠?"

"와~ 집에 간다아~ 미녀피디 최고!"

연기자들은 너 나 할 것 없이 즐거운 리액션을 하고 있었다. 한정운만이 겉으로 짓고 있는 웃는 얼굴 뒤로 석 피디에게 계속 불안한 눈짓을 했다. 그 역시 이대로 연기자들이 퇴근할 경우 제대로 된 방송분이 나오지 않을 거란 걱정이 앞섰기 때문이다. 하지만 석 피디는 느긋한 표정이었다.

"컵라면 준비해라."

석 피디의 말에 순식간에 마련된 간이 테이블 위에 뜨거운 물을 부은 컵라면 수십 개가 주르륵 나열됐다.

테이블 앞에 봉석과 영희가 비장한 표정으로 앉았다. 봉석은 자신 있는 표정이었다. 평소 자신을 마뜩잖게 보던 영희가 이렇게 자기에게 유리한 조건을 내걸 줄은 몰랐는데 내심 의외였다.

"도대체 무슨 생각이야?"

성현은 신경질적으로 머리를 헝클였다. 이기고 지는 게 문제가 아니라, 그저 지금 이 상황이 짜증 났다. 영희가 저렇게 카메라 앞에 꾸미지도 않은 차림으로 앉아 있는 것도 보기 싫고, 이런 웃기지도 않는 게임을 하며 자신을 희화화하는 것도 싫었다.

짜증 섞인 눈으로 석 피디를 보니 그는 태연히 카메라 앞에 초시계를 들이대고 있었다.

"준비……."

한정운이 소품으로 준비됐던 호루라기를 입에 대고 그들 사이에서 손을 뻗어 준비 신호를 냈다. 영희와 봉석은 긴장된 표정으로 나무젓가락과 컵라면을 움켜쥐었다.

"시작!"

말이 터져 나오자마자 그들의 폭풍흡입이 시작되었다. 봉석은 이미 「듣보맨」을 포함한 여러 예능프로에서 수시로 보여줬던 흡입신공이었다. 그는 뜨거운 컵라면을 거의 한 입에 털어 넣고 있었다.

"우와!!"

"헐…… 대박!"

하지만 영희는 봉석에 전혀 밀리지 않는 속도로 스피디하게 컵라면을 흡입했다. 사람들의 놀란 듯한 리액션은 영희를 향해 쏟아졌다. 그들 사이에 있던 한정운이 특유의 오두방정 리액션을 연방 해대자 연기자들이 지지 않겠다는 듯 오버스러운 환호성을 내질러댔다.

"뭐야? 저거 뭐야?!"

"안 꿀려!! 봉석이한테 안 꿀려!!"

성현도 놀라운 표정으로 영희와 석 피디를 번갈아 쳐다봤다. 석 피디는 여유로운 표정으로 입술 끝을 묘한 각도로 올리고 있었다.

'알고 있었구나!'

그 순간 깨달았다.

석 피디는 처음부터 이 그림을 바라고 영희를 투입시킨 것이고, 영희는 석 피디가 바라는 그대로의 모습을 보여주고 있다는 걸……. 말로 설명한 것도 아닌데 그들은 처음부터 이렇게 될 것을 서로 암묵적으로 동의를 하고 그림을 만들고 있는 것이다. 다년간 맞춘 호흡과 서로를 향한 무한한 신뢰가 아니고서는 불가능한 일이었다.

그걸 깨닫고 나자 성현은 일순 허탈감을 느꼈다.

"3분, 종료! 미녀피디 승!!"

정운의 외침소리와 함께 영희는 입안에 라면 면발을 가득 문 채 양팔을 번쩍 들어 올렸다.

"크윽⋯⋯."

"와아아! 대박이다!! 김 피디 대박!!"

봉석은 좌절했고, 스탭들은 예상치 못한 결과에 환호했다. 평소 영희가 잘 먹는다는 건 알고 있었지만 아무리 그래도 정봉석을 이길 줄은 정말 몰랐다는 얼굴들이었다.

"미녀피디, 김 피디! 아름답다, 김 피디!"

구호에 맞춰 끝없이 영희를 연호하는 소리를 뒤로한 채 성현이 인상을 쓰고 홱 몸을 돌렸다.

그날의 방송은 예상외의 반응을 불러일으켰다.

물론 영희 본인이 철저히 '초절정 미녀피디'라는 자막을 붙였음에도 '미녀피디'가 아닌 '흡입피디'라는 별명을 얻게 된 것은 영희에게만 예상외의 반응이었다.

"성현아! 축하한다! 아직 입봉도 안 했는데 국민피디가 되다니."

양 피디의 너스레에 성현이 뭐라도 씹은 표정으로 돌아봤다.

"왜 제 기사가 이렇게 많이 나오는 겁니까?"

성현이 못마땅하게 투덜거리자 이번엔 양 피디가 인상을 썼다.

"허어, 이 거만한 놈 좀 보게. 그러니까 누가 멋대로 카메라 앞에 나가래? 근데 용하네? 제대로 잡힌 적도 없고 자막조차 안 붙었는데 게시판을 폭파시키다니. 포털마다 난리가 났다. 마성의 '간지피디' 뜨셨다고."

"웃기는 소리죠. 일단 전 피디도 아닌데요."

성현이 코웃음을 치자 양 피디가 고까운 눈으로 흘겨봤다.

"뭐 시청자야 PD든 AD든 무슨 차이겠냐. 그냥 다 같은 방송쟁이일 뿐이지. 어쨌든 나는 제발 좀 그래 봤으면 좋겠다."

성현이 영희를 말리는 동안 카메라에 잡힌 그 짧은 사이에, 수많은 여성 시청자들은 그 훈남이 도대체 누구냐며 게시판을 폭파시켜 버린 것이다. 몇 초 되지도 않는 그 짧은 영상을 이리저리 다양한 속도로 움직이는 움짤로 만들고, 쪼개서 사진마다 나눠 각종 포털에서는 '간지피디' 제목의 글을 어마어마하게 양산해내고 있었다.

　"그래. 재수 없는 소리 하지 마. 네 기사가 내 기사보다 몇 십 배나 많은지 알아? 난 그날 입천장 다 데이고 뱃가죽이 터져라 컵라면을 씹어 삼켰건만."

　영희도 얼굴을 찡그리고 성현 옆자리에 가방을 집어 던지듯이 놓고는 앉았다.

　"영희 너도 억울하겠다. 프로를 위해 한 몸 희생해서 이미지 따위 신경도 안 쓰고 연출혼을 불살랐는데."

　양 피디가 영희 말에 동조하듯 끄덕거렸다.

　"말도 마! 얼마나 억울한데. '흡입피디'가 뭐냐고? '미녀피디'라는 자막을 내가 나오는 장면 내내 붙였는데!"

　"알아. 너 후광도 넣었더라?"

　"칫. 그래 봐야 뭐하냐고. 흡입피디 됐는데."

　영희가 억울하다는 듯 가방을 껴안고 회의 테이블 위로 털퍼덕 엎드렸다.

　"그러니까 왜 나갑니까? 그런 게임이나 하고."

　"야. 그래도 방송 반응은 좋았잖아……. 그럼 됐지 뭐."

　성현이 눈살을 찌푸리고 말하자 영희가 엎드린 채로 맥없이 중얼거렸다. 조용히 테이블에 앉아 있던 정 피디만이 모든 걸 예상했다는 듯 은은한 모나리자 미소를 띠고 앉아 있을 뿐이었다. 정 피디의 그 표정을 본 양 피디가 오소소 소름이 돋는 듯 팔을 문지르며 말했다.

　"정 피디 표정 왜 이래? 나 얘 이런 표정 할 때마다 무섭더라."

그 때 석 피디가 들어왔다. 이 모든 일의 원흉인 석 피디를 보는 성현의 눈초리가 곱지 않았다. 석 피디는 오늘도 까치집 진 머리를 긁적이며 들어와서 앉더니 심드렁한 표정으로 성현에게 한마디 했다.

"간지피디. 축하한다. 너 팬클럽 생겼더라."

"……네?"

성현의 얼굴이 확 구겨졌다.

영희가 눈을 번쩍 떴다. 눈뜨자마자 벌떡 일어나서 고개를 붕붕 휘저어댔다.

"아, 진짜! 나 왜 이래? 욕구불만인가?"

갈기가 치솟은 수사자 같은 머리를 하고 암담한 얼굴로 중얼거렸다. 오늘로 벌써 몇 번짼지 모르겠다. 꿈속에서 계속 그놈의 몸을 본다. 몸, 몸, 몸…… 알몸 말이다.

무슨 꿈이 이렇게 선명한지, 꿈속임에도 지나치게 선명하게 나타난 그놈은 늘 뭐가 그리 더운지 항상 헐벗고 있었다. 그것도 자기 집도 아닌 우리 집 욕실에서.

어디다 그런 탄탄한 근육을 숨겨놨는지 꿈속의 그놈의 몸은 참으로 조각처럼 늘씬하고 쫄깃해서 절로 손이 가는 훌륭한 몸매였…….

—듣! 봐! 드으으으읏보오오오오!! 듯뽀~맨!!

"흐어억!!"

갑자기 울린 벨소리에 액정을 본 영희가 까무러칠 뻔했다. 왜 이 타이밍에 그놈한테서 전화가 오느냐는 말이다. 괜히 찔리게 시리.

"여, 여보세요?"

—선배. 일어났어요?

꿈 때문인가? 이놈 목소리만 들어도 이상하게 심장이 펄떡거린다. 그러고 보니 이놈은 목소리도 은근히 좋아. 사람 설레게.

"일어났어. 왜?"

—언제 나오세요? 저 지금 방송국인데 편집은 선배한테 물어보고 하래서요.

"지금 준비하고 바로 갈 거야. 기다려."

—알았어요.

뚝.

영희가 전화기를 멍하니 바라봤다. 이놈은 항상 지 할 말만 하고 끊는 기분이다. 참으로 싸가지가 없는 녀석이 아닐 수가 없는데 왜 내 꿈속에는 그러고 나와서 유혹질이냐고?

소파에서 일어난 영희는 욕실로 갔다. 거울 속의 부어터진 얼굴을 보며 양치질을 하던 영희가 퍼뜩 놀라 머리를 탈탈 흔들었다. 꿈속에서 꼭 이 자리에 서 있던 성현의 나신이 머릿속에 두둥실 떠올라선 사라질 기미가 안 보였다.

'음란마귀가 낀 것이 분명하도다. 신이시여, 부디 저를 방탕한 악에서 구원하옵시며……'

비장한 눈으로 거울을 보며 음란마귀를 떨어내듯 세차게 칫솔질을 해댔다.

출근 준비를 마친 뒤 대문을 닫고 나와 낡은 우체통을 확인하니 까먹지도 않고 다달이 날아오는 징글징글한 카드 고지서와 전기세 고지서, 그리고 하나의 봉투가 더 있었다.

"……어?"

봉투의 이름을 확인한 영희가 멈칫했다. 아랫입술을 잘근잘근 씹으며 잠시 뭔가를 생각하다 휴대전화를 꺼냈다. 번호를 누르고 신호음이 가는 사이 설핏 어두운 그림자가 영희의 얼굴을 훑고 지나갔다.

—여보세요.

굵은 목소리가 들리자 영희가 순간적으로 숨을 삼켰다.

"아버지. 저예요."

―그래. 잘 지내냐?

"예, 잘 지내요. 건강하시죠? 다들 잘 지내고요?"

―그럼 별일 있겠냐. 다 잘 있다. 한번 들르라니까 오지 않고.

"아시다시피 좀 바빠요. 하하……."

어정쩡하게 웃는 얼굴에 경련이 올 것 같아서 봉투를 든 손가락으로 볼살을 꾹꾹 밀어 올렸다.

―그래. 무슨 일이냐?

"우편물에 아버지 이름으로 온 게 있어서요. 중학교 동창회인 것 같은데……. 보내드려요? 아니면 내용만 문자로 보내드릴까요?"

―번거롭게 우편으로 보낼 건 없다. 문자로 보내면 돼.

"알았어요. 조만간 한번 갈게요."

뚝.

이번엔 영희가 황급히 전화를 끊었다.

어느새 아버지에게 전화를 하면 웬일이냐는 말을 들을 정도로 거리 감이 생겨버렸다. 이건 스스로 자초한 일이니 누굴 탓할 일도 아니지만 어쩐지 마음이 공허해졌다. 잠시 전화기를 말없이 바라보던 영희가 양 뺨을 찰싹찰싹 때리고는 기운을 끌어모아 씩씩하게 발걸음을 옮겼다.

"표정이 안 좋네요? 무슨 일 있어요?"

"어? 왜? 아무 일 없는데."

얼굴을 보자마자 대뜸 하는 성현의 말에 움찔했다. 아까 굳어 있던 얼굴이 아직 덜 풀린 건가? 볼을 살살 마사지하며 성현이 건네준 커피 를 홀짝였다. 따뜻한 커피가 목구멍으로 넘어가니 굳어 있던 위장도 조 금 풀리는 듯한 느낌이었다.

"이게 이번 답사예정지 목록인데요."

성현이 영희 옆으로 바짝 다가붙으며 종이를 들어 올렸다. 시야엔 하얀 종이가 들어왔지만 모든 신경은 성현과 닿은 팔에 몰렸다. 성현의 단단한 팔뚝이 포동한 살집에 닿는 순간, 어젯밤 꿈에서 선명하게 봤던 쫀득한 근육질 육체가 3D입체영상처럼 머릿속에 펼쳐졌다.

"……예요. 그러니까 여기 먼저 가봐야 할 것 같아요."

"응? 뭐라고?"

퍼뜩 정신을 차리고 묻자 성현이 미간을 찌푸리고 영희를 내려다봤다.

"오늘 정말 이상하네. 정말 아무 일도 없어요?"

"아, 미안. 잠깐 다른 생각 하느라 못 들었어. 하하."

영희가 어정쩡하게 웃었다.

'미안. 성현아. 내가 지금 욕망 덩어리인가 봐. 내 꿈에서 네가 자꾸 막 벗고 나와. 이런 말을 할 수는 없는 노릇이잖니?'

성현이 미심쩍은 얼굴로 영희의 경련이 일 듯한 딱딱한 미소를 바라보다가 말했다.

"그럼 잘 들어요. 대장이 우선 여기 먼저 취재하고 오라고 합니다. 다다음번 오프닝 장소인데 선배가 아는 데라고 같이 갔다 오래요."

"아아, 거기 전에 내가 섭외했던 데야. 사장이랑 친분 좀 있고. 지금 바로 갔다 오래?"

"네. 제 차로 가죠."

영희가 끄덕이며 가방을 고쳐 메고 뒤따르는데 그가 슥 돌아봤다.

"선배. 어제 라면 먹고 잤어요?"

"응. 밥까지 말아먹었는데. 왜?"

그럴 줄 알았다는 표정으로 피식, 하는 웃음을 남기고 성현이 그 긴 기럭지로 성큼성큼 걸어갔다.

'뭐야? 지금 내 얼굴 부었다는 말을 돌려차기 한 거야?'

가만 생각하던 영희가 성현의 의도를 깨닫고 거친 콧바람을 후웅, 내쉬고는 손에 들고 있던 종이컵을 단숨에 구겨 쓰레기통에 던졌다. 뭐라한마디 해주려고 빠른 걸음으로 뒤따라가는데 성현의 등에 찰싹 달라붙어 있는 티셔츠가 그의 탄탄한 등근육을 적나라하게 드러내주고 있었다. 아…… 또 상상이…….

"아우! 진짜!!"

영희가 신경질적으로 머리를 파다닥 털었다. 욕구불만이라면 여러 놈이 번갈아 나올 것이지 왜 자꾸 저놈만 나오는 걸까?

"성현아! 여기서 다 만나네?"

경쾌한 목소리와 함께 누군가가 성현에게 인사를 하는 것이 보였다.

"어? 루리 누나?"

성현도 반가운 얼굴로 알은체를 했다.

"너 TV 쪽으로 오더니 완전 유명해졌더라? 이럴 줄 알았음 사인이라도 받아놓는 건데, 응? 응?"

"하핫. 농담이죠? 누나는 어떻게 지내요?"

팔꿈치로 성현의 옆구리를 쿡쿡 찌르면서 너스레를 떠는 여자를 영희가 눈을 가늘게 뜨고 바라보고 있었다. 그가 친숙하게 '누나'라는 말을 쓰는 건 처음 봤다.

"나 이번에 심야 프로 하나 맡게 됐다! 헤헤."

"진짜? 축하해요! 드디어 누나 이름 걸고 가는 거네?"

뿌듯한 얼굴로 여자가 말하자 성현은 진심으로 축하해주는 표정이었다. 영희의 눈은 더더욱 가늘어졌다. 입봉이라니, 나도 아직 못 했는데…….

"고마워. 그래서 요즘 디제이 섭외 때문에 진땀 난다, 아주. 혹시 주변에 좋은 사람 있으면 추천해줘! 내 번호 아직 있지?"

"그럼요. 추천할 사람 있으면 연락드릴게요."

"고맙다! 그럼 연락해!"

환하게 웃는 얼굴이 꽤 매력적인 여자였다. 에너지 넘치게 성현의 어깨를 팡팡 두드리고 바쁜 듯이 뛰어가는 모습을 보며 영희는 슬쩍 성현에게 다가가서 물었다.

"누구야? 라디오 때 알던 사람?"

"네. 그때 같이 일하던 누나인데 항상 의욕이 넘치는 멋진 여자예요."

씨익 웃으면서 칭찬하는 성현의 말을 듣자 영희는 기분이 더욱 묘해졌다. 앞서 걷는 성현을 따라 걸음을 옮기며 영희는 고개를 갸웃거렸다.

"그럼 잘 부탁드립니다!"

"네. 잘 먹었습니다! 촬영 날 뵐게요!"

영희와 성현이 도망치듯 황급히 가게를 빠져나왔다.

촬영장소를 섭외한 것까진 좋았지만 피디님 오셨다고 온갖 술이니 안주니 끊임없이 내오는 최 사장 때문에 본의 아니게 둘 다 술이 거나하게 올랐다.

"저긴 분명 카페형 레스토랑인데 웬 술이 저렇게 많은 겁니까?"

"나도 몰라, 끅. 전에도 저래서 선배가 나만 남기고 도망갔어, 끄윽."

과식한 덕분에 영희가 연방 트림을 날리며 비틀거렸다.

"많이 마셔서 너 운전하면 안 되겠다. 그치? 빨랑 대리 불러, 대리!"

성현의 차 앞에 선 영희가 삿대질을 하며 말했다. 성현이 어이없는 눈으로 보고 있다가 쿡, 웃으며 영희의 통통한 손가락을 감싸 쥐었다.

"어?"

손가락이 잡히자 영희가 눈을 둥그렇게 뜨고 쳐다봤다.

"선배 삿대질이 취밉니까?"

"아니, 습관이다! 어쩔…… 어라?"

영희가 잡힌 손가락을 빼내려고 용을 썼지만 어찌 된 게 꽈악 붙들려선 빠져나올 생각을 하지 않았다.

"어어? 이게 왜 안 나와? 우씨……."

풀린 눈에 애써 힘을 주며 손가락을 잡힌 쪽 손목을 부여 쥔 채 빼내려고 끙끙대는 영희를 그가 입술 끝을 말아 올리며 지켜봤다.

"기분 나쁘니까 앞으로 삿대질은 하지 말아요."

싱긋 웃으며 성현이 나지막하게 말했다.

"뭐어?"

영희가 가자미눈을 했지만 이미 풀린 눈은 처음부터 가자미였다.

"대리운전이죠? 여기 영등포 타임스퀘어 뒷골목인데요."

성현은 영희 손가락을 잡은 채로 천연덕스럽게 전화를 했다. 영희가 다시 빠져나오려 용을 썼지만 소용이 없었다. 이놈 힘이 왜 이렇게 세대? ……어라? 지금 팔뚝에 힘줄 자랑 중? 불끈불끈거리는 것 좀 보소??

"제 팔에 불만 있습니까?"

영희가 성현의 팔뚝에 얼굴을 바짝 대고 노려보자 쿡쿡 웃으며 말했다. 흠칫 놀란 영희가 다시 버둥거리기 시작했다.

"아, 이것 좀 놓으라고! 이제 삿대질 안 할게! 안 한다고! 그러니까 이거 놔!!"

"싫습니다."

"왜??"

"선배는 지금 제대로 걷지도 못하니까. 손 놓으면 당장 쓰러질걸요?"

"무슨 말도 안 되는…… 어엇!"

영희가 힘을 잔뜩 주고 흔들던 손가락을 그가 갑자기 놓자 중심을 잃은 몸이 공중에서 휘청거렸다. 버둥거리며 앞으로 고꾸라질 듯하다가 성현의 가슴팍을 필사적으로 부여잡고 멈춰 섰다. 탄탄한 가슴이 손바닥으로 생생하게 느껴지자 놀라서 떼어냈더니 이번엔 얼굴이 성현의 가슴을 헤딩하듯 떨어졌다.

"봐요. 넘어지죠?"

성현이 영희를 내려다보며 웃었다. 본의 아니게 성현의 가슴에 포옥 안긴 꼴이 되어 버리자 왠지 민망해져 몸을 뒤로 확 **빼냈다**.

"어어엇!"

뒤로 크게 휘청거리던 영희의 허리를 바짝 끌어당겼다.

"이번엔 뒤로 넘어지겠네."

또 본의 아니게 몸이 찰싹 밀착되어 버렸다. 영희가 당황스러운 표정으로 눈동자를 데굴데굴 굴렸다. 왜 나는 영등포 길바닥에서 이놈과 때 아닌 로맨스를 찍고 있는 것인가? 탱고 추는 것도 아니고.

"아, 알았어! 차에 기대고 서 있으면 되잖아. 됐지?"

영희가 성현의 몸에서 떨어져서 차에 등을 기대고 섰다.

"안 됩니다!"

성현이 정색을 하고 팔을 잡아당기자 영희가 신경질을 팍 냈다.

"왜 또?"

그러자 그가 영희의 얼굴에 제 얼굴을 바짝 가져다 댔다. 코앞까지 성현의 얼굴이 다가오자 영희는 흠칫 놀랐다. 기다란 속눈썹이 팔랑거리니 눈가에 바람이 부는 기분이다. 얼굴에서 점점 열이 올라오고 있는데 성현이 천천히 입꼬리를 올리며 나지막하게 말했다.

"제 차는 소중하거든요."

"……뭐?!"

놀림받은 기분에 영희의 얼굴이 시뻘게졌다.

"선배같이 육중한 몸이 기대면 제 소중하고 연약한 차가 무너질 수 있단 말입니다. 그러니까 비켜서요."

성현이 영희의 팔을 잡아당겨 제 몸에 밀착시키고 말했다.

"야! 내가 아무리 뚱뚱해도 설마 차를 밀어 쓰러트리겠냐?!"

"안 그란 법도 없죠."

태연한 얼굴로 성현이 말하자 영희가 씩씩거렸다.

"뭐, 뭐라……? 네가 아주 제대로 취했구나?"

"취한 건 선배죠. 혀도 슬슬 꼬이고 있는데 못 느끼겠습니까?"

"하!!"

영희가 기가 막힌다는 듯 헛웃음을 쳤다. 이놈 술 한 잔 하더니 따박따박 말대답이다. 감히 하늘 같은 사수를 우롱하고, 기어오르고, 놀리…… 아, 오줌 마려.

"이거 놔봐."

영희가 성현의 몸을 밀어내려고 안간힘을 썼다.

"곧 대리 오니까 잠깐만 이러고 있어요."

"나 쌀 거 같단 말야!"

"거짓말하지 마요. 나오기 전에 화장실 갔다 오는 거 봤는데."

영희의 버럭거림에 성현이 콧방귀를 뀌었다. 화가 부글부글 끓어오른 영희가 그 자리에 쭈그려 앉은 자세를 하더니 소리쳤다.

"그럼 나 여기다 싼다!! 여기다 쌀 거야!!"

영희가 잡고 있는 민망한 자세에 성현의 얼굴이 창백해지더니 그제야 영희의 손을 잡아 일으키며 말했다.

"알았어요. 그럼 같이 가요."

"됐어. 곧 대리 온다며. 혼자 갔다 올게."

성현은 들은 척도 하지 않고 최 사장 가게가 있는 건물로 잡아끌었다. 영희는 왠지 엄마 손에 잡혀 화장실에 끌려가던 유아기적으로 퇴행한 듯한 기분에 수치심이 들었지만 방광이 터질 듯 조여오는 통에 종종 걸음으로 따라갔다.

"꼭 이렇게 끌고 가야 되겠니?"

마지못해 끌려간다지만 그래도 한마디는 해야겠어서 말했다.

"지금 시간 늦었잖아요. 이 근처 취객들 많아요."

"하하, 얘가 예능밥 먹었다고 개그 하네. 네가 뭘 모르는 모양인데, 난 몸이 호신도구거든?"

"어쨌든 빨리 갔다 와요."

"어어?"

성현이 화장실이 있는 층 계단 아래에서 영희를 떠밀어 올렸다. 영희는 떠밀려 올라가면서 눈썹을 찌푸리고 아래를 쳐다봤다. 성현이 팔짱을 끼고 서서 빨리 올라가라는 듯 손짓을 하고 있었다. 저러고 화장실에서 나올 때까지 기다릴 셈인가 보다.

영희는 갸웃거리며 화장실 안으로 들어갔다. 억압되어 있던 방광이 편안해지는 물줄기 소리를 들으며 생각했다.

'오늘 저 녀석 이상해. 아니, 원래 이상했나?'

시종일관 건방진 녀석이긴 했지만 뭔가 조금 이상했다.

"선배. 일어나요, 선배!"

아무리 흔들어도 영희는 요지부동이었다. 아예 깰 생각이 없는 듯했다. 성현은 한숨을 내쉰 뒤 대리기사를 보냈다. 그리고 영희 가방에서 익숙하게 대문 열쇠를 꺼낸 뒤 곯아떨어진 영희를 들쳐 업었다.

파란 대문을 열쇠로 열고 들어가 현관문에 또 다른 열쇠를 밀어 넣었다. 해본 가닥이 있다고 전에 영희네 집에 들어온 경험을 살려 순식간에 집 안까지 들어와 불을 켰다.

"하, 고새 이렇게 만든 건가?"

불이 밝혀진 거실은 처음에 온 날과 마찬가지로 돼지우리였다. 성현은 영희를 이불이 깔린 소파 위에 눕혔다. 소파 위에 이불이 깔린 걸로 봐서 침대 위도 사람이 잘 공간이 아닌 다른 공간으로 활용되고 있는 것이 분명했다.

성현은 차에서 전에 빌려 입었던 영희의 빨간색 심슨 티와 트레이닝

바지를 가져와 얌전히 옷장 안에 넣었다.

"……이런 게 완전 범죄군."

옷장 문을 닫으며 그가 싱긋 웃었다.

아침에 일어난 영희는 360도 전방향으로 뻗쳐 있는 아크로바틱한 헤어스타일을 한 채 주변을 바라봤다.

"이거 정말 새로운 내 술버릇인가……?"

전에 한 번 봤던 익숙한 풍경이 눈앞에 펼쳐져 있었다. 마치 남의 집에 온 것처럼 깨끗하고 질서정연한 집 안을 몽롱한 눈으로 한참 바라보다가 다시 쓰러지듯 소파 위에 누워 이불을 둘둘 감았다.

"모르겠다~ 깨끗해지면 좋은 거지, 뭐."

이불 속에서 꼼질거리며 중얼거리다가 다시 눈을 번쩍 떴다.

"아차! 편집!"

그제야 잠이 깬 영희가 벌떡 일어나 욕실로 뛰어 들어갔다.

"바쁘다니까 왜 오라 가라야?"

성현이 문 안으로 들어서며 미간을 찌푸렸다.

"얘는, 오랜만에 누나 집에 와서 인상부터 쓰니?"

세연은 환하게 웃으며 성현을 맞았다. 현관에서부터 주변을 둘러보던 성현이 그럼 그렇지, 하며 입술을 비틀었다.

"누나가 그냥 부를 리가 없잖아. 매형은 출장이야?"

"으응. 그이 출장 갔거든, 헤헤. 아! 피자 시켜놨어. 이거 먼저 먹자."

세연이 배시시 웃으며 식탁으로 이끌었다. 성현은 주방으로 가는 중에도 습관적으로 바닥에 널려 있는 물건들을 일사분란하게 치우면서 움직였다.

"애가 있는 집이 왜 이렇게 더러워? 도대체 청소는 언제 한 거야!"

주방에 도착도 하기 전에 성현이 짜증부터 버럭 냈다. 세연이 움찔하며 뒤돌아봤다.

"그, 그러게……. 분명 치웠는데……. 이상하게 난 치우고 있으면 치울 게 점점 더 늘어나는 거 있지. 어어? 진희 운다! 잠깐만."

방 안에서 애 우는 소리가 빼— 하고 들리자 세연이 허둥지둥 방 안으로 들어갔다. 피자상자는 김칫국물이 흥건한 식탁 위에 그대로 올려져 있었고 개수대에는 피사의 사탑마냥 설거지거리가 위태롭게 쌓여 있었다.

"누구 집이랑 똑같네……."

"응? 뭐라고?"

성현이 중얼거리고 있는데 세연이 분유병을 흔들며 나왔다. 그의 시선이 분유병에 꽂혔다.

"……그거 닦아서 쓰는 거지?"

세연이 무슨 당연한 말을 하냐는 듯이 어이없는 얼굴로 말했다.

"아유, 당연하지! 우리 애가 먹는 건데. 하루에 한 번씩은 꼭꼭 닦고 있어."

"분유 탈 때마다 씻어야지!!"

말이 끝나기도 전에 성현이 버럭거렸다.

"어? 그, 그런 거야? 그이가 그러라고 했던가……?"

세연이 갸웃거리며 분유통을 들고 찬장을 열었다. 찬장 문 안쪽에 빼곡히 적혀 있는 메모들을 읽던 세연이 곧 끄덕거렸다.

"으응. 맞다. 매번 씻으라고 돼 있네. 깜빡했어."

"이거 다 매형이 적어놓고 간 거야?"

"응. 그이가 출장가기 전에 적어놓고 간 거야."

성현이 메모지들을 훑었다. 분유 타는 법, 기저귀 가는 법, 아이 옷 갈아입히는 횟수까지 세세하게 적혀 있었다.

"……어지간히 걱정된 모양이군. 불쌍한 매형, 쯧."

"응? 뭐가?"

세연이 방긋 웃으며 분유통에 물을 넣고 대충 흔들었다.

"앗! 그렇게 씻으면 어떡해! 비켜!!"

성현이 눈썹을 홱 치켜올리고 세연에게서 분유통을 뺏어들었다. 뽀드득 소리가 나도록 분유통을 씻고, 분유를 타고, 싱크대를 눈 깜짝할 사이에 청소해 버린 성현에게 세연이 박수를 쳤다.

"와! 멋지다! 그이만은 못하지만 역시 너도 청소 로봇 같아!!"

"누나, 제발……."

성현의 피곤한 눈빛이 방글거리는 세연에게 향했다.

둘째 누나, 세연. 성현의 누나들은 모친을 닮아 하나같이 미모가 뛰어났다. 그리고 하나같이 고양이마냥 나른한 성격이었으며, 하나같이 더러웠다. 일부러 청소를 하지 않으려는 게 아니라 그냥 할 생각을 하지 못했다. 주변이 아무리 더러워도 본인들의 외모만 빛나면 된다는 사고방식도 고양이와 비슷했다.

그리고 부친 역시 미남이었다. 성현은 부친에게 외모부터 시작해서 지나치게 깔끔한 성격까지 대부분을 물려받았다. 덕분에 어릴 때부터 항상 집을 치우는 건 성현이었다. 독립하기 전까지 평생을 신데렐라마냥 죽어라 청소만 했다는 것을 남들은 모를 것이다.

신데렐라의 나날은 그에게 결벽증이라는 거부할 수 없는 선물을 안겨 줬다. 다행히 군대에 다녀온 후에 결벽증이 상당 부분 완화되긴 했지만 지금도 더러운 것은 끔찍이도 싫었다.

"매형은 언제 와?"

성현이 피곤한 눈으로 물었다.

"모레 와. 근데 집 안이 너무 엉망이라 진희 건강에도 안 좋을 것 같아서 할 수 없이 너라도 부른 거지."

"그러니까 왜 날 부르냐고!"

호호호 웃는 세연에게 성현이 또 짜증을 벌컥 냈다. 성현의 짜증에는 인이 박여 있는 세연은 아무렇지도 않게 말했다.

"그이가 가사도우미를 싫어해. 알잖아. 집에 아무나 들이기 싫어하는 거."

누나들은 그렇게 더럽게 태어난 유전자의 살아남기 본능 때문인지 한결같이 아버지와 닮은 깔끔하고 청소를 좋아하는 남자를 선택했다. 그 남자들의 특징 중 하나는 집에 자기 식구 외에 다른 사람이 침범하는 것을 싫어하는 것이다. 자신의 청소도구들을 자기 아닌 다른 사람이 만지는 것을 극도로 싫어했다. 그건 성현 자신도 같은 과라서 충분히 이해가 되긴 했다.

"영리하다고 해야 할지……."

"뭐?"

성현의 중얼거림에 세연이 엄마를 닮아 크고 동그란 눈을 더욱 동그랗게 뜨고 물었다.

"아냐, 아무것도."

성현은 익숙하게 세연의 집을 청소하기 시작했다. 매형이 적어둔 메모지의 가장 마지막 큰 글씨를 본 순간 성현은 순순히 모든 것을 받아들이기로 했다.

정 안 되면 처남에게 구조요청할 것.

"와아. 대단하다. 어떻게 이렇게 금방 집이 반짝반짝해지지? 어릴 때부터 정말 신기방기했다니까?"

물개박수를 칠 기세로 칭찬세례를 퍼붓는 세연에게 성현이 씩 웃어 줬다. 그나마 둘째 누나의 장점은 치워주면 최소한 고마워할 줄은 안다는 거였다.

"근데 성현아. 너 이제 이렇게 스트레스 해소시켜 줄 사람 없어서 어쩌니? 나연이까지 결혼해 버려서."

"그게 무슨 소리야?"

세연의 말에 성현이 미간을 좁히고 물었다. 나연은 막내누나인데 3개월 전에 결혼했다.

"무슨 소리긴. 너 지금 얼굴이 얼마나 반짝반짝한지 알아? 지금 이집보다 더 반짝반짝해. 어릴 때부터 그랬어. 넌 우리가 어지르는 거 치울 때가 제일 행복해 보였거든. 많이 어지르면 어지를수록 볼을 발그스름하게 붉히고 기뻐하며 치우는 모습이 사실 좀 변태 같았는데."

"뭐야? 변태?? 화가 나서 얼굴이 벌게진 거겠지!"

성현의 인상을 쓰자 세연이 황급히 웃으며 손을 내저었다.

"아니, 아니. 변태까진 아니고. 그냥 조금 이상한 취미다 하긴 했지. 너 나연이 결혼하기 전까지 걔 자취하는 집에 일주일에 한 번씩 찾아가서 싹 치워줬잖아. 예전엔 우리들 집 번갈아가면서 다 그랬고……."

"그거야 누나들이 너무 지저분하게 하고 사니까 그런 거고."

"에이, 그래도 솔직히 너 청소하는 거 좋아하잖아."

"더러워서 하는 거라니까."

성현은 완강했다. 세연이 포기한 듯 끄덕거렸다.

"그래. 그럼 그런 셈 치지 뭐. 어쨌든 나연이까지 결혼해버리는 바람에 이제 네가 싹 치워놓을 집이 사라졌는데 허전하지 않아? 부모님 집은 네가 독립한 뒤론 항상 아버지가 반들반들 윤이 나게 해놓고 계시니까 손댈 수도 없고."

"전혀. 이제 안 치워도 되니까 편하고 좋은데?"

성현이 심드렁한 표정으로 오렌지 주스를 마시다가 푸웃 하고 뱉었다.

"풋! 이, 이거 유통기한 언제야??"

"어머, 언제지? 주스는 오래가는데?"

냉장고에서 방금 꺼냈던 주스의 날짜를 확인한 세연이 뜨끔한 표정을 짓더니 고대로 집어넣고 자리로 돌아와 진지한 얼굴로 말했다.

"흐응…… 성현아. 누나 생각엔 말이야. 너 주변에 더러운 여자 조심해."

유통기한이 지난 게 확실하다는 것을 깨달은 성현의 표정이 썩어 들어가다가 세연의 말에 미간을 좁혔다.

"더러운…… 여자?"

"그래. 누나가 널 평생 봐와서 아는데, 너 더러운 여자 집 습관적으로 청소해주다가 바로 코 꿰일 수도 있어. 누나들이 널 그렇게 적응시켜 버렸으니까."

세연은 아이를 안고 예리한 눈빛을 빛냈다.

"하, 내가 그렇게 단순한 인간으로 보여?"

성현은 어제 새벽 뭔가에 홀린 듯 영희의 집을 청소하고 있던 자신의 모습이 머릿속을 스쳐 지나갔지만 표정엔 드러내지 않았다.

"어쨌든. 누나 말 명심해. 세상엔 누나들처럼 더럽지만 착한 여자들만 있는 건 아니야. 더러운 데다 성격까지 더러운 여자들 많다?"

"알았어. 조심할게."

얌전히 대답하는 성현을 향해 세연이 끄덕거리며 혼자 생각했다.

'실은 내가 그런 식으로 니 매형을 적응시켜 버린 거거든. 이게 얼마나 무서운지 아니? 본능을 이기는 건 세상에 없다니까?'

영희는 슬비와 방송국 내 카페에 앉아 있었다. 슬비가 복도에서 마주친 영희를 다짜고짜 끌고 와서 테이블 맞은편에 앉혀 놓고 한숨을 포옥 쉬었다.

"너 살이 좀 빠졌다? 요즘 많이 힘드냐?"

영희가 라떼잔에 담긴 달달한 커피를 빨대로 빨아들이며 말했다.

"말도 마……. 악마랑 일하는 게 이런 건가 봐."

슬비의 표정이 더욱 어둡게 가라앉았다.

"악마? 너네 최 피디? 최도욱 피디던가?"

"아아악! 그 이름 말하지 마!! 듣기만 해도 소름 끼쳐!"

슬비가 제 머리를 쥐어뜯으며 기함했다.

"아주 된통 당하고 있나 보구나. 그 인간이 그렇게 못살게 구니?"

"전생에 원수지간이거나…… 아니지, 부부였을 거야. 전생에 부부가 그 미운 정을 만리장성만큼 쌓아서 다음 생에 철저하게 복수한다고 하잖아. 그런 게 틀림없어."

죄 없는 티슈를 물고 잘근잘근 씹는 슬비의 까만 강아지 같은 눈망울이 어울리지 않게 표독스러운 빛을 냈다. 정말 쌓인 게 많은 모양이다.

"원래 대장피디들이 거의 그렇지 뭐. 너한테만 그러는 건 아닐 거야."

"영희 네가 몰라서 그래. 그 인간이 날 얼마나…… 헛!"

순간 슬비의 안색이 파래지더니 테이블 밑으로 후다닥 숨다가 의자 다리에 머리를 쿵 박았다.

"이런 데서 웬 몸개그?"

영희가 눈을 찌푸리고 내려다보자 슬비가 당황한 표정으로 허둥지둥 제 입술에 손가락을 갖다 댔다.

"쉿! 조용! 저기 악마가 지나가고 있어! 혼자 있는 척해!"

"그럼 네 커피도 마저 치우든가."

영희가 슬비가 마시던 커피를 슬쩍 테이블 밑으로 내려줬다.

"아……. 땡큐."

커피 잔을 손에 꼬옥 쥔 슬비가 마치 포식자의 냄새를 맡은 초식동물 같이 잔뜩 긴장한 표정으로 숨을 삼키고 있었다. 최도욱은 카페 쪽에는 관심도 없는 듯 앞만 보고 쭉 걸어갈 뿐이었다. 과연, 외모에 기럭지에 실력까지 뛰어나다더니 최도욱은 연예인들이 넘쳐나는 방송국 안에서도 눈에 확 띄었다. 꼭 누구같이.

"나와도 되겠다. 이쪽은 쳐다보지도 않던데 뭘?"

"저, 정말? 다 지나갔어?"

슬비가 사방을 연신 두리번거리며 테이블 아래에서 기어 나왔다.

"너 이러는 거 보니까 안쓰럽긴 한데, 그래도 매번 이렇게 피해 다녀서 답이 나오겠어? 어차피 같이 일해야 되는데 그냥 한 번 크게 엎고 다른 팀으로 옮기든가."

"……그랬다간 정말 목숨 내놓아야 할지도 몰라."

슬비가 급하게 테이블 밑으로 들어가다가 부딪힌 머리통이 아픈지 슥슥 손으로 문지르며 중얼거렸다. 그러고 있는 걸 보니 처연해서 영희가 뭔가 말하려는 찰나 슬비가 고개를 번쩍 들었다.

"맞다! 그건 그렇고. 너네 귀염둥이! 그 얘기 물어보려고 했는데 쓸데없는 인간 이야기만 실컷 했네."

"누구? 우리 귀염둥이? 성현이?"

슬비가 갑자기 시무룩한 표정을 확 바꾸고 눈빛을 반짝반짝 빛냈다.

"맞아. 성현이! 걔 이번에 방송 탔더라? 작가 언니들이랑 코디들까지 아주 난리가 났어. 배우들까지 수군거리던데?"

"방송 나도 탔거든?"

영희가 눈을 가늘게 뜨고 말했다. 안 그래도 '흡입피디'란 꼬리표 붙은 것 때문에 기분도 안 좋은데 친구라는 것이 지 친구 방송 타는 것보다 잠깐 등장한 남자한테 관심폭발이라니.

"에헤, 그랬지? 미안, 미안! 방송국 내에서도 걔 얘기 때문에 워낙 시끄러워서 너도 나온 걸 잊고 있었어."

"내가 훨씬 많이, 오래, 크게 나왔거든??"

"어? 그, 그랬나……?"

"나 간다. 즐거웠다."

영희가 인상을 구기며 의자를 뒤로 확 빼자 슬비가 답삭 팔뚝에 매달리며 헤실거렸다.

"미안! 내가 워낙 어리고 잘생긴 것들을 밝히잖아. 네가 이해해라. 응?"

"호오. 이슬비는 어리고 잘생긴 것들을 밝히는군."

등 뒤에서 갑자기 저 밑바닥을 뚫고 올라오는 듯한 낮고 굵은 목소리가 들렸다. 슬비는 영희의 팔뚝을 움켜쥔 채로 사색이 됐고 영희는 고개를 들어 다가온 남자를 바라봤다.

"최, 최 피디님……."

역시 최도욱이었다. 슬비가 오들오들 떨며 뒤돌아보지도 못하는데 영희가 선뜻 손을 내밀었다.

"안녕하세요. 슬비 친구 김영희입니다. 예능 쪽에 있어요."

도욱의 시선이 영희가 내민 손에서부터 천천히 위로 훑어 올라갔다. 느리고도 날카로운 시선이 꽤나 위협적이라는 생각을 하고 있는데 도욱이 입술 끝을 말아 올리며 선뜻 영희의 손을 잡았다.

"최도욱입니다."

"말씀 많이 들었어요. 요즘 찍으신다는 「그녀들의 은밀한 사정」기사들 쏟아지던데요? 아직 시작도 안 했는데. 역시 스타피디님의 위력은 다르네요."

영희가 넉살좋게 잡은 손을 흔들며 말했다. 도욱이 입꼬리를 늘이며 여전히 영희의 시선을 똑바로 맞받아치고 있었다. 상당히 자존감이 높은 남자인가 보네? 그렇지 않고서야 저리 당당하게 시선을 맞받아치진 못하지.

"저도 잘 봤습니다. 컵라면 신 인상 깊던데요."

"아……하하. 그건 살포시 잊어주셨으면 좋겠네요. 전 그냥 미녀피디로 남고 싶거든요."

"원하신다면."

농담이 오고 가는 가운데 슬비는 여전히 굳어 있었다. 힐끗 슬비를 내려다본 도욱이 입술 끝에 매달아뒀던 미소를 싹 지우고 냉기를 펄펄 풍기며 말했다.

"이슬비. 따라와."

도욱이 영희에게 목을 까닥해 보이고는 뒤돌아서 성큼성큼 걸어갔다. 슬비는 잔뜩 울상이 되어선 고개를 푹 숙이고 마치 도살장에 끌려가는 가련한 짐승마냥 뒤따라갔다.

"내보기엔 어째 묘~하게 어울리는 조합인데 말이지."

팔짱을 끼고 둘을 지켜보고 있던 영희가 얼마 남지 않은 라떼액을 쭉쭉 빨아들이며 중얼거렸다.

3.
난 통장밖에
볼 게 없는 여자야

그 후로도 영희와 성현은 의도하든 의도하지 않았든 카메라에 자주 비쳤다. 특히 성현의 출연빈도가 높아질수록 시청률과 반응은 폭발적이었다. 심지어 게시판에는 간지피디를 제6의 멤버로 출연시키라는 협박성 글까지 폭주했다.

"대장. 이제 그만 좀 하세요."

성현이 석 피디, 준한에게 투덜거렸다.

"인기 생기고 좋지 뭘."

준한은 편집실 의자에 깊숙이 앉아 심드렁하게 대답했다.

"전 하나도 좋지 않아요. 조용히, 있는 듯 없는 듯 공기처럼 사는 게 인생 모토란 말입니다. 화려한 건 딱 질색이에요."

성현의 말에 준한이 피식 웃었다.

"그런 녀석이 방송국엘 들어와?"

"제가 출연하는 게 아니니까 들어왔죠."

성현의 말엔 아랑곳없이 이번에도 성현의 독샷을 따고 있는 준한을 보며 한숨을 내쉬고는 편집실을 나와 버렸다.

"왜 으래? 인상 북북 그꼬 이꼬."

영희가 빨간색 티에 대충 묶은 머리를 하고 칫솔을 입에 문 채로 물었다. 그녀도 오늘 철야인 모양이다.

"······아무것도 아닙니다."

영희의 티셔츠 앞판에 당당히 그려진 심슨의 얼굴을 성현이 말없이 들여다보자 영희가 말했다.

"씸슨 조아해?"

"아뇨. 전혀."

성현은 무뚝뚝하게 내뱉고는 휙 지나가버렸다.

"쟤 왜즈른대?"

영희가 고개를 갸웃거리며 화장실로 향하는데 어디선가 예리한 시선이 느껴졌다. 동물적인 본능으로 시선을 느낀 영희가 주변을 둘러보니 복도 저 끝에 시선의 주인이 떡하니 서 있었다. 정봉석이었다.

봉석은 영희와 눈이 마주치자 구기고 있던 얼굴을 얼른 펴서 대외용 스마일을 지은 뒤 까딱 인사를 하고 서둘러 지나갔다. 하지만 이미 영희에게 불만스러운 눈초리를 들켜버린 뒤다.

"흥."

영희도 까딱거리며 마주 인사는 했지만 화장실로 돌아가는 그녀의 미간은 구겨졌다.

평소 먹신 이미지로 꾸준히 활동해 왔는데 피디, 그것도 여자에게 져버렸으니 자존심도 상했을 것이고 캐릭터도 위축됐을 것이다. 거기다 최근 방송을 늘리면서 듣보맨 촬영을 건성으로 하는 모습이 부쩍 많아져 시청자의 쌓인 불만도 덩달아 터졌다. 그래서 연예가십을 주로 다루는 유명 블로거들에게 매주 방송이 나갈 때마다 도마 위에 올라간 생선

마냥 난도질당하는 중이었다.

"그게 내 탓인가? 자기가 열심히 안 해놓고는……. 에잇, 퉤퉤!"

영희가 투덜거리며 세면대에서 입을 헹궜다.

봉석은 자신에게 요즘 쓰나미 급으로 몰려드는 모든 악플의 원인이 영희라고 생각했는지 사방팔방 영희 욕을 하고 다녔다. 그날도 영희의 주도하에 자기를 오프닝에서 빼려고 했다는 소문을 공공연히 흘리고 다니는 것이 고대로 영희 귀에 들어왔다.

'미운 놈은 뭔 짓을 해도 밉다는데, 저 인간은 정말 미운 짓만 골라 한다니까.'

성현은 커피 자판기에서 블랙커피 버튼을 신경질적으로 눌렀다.

'저 심슨녀가 컵라면을 들이켤 때 나서질 말았어야 했어.'

저절로 한숨이 나왔다.

'도대체 내가 왜 그랬지? 이 망할 놈의 다리. 왜 그때 그 수많은 카메라들 앞으로 뛰어든 거냐고. 이러다가 진짜 누나 말대로 그 더러운 여자한테 코 꿰이는 건 아니…… 젠장! 지금 무슨 생각하는 거야?!'

퍽!

"아야야!"

성현은 공연한 벽을 발로 찼다가 새끼발가락에 덮쳐진 통증에 저도 모르게 인상을 쓰고 겅중겅중 뛰었다.

"어? 간지피디다!"

뒤에서 들리는 하이 톤의 목소리에 성현이 인상을 구긴 채로 돌아봤다. 언젠가 촬영장에서 아이돌이라며 자기 이름 아냐고 물어보던 여자였다. 이번엔 붉은색으로 염색한 머리를 발랄하게 양쪽으로 묶고 방긋 웃으며 다가오고 있었다.

"저 누군지 기억하세요?"

"누구더라……."

아이돌이라는 것만 기억나고 그때 말해준 이름은 기억이 안 났기에 솔직히 말했다. 실망한 듯 여자애가 눈을 흘겼다.

"아이, 또 기억 못 하시네? 저 해리예요."

"그랬던가요?"

성현이 고개를 갸웃거리며 자판기에서 블랙커피를 꺼내들었다.

"커피 드세요? 제 것도 사주세요~ 전 카페오레로요."

해리가 자신의 무기인 귀여움으로 무장된 상큼한 미소를 한껏 지으며 애교를 부렸다.

"저보다 훨씬 잘 버실 것 같은데 뽑아 드세요."

성현이 빙긋 웃으며 그 말만 하고 뒤돌아서자 해리가 냉큼 성현의 옷을 잡았다. 그 바람에 성현이 들고 있는 커피를 쏟을 뻔했다.

"엇, 위험하잖아요."

성현이 인상을 썼지만 해리는 아랑곳 않고 눈을 흘겼다.

"피디님은 왜 저한테 이렇게 쌀쌀맞으세요?"

"저 피디 아니고 조연출입니다. 그리고 딱히 누구한테만 쌀쌀맞게 대한 적도 없고요."

성현이 담담한 얼굴로 말했다.

"지금 말투도 딱딱한데요?"

"전 평소에도 이런 말투인데요."

해리가 고개를 갸웃거리더니 지나치게 눈을 깜빡이며 성현을 바라봤다.

"그럼 이제 가도 되죠?"

"자, 잠깐만요!"

성현이 다시 뒤돌려고 하자 해리가 또 옷깃을 잡아끌었다. 성현은 순식간에 짜증이 치솟아 올라오는 것을 꾹꾹 눌러 참았다. 방송에 나간 뒤로 방송국 안에서 부쩍 이런 류의 여자들을 많이 만나게 되니 피곤했다.

"뭡니까?"

해리가 생긋 웃으며 성현을 올려다봤다.

"폰 번호 알려주실래요?"

타앙!

"우왓! 깜짝이야!"

문을 거칠게 열고 들어오는 성현 때문에 영희가 깜짝 놀라 소리쳤다.

"문 좀 살살 열고 다니…… 어? 너 표정 왜 그러냐?"

화를 내던 영희가 문득 성현의 얼굴에 짜증이 가득한 걸 보고는 물었다.

"아무것도 아닙니다."

"어쭈? 아까도 그러더니, 또 아무것도 아니야? 너 원래 그렇게 비밀이 많은 남자였어?"

"네. 원래 신비주의인데요. 몰랐습니까?"

성현이 내뱉듯이 말하자 영희가 눈을 세모꼴로 치켜떴다.

"어쭈쭈. 말투 까칠한 거 봐라~ 어디서 뺨 맞고 나한테 화풀이래? 너, 내가 만만하니?"

한숨을 내쉰 성현이 빈 종이컵을 구겨서 쓰레기통으로 버렸다.

"선배라도 저 방송에 더 이상 안 나오게 해주시면 안 됩니까?"

"응? 방송 나가고 인기 있으면 좋지 뭘. 연출자가 연예인보다 많이 검색어에 노출되는 게 흔한 일이니?"

영희가 또 그 소리냐는 듯 어깨를 으쓱하자 성현이 발끈했다.

"전 그게 싫다니까요? 이것도 따지고 보면 처음부터 선배가……."

"내가 뭐??"

성현이 말을 멈추고 한숨을 깊게 내쉬었다.

"내가 뭘 어쨌느냐고."

영희가 재차 물었다.

"……아무것도 아닙니다."

"너 그 말 오늘만 세 번째거든? 어쨌든 등장하기 싫으면 대장한테 얘기해. 난 힘없는 중간피디니까 나한테 엉뚱하게 짜증내지 말고."

"힘이 없긴. 맨손으로 소도 때려잡겠구만……."

성현이 팔짱을 끼고 있는 영희의 투실한 팔뚝에 시선을 꽂고 말했다.

"장난할래?!"

영희가 자기 머리를 거칠게 헝클이며 눈을 부라리자 성현은 고개를 절레절레 저었다.

누나 말 때문인지 자꾸 이상한 쪽으로 신경이 쓰여서 더 짜증이 나고 있었다. 도대체 저 여자는 이성 앞에서 예뻐 보이고 싶은 마음이 없는 걸까? 그건 여자의 기본적인 본능일 텐데……. 잠깐, 그러고 보니 저 여자가 대장 앞에서 저렇게 머리를 엉망으로 헝클인 일이 있었던가?

성현이 곰곰이 기억을 더듬었다.

그의 기억상에는 영희가 제 모자를 바닥에 패대기친 적은 있을지언정 이런 식으로 머리를 엉망으로 만들거나, 북북 긁거나 하는 일은 없었던 것 같았다. 그렇게 생각하니 더 화가 났다. 저 여자도 좋아하는 남자 앞에선 최소한의 관리를 한다는 소리니까.

"……선배. 대장하고는 언제부터 알았습니까? 이 프로 하면서부터?"

성현이 뜬금없는 질문을 하자 씩씩대던 영희가 멀뚱히 쳐다봤다.

"석 선배하고? 아니. 선배는 대학 선배였어. 같은 과였거든. 근데 갑자기 그건 왜?"

성현의 눈썹이 찌푸려지자 의아스럽게 생각한 영희가 물었다. 잠시 생각하던 성현이 영희를 똑바로 바라봤다.

"그럼 그때부터 좋아한 겁니까?"

"······."

잠시 정적이 흘렀다.

영희는 멍청한 얼굴로 눈을 몇 번 끔벅이더니 이내 얼굴이 순식간에 시뻘겋게 달아올랐다.

"야, 그, 그게, 무무무무무무무무무슨 소리야?!"

"무가 9번 나왔는데요."

"<u>그그그그그그그그</u>그게 중요한 게 아니잖아!!"

"이번엔 8번."

태연히 자신을 바라보고 있는 성현과 달리 영희의 얼굴은 리트머스 종이처럼 다이나믹하게 색 변환을 시전하고 있었다.

"큼, 크흠. 아하하! 재밌네, 성현이 너 참 농담도 잘한다."

시뻘게진 얼굴로 사레까지 들려선 쿨럭쿨럭거리다가 이내 목을 크흠거리며 가다듬었다. 보고 있던 성현이 쿡, 하고 웃으며 말했다.

"그 말하기엔 타이밍 많이 늦은 거 알죠?"

"아니? 아닌데? 전혀 아닌데??"

영희는 나름 아무렇지도 않게 말하려고 했는데 마지막 부분 목소리가 확 뒤집어졌다. 그걸 깨닫자 이번에는 목까지 벌겋게 달아올랐다. 물론 기침 때문이라고 우길 수도 있겠지만 기침하기 전부터 그랬다.

그 얼굴을 본 성현의 얼굴이 차갑게 굳었다. 그냥 궁금했을 뿐이었다. 저 여자가 대장을 좋아하고 있는 게 맞는 건지. 혹시, 하고 물어봤는데 역시의 결과가 나왔다고 해서 화가 날 것까진 없는데 이상하게 속에서 천불이 난 듯 뜨거운 불길이 치솟아 올라오고 있었다.

"어이."

귀신 같은 타이밍으로 준한이 문을 열었다. 항상 고수하는 트레이닝복 차림에 수염이 돋은 까칠한 턱을 한 준한이 둘을 슬렁슬렁 둘러보다 영희에게 말했다.

"뭐야? 무슨 얘기하는데 영희 얼굴이 불타는 고구마야? 너 열 받은 일 있냐?"

"아뇨! 아, 아무것도 아닙니다!"

영희가 과도하게 큰 목소리로 황급히 대답했다.

"당황하는 거 보니까 맞구만 뭘. 성현이 살살 다뤄라. 우리 프로 얼굴마담이다. 다치면 아주 곤란해. 그리고 나 숙직실에서 잘 테니까 3시간 후에 깨워줘."

준한은 그 말만 남기고 늘어지게 하품을 하며 다시 문을 닫고 나갔다. 영희는 벌렁거리는 심장을 진정시키며 생각했다.

'서, 설마 들은 건 아니겠지?'

"설마 들었겠어요."

성현이 내뱉듯 말하자 영희가 또 경악했다.

"헉! 너 독심술 하냐?"

"무슨 독심술까지? 선배 얼굴 보면 다 티가 나요. 그 얼굴로 용케 지금까지 대장한테 안 걸렸네."

빈정거리는 듯한 말투로 성현이 말하자 영희의 얼굴이 창백하게 굳었다.

"······선배뿐만 아니야. 다 몰라. 대학 때 내 절친도 내가 말하기 전까진 전혀 눈치 못 챘다고 했어."

영희가 포기한 듯 한숨을 내쉬며 말했다. 이런 경우는 한 번도 겪어 본 적이 없었기에 자기가 생각해도 발뺌하기엔 반응이 너무 격했지 싶다.

"알아챈 건 윤성현, 니가 처음이야."

"좀 전에 대학 때부터 좋아한 거냐고 물었었는데요."

영희의 목소리는 조금 수그러들었지만 성현의 말투는 여전히 딱딱했다.

"아, 그거. 음……. 맞아."

어울리지도 않게 의자 위에서 얌전히 무릎을 세워 몸을 웅크린 영희가 손가락 끝으로 책상을 뻑뻑 문질러댔다.

"근데 왜 아직도 고백 안 했는데요?"

"선배한테 애인이 있었으니까."

영희가 자포자기한 듯 술술 불었다.

"대장한테 애인이 있었어요?"

"응. 그것도 아~주 아주 이쁘고 잘빠진 애인."

"하……. 보기와 다르게 능력 있네. 그런데 '있었다' 라고요? 지금은 없다는 말입니까?"

말투를 조절해보려고 했지만 여전히 까칠한 목소리가 나왔다. 영희는 당황해서인지 성현의 말투까지는 신경 못 쓰는 듯 보였다.

"맞아. 지금은 헤어졌어. 하지만 선배는 그 여자 못 잊어. 그 여자도 선배 못 잊고."

성현이 보조 의자에 등을 기대서는 영희를 힐끗 쳐다봤다. 영희 표정은 겉보기엔 담담해보였지만 눈동자가 미세하게 흔들리고 있었다.

"선배가 그걸 어떻게 확신해요?"

"난 알아. 항상 지켜봐왔으니까."

그 말을 하는 영희 표정에서는 심지어 처연함까지 느껴졌다. 그 처연해 보이는 표정 때문인지, 아니면 다른 무엇 때문인지 성현은 속이 더욱 답답해짐을 느꼈다. 예상했던 일인데 목안에 이물질이 걸린 것마냥 답답했다. 기분이 계속 바닥으로 곤두박질치는 느낌이었다.

영희가 손을 내저으며 서둘러 말했다.

"에이, 사실 좋아한다기보단 동경에 가깝지 뭐. 이왕 들킨 거 할 수 없다 싶어 다 불긴 했는데. 너 이 얘기 어디 가서 말하면 절대 안 돼! 알았지? 이건 내가 장장 십 년을 속에다 꼭꼭 숨겨놓은 거란 말이야!"

십 년. 그 십 년이라는 말이 주는 무게감에 성현의 심장 부근이 뻐근해졌다. 부끄러운 듯 얼굴에 휘휘 손부채를 하고 있는 영희를 바라보는 그의 얼굴이 점차 딱딱하게 굳어갔다.

"……맨입으로요?"

성현이 이죽거리며 말했다.

"뭐? 설마 너 불쌍한 사수 등골 빼먹으려고 떠본 거야??"

흠칫 놀란 영희가 고개를 들고 눈을 부라렸다.

"불쌍한 걸로 치면 제가 더 불쌍하죠. 무쇠팔 무쇠다리 사수 따라다니면서, 종종 구타도 감수해가며, 거기에 가끔 육체노동까지 가미해가며 직장생활하기 얼마나 힘든데요."

"뭐? 유, 육체노동? 구타는 뭐고 육체노동은 또 뭐야? 내가 널 언제 때렸다고!"

'육체노동'이라는 단어가 주는 묘한 야릇함에 마치 자신의 비밀스러운 꿈을 들킨 것 같아 영희가 펄쩍 뛰었다.

"원래 때리는 사람은 기억 못 해도 맞는 사람은 기억하는 법이죠. 그리고 선배 술 취했을 때마다 집에 업고 가는 게 육체노동이지, 정신노동입니까?"

성현이 태연한 얼굴로 말하자 듣고 보니 맞는 소리인 것 같아 영희가 끄덕거렸다.

"하긴 그건 그렇네."

"그럼 저한테 뭐 해주실 겁니까?"

성현이 기다렸다는 듯 눈을 가늘게 뜨고 물었다.

"뭘…… 원하는데? 참고로 나 돈 별로 없다. 월급도 쥐꼬리지만 그 쥐꼬리에서 남는 건 적금까지 붓고 있어. 시집가려면 나 같은 여자 통장밖에 볼 게 없잖아?"

"흐응……."

"빨랑 말해봐. 뭘 원하냐고."

성현이 묘한 추임새만 넣고 있자 영희가 뱁새눈을 하고는 닦달했다. 이왕 보인 패, 본전 건질 생각은 버리더라도 최소한의 타격으로 방어하는 수밖에 없다.

그 때 내내 영희를 쳐다만 보고 있던 성현의 입술 끝이 슬쩍 말아 올라갔다.

"저랑 사겁시다."

"그래, 뭐 그까짓…… 뭐?!"

영희가 눈을 휘둥그레 떴다. 얘 지금 뭐라는 거니?

성현은 표정 하나 바꾸지 않고 뒤로 젖혔던 상체를 일으키며 영희 앞으로 얼굴을 바싹 가져다 댔다. 영희가 놀란 눈으로 성현을 응시했다. 분명 진심이 아니라는 걸 알면서도 이놈의 심장은 왜 이렇게 펄떡이는지 마치 막 잡은 신선한 생선 같……

"저랑 사귀자고요. 김영희 씨."

성현이 낮은 목소리로 마치 확인사살을 하듯 말했다.

맙소사! 머릿속이 텅 빈다는 게 바로 이런 거구나!

쾅!

성현은 차 문이 부서져라 닫고는 시동을 걸어 출발시킨 뒤 신경질적으로 핸들을 꺾었다. 갑자기 거칠게 튀어나온 성현의 차에 놀란 차들이 사방에서 클랙션을 빵빵거렸다.

"하! 농담?"

장담컨대 이런 굴욕은 태어나서 처음이다. 물론 농담일 수도 있었다. 계획하고 한 말도 아니었고 진심으로 한 말은 아니었다. 아니, 어쩌면 일말의 진심이 들어갔을 수도 있겠지만. 어쨌든 일말의 진심이 섞인 농담일지언정 그 여자가 그런 식으로 꺽꺽거리며 웃음을 터뜨리면 안 됐던 거다.

"푸하하하하! 야! 너 지금 사수가지고 장난하냐? 농담하지 마!"

사귀자는 말에 잠시 멍하니 자신의 얼굴을 보고 있던 여자가 처음 했던 리액션은 그거였다.

농담하지 마?

농담하지 마라니?

농담하지 마라니!!

끼이이이익!

성현이 차를 갓길에 거칠게 세웠다. 이런 기분으로 운전을 했다간 그야말로 초고속 황천길 예약코스다. 딱딱하게 굳은 얼굴로 창문을 열고 담배를 꺼내 물었다.

정말 농담이라면 그 말을 듣고 이렇게 빌어먹게 화가 치솟지 말아야 하는데 지금 머리꼭대기까지 차오른 분노게이지를 보자면, 젠장. 난 절대 농담이 아니었던 거다!

"후우……."

그리고 난 다음에, 그 여자가 뭐라고 그랬더라? 생각하고 싶지도 않다.

"니가 내 약점 잡았다고 가지고 놀려고 하면 곤란해, 성현아. 누나 알고 보면 비싼 여자란다? 나보다 밥을 730일 치는 덜 먹은 네가 감당하긴 힘들어. 자, 농담은 그만하고 다시 말해 보렴."

빌어먹을!

다시 분노가 치밀어 올랐다. 그때 내가 어떤 표정을 짓고 있었지? 결단코 웃고 있었어야 했다. 그것도 아주 비릿하게! 하지만 그때 당황했던 기억만 있지, 내가 어떤 표정을 짓고 있었는가까지는 생각이 안 난다. 그래서 미칠 것 같다. 만에 하나, 내가 조금이라도 당혹스러운 표정을 지었다면……?

성현은 머릿속이 깜깜해지는 것을 느꼈다.

젠장! 머릿속이 깜깜해진다는 게 이런 거였어!

"하아……. 놀랬네, 자식이."

영희는 성현이 나간 후에 뒤늦게 가슴을 쓸어내렸다. 원래 썩소는 좀 지을 줄 아는 녀석이라고 생각했지만 그런 식으로 심장 떨리는 미소를 짓는 녀석인 줄은 몰랐다. 어린놈이 왜 그렇게 섹시하게 웃어? 아, 이건 그놈이 홀딱 벗고 나온 꿈 때문인가? 아니다. 그놈이 한 말 때문이야!

"바보같이. 장난치는 거 뻔히 알면서 넘어갈 뻔했네."

처음부터 히죽히죽 웃고 있는 거 보고 있었으면서도 팔푼이같이 심장이 펄떡일 건 뭐람? 아, 남자 앞에 한없이 약한 김영희여!

영희는 좌절감에 휩싸여 편집이고 뭐고 가서 술이나 퍼마시고 자고 싶은 기분이었지만, 그럴 수는 없었다. 일은 일, 농락은 농락이니까. 그래서 좌절하고 있는 머리와는 상관없이 그녀의 손은 편집기를 넘나들며 편집신공을 보이고 있었다.

"에휴……."

다시 한숨을 포옥 내쉬었다.

그러니까 왜 그놈한테 걸렸느냐 말이다. 십 년을 잘 숨겨온 건데…… 혹시 그 녀석 집안 대대로 영험한 기운을 가졌다거나 뭐 그런 거 아닐까?

어찌 되었든, 이왕 걸린 거 어쩔 수 없다. 그놈이 무슨 조건을 달든 일단 최대한 맞춰주는 쪽으로 하는 수밖에. 뭘 얼마나 대단한 걸 받아내려고 내일까지 생각해본다는 건지는 모르겠지만 말이다.

성현이 도로 위에서 분노의 담배질을 하는 것도 모른 채 영희는 영희대로 비장하게 결의를 다지고 있었다.

둘은 다음 날 회의실 입구에서 조우했다. 퉁퉁 부은 영희의 얼굴을 보건대 또 숙직실에서 라면을 먹고 잔 것이 분명하다.

"……생각해봤어?"

영희가 주위를 살피며 목소리를 낮춰 물었다.

"아직요."

성현은 까칠한 목소리로 대답했다. 어제의 모욕적인 타격의 후유증이 아직도 남아 있었다.

"얼른 생각해."

"봐서요."

짧게 대답하고 회의실로 먼저 들어가버리는 성현의 뒷모습을 보고 있던 영희는 입술을 씰룩이며 따라 들어갔다.

"성현 씨! 나 다 들었어!"

성현이 들어오자마자 유진이 날카로운 눈으로 흘기며 말했다. 그 소리에 흠칫 놀란 건 영희다.

'뭐, 뭘 봤다는 거지? 혹시 어제 우리가 한 이야기를 듣기라도 한 건…….'

"뭘요?"

영희가 당황스러운 표정으로 이리저리 눈동자를 굴리고 있는데 성현이 태연하게 유진에게 물었다.

"어제 해리한테 번호 따였다며!"

"뭐야? 성현이 해리한테 번호 따였어?? 이야, 아이돌한테 번호도 따이고, 조연출이!"

양 피디가 억울한 듯 가슴을 벅벅 긁었다.

"궁금하시면 알려드려요?"

성현이 대수롭지 않은 표정으로 말했다.

"저, 정말이냐?"

"저도요! 저도 알려줘요!"

성현의 그 한마디에 작가고 피디고 조연출이고 남자들은 죄다 우르르 몰려갔다.

"아주 자애로우시네, 자애로우셔."

영희가 끌끌거리며 의자에 앉았지만 내심 자기 얘기는 들키지 않았다는 안도감에 속으로 한숨을 슬쩍 내쉬었다. 해리의 번호를 알게 돼 흥분에 차 있는 남자들 사이로 성현을 힐끔 쳐다봤다.

'오호라……. 해리면 요즘 아이돌 중에서도 잘나가는 앤데. 능력도 좋으셔.'

찬찬히 보니 까만색 캡모자가 얼굴의 절반을 잡아먹을 정도로 머리가 작았다. 그냥 티셔츠에 셔츠 하나 걸쳤을 뿐인데 묘한 귀티가 흐르고, 청바지 하나 입었을 뿐인데 디올진 모델삘이 나고…….

그러고 보니 같이 방송국에 들어올 때면 경비 아저씨가 심심찮게 저놈을 연예인 취급하고, 심지어 방송에 등장하기 전부터 사인 해달라는 여자애들이 있었다. 뭐 그 여자애들이야 촬영 중이니 연예인이라고 생각할 수도 있었겠지만……. 아니지. 다른 스탭들은 한 번도 그런 적이 없었어.

영희가 그런 생각들을 하며 볼펜을 빙빙 돌리며 성현을 보고 있는데 문득 이쪽으로 고개를 돌린 그와 눈이 마주쳤다.

'헛.'

저도 모르게 고개를 돌리려다가, 아니지. 시선을 피할 이유는 없잖아? 라고 생각하고는 아무렇지도 않은 듯 성현을 바라봤다. 그러자 그가 미간을 찌푸리고는 고개를 확 돌려버렸다.

'뭐야? 왜 저래?'

아까부터 그러더니 오늘 전반적으로 기분이 안 좋아 보이……는 게 아니라, 나한테만 그러는 거 같은데? 웃긴 놈일세. 내 약점은 지가 잡고 있는데 왜 지가 저런대?

영희가 콧김을 흥흥 내뿜으며 거칠게 다이어리를 넘겼다.

그 때 준한이 느릿느릿 회의실 문을 열고 들어왔다.

"다 왔냐?"

"늦었어요, 대장!"

"그래, 그래."

준한은 늦었다는 핀잔을 인사마냥 쿨하게 받아넘기며 자연스럽게 영희 뒤에 있는 붙인 의자에 털퍼덕 누웠다. 거기가 회의 때 준한의 지정석이었다. 얇은 잡지로 얼굴을 덮고 드러누워 있는 준한을 성현이 힐끗 쳐다봤다.

"시작해라."

준한이 입이 찢어져라 하품을 하며 말하자 영희가 들고 있던 서류들을 착착 넘기며 회의를 진행하기 시작했다. 화이트보드에 글씨가 가득 찼다가 지워졌다가 하며 회의는 몇 시간씩 이어졌고 다들 아이디어 짜내기에 지쳐서 널브러질 때쯤 테이블 위에 도넛과 빵, 커피들이 뿌려졌다.

"……오늘도 이거 먹고 밤새서 회의하라는 거구나."

유진이 지친 얼굴로 한숨을 푹 내쉬었다.

"뭘 매번 하면서. 선배! 이거 먹어요!"

영희가 준한을 흔들어 깨우니 그가 손을 내저었다.

"됐어. 입맛 없어."

"입에다 처넣기 전에 당장 일어나서 먹어요!"

그제야 비척대며 준한이 일어났다. 반쯤 풀린 눈이 이번에도 자다 깬 것이 분명했다. 영희가 착실하게 포장지를 벗겨서 준한 앞에 밀어주고 커피도 들이미는 것을 성현이 빠짐없이 지켜보고 있었다.

'좋아하는 남자한테 그런 식으로 말하니까 아무도 의심을 안 하지.

본인도 모르는 거고.'

코웃음을 친 성현이 설탕이 잔뜩 뿌려진 도넛을 입에 가득 넣고 씹었다.

"성현 씨, 뭐 안 좋은 일 있어? 웬 분노의 도넛 씹기야? 턱 나가겠다."

유진이 눈을 크게 뜨고 묻자 성현이 쿨럭이며 커피를 급히 들이켰다. 자기도 모르게 그랬던 모양이다.

"아, 아무것도 아닙니다. 그냥 배가 고파서."

"배고파? 그럼 이것도 더 먹어."

유진이 도넛 몇 개를 가지런히 성현 앞으로 밀었다. 그걸 보고 있던 양 피디가 대뜸 눈을 부라렸다.

"아니 내 거까지 다 밀어주면 난 뭐 먹으라고?"

"학진 씨는 다이어트 좀 해. 배가 그게 뭐니?"

양 피디의 둥근 배를 바라보며 유진이 핀잔을 줬다.

"내 배가 어디가 어때서? 이만하면 소담하니 이쁘지, 뭘!"

"어이구, 그게 소담이야? 대담하셔, 정말."

유진이 양 피디와 유치찬란한 실랑이를 하는 중에도 성현은 꾸역꾸역 도넛을 씹으며 영희와 준한을 관찰했다. 준한이 영희 머리를 커다란 손으로 헝클이자 영희가 입으론 '선배!' 하며 버럭댔지만 양 뺨만은 소녀마냥 발그레해지는 것이 똑똑히 보였다.

"화장실 좀 다녀오겠습니다."

성현이 벌떡 일어나서 회의실 문을 열고 나왔다. 끝도 없이 이어지는 회의 때문이 아니라, 끝도 없이 영희 쪽으로 곤두서는 신경 때문에 골이 지끈거릴 지경이었다.

딱딱해진 얼굴로 흡연실로 들어간 성현은 의자 위에 털썩 앉아서 한숨을 내쉬었다.

'젠장, 더럽지도 않나? 그 머리에 손을 대게? 상태를 보아하니 5일 은 안 감았겠구만.'

담배를 꺼내 물고는 미간을 찌푸렸다. 왜 이렇게 마음에 안 드는 건 지, 뭐가 마음에 안 드는 건지도 모르겠다.

쓰다. 도넛도 커피도 담배도 모조리 써.

회의가 끝난 건 새벽이었다.

다들 비척거리며 퇴근하고, 영희와 성현은 편집실로 향했다. 새벽의 방송국은 좀비들이 넘실댔다. 여기저기 수면부족과 스트레스에 시달리 는 좀비들이 휘적거리며 여기저기를 배회하고 있었다.

영희 역시 방송국 생활을 하다 보니 집에 들어가는 날보다 방송국에 서 자는 날이 더 많았다. 그렇게 몇 년이 지나다 보니 이젠 정말 방송 국이 집 같다. 처음 피디시험 합격하고 감격에 차서 방송국 문턱을 넘 나들던 시기에는 힘들다는 생각도 하지 못할 정도로 바빴었는데…….

"결정했어요."

문득 뒤에서 들려온 목소리에 영희가 퍼뜩 놀랐다. 아, 그러고 보니 성현이 뒤따라오고 있었지.

"응? 뭐가?"

"잊어버렸습니까?"

성현이 무서운 얼굴을 하고 내려다봤다.

"아아, 그거? 에이~ 설마 잊어버릴 리가 있겠어? 잠깐 다른 생각 하다가 그런 거지. 아하하."

영희가 일부러 큰 소리로 웃으며 말했다. 그럴수록 성현의 눈빛은 의 심으로 더욱 가늘어졌다.

"정말이라니까? 그래서, 뭘로 할 거야?"

주변을 휘휘 둘러보곤 목소리를 낮춰 영희가 말했다. 다행히 좀비들도 보이지 않았다.

"일단 편집실 다 왔으니 들어가시죠."

성현이 편집실 문을 열고 영희를 밀어 넣었다. 문이 닫히고 불이 켜지자 멀뚱하게 서 있는 영희에게 의자에 앉으라고 권했다.

"앉아요."

성현도 의자를 끌어다 맞은편에 앉았다. 팔짱을 끼고 자신을 주시하고 있는 성현을 눈을 끔벅이며 바라보고 있던 영희는 문득 불안해졌다.

'얘가 무슨 말을 하려고 이렇게 진지를 잡아? 아주 한 건 제대로 잡았다 이건가?'

영희도 지지 않을 생각으로 팔짱을 끼고 마주 봤다.

"어디 한 번 패를 꺼내보시지? 내가 들어줄 수 있는 건 들어주겠지만 사수의 약점을 잡고 치사한 거래를 하는 놈은 아니라고 믿을게."

"모르셨습니까? 저 원래 치사한 놈이란 소리 많이 듣는데."

성현이 묘한 미소를 짓자 영희는 더 불안해졌다.

"어쨌든 얘기해봐."

성마르게 닦달하는 소리에 그가 팔짱을 낀 채로 몸을 뒤로 쭈욱 젖혔다.

"저랑 연애합시다."

"또 그 소리야? 장난하지 말라니까."

영희가 투덜대듯 말했다.

"장난 아닌데요."

낮은 목소리에 영희가 미간을 찌푸리며 성현을 바라봤다. 그가 진지한 눈빛으로 자신을 응시하고 있었다. 속눈썹 정말 길다. 무슨 남자가 저렇게 속눈썹이 길어? 눈은 중요한 부위라 그걸 보호하기 위해 속눈썹이 있는 거라던데. 그런 식으로 우리 몸에 털이 몰려 있는 부분은 다 중요한 것을 보호하기 위해서라고. 예를 들어 얇은 살갗 하나만 둘러진 소중한 뇌를 보호하기 위해 머리카락이 있듯이 그와 마찬가지로 아래도……

"도피하지 마시고요."

성현의 말에 저도 모르게 움찔 놀랐다. 어째서 생각이 그쪽으로 튀는 거야!

"도, 도피 안 했거든?"

"어쨌든 그렇게 하는 겁니다? 비밀 보장 대가로."

"뭐? 잠깐만, 잠깐만!!"

영희가 다급히 말하고는 잠시 아랫입술을 잘근잘근 깨물며 생각했다.

"저기 성현아. 난 너랑 장난칠 생각 없어. 그리고 네가 나 가지고 놀게 놔둘 생각도 없고. 노처녀 사수지만 이래 봬도 나 순진한 여자야."

"알고 있어요. 모태솔로인 거."

느긋하게 말하는 성현의 얼굴이 아주 얄밉게 보이는 순간이었다.

"그런 순진한 여자를 가지고 놀고 싶냐? 너 그런 못돼 처먹은 나쁜 남자야?"

영희가 자기도 모르게 들어 올린 손가락을 성현이 또 감싸 쥐었다.

"저 삿대질 싫어한다니까요?"

싱긋 웃으며 성현이 말했다.

"아, 미안."

영희가 사과하며 손가락을 빼려고 했는데, 또 안 놔준다.

"이거 좀 놔주지 않을래?"

"싫은데요."

성현이 더욱 입꼬리를 길게 늘이며 웃었다. 그렇게 웃는 모습이 해사하긴 하다만, 난 지금 장난할 기분이 아니야, 성현아. 난 지금 속이 타들어갈 것 같아. 심장이 왜 또 뛰니? 이런 장난질에 왜 이러는 거야! 또??

"보통 이런 말 하면 날 좋아하냐고 묻는 게 순서 아닙니까?"

"너 나 좋아해??"

영희가 이맛살을 찌푸리곤 급히 물었다.

"그렇게 얼굴 구기면서 물어보는 거 말고요."

인상을 쓰고 있는 영희의 미간을 성현이 손가락으로 꾸욱 눌렀다.

"그치만 너무 말도 안 되는 이야기라……. 그럴 리가 없잖아. 내가 아무리 둔해도 설마 누가 나 좋아하는지 싫어하는지도 모를까."

"모를 수도 있죠. 선배도 십 년을 잘 감췄잖아요."

성현이 태연한 표정으로 어깨를 으쓱했다.

"그거야……. 난 동경이라니까. 활활 타는 사랑이라면 그렇게 감추지 못했겠지."

"그럼 뭐 저도 그런 걸로 해두죠."

"동경? 그건 더 웃긴다. 네가 지금까지 했던 말이나 행동 어디에 동경, 아니 동경의 찌끄러기라도 깔려 있었다는 거야??"

"제가 표현방법이 서툴러서일 수도 있고……. 제 맘을 선배가 그렇게 잘 압니까?"

성현이 눈썹을 획 올리며 날카롭게 쳐다보자 영희도 입을 다물었다. 이놈이 은근 성깔이 있다니까.

"그것보다 일단 이거부터 놔주라."

영희가 아직도 잡혀 있는 제 손가락을 눈으로 힐끔거렸다.

"싫다니까요."

"어……?"

놔주긴커녕 성현은 손가락을 다 벌려서 영희의 손을 감싸 쥐었다. 제법 투실하다고 자부하던 놈인데 성현의 긴 손가락 안에 꼼짝없이 말려드는 걸 보니 신기하다. 이놈 은근 손이 큰가?

"들어줄 건지 말 건지 그것만 얘기해요."

손을 잡고 허리를 숙인 그는 얼굴을 영희 앞으로 바짝 대고 낮은 목소리로 말했다.

"아니 나는……."

당황스러운 듯 눈동자만 열심히 굴리던 영희가 말을 이었다.

"나는 솔직히 연애 같은 거 생각해본 적 없어. 알잖아. 내가 연애할 수 있는 상황이 아닌 거. 잠잘 시간도 모자란데 어떻게 연애를 하겠어."

영희가 난감한 목소리로 말했다. 잡힌 손에서 땀이 날 것 같았다. 저렇게 꽉 잡고 있으니 땀 때문에 때라도 밀리면 어쩐담? 그건 좀 창피한데…….

"그럼 내가 가장 좋은 조건 아닌가? 따로 시간 내지 않아도 항상 같이 있을 수 있고."

"뭐? 일하면서 연애를 어떻게 해."

성현의 말에 영희가 눈을 둥그렇게 떴다.

"왜 못하죠? 특히 여자는 남자에 비해 멀티태스킹 능력이 뛰어나게 발달된 유전자구조 아닌가? 선사시대부터 그랬잖아요. 여자는 남자들이 사냥 나간 사이에 모여서 수다도 떨면서 과일도 따고, 애도 어르고 다양한 일들을 한 번에 처리했으니까."

듣고 보니 그 말도 그럴 듯했지만 역시 그쪽으론 생각해본 적이 없었다. 영희는 혼란스러운지 또 입술을 잘근잘근 씹어댔다.

"피 나겠네."

성현이 눈썹을 찌푸리고는 엄지손가락으로 영희의 아랫입술을 꾸욱 눌렀다. 영희가 깜짝 놀라선 뒤로 파드득 물러났다. 하지만 잡힌 손이 있어서 멀리가진 못했다.

"왜, 왜 이래?"

성현이 오히려 눈을 의아스럽게 뜨고 물었다.

"뭐가요? 선배가 입술을 자꾸 혹사시키니까 그렇죠. 평소에 좀 그런 것 같다고 생각하긴 했지만, 혹시 사디예요?"

"아니야!"

얼굴이 벌게진 영희가 버럭 소리를 질렀다. 심장이 쿵쾅거리고 자꾸 얼굴을 들이미는 이놈 때문에 정신을 차릴 수가 없다. 잡힌 손 좀 놔달라고! 땀난다고!

영희는 비명이라도 지르고 싶은 기분으로 정신을 가다듬었다. 자꾸 이놈 페이스에 말리면 안 돼. 아, 혹시 이거 몰카? 몰카 아냐? 몰카라면 이 안에 카메라가 몇 대는 설치되어 있어야 하는데…….

"뭐해요?"

갑자기 매의 눈을 하고 사방을 살피는 영희에게 성현이 물었다.

"이거 몰카지? 석 선배가 시켰어?"

여기저기를 살피던 영희가 고개를 휙 돌리고 눈을 가늘게 뜨고 묻자 성현이 어이없다는 듯 웃음을 터뜨렸다.

"하! 왜 이런 걸로 몰카를 합니까? 우리가 연예인도 아니고."

"그건 그렇지만 네가 워낙 잘나가니까 혹시 모르지?"

날카로운 눈매로 성현을 훑자 답답하다는 표정으로 잠시 한숨을 쉬더니 영희를 똑바로 바라봤다.

"하라고 해도 절대 안 해요. 어쨌든 쓸데없는 소리 그만해요. 자꾸 빠져나가려고 하지 말고. 어쩔 겁니까? 나랑 연애, 할 겁니까, 안 할 겁니까?"

진지한 목소리에 영희가 의심을 거두고 그를 바라봤다.

"그, 그럼 생각 좀 해볼게."

성현이 쿡, 하고 실소를 흘렸다.

"선배. 뭔가 망각한 게 있는데 이건 딜이었어요. 생각하고 말고 할 게 아니라, 그냥 내 말대로 하시죠?"

"아니 그래도 성현아, 조금만 생각해 볼게. 나란 인간이 연애라는 걸

할 수 있는 인간인지 아닌지 나도 잘 모르겠어서 그래."

영희가 부탁조로 차분하게 말하자 성현이 마지못해 어깨를 으쓱했다.

"알았어요, 그럼. 언제까지 생각해볼 건데요?"

"언제까지…… 줄 수 있는데?"

얼마나 줄 수 있냐는 가을동화에서의 청순미 터지는 송혜교의 모습을 상상하며 영희가 말했지만 성현이 딱 잘라 말했다.

"하루."

"안 돼! 일주일!"

"알았어요."

"어? 그, 그래."

성현이 쿨하게 말하자 영희가 조금 당황했다. 10만 원에 팔아야지 하고 가격홍정을 하다 손님이 냅다 3만 원을 지르자 자기도 모르게 5만 원을 외쳤는데 손님이 환하게 웃으며 5만원을 내고 옷을 가져가는 모습을 본 옷가게 주인 같은 찝찝함……?

"그럼 일주일 동안 잘 생각해 봐요. 어차피 고민해볼 필요도 없는 문제지만 말이죠."

성현이 빙긋 웃으며 영희의 손을 놓아주더니 수고하라며 어깨를 툭툭 두드려주고 나갔다. 혼자 남은 편집실 안에서 영희는 뒤죽박죽인 머리를 부여잡고 좌절에 빠졌다.

'정말 이게 어찌 된 일인 거야? 연애? 내가 성현이랑 연애라니?? 나 이 서른한 살에 이런 고민을 하게 될 줄이야!'

한편 편집실을 빠져나온 성현의 발걸음은 가벼웠다. 그의 입술 끝엔 묘한 미소가 걸려 있었다.

'이 기회에 실컷 고민해보시죠. 후배가 아닌 남자, 윤성현에 대해.'

입꼬리를 늘리며 쿡쿡거리던 성현은 제 편집실로 유쾌하게 걸어갔다.

이번 촬영지는 영희와 성현이 답사를 갔던 섬이었다.

촬영준비를 하던 영희가 힐끗거리며 성현을 살폈다. 밤을 샌 건 똑같은데 성현은 평소와 다름없이 말끔한 모습이다. 아침에 머리까지 감았는지 물기가 느껴지는 머리카락에서 향긋한 향이 났다. 깔끔한 옥스퍼드 셔츠에 진브라운 톤의 슬림한 면바지를 받쳐 입은 모습이 꾸물거리는 날씨와 달리 상큼했다.

도대체 저 남자의 어디에서 밤을 지새운 흔적을 찾을 수 있단 말인가. 반면 자신의 모습은……. 생각조차 하고 싶지 않다. 역시 안 되겠어. 저런 놈이랑 어떻게 연애질을 해? 너무 다른 인종이잖아.

"자자! 빨리 움직입시다!"

자괴감을 털어내 버리려 영희는 큰 소리로 스탭들을 통솔했다.

"도현아. 오늘 배 뜨는지 연락해 봐."

영희가 도현을 불러 지시했다. 섬에 들어가야 하는데 날씨가 왜 이 모양인지 비를 쏟아낼 것 같은 먹구름이 사방에서 몰려오고 있었다.

"유진아. 혹시 오늘 섬으로 못 들어가면 뭐 해야 할지 애들이랑 항목 좀 만들어놓고 있어. 날씨가 영 불안하다."

"안 그래도 그거 때문에 나도 애들한테 모이라고 해뒀어. 왜 우린 섬에만 들어간다고 하면 날씨가 이런대?"

유진과 영희가 걱정스럽게 하늘을 올려다봤다. 전부터 섬에 들어갈 때마다 이런 일들이 빈번하게 생겨서 몇 번은 적당히 다른 곳을 수배해서 촬영했다. 이번에도 그렇게 되면 곤란한데…….

"날씨 좋은데 왜?"

정 피디가 시커먼 먹구름이 가득 낀 하늘을 올려다보며 말했다. 그녀들은 정 피디의 얼굴을 잠시 보다 고개를 설레설레 저으며 중얼거렸다.

'놔두자, 원래 저런 사람이잖아.'

마침 준한이 등을 긁적이며 나오자 영희가 얼른 다가가서 물었다.

"선배. 오늘 촬영 불안한데요? 배 뜰까요?"

준한은 하늘을 슬쩍 보고는 대수롭지 않게 말했다.

"걱정 마. 이 정도는 떠."

날씨의 정령에게 사랑이라도 받는 것일까? 과연 준한의 말대로 배가 무사히 떠서 차질 없이 섬에 들어갈 수 있었다. 도착하자마자 일사분란하게 촬영장비들을 내리고 있는데 성현이 영희 옆으로 슥 다가왔다.

"선배, 오늘은 멀미 안 하네요?"

의식하고 싶지 않지만 절로 의식이 됐다. 성현이 쓰는 향수인지 스킨인지 익숙한 향기가 나자 왠지 뱃속이 간질간질해지는 기분이다.

"오늘은 큰 배로 왔잖아. 난 밖으로 아예 안 나갔고."

어쩐지 선실 안에만 있더라니. 성현이 납득한 듯 끄덕이더니 영희가 용을 쓰고 들어 올리려는 상자를 빼앗아 짊어졌다.

"어? 내가 들게."

"짐 욕심 좀 그만 부리고 작은 거나 들어요. 무슨 여자가 맨날 이런 큰 거만 나르려고 들어. 짐 나르는 황소도 아니고. 또 코피 터지고 싶어요?"

"뭐? 황소?!"

영희가 눈을 부라렸지만 성현은 아랑곳하지 않고 상자를 들고 걸어갔다.

내가 들려고 했을 땐 꿈쩍도 않더니 저놈은 저렇게 가볍게 들다니, 내 팔뚝보다 얇아 보이는데 역시 남자의 힘은 다른 것인가?

"성현인 힘도 좋아, 그치? 저 무거운 걸 번쩍번쩍 들잖아."

유진이 언제 왔는지 영희 옆에 찰싹 달라붙어선 성현을 바라보며 말했다.

"남자가 저 정도 힘은 있어야지."

옆에 있는 다른 짐을 들어 올리던 영희가 일부러 심드렁하게 말했다. 유진이 답답하다는 듯 영희의 등살을 찰싹찰싹 때렸다.

"네가 그러니까 아직 연애 경험이 없는 거야. 여자라면 응당 저런 잘 빠지고 탄탄한 어린놈에게 혹하게 되어 있다고! 봐봐, 저 팔에 힘줄 솟은 거! 넌 저런 거 봐도 아무것도 안 느껴지니?"

"내가 변태야? 힘줄 보고 느끼게."

"아유~ 이 미련퉁아! 저 힘줄을 보고 아무것도 못 느끼면 그게 변탠 거여!"

유진이 속이 터지는 듯 이번엔 제 가슴팍을 퍽퍽 쳤다.

실은 영희도 곁눈질로 봤다. 상자를 들어 올릴 때 셔츠 소매 아래로 꿈틀대던 쫀쫀한 팔 근육. 그리고 불뚝불뚝 솟아오르던 힘줄……. 그거 보고 괜히 얼굴이 뜨거워지려고 하기에 얼른 고개를 돌린 참이었다.

'그러니까 난 정상적인 여자란 소리지.'

혼자 끄덕거리며 영희가 커다란 짐을 양손에 나눠 들고 걸어갔다. 저 놈은 지켜보고 있는 눈이 많은 것 같다. 당장 유진이만 해도 매의 눈으로 관찰 중이고, 슬비 말대로면 드라마국도 그 난린데……. 역시 안 되겠어. 저런 놈이랑 어떻게 연애질을 해?

영희는 다시금 '안 된다' 쪽의 저울에 추를 하나 더 올려놓았다. 어젯밤부터 수시로 영희가 하는 짓이다. 과연 윤성현과 연애를 해도 되겠는가? 로 이름 붙인 고민의 저울은 이미 '안 된다' 쪽이 압도적으로 기울어져 있다. 더 재볼 것도 없단 말이지.

그런데 왜, 어째서, 무엇 때문에 난 이 쓸데없는 고민을 계속하고 있는 거란 말인가? 아, 망할 놈의 딜!

영희가 또 머리를 붕붕 흔드는데 누가 고의성이 다분한 움직임으로 카메라를 피해 영희의 어깨를 퍽 치고 지나갔다.

"어?"

양손에 커다란 짐을 들고 있는 영희가 중심을 잃고 허우적거리다가 겨우 자빠지지 않고 멈춰 섰다. 고개를 돌려보니 정봉석이 실수라는 듯 씩 웃으며 말했다.

"이런 이런, 미안해요. 김 피디."

"아뇨. 괜찮습니다."

영희가 무뚝뚝하게 대답했다. 실수? 웃기고 있네. 치졸한 놈 같으니.

섬에 도착해 짐을 풀고 촬영 세팅을 한 뒤 순서에 따라 촬영을 진행해 나갔다. 그리고 드디어 동굴 앞에서 멤버들을 모아놓고 하는 오늘의 막바지 촬영에 들어갔다.

"오늘 이곳에서 든보맨에게 떨어진 지령은 동굴 탐험입니다. 저쪽에 동굴 보이시죠?"

준한의 손가락을 따라 모두의 시선이 그쪽을 향했다. 시커먼 아가리를 쩌억 벌리고 있는 듯한 동굴의 입구가 거기 있었다.

"피디님! 도대체 지구를 지키는 것과 동굴을 탐험하는 건 무슨 연관 관계가 있나요?"

〈레드든보〉를 맡고 있는 한정운이 고정 레퍼토리 같은 멘트를 쳤다.

"혹시 압니까? 저 동굴 안에 지구를 위협하는 괴수가 살지."

"괴, 괴수요?"

어이없어하는 멤버들을 놔두고 준한이 말했다.

"가장 늦게 동굴에 도착하는 멤버는 벌칙 있습니다. 출발!"

구시렁거리던 멤버들은 준한의 말이 끝나자마자 누가 먼저랄 것도 없이 동굴 쪽으로 내달렸다. 그들은 역시 잘 훈련된 예능인들이었다. 영희와 준한도 그들을 뒤따라 달리고 이를 카메라들이 쫓았다.

"저는 왜 찍습니까?"

자기 전담 VJ가 따라붙은 걸 깨닫고 성현이 인상을 썼다.

"그걸 내가 어떻게 알아? 난 시키는 대로 할 뿐이지."

"에잇……."

누가 시켰는지는 뻔했다. 성현은 할 수 없이 모자를 더 깊이 눌러쓰고는 동굴 쪽으로 달렸다.

동굴 속 미션이 무사히 끝나고 다들 숙소로 만들어둔 텐트촌으로 돌아왔다. 멤버들이 각자의 텐트에서 옷 갈아입고 잠시 쉬는 동안 연출진은 지금까지 담긴 화면을 토대로 앞으로 얼마나 더 찍어야 할지 회의했다.

"동굴 미션이 썩 괜찮게 나오지 않았는데……. 이제 뭐뭐 남았지?"

영희가 머리를 긁적이며 물었다.

"이제 해변에서 게임하는 거랑 내일 거밖에 안 남았는데."

유진도 눈썹을 찌푸리고 말했다. 촬영하는 내용을 보면 방송이 어떻게 빠질지 대충 감이 오기에 원하는 장면이 많이 안 나올수록 불안해지기 마련이었다.

"선배. 뭘 좀 더 찍어야 되지 않을까요?"

영희가 방 한쪽에 누워 있는 준한에게 말했다.

"괜찮아. 우리 얼굴마담은 많이 찍었어."

준한이 바라보며 씨익 웃자 성현의 눈썹이 실룩거렸다.

"대장, 전 방송에 나오고 싶지 않다니……."

"우리의 목적이 뭐냐?"

뜬금없이 묻는 준한의 말에 성현이 멈칫했다.

"우리 방송의 목적이 뭐냐고?"

준한이 다시 물었다.

"그야…… 예능이니까, 시청자들에게 웃음과 재미를 주는 거겠죠."

"그 시청자들이 원하는 게 있다면 거기에 맞춰주는 게 맞는 거냐? 아니면 무시하는 게 맞는 거냐."

성현이 말없이 준한을 바라봤다. 그는 까만 뿔테안경 너머로 웃음기를 띠고 성현을 보고 있었다.

"……죄송합니다."

준한이 무슨 말을 하고 있는지 성현은 금세 알아챘다. 본인도 어쨌든 피디가 되기 위한 과정에 있는 사람이고 피디란 시청자를 위해 존재한다. 그들을 위한 방송을 만들어야 하는 것이다.

"대장 오랜만에 좀 피디 같은 말 했네요? 아유, 불쌍한 성현이. 나라도 싫겠다."

유진이 성현의 어깨를 토닥이며 말했다.

"아닙니다. 제가 본분을 망각한 거죠. 대장 말이 맞아요."

"물론 이해는 한다. 나 역시 네 입장이었다면 이런 상황이 싫긴 할 테니까! 하하핫. 어쨌든 원망하려면 널 원하는 시청자들을 원망해라, 성현아."

준한이 뒷목을 긁적이며 웃었다. 성현이 조금 풀이 죽은 듯이 보여 영희는 내심 신경이 쓰였다.

"성현아, 따라와 봐."

대강 회의가 마무리되자 영희가 성현을 끌고 바깥으로 이끌었다. 텐트와는 조금 멀리 떨어진 차량들 사이에 서서 휙휙 주변을 살펴보는 영희를 영문 모를 표정으로 보고 있던 성현이 말했다.

"생각 다 끝난 거예요?"

"아니 그건 아직 안 끝났어."

영희가 손을 바지 주머니 안에 넣고 주물럭거리더니 무언가를 꺼내 내밀었다.

"……?"

성현이 받아든 그것을 유심히 살펴봤다. 작게 낱개로 포장된 빵이었다.

"이거 먹고 기운 내. 선배가 악의가 있어서 하는 말은 아냐."

"위로의 빵입니까?"

쿡, 하고 웃자 영희도 민망한지 씨익 웃었다.

"너무 군대식인가?"

"이런 것도 괜찮은데요? 여기에 사랑도 담겨 있는 겁니까?"

성현이 은근한 눈빛을 하고는 바라보자 영희가 뒤로 고개를 빼며 말했다.

"그, 그런 거 안 담겨 있……."

"잠깐, 쉿."

성현이 갑자기 영희의 입술에 손가락을 갖다 대자 놀란 그녀의 눈이 커졌다. 영희의 몸을 당겨 뒤로 바짝 붙은 성현이 귀를 기울였다. 뒤에서 들려오는 자박거리는 발자국 소리와 목소리가 점차 가까워오고 있었다.

"그러니까. 김 피디 그 재수 없는 여자 때문에 내가 뭔 말도 제대로 못 하고 있어. 뭐? 미친놈, 내가 안 그러고 싶어서 안 그러냐? 없는 시간 쪼개서 지금까지 촬영 펑크 낸 적도 없구만……. 그 시간에 다른 걸 하면 페이가 얼만데, 고마운 줄 알아야지."

성현의 얼굴이 딱딱하게 굳었다. 목소리의 주인이 정봉석이라는 걸 확신한 성현이 화가 난 얼굴로 뛰쳐나가려 하자 영희가 깜짝 놀라서 그를 잡고 끌어당겼다.

"이거 놓으……."

버럭거리려는 입을 손으로 급히 막으며 투닥거리는데 다행히 정봉석은 못 들은 모양이었다.

"아직도 날 우습게 보고 있어. 내가 맡고 있는 프로가 몇 갠데……. 한정운 그놈이랑 별 차이도 없다고! 빌어먹을, 사람을 우습게 보는 것도 정도가 있어야지……. 내가 지금 왜 개욕을 먹고 있는데? 그게 다 그 여자 때문이라니까. 맘 같아선 그딴 여자는 확……."

가까이 다가왔던 목소리가 점차 멀어지고 있었다. 목소리와 발자국 소리가 완전히 멀어져 더 이상 아무것도 들리지 않게 된 다음에야 영희가 한숨을 내쉬며 성현을 놔줬다.

"왜 말려요? 저딴 소리나 지껄이고 있는데!"

성현이 제 머리를 신경질적으로 헝클이더니 잔뜩 화가 난 목소리로 말했다.

"놔둬. 내가 먹신 캐릭터 뺏었다고 생각해서 그래. 그리고 원래부터 내가 자주 갈구니까 고깝게 생각하던 것도 있었고."

영희가 타이르듯 말했다. 정봉석이 자신의 욕을 하고 다닌단 소리는 들었지만 실제로 듣게 되니 썩 좋은 기분은 아니었다. 하지만 성현이 더 화가 난 얼굴을 하고 있어서인지 자기도 모르게 말리고 있었다.

"그만두라고 해요! 키워준 게 누군데 시간 쪼개서 촬영해준답니까? 그리고 선배가 이유도 없이 갈궈요? 갈굴 만하니까 갈군 거지!"

"쉿! 성현아. 목소리 좀 낮춰."

영희가 주변을 둘러보며 황급히 손짓을 했다. 촬영팀이 가까이 있으니 누가 들을까 조심해야 했다. 성현은 분이 삭지 않는 듯 씩씩거리더니 앞에 있는 애꿎은 돌멩이를 걷어찼다.

"어쭈? 그건 객기의 상징인 돌 걷어차기? 청춘이구나, 청춘이야."

영희가 피식 웃으며 장난스럽게 말했다.

"선배는 그런 소리 듣고 화도 안 납니까? 할 맘 없는 사람 왜 데리고 있어요? 잘라 버리지."

"이쪽 일 하다 보면 연예인이랑 원수 될 일 많아. 우리 쪽이 원하는 거랑 그쪽에서 원하는 거랑 다르니까……. 우린 우리대로 요구할 수밖에 없고 그쪽에선 또 그게 부당하다고 생각할 수 있는 거잖아. 그런데 그렇게 대놓고 틀어져 버리면 곤란해지는 일이 한두 가지가 아니야. 나중에 또 어디서 같이 하게 될지 모르는 게 이 바닥이니까."

영희가 조곤조곤 설명하자 성현이 나직하게 한숨을 쉬었다.

물론 모르는 거 아니다. 연예인이랑 다신 안 볼 것처럼 대판 싸우고 몇 년 뒤에 상대 연예인이 톱스타가 돼 버려서 자기 프로그램에 나오게 하려고 머리가 땅에 닿을 듯 비굴하게 사과하는 선배도 봤다. 소위 '자고 일어나니 스타'라는 말이 가능한 이 바닥에선 한 치 앞을 내다볼 수가 없으니 가능하면 적은 적게 만드는 게 좋다. 하지만 지금은 그런 거 다 따지고 싶지 않을 정도로 화가 치솟았다.

"……알았어요. 먼저 들어가요."

먼저 들어가라는 말에 영희가 성현의 팔을 잡아끌었다.

"같이 들어가지, 왜?"

"머리 좀 식히고 들어가려고 그래요. 지금 들어가면 그 자식 가만히 안 둘 것 같거든요."

성현이 억지로 미소를 지으며 말했다.

"아, 응. 그럼 먼저 들어갈 테니까 빨리 와."

영희가 마지못해 팔을 놓고 먼저 돌아섰다. 뒤돌아보니 성현이 담배를 꺼내 물고 있었다. 위로해주러 간 건데 어째 화만 더 키워버린 꼴이 된 것 같다.

다음 날 해변에 둘러 모여 클로징을 찍는데 난데없는 준한의 말에 연기자들은 다들 아연실색했다.

"입수요?!"

놀란 그들의 표정과 달리 준한의 표정은 완고했다.

"그건 다른 방송에서 맨날 하는 거잖아요?"

"다른 방송에서 한다고 해서 우린 하지 말란 법 있습니까?"

이번에도 준한은 완고했다.

"그, 그래도 왜 안 하던 입수를……."

"피디님! 입수와 지구를 지키는 것과 어떤 연관이 있다는 거예요?"

멤버들의 아우성이 이어지자 뿔테안경을 추켜올리며 준한이 말했다.

"기쁜 마음으로 차가운 물에 온몸을 던짐으로써 지구를 지키려는 듣보맨의 진심과 염원이 드러나지요."

그게 도대체 무슨 소리냐는 표정으로 망연자실 서 있던 멤버들은 할 수 없이 받아들이기로 했다. 어차피 다섯 명 중에 한 명만 걸리면 되는 거니까. 하지만 입수를 하게 되면, 걸려서 바닷물에 빠지게 된 멤버가 물귀신마냥 달려들어 나머지 멤버들도 기어코 물속에 빠지게 하는 필연적 연쇄작용을 그들은 몰랐다.

"으아아아아아악!"

게임에서 진 〈옐로듣보〉가 물속에 빠졌다가 좀비처럼 튀어나와 미친 듯이 〈그린듣보〉를 잡아끌고 가 물속에 처넣었다. 그러자 이번엔 두 명으로 늘어난 물귀신이 눈에 불을 켜고 다른 사냥감을 찾아다녔다. 그 모습을 신나게 보고 있던 스탭들 사이를 매의 눈으로 보고 있던 봉석이 갑자기 영희 손을 낚아챘다.

"어어?!"

영희가 눈을 휘둥그레 뜨고 봉석을 바라보니 그는 비릿한 웃음을 입에 걸고 무작정 영희를 끌고 바닷물로 달려가며 말했다.

"우리 유명하신 흡입피디님도 입수 맛을 한번 보셔야죠?"

"예? 제, 제가 왜…… 꺄아악!"

갑자기 벌어진 사태에 황당한 얼굴로 버티던 영희가 달려오는 물귀신 듣보맨들을 바라보며 비명을 질렀다.

"어? 김 피디 정봉석한테 복수당하나 봐. 재밌겠는데?"

스탭들이 킥킥거리며 웅성거리는 소리를 듣고 뒤늦게 상황파악을 한 성현의 얼굴이 무섭게 굳었을 때 갑자기 준한이 벌떡 일어섰다.

"야! 하지 마!"

준한의 고함소리가 들리기엔 그들은 너무 멀리 있었다.

"아악! 안 돼요!! 안……!!"

여럿이서 영희를 잡고 붕붕 돌리더니 꽤나 멀리 던져 버렸다. 평소 털털한 영희의 이미지에 그들은 일말의 망설임도 없이 마치 자신의 멤버들을 던지듯 마구잡이로 던져 버렸다. 스탭들도 연기자들도 다들 웃고 있는데 웃지 않고 있는 건 딱 둘이었다. 성현과 준한.

"이 자식들 뭐하는 거야!"

준한이 고함을 치자 다들 움찔 놀라선 쳐다봤다. 그리고 이미 성현은 무시무시한 얼굴로 바닷가로 달려가고 있었다. 거침없이 물속으로 들어가니 보기와 달리 물은 꽤 수심이 깊었다.

"선배! 잡아요!"

이성을 잃은 영희가 정신없이 허우적거리고 있었다. 충격과 공포에 빠져서 버둥거리는 영희의 팔을 급히 잡아당겼다. 그 손이 하늘에서 내려온 동아줄인 양 덥석 잡고 영희가 필사적으로 매달리자 그 무게에 성현이 뒤로 첨벙 넘어갔다.

"어머, 어떡해! 영희 물 공포증 있는데!!"

영희의 행동을 보고서야 사태의 심각성을 깨달은 유진이 헐레벌떡 달려갔다. 다른 스탭들도 우르르 달려가고, 그 사이에 성현은 공포에 질려 발톱을 세우고 들러붙는 물에 빠진 고양이 같은 영희를 품에 안아 빠져나왔다.

"영희야! 괜찮아?"

유진이 수건으로 영희 몸을 감싸며 물었다. 짧은 사이에 물을 많이 먹었는지 영희가 쿨럭거리며 물을 토해냈다.

"정봉석!"

준한이 벼락같은 고함을 치자 봉석이 흠칫 놀라며 대답했다.

"죄, 죄송합니다. 전 그냥 장난으로……. 물, 물은 별로 깊지 않은데……."

"이 미친 새끼! 물 공포증 있는 인간을 바닷물에 처박아? 송장 만들고 싶어?!"

노기 어린 준한의 고함소리에 봉석의 표정이 창백해졌다.

"……죄송합니다."

"죄, 죄송합니다! 피디님!"

무서운 얼굴로 봉석을 노려보고 있는 준한에게 멤버들이 다들 고개를 숙이고 사과했다. 그들도 봉석의 장난에 맞춰 최대한 깊은 물까지 있는 힘껏 영희를 던져 버렸으니 공범이었다.

"저 괜찮아요, 선배. 그만해요."

영희가 정신이 좀 들었는지 콜록거리며 준한을 말렸다.

"보통 사람들은 애도 안 빠질 깊이예요. 제가, 제가 이상한 거죠. 알고 그런 것도 아닌데 그만해요."

"에잇! 젠장맞을 것들이……."

화가 잔뜩 난 표정으로 영희를 바라보던 준한이 욕지거리를 내뱉으며 차로 가버렸다. 아무 말도 못 하고 어정쩡하게 서 있는 사람들을 향해 돌아선 영희가 덜덜 떨리는 손을 수건으로 감추며 말했다.

"클로징만 따고 갑시다! 입수는 아까 멤버들이 한 데서 끊고 바로 클로징으로 넘어갈게요. 오 감독님! 멤버들 풀샷으로 잡아주세요! 명철아, 슬레이트 준비!"

영희의 말에 머뭇거리던 스탭들이 일사분란하게 제자리로 향했다.

"정말 미안해요. 김 피디님."

"죄송해요. 저희는 피디님이 물 공포증 있는 거 모르고……."

정운과 다른 멤버들이 고개를 숙이며 사과했다. 봉석은 아직도 얼굴이 파래져선 어쩔 줄 모르는 표정으로 서 있었지만 사과하는 무리에 끼진 않았다. 불안한 듯 눈동자를 쉴 새 없이 움직이고 있는 모습이 이번 일이 기사로 나가지 않을지 그것만 걱정하고 있는 듯했다. 성현이 그를 살벌한 눈으로 노려보고 있자 영희가 황급히 말했다.

"난 괜찮아요! 물 공포증이 자랑도 아닌데요, 뭐. 하하하. 신경 쓰지 말고 촬영합시다!"

영희의 말에도 그들은 우물쭈물 움직이지 못하고 고개만 숙였다. 영희가 박수를 짝짝 치며 자리로 가서 소리쳤다.

"자자, 일렬로 서서 클로징 합시다. 명철아, 슬레이트!"

그제야 멤버들이 움직여서 주르륵 섰다. 봉석도 끄트머리에 슬쩍 와서 섰다. 다들 눈치를 보며 표정을 풀지 못하자 영희가 다시 소리쳤다.

"표정 풀어주시고, 멘트 정운 씨부터 갑니다. 하이~ 스타트!"

"대장 그런 표정 처음 봤어요."

"저도요. 맨날 나무늘보처럼 늘어져 있더니……."

"난 진짜 영희 죽는 줄 알았다니까? 애가 얼굴이 퍼렇게 돼서 실려 나오는데 큰일 났구나 싶었어!"

회의실에서는 아직도 그때 일로 숙덕대고 있었다. 얌전한 사람이 화내면 더 무섭다고, 대장이 화내는 걸 처음 본 사람들은 충격이 큰 것 같았다.

"그 얘긴 그만해. 안 그래도 창피해 죽겠는데……. 기사 안 나가게 입조심들 하고."

영희가 미간을 찌푸리고 말했다.

"알았어. 근데 이제 정말 괜찮아?"

유진의 말에 영희가 어깨를 으쓱였다.

"괜찮다니까. 그때도 너무 놀라서 물 먹은 거지 사실 빠져 죽을 깊이 도 아니었잖아."

"나도 놀랐어. 네가 물 공포증 있는 건 까맣게 잊고 어떻게 그 깊이에서 그렇게 허우적댈 수 있을까 했……. 아, 미안."

영희가 눈을 가늘게 뜨자 유진이 다소곳이 눈을 내리깔았다. 성현은 말없이 다음 세트스케치만 보고 있었다.

"근데 대장 말이죠, 김 피디님 좋아하는 거 아니에요? 그렇지 않고서야 사람이 그렇게 살벌하게 바뀔까."

도현이 의미심장한 눈빛을 빛내며 묻자 영희가 되도 않는 소리라는 듯 웃었다.

"에이, 그건 아냐."

"혹시 또 모르지? 정말 대장 영희한테 그런 거 아냐? 평소에도 영희한테 다 맡겨버리고 꽉 잡혀 사는 공처가 스멜이잖아."

이어지는 미심쩍은 눈빛에 영희가 손을 휘휘 내저었다.

"아니라니까? 선배가 전과가 있어서 그래. 대학 때 같은 과였는데 엠티 가서 선배가 장난으로 날 좀 깊은 계곡물에 처박았거든. 그때 죽다 살아났었는데 그걸 아직도 마음에 걸려 하더라고. 맨날 술 취하면 그때 일 말하면서 미안하다고 해."

"아아, 그랬어? 하긴 영희 너 대장이랑 같은 학교 나왔댔지? 그래서 대장이 그렇게 나온 거구나."

유진의 말에 영희가 고개를 끄덕였다. 그제야 주변에서도 그럼 그렇지, 하며 수긍하는 분위기였다.

"아깝다! 우리 팀도 드디어 사내 로맨스가 피어나나 했는데!"

그 말에 성현의 눈썹이 꿈틀거렸다. 형미가 유진을 향해 키득거리며 말했다.

"에이, 평소에 김 피디님이랑 대장 사이 어디 로맨스 비스무리한 게 있어요? 그냥 들끓는 전우애라면 모를까."

"하긴 상대로 김영희는 좀 그렇지? 대장과 영희는 전우애를 넘어 이젠 거의 형제라고. 일 터지면 근친상간이라니까?"

"양 씨, 아무리 그래도 그게 무슨……."

영희가 눈을 부라리며 양 피디한테 말하는데 갑자기 준한이 문을 열고 들어왔다. 일순 정적이 흘렀다.

"대장 오셨어요?"

수혁의 인사를 필두로 여기저기서 인사들이 쏟아졌다. 준한은 평소처럼 트레이닝복을 입고 건성으로 인사를 받으며 노인네처럼 휘적휘적 걸어와 지정석에 누웠다. 평소와 다름없는 준한의 모습에 다들 내심 안도의 한숨을 내쉬었다.

오늘도 회의는 질기고 길게 이어져 새벽에서야 끝났다. 준한은 회의가 끝나자마자 어딘가로 휘릭 사라졌고 퇴근할 사람들도 뿔뿔이 흩어졌다. 영희와 성현은 슬리퍼를 직직 끌며 편집실로 향했다.

"정말 이제 괜찮은 거예요?"

"나? 보시다시피 멀쩡해."

영희가 튼실한 팔뚝을 보여주며 거만한 표정으로 말했다.

"그런데 물 공포증은 왜 생긴 거예요? 원래 있었어요?"

"아니 그건 아닌데, 어릴 때 물에 빠졌던 적이 있거든. 원래 어릴 때 겪은 게 트라우마가 잘 되잖아. 아! 그러고 보니 그날 정신이 없었는데 나 물에서 끄집어내 준 게 너더라? 몰랐는데 촬영 테이프 보고 알았어."

"제가 대장보다 조금 빨랐죠."

성현이 싱긋 웃었다.

"고마워. 아직 인사도 못 했네. 근데 내가 무슨 물에 빠진 들짐승같이 매달리더라. 안 다쳤어?"

"저도 멀쩡해요."

성현이 조금 전의 영희를 흉내 내서 팔뚝을 내보이며 거만한 표정을 지었다. 영희가 피식 웃으며 그의 어깨를 툭 쳤다.

"그럼 다행이고. 유진이 그러던데 무슨 영화배우같이 구해줬다며? 방송으로 내보내면 대박인데 그러지 못해서 아깝다고 난리야."

"무슨 영화배우까지……."

방송으로 내보낸다는 말에 자동적으로 성현의 이맛살이 찌푸려졌다.

"걱정 마. 그건 절대 안 내보내. 한 마리 미쳐 날뛰는 멧돼지도 아니고 그걸 어떻게 내보내? 쪽팔려 죽겠다! 할 수만 있다면 원본 테이프까지 다 없애버리고 싶다고!"

영희가 초조한 눈으로 아랫입술을 잘근댔다. 정말 그 영상은 아마존 다큐에나 나올 법한 거대 짐승의 몸부림 같았다. 그냥 독하게 맘먹고 그 영상만 싹 지워버려?

"습관인가 보네."

갑자기 성현의 손가락이 아랫입술을 살짝 누르자 영희가 파드득 놀라 황급히 주변을 살폈다.

"왜, 왜 이래? 누가 지나가다 보기라도 하면……."

"왜요? 누가 보면 안 될 짓 한 건가?"

느긋하게 웃는 얼굴로 성현이 바라보고 있었다. 영희가 당당하게 말을 했다. 아니 하려고 했다.

"당연하지! 입술을 손가락으로 막 이러면 꼭……."

갑자기 말문이 막힌 영희가 성현의 눈만 바라봤다. 까만 눈동자가 영희의 눈동자를 뚫어지게 응시하고 있었다. 천천히 그의 눈동자가 동그란 콧대를 지나 도톰한 입술로 내려갔다.

"꼭 뭐요?"

"아, 아니야! 아무것도."

영희가 새빨개진 얼굴을 하고는 몸을 돌려 편집실 쪽으로 성큼성큼 걸어갔다. 성현이 피식 웃더니 천천히 따라갔다.

세상에는 여러 종류의 고백이 있을 것이다.

초등학생이 부모에게 덜미를 잡히고 할 수 없이 학원을 땡땡이쳤노라 고하는 고백, 숨겨뒀던 카드 영수증을 들킨 남편이 아내에게 실은 그때 회식을 2차까지 간 게 아니라 3차로 단란한 분위기의 술파는 집에 갔다는 고백, 사실 이 가방은 이만 원짜리가 아니라 이십만 원짜리였다는 아내의 고백……

그리고 나 너 좋아해, 하는 사랑 고백.

나 김영희. 자랑은 아니지만 지금껏 계란 한 판하고도 한 살을 더 채울 때까지 사랑 고백이란 거 단 한 번도 못 받아봤다. 그런데 그런 것을 갑자기 나보다 어린놈한테, 그것도 외모로 보면 피디보다는 연예인 쪽이 훨씬 어울리게 생긴 놈에게 떠억 받게 되다니……

"어떻게 한다……"

영희는 회의실에서 가부좌를 틀고 앉아 커피를 막걸리처럼 들이켜며 고민에 빠졌다. 이제 대답을 해줘야 한다. 진심이 아니라면 성현이 왜 그러는지 이유를 알아야 했다. 영희는 휴대폰을 들어 잠금 화면을 풀었다. 아까 켜두었던 메시지가 화면에 나타났다.

[어디에서 대화할까요? 전 두 시간 뒤에 끝납니다.]

맹금류처럼 액정을 노려보고 있던 영희가 손가락으로 콕콕거리며 리드미컬하게 화면을 터치했다.

[난 끝났음. 끝나면 회사 뒤에 이모네로 와.]

띠링! 전송 완료.

"이런 얘긴 꼭 곱창집에서 해야 돼요?"

은색테이블 맞은편에 앉은 성현이 미간을 찌푸렸다.

"지금 장소가 중요해? 여기 술 한 잔 하면서 얘기하기 좋잖아. 가깝고, 뒷골목이라 회사 사람들도 별로 안 오는 데고. 이모, 여기 소주 한 병이요~"

소주를 받은 영희가 태연하게 성현의 술잔에 맑은 소주를 따라줬다. 밤샘 피로에 찌든 몸이 알코올을 스펀지같이 빨아들이는 느낌이었다.

"그래서요? 대답은?"

성현의 입가에는 느긋한 미소가 매달려 있었다. 결과는 듣지 않아도 뻔히 안다는 자신만만한 표정이었다. 그 미소를 바라보던 영희가 술잔을 들어 단숨에 비우고는 말했다.

"미안. 안 되겠어."

예상치 못한 대답에 성현의 입가에 매달려 있던 미소가 단숨에 사라졌다. 한 순간에 표정을 딱딱하게 굳힌 성현이 잠시 말문이 막힌 듯 영희를 바라봤다.

"……그러니까, 지금 저랑 못 사귀겠다 그 말입니까?"

도무지 이해가 되지 않는다는 표정으로 다시 물었다.

"응, 미안."

확인사살을 받은 듯 충격에 빠진 얼굴로 영희를 응시하던 성현이 술잔에 남은 술을 급히 들이켰다. 진심으로 이해가 가지 않는다는 표정으로 미간을 찡그리고 있던 성현이 성마르게 다시 물었다.

"이유가 뭔데요? 아니, 그러니까 선배는, 내가 마음에 안 드는 거예요?"

"너는? 나한테 그런 말 한 이유가 뭔데?"

영희가 성현의 눈을 바라보며 태연하게 묻자 그의 눈썹이 홱 올라갔다. 당황스러운 표정이 그대로 드러나고 있었다.

"그야 당연히 선배랑 사귀려고 한 거죠."

"왜? 너 나 좋아하니?"

갑자기 성현의 말문이 막혔다.

"······호감은 있어요."

"넌 호감 가지고 여자 사귀어?"

"다들 비슷한 시점에서 시작하지 않나? 호감에서 시작되고, 만나다 보면 감정 더 커지는 거고 그런 거잖아요."

성현의 말에 영희가 제 술잔을 매만지며 한숨을 내쉬었다. 좋아한다는 거짓말은 하지 않으니 일단 다행이다.

"다른 사람들은 그럴지 몰라도 난 그게 안 될 것 같아. 나는, 지금까지 연애해본 적이 없어서 그런 쉽고 가벼운 연애는 할 자신이 없어."

"다들 처음엔 쉽고 가볍게 시작하는 거죠. 처음부터 진지하고 무겁고 죽고 못 살 것 같은 사랑을 할 수 있을 것 같습니까? 물론 그럼 좋겠지만 그게 절대 쉬운 건 아니거든요. 그 어려운 걸 기다리겠다고 계속 혼자 짝사랑만 하면서 허송세월 보낼 겁니까?"

영희가 자조적인 웃음을 지었다.

"그게 운명이면 뭐 그렇게 살아야지."

성현이 답답한 듯 제 머리를 헝클이듯 부볐다. 불판 위에서 지글거리며 익고 있는 곱창을 잠시 노려보던 그는 짧은 한숨을 내쉬었다.

"알았어요. 솔직히 말할게요."

결심한 듯 동그란 의자를 테이블 쪽으로 바짝 끌어당겨 자세를 고쳐 앉았다.

"사실, 맞아요. 선배 말대로 정말 절실히 좋아하는 건 아니에요. 어쩌면 그냥 궁금한 것뿐일지도 모르고. 선배는 뭐랄까, 다른 여자들과 전혀 다른 타입이라······. 더 알아가고 싶달까."

성현이 하는 말을 영희가 잠자코 듣고 있었다. 마른 입술을 술잔으로 축인 그가 말을 이었다.

"그 의도가 불순하다고 해도 그게 솔직한 제 생각입니다. 하지만 상대를 궁금해하는 것만으로도 프러포즈할 계기는 충분히 된다고 생각하는데, 선배 생각은 다른가요?"

"그건 그럴 수 있지. 네 말이 맞아."

영희가 천천히 고개를 끄덕였다. 성현이 혀로 마른 제 입술을 핥았다. 입술이 자꾸만 말랐다. 생각보다 많이 긴장하고 있는 모양이었다.

"그럼 다시 대답해봐요."

진지한 눈빛이 영희를 응시했다. 그런 표정의 성현을 보고 있자니, 영희는 새삼 그의 잘생긴 얼굴에 감탄이 일었다. 반짝이는 까만 눈동자가 담긴 눈이 감겼다 떠질 때마다 짙고 풍성한 긴 속눈썹이 펄렁거렸다. 시원하게 뻗은 콧날 아래 약간 긴장한 듯이 다물어져 있는 단정한 입매가 묘하게 섹시했다. 날렵한 턱선은 샤프하고……. 보면 볼수록 진귀한 놈일세, 이거? 이런 놈이 나한테 이런 말 할 기회는 내 평생 다시는 없을 텐데, 그냥 앞뒤 재지 말고 답삭 사귀고 봐?

"미안. 역시 안 되겠어."

영희가 속으로 탄식을 하며 내뱉었다. 이미 내뱉은 말 주워 담을 수도 없겠지. 아아, 이 망할 놈의 성격.

"왜요?"

성현은 진심으로 의아한 표정이었다. 영희가 술잔을 단숨에 꺾어 비우고는 말했다.

"왜냐면 말이지. 난, 연애가 무서워."

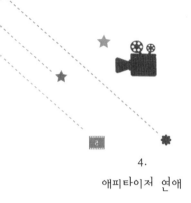

4.
애피타이저 연애

"난 연애가 무서워."

성현이 순간 멍청한 얼굴을 했다. 누구나 하는 연애를 왜 무섭다고 하는 건지 이해가 가지 않는다는 표정이었다.

"있잖아. 난 어릴 때 할머니랑 살았는데……."

연애 이야기를 하는데 갑자기 웬 뜬금없는 할머니 이야기란 말인가. 그는 혼란스러운 표정이었다.

"할머니가, 돌아가셨어."

"아……."

뭐라 반응해야 할지 몰라 성현의 표정이 더더욱 혼란스러워졌다. 곱창은 불판 위에서 타고 있는데 안주도 먹지 않고 영희는 술만 따라 마셨다. 성현도 영희가 따라주는 술을 받아 한 입에 털어 넣었다.

"엄마도 항상 아프셨는데, 엄마도 돌아가셨어."

"아아……."

성현이 입술에서 탄식 같은 대답을 흘렸다. 도무지 어떻게 반응해야 할지 모를 말들만 줄줄 흘러나오고 있었다.

"그런데 참 웃긴 게 말이지. 엄마랑 할머니가 돌아가시고 나니까 다들 금방 잊은 듯이 사는 거야. 나한테는 세상에서 가장 소중한 존재가 사라져버린 건데, 다른 사람은 그렇지 않았나 봐. 그렇게나 엄마랑 사이가 좋았던 아버지도 고작 몇 년 만에 새엄마를 데려오고……. 웃기지 않아?"

영희가 고개를 숙인 채로 빈 잔을 매만졌다.

"……아마 아버지도 힘드셔서 그러셨을 거예요."

"알지, 그건 나도 아는데."

빈 술잔에 또 맑은 술이 채워졌다.

"아무리 사랑했던 사람이라도 떠나고 나면 그렇게 잊혀져 버리고 마는 거야. 떠나고 나면 다 끝인 거라고. 그렇게 생각하니까 뭐랄까, 연애라는 게 너무……."

"겁쟁이네."

성현의 말에 영희가 고개를 들었다.

"상대가 떠나고 혼자 남겨지는 게 싫어서 시작도 안 한다는 소리잖아요. 해보지도 않고, 시도도 하지 않고."

"그건…… 맞아."

영희가 천천히 고개를 끄덕였다. 성현의 미간이 확 좁혀졌다. 인정할 건 쿨하게 인정하는 여자지만 왠지 화가 난다.

"그렇게 무조건 수긍만 할 것이 아니라, 선배……."

"내가 좀 답답하지? 그래서 내가 맨날 짝사랑만 하고 있는 거잖아. 하하하."

얼굴을 찌푸린 성현이 답답한 표정으로 영희를 바라봤다. 곱창을 앞에 두고 태연하게 웃고 있지만 아무리 좀 더 깊이 들어가려고 해도 영희의 방어막은 완고했다. 뚫지 못할 것 같아서 짜증이 솟구친다. 신경질적으로 머리를 쓸어 넘기는 성현에게 영희가 술잔을 내밀었다.

"자, 그러니까 그건 안 되겠고. 다른 걸 말해봐."

술잔을 부딪친 성현이 단번에 술을 비웠다.

"뭐, 좋아요. 선배가 속 얘기까지 해주는데 억지로 밀어붙이진 않을게요. 단⋯⋯."

성현의 눈빛이 예리하게 빛났다. 영희가 미심쩍은 눈빛으로 살짝 비틀어져 올라가는 그의 입술을 바라봤다.

"이건 해줘야겠어요. 지금은 무섭지만 앞으로 나아질 수도 있으니 나에게도 기회를 줘야 하지 않겠어요? 말했듯이 난 이미 선배한테 관심이 생겨버렸으니까. 그러니까 이렇게 하죠. 쉽게 말해서 연애를 코스 요리로 비유해서 풀코스로 칩시다. 메인디쉬 말고, 애피타이저 기간으로 하죠? 한 달간."

영희의 눈이 멀뚱하게 커졌다.

"그게 무슨 소리야?"

"예비 연애기간으로 잡자는 거예요. 애피타이저가 메인디쉬 전에 입맛을 돋우는 단계잖습니까. 연애 시작의 전초전이라고 생각하고 한 달간 만나봐서 아니면 끝. 그 후엔 그냥 선후배로만 지내는 거고 맘에 들면 같이 메인디쉬 맛있게 먹는 거고."

난감한 표정의 영희 눈동자가 이리저리 굴러가는 것을 보며 성현이 입꼬리를 올렸다.

"그건⋯⋯."

"이거까지 거절하면 안 돼요. 나 많이 밑지는 장사니까."

마침내 쐐기를 박았다. 성현의 표정이 말하고 있었다. 더 이상은 물러날 생각이 없으니 그만 항복하시죠? 사수님.

말문이 막혀 보고만 있던 영희가 한숨을 내쉬었다.

"알았어. 이것까지 거절하면 안 되겠지. 항복!"

"너 표정이 왜 그러냐?"

유진이 쿡쿡 찌르며 묻자 영희가 넋이 나간 듯한 얼굴을 움찔거리며 돌렸다.

"어? 미안. 못 들었는데 ……뭐라고 했어?"

"얼씨구? 정말 이상하네? 너 무슨 일 있어?"

영희가 아니라며 팔을 휘저었지만 표정은 여전히 썩어 있었다.

"나 잠깐 나갔다 올게."

유진의 미심쩍은 눈빛을 외면하고 영희가 황급히 회의실을 나왔다. 머릿속이 복잡해서 도무지 일이 손에 잡히지 않았다. 성현이가 했던 말이 내내 머릿속을 돌아다니고 있었다.

"아유, 이 멍청아! 연습이잖아, 연습! 그냥 연습이라고!!"

"무슨 연습?"

발작적으로 머리를 쥐어뜯는 영희 앞에 언제 나타났는지 준한이 서 있었다.

"아, 아무것도 아닙니다!"

깜짝 놀란 영희가 버럭 소리를 질렀다.

"나 귀 안 먹었어. 왜 이래?"

준한이 귀를 막고 인상을 썼다. 영희가 하하핫 그러게요, 하며 어정 쩡하게 웃더니 게걸음 치며 사라졌다.

"쟤가 왜 저래? 못 먹을 걸 먹었나……."

중얼거리며 사무실 쪽으로 준한이 몸을 돌리는 순간, 그의 까만 뿔테 안경 속의 눈이 확 커졌다.

복도 저편에 채인이 서 있었다. 놀란 듯한 눈으로 준한을 바라보고 있던 채인은 그와 시선이 마주치자 긴 속눈썹이 파르르 떨렸다. 그녀는 실크 같은 머릿결을 찰랑이며 이쪽으로 다가오려는 움직임을 보였지만 준한은 무섭게 얼굴을 굳히고 사무실로 들어갔다.

"이채인 씨? 거기가 아니라 이쪽이에요."

공 피디가 엉뚱한 곳으로 가려는 채인을 불러 세웠다. 멈춰 선 채인이 금방이라도 울음을 터뜨릴 듯한 눈동자를 황급히 감추고 고개를 돌렸다.

"아, 그랬어요?"

앞장서는 공 피디를 살짝 미소를 띠운 채인이 따라갔다. 하늘거리는 가녀린 뒤태에 지나가는 이들의 시선이 노골적으로 꽂혔다. 수군거리는 목소리가 방송국 안에서도 왕왕 퍼져갔다.

"나 좀 전에 이채인 봤어, 이채인!"

양 피디가 잔뜩 상기된 얼굴로 황급히 회의실에 들어왔다.

"이채인? 정말? 난 못 봤는데!"

"저도 못 봤는데요? 어디서요??"

유진과 수혁이 놀란 얼굴로 목소리를 높이자 양 피디는 득의양양한 표정으로 말했다.

"대박이야! 완전 이뻐! 여신이 따로 없더라!! 정말 사람 같지가 않다니까?"

"와…… 실물도 그렇게 예쁜가 봐. 부럽다. 진짜 얼굴이 주먹만 해요?"

"그럼! 그 쬐끄만 얼굴 안에 절반이 눈 같아. 코도 입도 올망졸망하니 아주 그냥……. 으와, 표현이 안 되네! 어쨌든 장난 아니야!"

침을 튀기며 흥분하는 양 피디 옆에 모여 다들 한마디씩 거들며 술렁이고 있는데 준한만 자기 지정석에 누워 잡지로 얼굴을 가리고 자고 있었다.

그 때 정 피디가 조용히 문을 열고 들어와서 조용히 준한을 흔들어

깨웠다.

"쟤는 들어와도 왜 소리가 안 나? 참 희한한 애야."

양 피디가 소리도 없이 들어온 정 피디를 보고 움찔거렸다. 정 피디는 아랑곳하지 않고 준한을 흔들었다.

"대장. 좀 일어나 봐요."

"어, 왜? 무슨 일이야?"

준한이 그제야 얼굴에서 신문지를 치우며 몸을 일으켰다. 정 피디가 안경 너머로 전에 없이 확고한 눈빛을 빛내고 있었다.

"이건 꼭 살려야 해요."

확신에 차 있는 정 피디의 목소리에 준한이 안경을 고쳐 쓰며 제대로 앉았다. 정 피디가 이렇게 나올 때는 대부분 촉이 섰을 때였다. 그 촉은 지금까지 단 한 번도 틀린 적이 없었다.

"……뭘?"

준한이 정 피디를 똑바로 바라보며 물었다.

"안 돼요!!"

"절대 안 됩니다!"

영희와 성현은 완강했다. 그들은 재판장에 끌려나온 죄인들마냥 회의실에 나란히 앉아 고개를 연신 저어댔다.

"안 되는 게 어딨어? 살릴 만하면 살리는 거지."

준한이 팔짱을 끼고 완고한 턱을 치켜세웠다. 성현은 속이 바짝바짝 탔다. 준한이 저런 식으로 나오면 도저히 빠져나갈 구멍이 없다.

"선배! 주말 저녁 시간 멧돼지가 물속에서 처절하게 발악하는 장면을 누가 보고 싶겠어요? 욕먹는다고요!"

"괜찮아. 욕먹어도 돼."

"선배에!!"

영희가 발악하듯 소리쳤지만 소용이 없었다.

"대장. 아무리 그래도 그건 좋은 장면이 아닙니다."

"그래, 성현아. 더 말해봐."

성현이 난감한 목소리로 말하자 영희가 구원병을 만난 기분으로 재촉했다.

"윤성현. 누가 대장이지?"

준한이 뿔테를 밀어 올리며 날카로운 눈빛으로 묻는 말에 성현은 할 수 없다는 듯 포기했다.

"……죄송합니다."

"야! 그, 그렇게 빨리 포기해버리면 어떡해? 선배! 난 싫어요! 아무리 다수결의 원칙이 중요하다지만 내가 싫은데! 내가 당사자인데 이렇게 몰고 가는 게 어딨어요? 안 돼요!!"

조용한 회의실에 영희만 길길이 날뛰고 있었다. 그러든지 말든지 그들의 뒤쪽에선 장면을 어떻게 살릴 것인가에 대한 회의가 중얼중얼 이어지고 있었다.

"성현이가 아무리 인기 있다지만 이건 위험할 수도 있지 않을까? 이 정도 물 깊이에서 오버 떤다고 생각할 수 있잖아. 연기하냐는 식으로. 얼마 전에 대본 사건 때문에 그 인기 있던 「다이나믹 킹」도 시청률 반 토막 났잖아."

"제 말이 그 말입니다!"

양 피디가 갸웃거리며 하는 말에 영희가 잽싸게 소리쳤다.

"아니에요. 요즘 시청자들 얼마나 영리한데요. 딱 보면 연기인지 실제 상황인지 단번에 알아채요."

"맞아. 피디가 연기해 봐야 얼마나 잘하겠어. 그때 영희 눈물 콧물 장난도 아니었는데 설마 그걸 보고 연기라고 생각하지는 않겠지."

정 피디와 유진이 하는 말을 듣던 영희의 얼굴이 파래졌다.

"아니, 그러니까 지금 나 눈물 콧물 다 쏟은 장면을 고스란히 내보내겠다, 그런 소립니까들??"

영희의 말은 들리지도 않는 듯 정 피디가 가운데 손가락으로 안경을 추켜올리며 말했다. 확신을 가지고 말을 할 때의 정 피디 습관이다.

"이건 먹혀요, 틀림없어요. 특히 이 물에 젖은 성현 씨의 티셔츠가 몸에 쫙 달라붙으면서 남성미 터지는 근육이 리얼하게 드러나는 장면! 장담하는데 아줌마, 노처녀, 소녀, 할머니 순으로 다 넘어옵니다. 확실해요!"

이번엔 성현의 얼굴이 파래졌다. 지금 저렇게 속사포처럼 말을 쏟아내고 있는 사람이 정 피디라니? 저 여자가 저렇게 긴 말도 할 줄 아는 사람이었구……. 아니 지금 그게 중요한 게 아니잖아? 뭐라고?? 아줌마, 노처녀, 할머니??

"안 됩니다!"

위협을 느낀 성현이 다시 한 번 강하게 거부하는 의사를 밝혔지만 이번에도 철저히 묵살됐다.

"그럼 살리는 걸로?"

"살리는 걸로."

그렇게 그들은 자기들끼리 최종결정을 내리고 비릿한 미소를 지었다. 잔인한 회의가 이어지는 동안 영희와 성현이 몇 번 더 필사적으로 거부했지만 번번이 묵살됐다.

"어떻게 할 겁니까?"

"뭘?"

성현의 물음에 영희가 진이 빠진 얼굴로 대답했다.

"정말 그대로 방송하게 둘 거예요?"

"그럼 별수 있어? 까라면 까야지 뭐."

편집실에 앉은 채로 영희가 한숨을 내쉬었다. 어차피 안 될 일 포기하는 수밖에 없었다. 준한의 성격은 누구보다 자기가 잘 알고 있으니까.

"그래도 그건 너무……."

성현이 머리를 넘기는데 편집실 문이 달칵 하고 열렸다. 준한이었다. 둘은 준한을 보고 어정쩡하게 일어섰다.

"정 싫으면 빼줄게."

준한이 문에 기대어 팔짱을 끼고 영희를 바라봤다.

"네?"

다짜고짜 하는 말에 영희가 멍청한 얼굴로 되물었다.

"아까 회의 다 듣고도 네 판단이 내보내지 않는 거면, 그렇게 하겠다고. 그러니까 영희 네가 결정해."

영희가 잠시 말없이 준한을 응시했다. 준한도 피곤에 찌든 얼굴로 영희를 바라보고 있었다. 성현은 그 둘의 시선을 번갈아 바라보더니 턱을 딱딱하게 굳혔다. 이윽고 영희가 웃으며 준한을 바라봤다.

"선배도 참, 안 어울리게 왜 이래요? 딱 정하면 누가 뭐라든 그대로 가는 사람이잖아요. 더구나 정 피디가 촉이 온 거면……."

"가타부타 시끄럽고 결정이나 해."

준한이 잘라 말했다.

"뭘 선택권까지 줘요. 그냥 해요."

"괜찮겠어?"

"네. 뭐 조금 쪽팔리겠지만 그 정도야 감수해야죠."

영희가 어깨를 으쓱했다. 준한이 그럴 줄 알았다는 듯 씨익 웃자 성현이 불쑥 끼어들어 말했다.

"대장. 저에겐 안 물어보십니까?"

"넌 까라면 까."

준한은 성현을 향해 짧게 말하고는 다시 문을 탁 닫고 나가버렸다.

"뭡니까? 나한테만."

성현이 불통하게 투덜거리자 영희도 갸웃거렸다.

"나한테도 평소에 이런 일은 없는데 이상하다? 그때 일이 아직도 맘에 걸리는 모양이지? 이런 황송한 선택권까지 날리는 걸 보면."

"하, 결국 선배가 이런 선택을 할 거라는 걸 알고 있는 거겠죠."

코웃음을 치던 성현의 얼굴이 서서히 굳었다.

기분이 안 좋았다. 아니 그냥 기분이 좋지 않은 것만이 아니라 점점 화가 치솟아 올랐다. 이건 분명 전에 컵라면 사건이 있었을 때도 느꼈던 기분이었다. 마치 둘만의 비밀을 공유한 듯 말하지 않아도 뭐든 다 안다는 식의 둘의 대화가, 눈빛이, 몹시 거슬렸다.

"선배."

성현이 부르는 소리에 영희가 뒤돌아봤다. 그 순간 성현이 영희를 확 끌어당겨 얼굴을 가까이 갖다 댔다. 영희의 눈이 커다래지는 사이 포개질 듯 얼굴이 가까워지더니 순식간에 영희 입술 위에 부드러운 것이 겹쳐졌다.

"……!"

촉촉한 그의 입술이 통통한 영희의 입술을 빨아들였다. 달콤한 아이스크림을 핥듯 입술을 쓸다가 빨아 당기자 영희의 눈앞이 아찔해졌다.

'맙소사!'

영희가 눈을 질끈 감고 힘껏 밀어내려는데 오히려 그는 영희의 뒷목을 잡더니 더 강하게 입술을 빨아 당겼다. 뜨거운 혀가 입술 사이를 가르고 쑤욱 들어오더니 순식간에 영희의 혀를 감쌌다. 움찔거리는 그녀의 혀를 붙잡아 샅샅이 핥아 내린 그가 점차 거칠게 영희의 혀를 빨아당기기 시작했다.

숨이 턱턱 막히고 머릿속이 과부하가 걸린 건지 아무 생각도 나지 않았다. 성현은 도망가는 영희의 혀를 몇 번이나 붙잡아 빨아들이다가 거친 숨을 토해내며 입술을 떼어냈다.

"너, 너 이게 무슨, 무슨, 무슨……"

"선배 버퍼 걸렸어요?"

성현이 제 입술을 혀로 핥으며 씨익 웃었다. 그 섹시한 혀 놀림을 보니 영희의 얼굴이 순식간에 달아올랐다. 저 혀가 방금 내 입술, 입술을……

"이게 무슨 짓냐고?!"

이런, 짓이냐 했어야 되는데 짓냐고라고 해버렸다. 눈앞에서 성현이 풋, 하고 웃음을 터뜨리는 게 보인다. 빌어먹을……

"선배 의외로 귀여운 면도 있네요?"

"전혀! 나 안 귀여워! 난! 전혀!! 귀엽지 않아!!"

영희가 충격 속에 발악하듯 소리쳤다. 마치 대한독립 만세를 외치는 듯한 비장한 목소리였다.

"알았으니까 좀 진정해요. 키스 한 번에 뒷목 잡고 쓰러지겠어요."

그의 말에 영희가 시뻘겋게 달아오른 얼굴로 의자 위에 털썩 앉아 잠시 호흡을 다시 가다듬었다. 후하— 후하— 릴렉스하자, 릴렉스. 정말 이대로라면 쓰러질지도 몰라. 후—하—후—하—

"좀 괜찮아요?"

이제야 좀 뇌 속으로 스멀스멀 공기가 들어오는 것 같았다. 호흡곤란의 위기를 넘기고 영희는 차분한 어조로 말했다.

"그래. 왜 그랬니?"

"뭐가요?"

저 뻔뻔한!!

"왜 나한테 키……키스를 한 거냐고!"

키에서 조금 위태로웠지만 그럭저럭 잘 넘겼다. 영희는 내심 안도의 한숨을 내쉬었다. 역시 사람은 극도로 흥분한 상태에선 대화가 안 된다.

"그야…… 하고 싶으니까?"

무슨 당연한 소리를 하냐는 듯 성현이 눈썹을 슬쩍 들어 올렸다. 그 말에 영희의 혈압은 다시 상승하고 있었다.

"저기, 성현아. 키스란 서로 간의 합의하에, 서로 마음이 통해야만 하는……."

"선배는 나랑 키스한 게 그렇게 싫었어요?"

"……어?!"

예상치 못한 질문에 영희가 또다시 페이스를 잃고 당황 속으로 빠져들었다. 안 된다. 여기서 말려들면 안 돼! 정신 똑바로 차리자.

"아니 솔직히 싫진 않았어. 하지만 그걸로 문제가 해결되진 않아. 일단 여긴 회사고, 그리고 너와 난 아직 정식으로 사귀는 사이가……."

"정식으로 사귀는 사이여야만 키스할 수 있는 건가?"

성현이 미간을 살짝 좁히고 물었다.

"당연하지. 키스는 반드시 정식으로 교제하는 사람만 할 수가 있다고 함무라비 법전에 나와 있어. 몰랐니? 그 중요한 걸?"

자기가 지금 농담을 지껄이고 있는 건지 진담을 지껄이는 건지도 모른 채 되는대로 영희가 말하기 시작했다.

"그렇구나. 어쩌죠?"

성현이 미간을 찌푸린 채로 영희의 얼굴을 물끄러미 바라봤다. 진지한 눈동자를 보니 또 괜히 가슴이 설레는 것 같다. 아, 정 피디의 말이 사실이다. 분명 이놈에겐 소녀부터 할머니까지 죄다 끌어당기는 마성이 있는 것이 분명해.

"어떡하긴. 한 번은 이성적으로 생각해서 너그럽게 용서해줄 테니까 앞으로는 너도 이성적으로 생각하고 또 생각해서 안 그러면 되는……."

"그게 아니라 난 또 하고 싶은데 어쩌냐는 말인데."

"뭐, 뭐라고??"

충격적인 말에 영희의 눈동자가 또 평정을 잃고 정처 없이 흔들렸다. 성현은 입꼬리를 추켜올리며 영희를 똑바로 응시했다.

"다시 말해줘요? 나 당신이랑 또 키스하고 싶다고."

영희가 경악했다. 이놈은 입에 침 한 방울 안 묻히고 잘도 이런 소리⋯⋯. 거기다 이놈 쿡쿡 웃고 있기까지 했다.

"우, 웃어? 웃음이 나와? 너 지금 장난치고 있는 거지??"

"장난하는 게 아니라 선배가 자꾸 본능의 영역을 이성의 영역으로 설명하라고 하니까."

영희가 시뻘게진 얼굴로 분개하자 성현이 웃음을 멈추며 정색했다.

"성현아. 우린 인간이야. 본능만을 위해 살 수는 없어. 아무리 사바나가 그리워도 그런 짓은⋯⋯."

"선배. 농담은 그만하죠."

"⋯⋯응."

성현이 진지한 얼굴로 말하자 영희가 얌전히 대답했다. 조금 민망하기도 했다. 뻘쭘하고 난감해서 자기도 모르게 농담만 늘어놓는 센서가 발동해버렸다는 걸 알고는 있었으니까.

"우선 앞으로 다신 이런 일 없게 하라는 말은 못 지킵니다. 한 달 후에 선배가 나 아니다 하면 그때는 칼같이 지키죠."

"⋯⋯응."

영희가 또 얌전히 끄덕였다.

"그리고 또 하고 싶다는 말은 진담이고. 선배도 솔직히 싫지 않았다는 말도 농담은 아니죠?"

"⋯⋯응."

"그럼 됐어요. 선배가 싫다면 회사에서는 가능한 한 안 할 테니까."

그럼 뭐가 됐다는 걸까? 영희는 머릿속이 혼란스러웠다. 그래도 일단 됐다니까 된 거라고 생각하자.

"뭔지 잘 모르겠지만 일단 알았어."

웅얼거리듯 영희가 대답하자 성현이 싱긋 웃었다.

"좋아요. 그럼 이제 일해야 되니까 나가볼게요. 조금 이따 봐요."

손을 뻗어 기다란 손가락으로 영희의 머리를 살짝 헝클이고 성현이 문을 열고 나갔다. 영희는 헝클어진 머리를 정리할 생각도 못 하고 가만히 앉아 있었다.

"……아, 일! 일해야지."

퍼뜩 생각난 듯 의자를 당겨 노트북을 켜고 모니터를 켰다. 얼굴에서 불이 뿜어져 나올 것 같았다. 아무리 심호흡을 해도 가라앉지 않는 열기. 혼자 남은 편집실에 쿵쾅거리는 심장소리가 온통 울릴 지경이었다.

"도대체 저놈이 나한테 무슨 짓을 한 거지?"

멧돼지마냥 끔찍한 모습이 전국적으로 방송을 탄다는 것보다 조금 전의 키스가 훨씬 더 머릿속을 어지럽게 만들고 있었다.

정 피디의 촉이란 실로 놀라운 것이었다.

그 방송 이후 「듣보맨」은 엄청난 화제를 몰고 다녔다. 시청률도 껑충 뛰었고 각종 연예기사를 연일 화려하게 장식했다. 방송사에서도 이변이라고 할 정도로 엄청난 인기였다. 스타피디들은 있지만 이 정도로 센세이션을 일으킨 피디는 없었다.

문제는 본인이 전혀 즐기지 않는다는 거지만.

"안 합니다!"

성현이 거칠게 전화를 끊었다. 미간에 움푹 패인 세로 주름으로 보건대 그는 꽤나 오랜 시간 동안 인상을 구기고 있었을 것이다.

"왜? 또 섭외 전화야?"

양 피디가 넌지시 물었다.

"내가 왜 내 프로도 아닌 다른 예능에 나가야 됩니까?"

성현이 짜증이 가득 돋은 목소리로 내뱉었다.

"너무 화내지 마. 하이에나같이 이슈 될 만한 것들 찾아다녀야 하는 게 방송쟁이들 숙명인 거 알잖아. 난 부러워 죽겠다. 성현이 너랑 몸이 바뀌었으면 얼마나 좋을까? 그럼 여자들을 아주 그냥 맘 놓고 후릴 수 있을 텐데!"

"어이구, 생각하는 게 어쩜 저리 저렴하신지."

맞은편에 앉아 있던 유진이 커피를 쪽쪽 빨다가 양 피디를 향해 눈을 흘겼다.

"뭐 마음만 그렇다는 소리지. 안 그러냐? 도현아? 너도 성현이가 부럽지?"

"왜 안 부럽겠어요~ 요즘 성현이 형 앞으로 오는 선물이 웬만한 아이돌보다 많을걸요?"

"난 솔직히 성현이 넘 유명해지는 거 싫은데."

유진의 말에 성현이 시선을 돌리자 유진이 그윽한 눈빛으로 바라봤다.

"멀어지는 것 같잖아. 나만의 아이돌에서 모두의 아이돌이 되는 것 같이."

"아……."

성현은 닭살이 돋을 것 같았지만 유진은 꿋꿋하게 윙크를 날렸다.

"황유진! 나잇살 먹어서 추잡하게 그러지 좀 마!"

"어머머머? 추잡? 추잡하다니?? 그리고 나 성현이랑 나이 차이 별로 안 나거든?!"

미간을 찌푸리는 양 피디에게 유진이 눈을 치켜뜨고 버럭거렸다.

"어이, 쓸데없는 소리 그만하고 답사나 갔다 와. 빨랑."

시끄럽다는 듯 인상을 쓴 준한이 손가락으로 문 쪽을 가리키자 양 피디가 투덜거리며 일어섰다.

"알았어요. 어이, 일어나! 가게."

양 피디가 팔을 툭툭 치자 유진이 눈을 부라리며 짜증을 냈다.

"엄머? 나잇살 먹고 추잡한 나는 왜 같이 가재?"

"그럼 내가 지금 성현이 데려가서 달려드는 팬들 막아주는 역할이나 하고 있어야겠냐? 얼른 일어나!"

입술을 삐죽거리던 유진이 할 수 없다는 듯 벌떡 일어나서 양 피디를 따라나섰다. 계속 투덕거리며 복도로 사라지는 둘을 보고 있던 형미가 슬쩍 말했다.

"저 두 사람, 은근 잘 어울리지 않아요?"

"내 말이~ 둘 다 잘 어울리는 상대 놔두고 왜 그렇게 엄한 사람들한 테 매달리는지 모르겠어?"

형미의 말에 대부분 동조의 뉘앙스를 냈다.

"인연이 이어질 사람은 다 이어지게 돼 있겠지, 뭐. 짝 없는 것들이 남의 짝 걱정할 일 있어? 우리 짝이나 먼저 찾자고."

"정말 달고 오묘한 그 말씀이네요. 어서 말라비틀어진 건어물 생활 빠져나가서 젖과 꿀이 흐르는 연애라이프를 즐겨봐야겠어요!"

결국 언제나 안 생기는 자신의 처지를 속히 벗어나자는 매번 도달하는 결론에 또다시 도달하고서야 화제의 도마 위에서 양 피디와 유진은 사라졌다.

"근데 김 피디님은 왜 아직 안 오세요? 김 피디님 없으니까 회의 진행이 안 되는데."

도현이 비어 있는 영희의 지정석을 보며 물었다.

"곧 올 거야. 정봉석이 면담 신청해서 갔어."

"정봉석이 면담을 신청했다고요? 어디서요?"

준한의 대답에 성현이 눈썹을 치켜올렸다.

"글쎄, 3회의실이겠지? 왜?"

성현의 얼굴이 딱딱하게 굳어서 벌떡 일어섰다. 그리고 바람같이 문을 열고 나갔다. 그가 사라진 문 쪽을 바라보던 사람들은 예리한 눈빛을 교환하다 슬쩍 말했다.

"설마 성현이가 김 피디님이랑……."

"안 그래도 이번에 성현 오빠가 김 피디님 물에서 구출한 걸로 인터넷에서도 술렁술렁하던데요? 혹시 사귀는 사이 아니냐고."

형미도 눈을 빛내며 대화에 참여했다.

"나도 봤어. 댓글 중에 흡입피디가 전생에 나라를 열댓 번을 구하지 않으면 그런 일은 없을 거라는 거 보고 빵 터졌는데."

"아, 그거 저도 봤어요. 추천수 젤 높던 거. 그 아래가 그럼 전 전생에 이완용입니까? 였죠? 하하하!"

"요즘 네티즌들은 정말 센스 죽이지 않아? 이러니까 우리나라 인터넷이 발달할 수밖에 없는 거야. 욕도 참 철학이 있달까, 위트가 있달까⋯⋯. 우리나라만의 그런 게 있다니까. 아! 그러고 보니 저번에 그 댓글도 엄청 웃겼는데."

"어떤 거? 어떤 거?"

그들의 대화 속에서 영희와 성현 사이에 대한 일말의 의심은 그렇게 사라져가고 있었다.

"글쎄⋯⋯. 둘 사이는 아무도 모르는 거지."

구석에 앉아 있던 정 피디가 웅얼거리듯 하는 말에는 아무도 귀 기울이지 않았다.

"아니 그러니까, 제가 방송 내보내자고 한 건 아니라고요. 저도 제 창피한 모습 내고 싶었겠어요?"

봉석을 앞에 앉혀두고 답답한 얼굴로 영희가 말하고 있었다.

"그래도 김 피디님이 완강하게 거부했으면 나가지 않았을 거 아닙니까. 김 피디님도 어느 정도 동조하셨으니까 그 장면이 방송도 타고 그런 거겠죠."

봉석이 불만스러운 목소리로 말했다.

"저야 위에서 시키는 대로 하는 거니 별수 있나요? 제가 왜 봉석 씨를 힘들게 하잡시고 일부러 저 망가지는 꼴을 방송에 냈겠냐고요."

"하아……. 그 방송 이후에 안 그래도 백만 안티 때문에 힘든데 안티가 급증했어요. 그것만 나가지 않았어도 이 정도까지 되진 않았을 텐데……."

한숨을 내쉬며 봉석이 말했다. 신세 한탄을 하는 듯 들리지만 사실 영희를 원망하는 듯한 뉘앙스라 듣기에 불편했다.

"안티야 누구나 다 있죠. 봉석 씨가 앞으로 좋은 모습 많이 보여주면 시청자분들도 금방 반응이 올 거예요."

"그거야 그렇겠지만…… 그래도 앞으로 신경 좀 써주세요. 피디님이."

내가 왜? 라고 말하고 싶은 것을 영희가 겨우 눌러 참았다.

"네, 그럴게요. 너무 걱정 마세요."

억지로 웃어 보이며 말하자 정봉석은 쓴 표정으로 일어서서 고개만 까딱이고는 회의실을 빠져나갔다. 영희가 의자에 몸을 깊게 묻으며 한숨을 내쉬었다.

"피곤하다, 피곤해…… 어?"

주먹으로 어깨를 투닥이는데 회의실 안으로 성현이 성큼 들어왔다. 쟤가 왜 갑자기 저런 진지한 얼굴로 나타나지? 무슨 일 있나?

"왜 그래? 회의하다 무슨 일 있었어?"

"아뇨. 그게 아니라…… 정봉석은요?"

성현이 날카로운 눈으로 주변을 휙휙 돌아보며 말했다.

"아아. 정봉석? 방금 면담 끝나고 나갔어."

"뭐라는데요?"

"별거 아니야."

대강 손을 휘저으며 자리에서 일어서는데 성현이 다가와서 그 손을 확 잡았다.

"뭐라는데요. 혹시 심한 말 했어요?"

성현의 진지한 목소리에 영희가 순간 멈칫했다. 까만 눈동자가 영희를 똑바로 응시하고 있었다.

"아, 아니 그게 아니라…… 그냥 뭐 이번에 그 장면 왜 방송 내보냈냐 그거였어."

왠지 얼굴이 화끈거리는 것 같아서 고개를 슬쩍 숙인 영희가 말했다.

"하! 본인에게 편집 권한이 있답니까? 무슨 권리로 편집에 왈가왈부하죠? 이번 사건으로 대장 무서우니까 직접 말 못 하고 만만하다고 여긴 선배 불러서 진상 부린 거 아닙니까!"

"너무 그렇게 생각하지 마, 성현아. 원래 출연자들이 자기한테 불리한 장면이 나가면 이런 면담도 종종 요청하고 그러잖아. 자연스러운 일이야."

성현의 까칠한 태도에 영희가 미소를 지어 보이며 말했다. 눈썹을 찌푸리고 영희를 보고 있던 그가 고개를 휙 돌렸다.

"그건 나도 알아요."

성현이 영희 손을 잡고 그대로 밖으로 나가려고 하자 영희가 기겁을 했다.

"서, 성현아! 회사에서 이러지 말라고 했잖아!"

"그냥 손잡은 건데요? 키스한 게 아니라."

태연한 표정으로 돌아보며 그가 말했다.

"알아! 하지만 이러고 다니면 남들이 어떻게 생각하겠냐고!"

난감한 표정의 영희 말에 성현이 어깨를 으쓱했다.

"어떻게 생각한다라……. 정말 사이좋은 선후배다?"

"절대 아니거든!"

영희가 필사적으로 팔을 흔들어서 오징어가 빠져나가듯 그의 손아귀에서 제 손을 빼냈다. 성현이 맘에 안 드는 눈으로 영희를 바라보며 밖으로 나오자 뒤에서 목소리가 들려왔다.

"어? 찾았다!"

화려한 무대의상을 입은 해리가 복도에 있는 성현을 발견하고 경쾌한 구두굽 소리를 내며 다가왔다.

"왜 제 연락 안 받아요?"

"아……. 제가 그랬나요?"

고개를 갸웃거리며 잘 모르겠다는 표정을 짓자 해리는 더욱 약이 오른 표정이었다.

"문자도 몇 번이나 보냈는데 답장도 안 하고."

"죄송합니다. 제가 조금 바빠서요."

"그런 의례적인 말만 할 거예요?"

바짝 약이 오른 해리가 성현을 몰아세우는 사이로 영희가 쓱 지나쳐 갔다.

"어? 선배. 같이 가요!"

성현이 영희의 뒷모습에 대고 소리치자 빠르게 걸어가던 영희가 뒤도 안 돌아보고 볼일 보라는 식으로 손짓만 했다.

"저기요! 제가 지금 말하고 있거든요?"

해리는 샤샤샥 사라지고 있는 영희의 뒤꽁무니만 보고 있는 성현에게 눈을 흘겼다.

"제가 지금 좀 바쁩니다."

성현은 짜증스러운 표정을 감추지 못하고 내뱉듯이 말한 뒤 영희가 사라진 쪽으로 몸을 돌려 걸어갔다.

"아니, 저기요! 피디님!"

뒤에서 몇 번인가 해리가 부르는 소리가 들렸지만 성큼성큼 걷기만 했다.

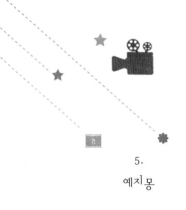

5.
예지몽

잠에서 깬 영희는 기분이 이상했다.

'뭐, 뭐지……?'

머릿속에서 둥둥 북을 울려대는 듯한 숙취 때문에 인상을 찌푸린 영희가 옆을 슬쩍 돌아봤다. 맙소사! 옆에 웬 실오라기 하나 걸치지 않은 남정네가 떡하니 누워 있는 것이 아닌가?!

침을 꼴깍 삼키고는 이불을 슬쩍 들어 자신의 옷차림을 점검했다.

'헉!'

영희의 얼굴이 충격으로 물들었다. 아무것도 입고 있지 않다니! 즉 올누드로 남자랑 침대위에 누워 있는 상황이란 말인가?!

'드디어 내가 사고를 친 건가? 그럼 이……이놈은 누구지?'

영희는 필사적으로 눈동자를 굴려가며 어젯밤 상황을 떠올렸다. 분명 수혁이가 팀을 옮기게 됐다고 해서 아쉬운 마음에 사람들과 술을 퍼마시고…… 퍼마시고…… 퍼마시고……. 이런 제길슨! 퍼마신 기억밖에 없잖아?!

다시 좌절감에 휩싸였다. 분명 결과에는 그에 상응하는 과정이 있기 마련인데, 아무것도 생각나는 바가 없었다. 영희의 뇌는 마치 알코올에 깨끗하게 빨아진 것처럼 어젯밤의 기억이 하나도 남아 있지 않았다.

그런데, 언뜻 봐도 잘 단련된 근육으로 대단히 탄탄해 보이는 상체를 가지고 있는 저놈은 도대체 누구…… 설마?!

'안 된다. 그놈이어선 안 돼. 아니. 그놈만이 아니라 어떤 놈이어서도 안 돼!! 젠장! 도대체 무슨 짓을 한 거야, 나?'

영희가 처참한 심정으로 고개를 흔들어댔다. 그때 옆에 누워 있던 남자가 나직한 한숨을 쉬면서 몸을 뒤척였다. 그 움직임에 흠칫 놀란 영희는 순간적으로 고개를 쳐들었다. 그리고,

"아아악—!"

영희의 비명 소리가 넓은 객실을 쩌렁쩌렁 울렸다. 그 비명 소리에 놀란 남자가 눈을 번쩍 뜨더니 벌떡 상체를 일으켜서 주위를 황급히 둘러봤다.

"선배……?"

역시 너였구나, 너였어! 영희의 얼굴이 절망스럽게 일그러졌다. 혹시나 했더니 역시나였어! 그나마 듣도 보도 못한 사람보단 나은 건가? 아니 그래도 이건, 이건……!

"왜 그러고 있어요? 잘 잤어요?"

성현이 섹시한 자태로 눈을 비비며 말하자 영희가 파들파들 떨리는 목소리로 말했다.

"저, 저기 성현아. 우리 왜 여기 있는…… 거지?"

슥 돌아본 성현의 눈이 의문스럽게 커졌다.

"어제 선배가 여기 오자고 했잖아요. 기억 안 나요?"

"뭐? 내, 내가? 설마 그럴 리가!"

영희의 얼굴이 경악으로 물들었다.

"……기억 안 나는구나."

성현이 조금 상처 받은 듯한 눈빛으로 영희를 봤다. 헝클어진 머리와 잠이 덜 깨 찡그린 눈, 그리고 시트 자락 위에 보이는 탄력 있는 가슴 근육이 시야에 들어왔다. 아니 이놈은 상처 받은 표정도 왜 이렇게 섹시…… 아, 아니 그게 문제가 아니지. 이놈은 자다 깬 모습도 왜 이렇게 멋…… 아니야! 아니라고! 이게 아니야!!

영희가 미친 듯이 머리를 붕붕 흔들었다.

"그런다고 기억이 나겠어요?"

성현이 미간을 찌푸리자 영희가 난처한 목소리로 말했다.

"아니 그러려고 흔든 게 아니라……. 미안. 실은 기억이 안 나."

"그럴 줄 알았어."

한숨을 내쉰 성현이 묘한 시선으로 영희를 훑었다. 온몸을 훑고 지나가는 시선에 목구멍이 뜨끔해진 영희가 시트를 더 당겨 목 위까지 올렸다.

"나, 나 얼굴 많이 부었어?"

영희가 겸연쩍은 얼굴로 농담을 해봤다.

"호빵 같아."

성현은 조금의 망설임도 없이 바로 대답했다.

"야, 아무리 그래도 호빵이라니……!"

"머리는 폭탄 맞은 거 같고. 어떻게 하면 머리가 그렇게 사방으로 줏대 없이 뻗칠 수 있지? 볼 때마다 신기해."

영희가 손을 들어 올려 제 머리를 정돈했다. 만져보니 좀 심하게 뻗치긴 했다.

"그, 그럼 나 먼저 좀 씻을게."

침대 위에 헐벗은 맨몸뚱이로 마주 앉아 있기가 난감해서 영희가 시트를 둘둘 만 몸으로 어색하게 일어섰다.

"어?"

그 순간 둘의 눈이 둘 다 커졌다. 영희가 몸을 일으키자 성현 몸을 가리고 있던 시트도 딸려 올라가고 있었다. 갑자기 영희의 시야에 시트가 쓸려나간 남자의 나체가 떡하니 나타났다. 단단한 가슴 밑으로 쫀득한 복근이 나타나고, 그 아래로 아찔하게 파인 치골 라인과 그 아래 오목하게 들어간 부분이⋯⋯.

"아아아아아아악!!"

영희의 두 번째 비명 소리가 객실을 쩌렁쩌렁 울렸다.

"보인 건 난데 왜 선배가 그렇게 비명을 질러요? 무슨 못 볼 거 본 사람처럼."

"⋯⋯미안."

엘리베이터 안에서 영희는 넋이 나간 얼굴로 바닥만 바라보고 있었다. 주야장천 나오던 그 꿈이 아무래도 예지몽이었던 모양이다.

'나 이제 보니 신기가 있나⋯⋯?'

조상 중에 신내림을 받은 사람이 있던가 기억을 더듬고 있는데 성현의 낮은 목소리가 귓속을 파고들었다.

"선배."

퍼뜩 올려다보니 성현과 눈이 마주쳤다.

"왜, 왜?"

슬슬 말려 올라가는 입가를 보니 왠지 불안해졌다. 이놈이 또 무슨 말을 하려고⋯⋯.

"책임지실 거죠?"

"⋯⋯!"

싱긋 웃으며 성현이 속삭이듯 말했다.

"기억 안 난다고 발뺌하기 없깁니다? 우린 밤을 같이 보낸 사이니까."

띵, 소리와 함께 마침 엘리베이터 문이 열렸다.

영희의 눈이 뜨악함에 물들어선 엘리베이터를 빠져나가는 성현의 등을 하염없이 바라보고 있었다.

"날씨 정말 상쾌하네요."

성현이 콧노래를 흥얼거리고 있었다. 양 피디가 슬쩍 창문 밖을 쳐다봤다가 어이없는 표정을 했다.

"지금 천둥 번개 치는 거 안 보여?"

"아, 그랬던가요?"

쿠르르르룽, 번쩍! 창문 밖에서는 시커먼 구름이 꿀럭거리며 굵은 빗줄기를 토해내고 있었다. 번쩍하고 사방이 부싯 하며 밝아진 뒤에는 어김없이 발작적인 천둥소리가 지축을 뒤흔들었다.

"이런 걸 보고 억수같이 퍼붓는 비라고 하던가요? 시원하네요."

성현이 입술 끝에 느른한 미소를 매달고 창밖을 바라보는 모습을 양 피디가 멀거니 바라보더니 벌떡 일어났다.

"이 자식. 너 드디어 성공했구나!"

갑자기 다가온 양 피디가 성현의 손을 꼭 잡았다.

"네? 뭘…… 말입니까?"

영문을 모르겠다는 표정을 짓는 성현의 손을 꽉 잡고 크게 흔들며 양 피디는 다 안다는 듯 말했다.

"숨기려고 하지 마. 그렇게 저절로 입꼬리가 하늘을 향해 치솟는 건 하나밖에 없지, 암."

성현의 눈이 가늘어졌다. 양 선배 이 사람 은근 눈치가 있었던 건가? 선배가 회사 사람들에게 들키는 건 달가워하지 않는 분위기던데…….

"너…… 로또 됐지?"

양 피디가 씨익 웃으며 묻자 성현이 어이없는 얼굴로 웃었다.

"난 차 한 대만 째끈한 놈으로다가 뽑아주면 만족할게. 너 의리 있는 놈이지? 믿는다, 성현아."

"뭘 믿는다는 거야? 둘이 손 꼭 잡고서는."

준한이 피곤한 얼굴로 배를 긁적이며 들어왔다.

"취향입니다. 존중해주시죠."

여전히 성현의 손을 꼬옥 잡고 양 피디가 말하자 준한이 하품을 하며 눈살을 찌푸렸다.

"헛소리 작작하고 앉아."

양 피디는 넵! 하며 잽싸게 자리에 앉으면서도 성현에게 눈을 찡긋거렸다. 착각은 자유라지만 참 재미있는 사람이다.

"영희는 어디 갔어?"

자리에 앉은 준한이 고개를 들어 휘휘 둘러봤다.

"편집실에 있어요. 급하다던데."

유진이 대답하자 뿔테안경을 추켜올린 준한이 흐음, 하더니 둘둘 만 잡지로 제 어깨를 통통 쳤다.

"그럼 회의는 이따가 영희 오면 다시!"

"네에??"

놀란 눈들을 뒤로한 채 준한이 벌떡 일어나서 다시 나가버렸다.

"우리 팀 실질적 대장은 석 피디님이 아니라 영희라니까."

"그걸 이제야 알았어요?"

"아니, 처음부터 알긴 했지."

준한이 나간 문을 바라보며 다들 고개를 설레설레 저었다.

'……어머니. 제가 남자를 덮쳤어요.'

그 시각 영희는 편집실에서 자아붕괴의 위기에 직면해 있었다. 의자 위에 한 다리를 처억 걸치고 이마를 짚은 포즈에서는 잘나가던 회사가 하루아침에 망해 사채시장에 내몰린 사장 같은 비감함이 엿보였다.

'아악! 이놈의 머리를 댕강 잘라다가 세척기에 넣고 돌리든가 해야지……! 왜, 왜 아무것도 기억이 안 나냐고?!!'

잘근잘근 입술을 씹어대던 영희가 발작적으로 제 머리를 쥐어뜯고 있는데 갑자기 편집실 문이 벌컥 열렸다.

"뭐야? 머리를 쥐어뜯을 정도로 안 풀려요?"

성현이었다.

"미안한데 성현아. 잠깐 혼자 있고 싶거든."

영희가 히죽 썩은 미소를 지으며 말했다. 거기에 아랑곳없이 성현은 큰 걸음으로 성큼성큼 다가오더니 영희 앞 책상에 기대섰다.

"나 지금 누구한테 말한 거니? 투명인간 취급하는 거야?"

이번에도 영희 말은 들리지도 않는 듯 성현이 뭔가 발견하고는 영희 쪽으로 몸을 기울여 제 얼굴을 가까이 댔다.

"어? 선배 또 입술 깨물었구나. 퉁퉁 부었네."

입술에 시선을 고정한 성현이 미간을 찌푸리며 말했다. 심장이 왜 또 떡을 찧고 앉아 있어? 쿵덕쿵덕 시끄러워 죽겠네.

"고, 곧 가라앉아."

영희가 재빨리 얼굴을 뒤로 뺐다. 성현이 얼른 고만큼 더 따라갔다.

"배고파요? 왜 자기 입술을 씹어대?"

성현이 자기 입술만 뚫어져라 바라보고 있자 영희는 얼굴이 벌겋게 달아올랐다.

"니가 아직 맛을 모르는 거야. 먹어 봐. 얼마나 맛있는데?"

되는대로 지껄이고 있는데 성현이 피식 웃는다. 이놈이 날 비웃는구나 싶어 고개를 쳐들어보니 성현의 얼굴이 바짝 다가와 있었다. 입술 끝을 슬쩍 올린 그가 씨익 웃으며 말했다.

"그렇게 맛있어요? 그럼 얼마나 맛있는지 먹어봐도……."

"안 돼!!"

말이 끝나기도 전에 영희가 발작적으로 소리쳤다.

"왜 안 돼요? 우리 이제 본격적으로 사귀는 사이 아닌가?"

성현의 미심쩍은 눈빛이 날카롭게 영희를 훑었다.

"선배 혹시 기억 안 나니까 없던 일로 하자, 뭐 이런 청문회의 올바른 자세 같은 태도로 일관할 생각은 아니죠?"

"미안, 실은 그렇게 말할 생각……."

영희가 헤헤 웃으며 말하자 성현의 표정이 무시무시하게 굳었다.

"농담이야."

뜨끔한 영희가 바로 정색하며 말했다.

"그러셔야겠죠."

성현의 목소리에 냉기가 쌩쌩 분다. 둘 사이에 흐르는 냉랭한 기류가 알레스카 빙판 위에 서 있는 것마냥 싸늘했다. 머뭇거리며 서 있던 영희가 한숨을 내쉬며 입을 열었다.

"회사에서는 조금 그러니까 조심해주라. 특히 이런 데선."

영희의 말에 성현이 고개를 돌려 바라봤다.

"……뭐가요?"

"그, 그러니까 방금 같은 말이나 상황이……. 다른 사람들한테 들킬 수 있으니까 말이지."

난감한 목소리로 말하자 성현의 입술 끝이 다시 비스듬히 위로 올라갔다.

"알았어요. 그럼 회사에선 조심할게요."

"응."

"사내연애는 신경 써야 될 게 많으니까 아무래도 조심하는 편이 낫겠죠."

"……응."

빙긋 웃고 있는 성현의 표정을 보며 아무래도 제대로 낚인 것 같다는 생각이 영희의 전두엽을 훑고 지나가고 있었다.

"웬일이야? 그렇게 바쁘다더니."

슬비가 익숙한 손놀림으로 소주 브랜드 로고가 들어간 녹색 앞치마를 목에 걸며 말했다.

"머릿속이 과부하된 것 같아서. 나도 숨은 좀 쉬고 살아야지."

영희는 슬비가 건네준 앞치마를 옆 테이블에 던져두고 철판에 올려진 낙지가 격렬하게 몸을 비트는 것을 비장하게 바라봤다. 식당 아줌마는 날렵한 가위질로 꿈틀대는 낙지를 들어 올려 가차 없이 난도질을 해놓고는 총총 다음 테이블로 이동했다.

"흐응, 근데 웬 어울리지도 않게 환타질이야? 소주파께서."

슬비가 잔에 따라진 환타를 홀짝이며 물었다. 슬비는 원래 환타파다. 술을 못 마시기 때문에 회사 생활하면서도 이런저런 고역이 많아 대주가인 영희를 항상 부러워했다.

"망할 놈의 술 끊든가 해야지……. 내가 살 수가 없다, 살 수가 없어."

영희의 탄식 섞인 말에 슬비가 대수롭지 않게 웃었다.

"왜? 또 필름 끊겼어? 한두 번도 아닌데 뭘."

"이번엔 타격이 좀…… 커."

"타격? 무슨 일 있었어? 드디어 석 선배 덮친 거니?"

푸읏!

영희가 환타를 뿜었다. 슬비는 아무렇지도 않게 휴지로 제 손에 묻은 환타를 슥슥 닦았다. 흥분한 건 영희였다.

"안 덮쳤어!"

"그럼 뭐. 별일 아니네."

슬비가 태연한 표정으로 환타를 홀짝였다.

"다른 놈을 덮쳤어."

푸웃!

이번엔 슬비가 환타를 뿜었다. 노란 액체가 전투적으로 날아와 자신의 얼굴에 튀기자 영희는 인상을 구겼지만 방금 전 제가 한 짓이 있으니 화를 내진 않았다.

"지, 진짜?"

믿어지지 않는다는 표정으로 슬비가 영희를 바라봤다.

"그럼 내가 눈물 나게 매운 낙지에 소주도 아니고 환타까지 먹어가며 농담하겠냐?"

"우와…… 축하해!"

슬비가 잔을 번쩍 들어 올리다가 퍼뜩 손을 휘저으며 말했다.

"아니, 아니지! 이럴 게 아니야. 이런 말은 맨정신으로 들으면 안 돼. 이모! 여기 맥주 한 병 주세요!"

"나 다시 회사 들어가 봐야 된다니까?"

"괜찮아. 너한테 맥주는 음료잖아? 내가 도저히 맨정신으로 들을 수가 없어서 그래. 계란 한 판 훌쩍 넘은 김영희 인생 최초의 거사인데 어떻게 술도 없이 들어?"

영희가 뭐라 말을 잇기도 전에 아줌마가 병맥주와 잔 두 개를 가져와서 척척 놓아줬다. 병따개로 힘 있게 뿅! 술병을 딴 슬비가 싱글거리며 잔 두 개에 맥주를 따랐다.

"우와. 세상에……. 대박이다, 대박. 난 네가 평생 석 선배 짝사랑만 하다가 나중에 더 이상 물러설 수 없을 만큼 코너로 몰리면 이판사판으로 선이나 봐서 늙은 아저씨랑 결혼한 다음에야 거사가 이루어질 줄 알았는데……."

"뭐야?"

눈을 뱁새마냥 쫙 찢은 영희 앞에 슬비가 바다 포말같이 하얗게 거품이 올라온 잔을 떡하니 놔줬다.

"이, 일단 한 잔 하자! 축하해!!"

이게 축하받을 일이냐며 구시렁거리면서도 슬비가 내민 잔에 제 잔을 부딪치고는 기포 터지는 노란 액체를 시원하게 목구멍으로 넘겼다.

"자! 말해봐. 도대체 어떻게 하다가 스파크가 터졌던 거니? 누구랑? 언제? 어디서??"

몸을 바싹 당기며 슬비가 은밀한 목소리로 물었다. 그 때 부르르 하고 영희 주머니 속에서 진동이 울렸다. 휴대폰 액정을 확인한 영희의 얼굴이 멈칫하더니 슬쩍 슬비 눈치를 보고는 일어섰다.

"잠깐만."

영희는 휴대폰을 들고 허겁지겁 가게 밖으로 나갔다. 슬비의 미심쩍은 눈빛이 유리 밖으로 비치는 영희의 뒷모습을 따라갔다.

―선배 어디예요? 편집실에도 없고 사무실에도 없고.

그 일의 여파일까? 평소 듣던 목소리인데도 성현의 목소리가 왠지 귓가를 간질간질하게 울리는 것 같았다.

"나 잠깐 나와 있어. 조금 이따 들어갈 거야."

영희가 큼큼 목소리를 가다듬고 말했다.

―아, 그래요? 누구 만나는데요?

"그게 왜 궁금해?"

―당연한 거 아니에요? 연인이 나가 있는데.

연인 부분에서 숨을 후읍 들이켠 영희가 헛기침을 했다.

"궁금할 게 뭐있어. 그냥 친구랑 밥 먹고 있어. 회사 근처에서."

―흐음, 그래요? 빨리 와요.

"왜? 무슨 일 있어?"

진지한 목소리에 혹시 편집본에 문제가 생겼나 싶어 배 속으로 넘어갔던 얼마 안 되는 알코올이 화다닥 분해되는 느낌이었다.

—그냥요. 보고 싶으니까.

"헛……."

예상치 못한 공격에 영희는 침을 꿀꺽 삼키고는 뒷말을 잇지 못했다.

—선배?

"아, 알았어. 금방 들어갈게."

영희가 후다닥 전화를 끊었다. 얼굴에 열기가 오르는 것 같았다. 어떻게 이놈은 이런 말을 아무렇지도 않게 할 수가 있는 거지?

"너 얼굴 빨개."

영희가 테이블로 돌아오자 슬비가 의미심장한 미소를 지으며 말했다. 영희는 제 얼굴을 찰싹찰싹 치며 자리에 앉았다.

"그래? 술기운이 올라오나?"

"에이, 겨우 맥주 한 병에 술기운이 올라올 리가 없잖아? 김영희가."

리얼하게 튀어나온 원형 빨판이 잔뜩 달린 낙지를 휘적거리며 슬비가 입꼬리를 슬쩍 올렸다.

"오, 오늘 컨디션이 안 좋나 보지. 이모! 여기 맥주 한 병 더요!"

아직 맥주가 병에 남아 있었는데도 영희가 또 주문을 했다.

"방금 전화 온 게 그 남자지?"

역시 슬비는 만만한 상대가 아니었다.

"그러니까 누구냐니까? 네가 따로 남자 만날 시간은 없으니 같은 회사 사람일 거고, 같은 프로 하는 사람이야?"

슬비의 말에 영희가 말없이 쩝쩝거리며 낙지만 먹었다.

"오래된 양 피디는 아닐 테고…… 작가도 아닐 거고……. 역사가 일어날 만한 사람이면……."

곰곰이 추리를 이어가던 슬비의 눈이 갑자기 확 커졌다.

"어! 혹시 그 유명한! 그 간지……."

영희의 솥뚜껑 같은 손이 번개같이 날아와서 슬비의 입을 확 덮었다.

"여기 회사 근처인 거 알지? 그렇게 큰 소리로 외칠 것까진 없는 얘기잖아. 안 그래?"

입안에 든 낙지를 위협적으로 질겅질겅 씹으며 영희가 슬비에게 얼굴을 바짝 갖다 대고 속삭였다.

"맞구나??"

입을 막고 있던 손이 떨어지자마자 슬비가 놀라운 표정으로 말했다. 아차 싶은 영희가 대답 없이 맥주를 벌컥벌컥 들이켰다.

"세상에……. 그 남자랑 너랑? 웬일이니?? 걔 완전 방송계의 아이돌이던데."

"닭살 돋는 소리 좀 하지 마. 너랑 염문 뿌리는 그분도 만만치 않거든? 너야말로 소문 좌악 났던데? 내 귀에도 들어온 거 보면."

영희의 공격에 가열차게 밀어붙이던 슬비가 움찔하더니 물러났다.

"……난 그런 거 아니야."

슬비가 의기소침하게 말했다.

"근데 왜 그렇게 급다운이야? 그런 거 아니라면서…… 흐따아! 젠장!! 매운 고추잖아?!"

고추를 쌈장에 찍어서 크게 베어 문 영희가 얼굴을 잔뜩 일그러뜨리고 콜록거렸다. 슬비가 얌전히 물을 따른 컵을 내밀며 한숨을 포옥 내쉬었다.

"그 사람은 그냥, 항상 그래. 매번 배우나, 같이 일하는 여자들이랑 스캔들 하나씩은 터지는 그런."

"그거야 잘났으니까 그렇겠지."

물을 연속으로 세 컵을 들이켠 영희가 시뻘게진 얼굴로 켈룩거리며 말했다.

"그래도 어떻게 매번 스캔들이 터지냐고? 피디가 다 그런 것도 아니고! 그야말로 완전 바람둥이라는 소리잖아!!"

"어어? 너 왜 이렇게 흥분해?"

영희의 눈이 둥그레졌다.

"흐, 흥분은 누가 했다고 그래?!"

슬비가 급히 눈앞에 있는 잔을 들어 벌컥벌컥 들이켰다.

"야, 그거 물이 아니라 맥주……."

"……!!"

슬비가 제 주량을 한 방에 원샷해 버리고는 화장실로 달려갔다. 영희가 쯧쯧, 하는 표정으로 슬비의 뒷모습을 바라보며 중얼거렸다.

"어떻게 맥주 한 잔에서 주량이 늘지를 않을까?"

"왔어요?"

회사로 돌아온 영희에게 성현이 고른 치아를 드러내며 싱긋 웃었다.

"어? 으응."

맥주도 얼마 마시지 않았는데 취한 걸까? 성현이 웃으며 다가오는 모습은 마치 간지 작렬의 남자모델이 런웨이를 시원하게 걸어오는 모습처럼 보였다. 영희가 눈을 쓱쓱 비볐다. 안구에 문제가 생긴 건지도 모른다.

"맛있는 거 먹었어요? 뭐 먹었어요?"

"그냥 낙지에 밥 먹었어."

바로 앞까지 성큼 다가온 성현에게서 슬쩍 뒤로 물러나며 영희가 대답했다. 성현이 코를 쿵쿵거리며 말했다.

"맥주 냄새 나는데?"

"너 개코니?"

영희가 뜨악한 표정으로 두어 걸음 더 물러섰다.

"그냥 후각이 조금 예민할 뿐이죠. 선배는 소주파 아닌가? 왜 맥주 마셨어요?"

"일해야 되니까 간단하게만 마신 거야. 오늘 밤새야 되는데 밥 먹으러 나가서 달릴 순 없잖아."

"하긴. 그것도 그렇겠네요."

영희가 어깨를 두드리며 사무실로 들어갔다.

"석 선배는 어디 갔어?"

"섭외 때문에 잠깐 나갔어요."

"선배가? 웬일이야?"

의아스런 표정으로 영희가 뒤돌아봤다. 그 귀차니즘 가득한 남자가 애들을 안 시키고 자기가 나갔다고?

"아니 정확히는 끌려 나갔다고 봐야죠. 황 작가님한테."

"아아…… 그럼 그렇지."

영희가 피식 웃었다. 그대로 걸어가는데 문득 시선이 느껴져서 영희가 올려다봤다. 성현이 물끄러미 내려다보고 있었다.

"왜? 내 얼굴에 뭐 묻었어?"

갑자기 진지한 얼굴로 내려다보는 성현 때문에 영희가 걸음을 멈추고 손바닥으로 입가를 슥슥 닦으며 물었다.

"……선배, 왜 대장부터 찾아요? 혹시 대장이 보고 싶어서 그런 거라든가. 뭐 그런 거 아닙니까?"

성현이 눈을 가늘게 뜨고 영희를 똑바로 내려다봤다.

"뭐? 시, 실없는 소리 하지 마!"

영희는 어이없는 표정을 짓고는 사무실로 저벅저벅 걸어갔다. 성현의 시선 때문인지 뒤통수가 따끔따끔했다. 그런데 왜 이렇게 심장이 쿵쾅거리는 거지? 정말 이상하다. 오랜만에 마셨더니 맥주가 안 받나?

"어?"

그 때 갑자기 걸음을 빨리해서 따라온 성현이 영희가 편집실로 들어가자마자 뒤따라 들어가서 한 손으로 거칠게 문을 닫았다. 그러곤 영희를 문 뒤쪽 벽으로 몰아붙여서 다짜고짜 입술을 겹쳤다.

"왜, 왜 이러……으읍!"

영희가 놀라서 빠져나오려는데 성현의 힘은 완강했다. 통통한 입술을 한껏 빨아들이고 축축한 혀를 쑤욱 집어 넣어 휘젓자 영희는 무릎에 힘이 탁 풀리는 느낌이었다. 어느새 그의 양팔 안에 가둬져서 숨 막히는 키스가 이어지고 있었다.

"회사에선…… 하악. 이러지 않기로…… 하악. 했잖아, 학."

잠시 입술이 떨어진 사이 하악거리며 거친 숨을 몰아쉬며 영희가 말했다. 숨이 차올라서 제대로 말을 잇기가 힘들었다. 얼굴을 바짝 붙인 상태에서 숨을 내뱉던 성현이 미간을 찌푸리고는 영희의 아랫입술을 바라봤다.

"미안. 조금만 더 할게."

너 그거 반말이거든? 이라고 말하고 싶었지만 거칠게 다시 겹쳐오는 뜨거운 입술에 삼켜져 영희는 아무 말도 못 했다.

"성현아. 윤성현!"

누군가가 흔들어 깨우는 소리에 성현이 번쩍 눈을 떴다. 흐린 시야 너머로 준한이 보였다.

"촬영 가야지. 일어나."

준한은 성현이 잠에 취한 목소리로 대답하며 몸을 일으키는 걸 보고 숙직실을 빠져나왔다. 몽롱한 눈으로 잠시 앉아 있던 성현이 침대에서 빠져나와 화장실로 갔다. 머리가 찌잉 해질 정도로 차가운 물로 머리를 감고 정신을 차렸다.

두 시간도 채 못 자서인지 혼탁한 머릿속에 서걱거리며 모래알이 굴러다니는 것 같았다. 편집하면서 새벽 내내 줄담배를 피워댔더니 목도 아팠다. 컨디션이 최악이다.

"너 얼굴이 왜 이렇게 싱글벙글이야? 역시 로또 된 거 맞구나?"

양 피디가 머리를 탈탈 털면서 나오는 성현의 어깨를 툭 치곤 씨익 웃었다.

"아니라니까요."

입꼬리를 비스듬히 올리며 성현이 웃었다.

"이거 봐, 이거. 계속 웃잖아. 머리에 총 맞지 않고서야 철야하고도 웃음이 나올 리가 없지. 안 그래?"

성현이 쿡쿡 웃으며 사무실로 들어갔다. 양 피디는 영 수상하다는 표정으로 갸웃거리며 성현의 뒷모습을 바라봤다.

"그나저나 저놈은 철야한 다음 날도 뭐 저렇게 멀끔하게 샴푸냄새 풍기고 다녀? ……설레게."

"양 피디도 성빠 된 거야?"

어느 틈에 나타난 유진이 양 피디의 허리를 쿡 찔렀다. 양 피디가 눈을 끔벅거리며 내려다봤다.

"성빠라니?"

"몰라? 방송국 안에 있는 간지피디 빠순이들 모임. 후후. 가입하고 싶으면 얘기해~ 내가 회장이거든."

유진이 양 피디의 어깨에 손을 척 올리고는 싱긋 웃었다.

"일 없거든요? 황유진 씨."

양 피디가 콧방귀를 흥, 뀌더니 유진의 손을 세차게 떨궈내고 사무실로 들어갔다. 유진도 어이없다는 듯 코웃음을 한 번 치고는 도도하게 턱을 추켜세우며 양 피디의 뒤를 따라 들어갔다.

"자! 후딱후딱 준비합시다!"

오프닝으로 예정된 한강 둔치에서는 영희의 시원스런 목소리가 **뻗어** 나가고 있었다. 성현이 영희 옆에 다가서서 귓가에 속삭였다.

"잠은 좀 잔 거예요?"

"으응. 잤어, 잤어."

갑자기 뜨듯한 입김이 훅, 하고 귓속으로 들어오자 영희의 귓불이 순식간에 벌게졌다. 영희가 손사래를 치며 고개를 숙이고 성현에게서 몸을 돌렸다. 그런데 성현의 낮게 속삭이는 목소리가 다시 들려왔다.

"눈 밑이 시커먼데?"

"나 원래 그래. 다크의 여왕이야."

걱정하는 듯한 성현의 말투에 영희가 급히 둘러대고는 게걸음으로 샤샤샥 멀어졌다. 멀어지는 영희의 붉은 귓불을 바라보던 성현이 피식 웃었다.

평소의 수더분한 성격으로는 전혀 짐작할 수 없는 귀여운 모습이 김영희라는 여자에게 있었다. 성현은 그 사실을 알고 있는 게 자기밖에 없다고 확신하고는 만족스럽게 입꼬리를 늘였다.

"네? 뭐, 뭐라고요?!"

갑자기 영희의 목소리가 촬영장을 울리자 모두의 시선이 일제히 영희를 향해 몰렸다. 심각한 얼굴로 전화를 끊은 영희가 준한을 향해 말했다.

"선배. 큰일 났어요!"

준한도 심상치 않은 기운을 느끼고 피우던 담배를 쓰레기통에 던져 버리고 영희 쪽으로 다가가고 있었다.

"무슨 일이야?"

영희가 당혹스러운 표정으로 준한을 바라봤다.

"정봉석이 음주운전 사고를 냈대요!"

결국 그 날 촬영은 봉석을 빼고 진행됐다.

이미 모든 촬영 일정이 세팅되어 있어서 캔슬하기 어려운 상황이었다. 봉석의 음주운전 보도가 나가자 인터넷에선 그럴 줄 알았다는 네티즌들의 실망 섞인 댓글들이 포털 기사마다 넘치게 달려났다. 우리나라에서 연예인이 음주운전으로 사고를 내면 처벌과는 별개로 필연적으로 자숙기간을 가져야 한다. 물론 그 후의 복귀도 불투명하다.

그 점이 성현은 아주 맘에 들었다. 손을 대지 않고 코를 푼 기분이랄까?

"어쩌지? 큰일이네……."

영희가 아랫입술을 잘근대며 한숨을 내쉬었고, 연출진들은 회의실에 머리를 다닥다닥 맞대고 긴급회의를 몇 시간째 이어가는 중이었다.

"뭘 그렇게 끙끙대."

졸고 있던 준한이 하품을 하며 일어났다.

"지금 끙끙대지 않게 생겼어요? 궤도에 다 올라와 있는데 여기서 균형이 무너지면 어떡해요."

영희가 답답한 목소리로 말했다.

"어떻게 하긴? 음주운전한 놈은 하차시키면 되는 거고. 새 멤버야 뽑으면 되는 거고. 균형 무너지면 다시 맞추면 되는 거지."

준한이 잡지를 둘둘 말아 자기 등을 벅벅 긁으며 영희를 바라봤다.

"그게 어디 말처럼 쉽냔 말이죠……."

"언젠 쉬웠어? 그놈 얘기로 그만 시간 낭비하고 새 멤버나 추천해봐."

영희의 볼멘소리를 가볍게 타박한 준한이 순식간에 주위를 환기시켰다. 성현이 의외라는 눈으로 준한을 바라봤다.

"서열상 막내가 나을 것 같지? 뜬금없이 형이라고 들어오면 체계도 무너지고. 유명하진 않더라도 착하고 성실하고 예능감 있고 그런 애

없나?"

"박강휘 어때요?"

"걔는 너무 나오는 데가 많아서 안 돼. 가능한 한 우리 프로에만 집중할 수 있는 애로."

"그럼 성이준은?"

새로운 멤버를 찾기 위한 본격적인 회의가 시작됐다. 그나마 조금 전 상황보다는 가닥이 잡혔는지 이제야 물망에 오른 후보들을 꺼내놓고 평가하기 시작했다.

"아, 영희는 빠져라."

한창 후보 명단을 보며 고심 중인데 준한이 뜬금없이 말하자 영희가 그게 뭔 오뉴월 개풀 뜯어먹는 소리냐는 표정을 했다.

"왜요?"

"넌 이제 이거 안 해도 돼."

안경을 벗은 준한이 피곤한 표정으로 얼굴을 쓸었다.

"그러니까 왜요? 취재 갈 일 있어요? 그래도 이게 더 중요하니까 이거 먼저 하고……."

"너 파일럿 프로 하나 만들어 봐라. 이번 추석에 내보낼 거."

준한이 영희의 말을 자르고 말했다.

"……네?"

영희가 눈을 휘둥그레 떴다. 다른 사람들도 준한과 영희를 동그란 눈으로 번갈아 쳐다보고 있었다. 준한이 답답한 듯 한숨을 내쉬더니 둘둘만 잡지로 영희의 머리를 콩 쳤다.

"멍청아. 못 알아들어? 네 프로 만들어보라고."

방송사에 취직한 지 어느덧 7년.

피디 직함 단 지 3년이었다.

드디어, 영희는 자신의 프로를 만들 수 있게 됐다. 흔히 말하는 입봉의 순간이 도래하게 된 것이다.

엉망진창으로 어질러진 자기 방에서 영희는 침대 위의 물건들을 쓸어내듯 바닥으로 떨궈버리고 올라가선 무릎을 세우고 다소곳이 앉았다.

'……엄마. 할머니. 나 입봉해요.'

영희는 아직 멍한 얼굴이었다. 오늘 준한이 자기가 준비하던 거라며 던지듯이 백지 기획서를 넘겨줄 때도, 모두의 축하 인사를 받으면서도 영희는 내내 얼떨떨한 얼굴로 멍청하게 서 있었다.

처음 피디시험에 합격하고 들어온 방송사는 영희가 생각하던 그런 곳이 아니었다. 꿈과 희망과 설렘이 공존하는 화려한 세계가 아니었다. 그곳은 마치 유격훈련장, 혹은 실제 총알이 날아다니는 리얼한 전쟁터였다. 조연출 시절 몇 년간을 하루 네 시간도 못 자며 혹독한 나날을 버텼고, 지금까지 이어진 습관적인 철야와 스트레스로 남부럽지 않게 튼튼하던 장기가 이제는 얻다 팔아먹기도 뭣한 상태가 되어버렸다.

그럼에도 불구하고, 늘 꿈은 하나였다.

버젓한 피디가 되어서 내 프로그램을 만드는 것. 그 꿈 하나가 그 독하디독한 시절을 버티게 만들어주었다.

"좋아!"

영희는 의욕이 샘솟기 시작했다. 밥상 위에 작은 스탠드를 켜놓고 그 위에서 끄적거리기 시작했다.

—듣! 봐! ㄷㅇㅇㅇㅇ웃보ㅇㅇㅇㅇ이!! 듯뽀~맨!!

"악! 깜짝이야!"

불타오르려던 순간 발작적으로 울린 전화벨 소리에 깜짝 놀라서 소리쳤다. 액정을 보니 성현이다. 영희는 잠시 목을 큼큼 가다듬고 전화를 받았다.

"응. 성현아."

—축하해요.

"하핫, 뭘 그런 걸 다. 고마워."

—문 열어줄래요?

"그래. 문…… 뭐?!"

흐뭇하게 웃던 영희가 튕기듯 벌떡 일어났다.

—선배 집 앞이에요.

"어쩐 일이야? 말도 없이."

대문 앞에서 어정쩡하게 서 있는 영희를 본 성현은 한쪽 눈썹을 삐딱하게 올렸다.

"무슨 일이긴요. 선배 축하해주러 온 거죠."

그의 손엔 폭죽이 달린 케이크 상자와 샴페인이 들려 있었다.

"에이 뭐, 부끄럽게 축하까지…… 어? 야!!"

성현은 당황스러워하는 영희 옆을 지나 마당 안으로 성큼성큼 들어갔다. 잽싸게 따라간 영희가 황급히 말했다.

"여자 혼자 사는 집에 어딜 들어와?"

걸음을 멈춘 그가 휙 돌아봤다.

"우리 그런 사이였어요? 연인의 입봉을 축하해주러 케이크도 사들고 오지 못하는 그런 사이? 연인끼리 이 정도 축하파티는 당연한 거 아닌가?"

"응? 그, 그런가……?"

영희가 긴가민가하며 서 있는 사이에 성현은 현관문 안으로 쑥 들어갔다. 역시 그녀의 집은 보란 듯이 태초의 모습 그대로 원상복귀 되어 있었다. 따라 들어온 영희는 뚫어지게 바라보고 있던 케이크상자를 그의 손에서 뺏어들었다.

"와! 생크림! 나 생크림 케이크 완전 좋아하는데!!"

발 디딜 틈도 없이 난장판으로 어질러진 집 안을 모세의 기적을 행하듯 영희가 발로 쑥쑥 밀어 길을 터줬다.

"자. 이쪽으로 와."

그나마 이 집에선 가장 덜 더러운 편인 소파 쪽으로 영희가 손짓을 했다. 성현은 소파로 터져 있는 좁은 길을 걸어가 그곳에 앉았다.

"집이 좀 어수선하지?"

주변에서 시선을 떼지 못하는 성현을 보며 영희가 멋쩍은 듯 헤헤 웃자 그가 어이없는 얼굴로 돌아봤다.

"이게 어수선한 겁니까? 더러운 거지."

"더럽다니. 이 정도면 보통이지 뭘."

성현의 표정이 잠시 멍해졌다. 이 집이 보통이면 도대체 우리나라에 보통이 몇 프로나 된 단 말인가.

"자자, 쓸데없는 데 신경 쓸 필요는 없고. 잠깐 여기 앉아서 책 좀 보고 있어. 뭐 방송에 도움 될 만한 것들도 많으니까 알아서 골라보면 될 거야."

영희가 바닥에 널브러져 있는 책들을 가리키며 말했다.

"선배는?"

"나 기획 좀 잡아봐야 돼서. 저 방에서 잡고 올게."

영희가 구석방을 가리키며 말했다. 성현의 시선이 잠시 그 방문에 향해 있었다. 충격과 공포의 심슨 티셔츠와 조우했던 그 방이다.

"여기서 해요. 나 심심해. 나도 가방에 일할 거 있으니까 선배도 여기서 같이 하자."

성현이 자기 옆자리를 툭툭 쳤다.

"너 말 은근 짧아진다?"

눈을 가늘게 뜨고 봤더니 성현이 싱긋 웃었다.

"선배라는 호칭 말고 이름 불러도 돼요? 영희야, 라고."

"아니. 안 돼."

딱 잘라 거절한 영희가 방으로 쌩하니 가버렸다. 부랴부랴 가는 모습이 왠지 부끄러워하는 것 같아 성현이 쿡쿡 웃으며 가방을 집었다.

방 안에 들어간 영희가 잠시 심호흡을 한 뒤 일할 것을 챙겨 나오니 성현은 그 사이에 노트북을 꺼내 켜고 있었다.

"여기 와이파이 비번 걸어놨어요?"

"아, 내가 쳐줄게."

영희가 성현에게서 최대한 떨어진 소파 위에 일할 것을 올려둔 뒤 다가갔다. 성현이 노트북을 영희 쪽으로 살짝 틀어주자 그쪽으로 얼굴을 들이미는데 자세가 왠지 묘하게 되어버렸다.

뻘쭘해진 영희가 흠, 흠 헛기침을 하고는 잽싸게 비번을 눌렀다. 그런데 자기도 모르게 손가락이 자꾸 미끄러져서 엉뚱한 것을 눌렀다. 성현이 영희 얼굴 옆에 제 얼굴을 바짝 댄 채 입꼬리를 비스듬하게 올렸다. 옆에서 그러고 있으니 더 긴장이 됐다. 콧바람이 점점 거칠어지는 기분이었다.

그 때 성현이 영희의 통통한 손가락을 살짝 잡았다.

"선배. 손가락도 살쪘어요?"

"야!!"

신경질을 버럭 내고는 다시 치니 와이파이가 제대로 연결됐다. 씩씩거리며 소파 끝에 멀찍이 앉는 영희를 바라보며 성현이 계속 어깨를 들썩이며 웃었다.

'얄미운 자식!'

영희는 분노에 휩싸인 마음을 가라앉히고 수첩을 다시 폈다. 그리고 입을 꾸욱 다문 채 기획 짜는 데 열중했다.

"그게 뭐예요?"

갑자기 들려온 목소리에 영희가 코를 박고 있던 수첩에서 고개를 들었다. 성현이 영희가 보고 있던 수첩에 시선을 고정하고 있었다.

"아아, 이거? 그냥 평소에 끄적거려 놨던 거야. 방송 포맷 같은 거."

"흐응…… 그래요? 나도 보고 싶은데?"

성현이 눈빛을 빛내자 영희가 어림없다는 듯 수첩을 들고 휘저었다.

"안 돼. 이건 내 밑천…… 엇!"

성현이 순식간에 영희의 겉장이 나달나달한 수첩을 뺏어들었다. 그 몸짓은 흡사 창공을 날아 단번에 먹이를 낚아채는 맹금류와도 같았다.

"야! 윤성현! 안 내놔?!"

"걱정 마요. 남의 아이디어 베끼는 짓은 안 하니까. 그냥 궁금한 것뿐이거든요."

영희가 몸을 부웅 날려 짧은 팔로 수첩을 뺏으려고 필사적으로 버둥거렸지만 그는 느긋한 움직임으로 방어하며 페이지를 후루룩 넘겼다.

"우와, 선배 정말 악필이다. 알고는 있었지만."

"내놓으라니까!! 내놔!! 내놓으라고!!"

마치 짓궂은 남학생에게 일기장을 뺏긴 초등학생처럼 얼굴이 시뻘겋게 달아올라선 영희가 바락거렸다. 쉭쉭 페이지를 넘기던 성현의 손이 점차 느려졌다. 진지한 눈빛으로 한 장, 한 장 탐독하는데 영희가 팔뚝을 꽉 물었다.

"아야야!"

"꼭 폭력을 써야 내놓겠냐고!"

영희가 씩씩거리며 제 수첩을 들고 원래 자리로 걸어갔다. 성현은 인상을 찡그리고는 팔뚝에 난 선명한 이빨 자국을 문지르며 투덜거렸다.

"이왕 물려면 좀 에로틱하게 물어주지……."

"한 방 더 물릴래?"

영희가 이빨을 드러내곤 딱딱거리며 사납게 노려봤다. 이건 아무에게도 보여주지 않은 비밀노트였다. 그때그때 생각난 것을 급하게 끄적이다 보니 글씨도 엉망이고 문장도 엉망이고 모든 게 엉망이라 다른 사람에게 보여준다는 건 생각도 못 했는데 저 녀석이…….

"멋있어요."

뜬금없는 말에 영희가 위협적으로 이빨을 딱딱거리던 것을 멈췄다.

"……응? 뭐가?"

성현이 영희를 진지한 표정으로 바라보고 있었다. 막상 그러고 보고 있으니 왠지 머쓱해졌다.

"그냥 뭐랄까. 선배는 정말 방송을 좋아하는구나, 싶어서."

"좋아하니까 하지. 안 좋아하면 이 세계에서 어떻게 버텨?"

영희가 당연하다는 듯 말했다.

"좋아한다고 해도 선배같이 열정적인 있는 사람은 드물 것 같은데요. 대단한 것 같아."

"……정말?"

성현은 시선을 모니터에 둔 채 고개를 끄덕였다. 영희가 히~ 웃더니 신이 나서 샤프를 놀렸다. 노트북 너머로 그 모습을 힐끗 쳐다본 성현이 쿡쿡 웃었다.

히죽거리며 수첩을 보고 있는데 성현이 벌떡 일어났다.

"어디 가?"

모세의 기적이 일어난 자리를 다시 따라 걷는 성현에게 영희가 물었다. 성현이 힐긋 뒤돌아보더니 태연하게 말했다.

"화장실이요."

"아아, 화장실."

화장실 문 쪽으로 직진하고 있는 성현을 보던 영희는 뭔가 이상한 기분이 들어 고개를 갸웃하더니 말했다.

"너 우리 집 화장실 거기 있는 줄 어떻게 알았어?"

화장실 문손잡이를 막 잡은 성현이 멈칫하더니 다시 뒤돌아봤다. 영희가 둥그런 눈으로 자신을 보고 있었다.

"그냥 여길 거 같아서요. 이런 쪽의 감은 좀 좋으니까."

성현은 어깨를 으쓱하고는 화장실 안으로 들어갔다.

이런 쪽의 감? 무슨 말이지? 화장실만 잘 찾는 감이 따로 있나? 영희가 갸웃거리다가 수첩으로 시선을 돌렸다.

'후우, 놀랬네.'

화장실 문에 등을 기댄 성현이 낮게 한숨을 내쉬었다. 잘 넘어간 것 같긴 한데 그래도 혹시 모르는 일이니 표정관리가 필요하다. 성현이 다시 낮게 한숨을 내쉬고는 심호흡을 하고 화장실에서 나왔다.

"일단 좀 먹을까? 배고프지?"

주방 쪽에 서 있던 영희가 냉장고에 붙어 있던 배달음식 책자를 떼어서 성현에게 휙 던졌다.

"골라봐. 여기 뚱뚱할매 보쌈이랑 두 마리 치킨 맛있어."

책자를 펼쳐든 성현이 미간 사이를 살짝 찡그렸다.

"케이크도 있는데 치킨 두 마리는 너무 많지 않나?"

"한 마리도 배달돼. 반반씩 시킬까?"

성현이 끄덕이자 싱크대 서랍에서 쿠폰을 빼내더니 영희가 주문전화를 했다. 성현은 그 사이 설거지거리가 탑처럼 쌓여 있는 개수대 옆에 놔둔 샴페인을 들었다.

"성현아! 생맥주도 시킬까?"

주문하던 영희가 뒤돌아 소리쳤다.

"좋죠."

성현은 대답하며 냉장고에서 꺼낸 케이크와 샴페인을 들고 소파 쪽으로 갔다.

"나보다 4년 선배라고 했죠?"

"응. 입사한 지 7년째니까."

은혜로운 양념 반 후라이드 반 치킨 님과 톡 쏘는 맥주를 흡입하며 영희가 대답했다. 잔뜩 퍼 먹고 남은 빈 케이크 상자와 빈 샴페인 병이 소파 아래에 얌전히 놓여 있었다.

"선배는 왜 방송일 시작하게 된 거예요? 원래 꿈이었어요?"

"음⋯⋯. 원래 꿈이었던 건 맞아. 할머니랑 시골에서 살았다고 했잖아. 그때 동네에 또래가 없어서 맨날 혼자 놀거나 할머니랑 놀았거든. 근데 노인들이 하는 일이라는 게 농사일 말고는 TV 보는 것밖에 없더라고. 그래서 저절로 나도 같이 맨날 TV만 보고 있게 된 거지."

닭다리에 붙은 살코기를 게걸스럽게 발라먹으며 영희가 대답했다. 성현은 치킨을 먹으면서 열 손가락 다 사용하는 모습이 역시 영희답다고 생각했다.

"보통 그 나이 때는 TV에 나오는 연예인이 되고 싶다는 일차원적 생각을 많이 하지 않나?"

"그 나이에도 난 내 얼굴로는 연예인 못할 거라는 것 정도는 알고 있었거든."

맥주를 한 모금 들이켜던 성현이 쿡쿡 웃었다.

"생각보다 조숙했군. 그런데 피디만 해도 종류가 많잖아요. 드라마 피디도 있고 음악프로 피디도 있고⋯⋯. 굳이 예능 피디가 꿈이 된 데는 특별한 이유가 있어요?"

영희의 빈 맥주잔에 성현이 술을 따라주자 영희가 하얗게 올라오는 맥주 거품을 잠시 바라보다가 말했다.

"우리 할머니가 예능을 제일 좋아하셨으니까."

"아……. 의외네요? 할머니들은 보통 드라마 좋아하시지 않나?"

"보통 그러시는데 우리 할머니는 이상하게 예능프로만 좋아하셨어. 드라마는 별로 안 보시고."

닭다리 뼈의 말랑한 연골부분을 집요하게 공략하던 영희가 마침내 완벽하게 뼈만 남은 그것을 봉지 안에 던졌다.

"운명적이네요. 만약 할머니가 드라마 마니아셨으면 지금쯤 선배는 드라마 피디가 되어 있을 거 아냐. 뭐……. 선배는 드라마 쪽 해도 잘했을 것 같지만."

"너 오늘 왜 이렇게 띄워주니?"

영희가 미심쩍은 눈초리를 보내자 성현이 어깨를 으쓱였다.

"띄워주는 게 아니라 진심이에요. 사실 원래 대단하구나 생각은 했었지만 아까 노트 보고 더 그렇게 생각하게 됐달까……."

"고맙다. 많이 먹어. 성현아."

흐뭇한 표정을 한 영희가 자기가 먹으려고 집어 들었던 쫄깃한 살이 알차게 붙어 있는 닭다리를 성현에게 내밀었다.

"내가 치킨에서 다리를 양보하는 건 내 전부를 주는 것과 같아. 알겠니?"

"감동적이네요. 그런데 전에 곱창 먹을 때도 그 말 하지 않았나?"

성현이 받아든 닭다리를 한 입 베어 먹으며 물었다.

"그것 또한 나의 모든 것이지. 곱창과 치킨, 삼겹살과 보쌈, 낙지볶음과 감자탕에는 내 영혼이 담겨 있어."

비장한 표정의 영희를 보고 성현이 쿡쿡거리며 웃었다. 그의 부드러운 눈꼬리가 보기 좋은 호를 그리며 휘어졌다.

"넌 왜 피디가 되고 싶었는데? 전에 라디오 쪽에 남고 싶었다고 했잖아. 그쪽이 꿈이었어?"

영희의 질문에 성현이 고개를 들어 바라봤다.

"라디오 쪽도 재미있었어요. 배울 것도 많았고. 하지만 사실 처음에 지망했던 부분은 예능 쪽이었어요. 어릴 때부터 재밌는 걸 좋아했으니까. 하지만 나도 남을 웃기는 데에는 재능이 없다는 걸 빨리 깨달은 케이스죠."

성현이 웃음기를 띤 얼굴로 어깨를 으쓱였다.

"하긴 그건 신이 내린 능력 같기도 하네. 아무나 되는 건 아니니까."

공감한다는 듯 영희도 끄덕거렸다. 성현은 마지막 남은 치킨을 영희 쪽으로 놔두고 물티슈로 손을 닦으며 말했다.

"맞아요. 아무나 되는 게 아니라는 걸 깨달았어요. 하지만 그럼에도 재밌는 게 좋고, 남을 재밌게 해주고 싶은 열망은 안 사라지더라고. 그래서 차선을 택하다 보니 이쪽으로 오게 된 거죠."

마지막 남은 양념치킨 한 조각을 들고 성현의 말을 잠시 생각하던 영희가 천천히 입을 열었다.

"그런 차선책들이 결국 자기한테 가장 맞는 일이 아닐까 해. 하고 싶은 것과 자기가 잘할 수 있는 일 사이에 괴리감을 가장 좁히는 것이 그 차선책일 테니까. 자기가 좋아하고 하고 싶다고 해서 그걸 꼭 잘하는 건 아니잖아."

"그건…… 그렇죠."

맥주가 두어 모금 성현의 목구멍으로 꿀꺽 내려갔다. 불뚝 솟아나온 목젖의 움직임이 확연하게 보였다.

"그러니까 너도 잘하고 있는 거라고."

영희가 빙긋 웃었다. 성현이 입술 끝을 비스듬히 올리더니 손을 뻗어 영희의 입술 옆을 엄지손가락으로 스윽 훑었다.

"이건 아껴 놓고 먹으려고 붙여둔 거예요?"

성현의 손가락에 붙어 있는 양념 묻은 살점을 보고 영희가 눈썹을 찡그렸다.

"아, 내 비상식량인데. 아깝게."

영희의 말이 끝나기도 전에 성현이 제 손가락을 혀로 스윽 핥아 살점을 입술 안으로 집어넣었다. 묘한 웃음기를 담은 눈빛으로 바라보며 제 입술을 한 번 핥는 성현을 망연자실 보고 있던 영희가 물었다.

"모자라니? 더 시켜줄까?"

"……네? 하하핫!"

성현이 큰 소리로 웃음을 터뜨렸다. 한참을 어깨를 들썩이며 웃더니 영희쪽을 돌아봤다. 웃음기가 살짝 남아 있는 표정이 아까보다 더 묘한 분위기를 풍기고 있었다.

"못 말리겠어."

웃음기 섞인 목소리로 중얼거리듯 말한 성현이 영희의 손목을 홱 낚아챘다. 갑자기 무슨 일인가 싶어 영희의 눈이 동그래졌다. 씨익 웃은 성현의 입술이 치킨양념이 알차게 묻어 있는 손가락 끝으로 천천히 다가왔다.

"어, 어어……."

영희가 당황스러운 표정으로 팔을 빼내려고 했지만 성현이 꽉 잡고 놔주질 않았다. 마침내 입술로 손가락을 슬쩍 물자 뜨거운 감촉에 영희가 흠칫 놀랐다.

"아니, 아니 왜……."

"가만."

성현은 얼굴이 점점 시뻘게지고 있는 영희는 아랑곳하지도 않고 낮게 으른 뒤 충실히 그녀의 통통한 손가락에 묻은 양념을 빨았다. 말캉한 혀가 손가락에 닿을 때마다 영희는 목구멍이 뜨거워지고 아랫배가 옴찔옴찔한 기분이었다.

눈앞에서 자신의 손가락을 빨고 있는 모습을 보고 있는 것은 안구에 지나치게 자극적인 장면이었다. 심장이 미친 듯이 폭주하기 시작했다. 쿵쾅쿵쾅쿵쾅. 아, 머릿속으로도 심장 소리가 울리는 기분이다.

할짝거리며 노골적으로 손가락을 빨아대는 소리에 현기증이 나서 아찔해지고 있는데 손가락으로 향해 있던 성현의 긴 속눈썹이 위로 들려 올라갔다. 그의 까만 눈동자와 시선이 마주치자 영희는 심장이 갈비뼈를 탈출할 지경이었다.

"나 키스하고 싶은데."

성현이 고개를 들어 촉촉해진 손가락을 깍지를 끼워 잡고는 영희의 얼굴 앞까지 바짝 다가와 속삭였다. 영희가 긍정도 부정도 하지 못한 채 눈동자만 굴리고 있자 그의 입술이 통통한 입술을 살짝 빨았다.

"해도 돼?"

"……이미 했잖아."

방금 분명 입술 박치기를 시전해놓고 무슨 소리냐는 듯이 영희가 잔뜩 달아오른 얼굴의 눈썹을 살짝 찌푸렸다.

"에이. 이건 맛만 본 거지."

성현은 쿡쿡 웃으며 영희의 입술에 자신의 입술을 살짝 포갰다. 부드럽게 겹쳐지는 입술이 슬쩍 벌어지자 촉촉한 혀가 쑤욱 밀고 들어왔다. 혀끝에서 밀려드는 아찔한 감각에 영희의 머릿속이 한 순간에 텅 비어버렸다.

입술이 붙었다 떨어질 때마다 점차 호흡이 거칠어지고, 거칠어진 호흡에 맞춰 성현의 움직임도 점점 급박해지고 있었다. 타액과 타액이 오가는 농밀한 소리가 방 안에 가득 차고 영희는 점점 뒤로 밀려나 소파 등받이에 머리가 닿았다. 좁은 소파 안에 영희를 가두고 진한 키스를 이어가자 숨이 턱턱 막히고 머릿속이 뱅글뱅글 돌았다.

성현이 입술로 보드라운 목덜미를 빨며 한 손을 영희의 티셔츠 밑으로 집어 넣었다.

"앗, 성현……!"

영희가 깜짝 놀라 몸을 일으키려는데 그의 입술이 다시 덮쳐왔다. 거친 키스에 짓눌리듯 이끌리는 사이 그는 성급한 손놀림으로 얇은 브래지어를 밀어 올렸다.

"하아……."

보드라운 가슴살을 한 손에 쥐자 성현의 입술에서 뜨거운 숨이 터져나왔다. 한 손에 다 들어오지도 않는 풍만한 감촉이 숨 막히게 기분 좋았다.

기다란 손가락으로 동그랗게 솟은 유두를 매만지자 영희가 고개를 뒤로 꺾으며 허리를 빳빳이 세웠다. 분명 술 취한 그 날 느껴봤을 감촉인데 기억에 없던 일이라 그런지 맨살의 감촉이 너무나 생경하고 자극적이었다.

"너무 좋아."

영희의 귓가에 성현이 낮은 숨을 토해내며 말했다. 잔뜩 잠긴 듯한 목소리에 영희가 어깨를 움츠리며 쌕쌕거렸다. 난감하고 당황스러운데, 그만두고 싶지는 않은 이상한 기분이었다. 성현이 몸을 일으켜 세워 영희의 티셔츠를 위로 확 들쳐 올렸다.

"아앗!"

그의 손이 한쪽 젖가슴을 움켜쥐고 다른 쪽 유두를 한입에 삼키자 영희의 고개가 뒤로 확 젖혀졌다. 뜨거운 입술에 감싸인 유두가 순식간에 빳빳하게 곤두섰다. 둘의 숨소리가 급박하게 거칠어지고 있었다. 숨소리에 맞춰 오르락내리락하는 둥근 가슴이 성현의 타액으로 순식간에 젖어갔다.

이 짜릿짜릿한 기분이 도대체 뭐지? 영희 스스로도 알 수 없는 민망하지만 흥분되는 감각이 타액으로 미끈거리는 분홍빛 유두를 중심으로 온몸으로 퍼져나가고 있었다. 혀로 간질이듯 건들다가 감싸듯 입안으로 삼키자 강한 자극에 하마터면 비명을 지를 뻔했다.

이렇게 엄청난 감각을 아무리 술에 취했다지만 그렇게 쉽게 날려버렸다니? 눈앞이 팽팽 도는 아찔아찔한 감각 속에서 영희는 그날의 기억을 다시 떠올려보려고 했지만 아무것도 기억나는 건 없었다.

"아, 안 돼. 성현아!"

그의 손이 영희의 허리를 타고 점차 아래로 내려가자 퍼뜩 놀라 성현의 어깨를 잡고 밀어냈다. 욕망에 젖어 잔뜩 어두워져 있는 성현의 눈동자가 일순 당황스러움으로 물들었다. 밀쳐진 채로 거칠게 숨을 몰아쉬며 영희를 바라봤다.

옷이 잔뜩 흐트러져서 타액으로 번들거리는 가슴을 오르락내리락하며 새빨갛게 부어오른 입술로 숨을 몰아쉬고 있는 모습이 지나치게…… 섹시했다.

"하아."

성현이 한 손으로 머리칼을 쓸어 넘기며 깊게 숨을 내쉬었다.

"……무서워?"

영희의 얼굴을 매만지며 성현이 낮게 잠긴 목소리로 물었다. 조금 난처한 표정을 짓던 영희가 천천히 고개를 끄덕였다.

"그게…… 지금은 조금……. 그, 그날 일도 전혀 기억이 안 나서……."

"알았어. 무리하지 마. 지금은 참아볼게."

아쉬운 기색이 역력했지만 그래도 싱긋 웃어주며 성현이 말했다.

"응……. 미안."

영희가 부끄러운 듯 시선을 돌리며 흐트러진 옷을 정리했다. 놀라긴 했지만 막상 멈추니 한편으로 약간, 아니 조금 많이 아쉬운 기분도 들…… 헉! 아니 내가 지금 무슨 생각을??

달아오른 영희의 얼굴을 귀엽다는 듯 바라보던 성현이 그녀의 귓가에 입술을 바짝 대고 말했다.

"나 지금 죽을힘을 다해서 참고 있는 거야. 다음에는 못 참을 것 같으니까 각오해."

"⋯⋯!"

영희의 얼굴이 터질 듯이 시뻘게졌다.

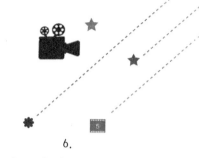

6.

연애고자 탈피를 위하여!

"선배. 괜찮아요?"

뒤돌아보니 성현이 서 있었다. 며칠 만에 보는 그인가. 파일럿 프로
의 본격적인 기획에 몰두하느라 영희는 며칠째 감금당하듯 회의실 한구
석에서 음습한 버섯마냥 피어 있었다. 성현 역시 영희가 빠진 자리의
편집을 혼자 메꾸느라 며칠 밤을 새운 상태였다. 문자로만 안부를 전하
다가 방송국 복도에서 떡하니 마주치니 그날 일이 생각나서 영희는 얼
굴이 다시 달아오를 것 같았다.

"정말 힘든가 봐요. 얼굴이 왜 그래요?"

"으, 응. 기획이 잘 안 풀려서. 이거 먹을래?"

영희는 민망함을 감추려 손에 들고 있는 비닐봉지에서 자양강장제를
한 캔 꺼내주며 어색하게 웃었다.

"고마워요."

성현이 받아들고는 싱긋 웃었다. 그 미소에 심장이 벌렁벌렁하게 뛰

는 이유는…… 역시 그날 일 때문이다.

"그럼 수고해. 난 이것들 들이켜면서 일해야 해서 이만……."

황급히 성현 옆을 지나려는데 쑤욱 하고 손이 나오더니 팔을 답삭 잡았다.

"선배."

영희가 어리둥절한 표정을 하고 성현이 잡고 있는 맨팔뚝을 바라봤다. 나흘간 씻지도 못했는데 그렇게 세게 잡으면 곤란한데……. 그런데 그 힘줄 쩍쩍 갈라진 팔뚝을 보니 또 그날 밤 일이…… 아아아아!

"나도 선배가 하는 거 같이하게 될 것 같은데요."

성현의 말에 영희가 혼미해지는 의식을 겨우 다잡을 수 있었다.

"어? 정말? 거기도 팀원 모자라지 않아? 나까지 나와 있어서."

"대장이 선배 혼자 팀 꾸리려면 힘들다고 가서 도와주라고 했거든요. 거긴 베테랑들이니까 괜찮다고. 잘됐죠?"

그가 싱긋 웃으며 바라봤다.

"응? 으응. 잘됐네."

영희가 신경이 팔에 쏠려 있다는 걸 들키지 않으려 어색하게 웃으며 말했다. 성현은 잠시 영희를 내려다보더니 팔을 놔줬다.

"그럼 나중에 봐요."

성현이 어정쩡하게 서 있는 영희의 어깨를 툭 치고는 지나갔다.

영희는 방금 봤던 그의 표정이 묘하게 이상해서 갸웃거리며 회의실로 들어왔다. 자양강장제가 가득 담긴 비닐봉지를 책상 위에 얹어놓고 의자 위에 털썩 앉았다. 조금 전에 성현이가 한 말에 괜히 기분이 이상했다. 듣보맨 때도 했으니 같이 일하는 거야 새로운 게 아닌데 왜 이렇게 심장이 뛰는 걸까?

'에잇. 지금은 이게 중요한 게 아니잖아! 정신 차리고 일하자! 일!'

다크서클이 턱까지 내려온 얼굴로 멍하니 앉아 있던 영희가 머리를 붕붕 흔들고는 봉지 안에서 자양강장제를 한 캔 꺼내서 전투적으로 마셨다.

"크하!"

다 마신 캔을 터프하게 책상 위에 내려놓으며 손등으로 거칠게 입가를 닦았다.

회의실에는 방송국 도서실에서 빌려온 여러 권의 전문서적들과 노트북, 쓰다 구겨버린 종이와 빈 커피 잔과 뚜껑이 열린 자양강장제의 빈 캔들이 어지럽게 널려 있었다. 기한 안에 만들려면 오늘 밤도 영락없이 꼴딱 새야 할 판이다. 그래도 오는 길에 화장실에 들러서 찬물에 세수도 좀 하고 왔더니 아까보다는 정신이 조금 맑아진 것 같았다.

볼을 탁탁 두드린 후 머리를 푸르르 흔들고 아까 쓰다 만 기획 시안지를 펼쳤다. 머릿속으로 천천히 그려보기 시작한다.

내가 만든 방송.

내가 하고 싶은 이야기들…….

조용한 공간 속에 영희의 글씨 쓰는 소리가 사각사각 단조롭게 울렸다.

영희가 복도에서 마주친 준한을 보고 눈을 크게 떴다. 평소의 무릎 나온 트레이닝복 차림이 아닌 말쑥한 정장 차림이었다.

"선배. 또 심의 걸렸어요?"

"아니야, 임마."

준한이 피식 웃었지만 어쩐지 표정이 어두웠다.

"아니에요? 그렇게 입고 있으니까 난 또 심의 걸려서 심의실 끌려 올라가는 줄 알았죠. 무슨 일 있어요?"

"알아서 뭐하게, 간다! 준비 잘하고."

큰 손으로 영희 머리를 부벼 헝클어뜨리고 지나가는 준한의 표정이 역시 어두워 보였다.

'무슨 일이 있나……?'

영희가 갸웃거리며 준한의 뒷모습을 바라보고 서 있었다. 대학시절 준한의 저런 표정을 본 적이 있었다. 그의 어머니가 돌아가셨을 때. 그때 영희는 형식적인 위로 이상은 할 수가 없었다. 그 사람이 선배 옆에 있었으니까.

"하긴 그때 네가 많이 안달 나 있었긴 하지. 혼자 안달 났었지만."

다크서클이 영희만큼 내려온 슬비가 커피가 담긴 종이컵을 매만졌다.

"김영희 흑역사다."

영희가 키득거리며 커피를 호록 마셨다. 아무도 없는 새벽의 방송국 앞 벤치에서 마시는 자판기 커피 맛은 각별하다. 특히 비가 내린 뒤 물기를 잔뜩 머금은 축축한 공기를 느낄 수 있는 이런 밤에는 더더욱.

"그래도 덕분에 이렇게 오래 같이 일할 수 있는 거 아냐? 그때 네가 고백이라도 날렸어 봐. 이렇게 편한 사이가 되진 못했겠지."

"그건 나도 그렇게 생각해. 짝사랑만 주구장창 하는 데에도 이런 장점이 있을 줄이야."

영희가 피식 웃으며 맞는 말이라는 듯 끄덕거렸다.

"내 말이 그 말이야. 짝사랑만 주구장창 하던 김영희 양이 처음으로 답삭 문 남자가 연하의 미소년 아이돌계열이 될 줄 누가 알았겠어?"

슬비의 말에 영희가 눈살을 찌푸렸다.

"야, 미소년 아이돌이라니. 걔 나이가 낼모레면 서른인데."

"낼모레 서른이라도 방송가 아이돌 맞거든? 걔 회사 안에 팬클럽 있는 거 몰라?"

"그런 게 있어??"

영희가 어이없는 표정으로 말했다. 실제 아이돌이 활보하고 돌아다니는 방송국 안에서 피디한테 팬클럽이라니?

"진짜 몰랐나 보다. 넌 어떻게 된 게 자기 남자 소식을 나보다 몰라? 너 정신 똑바로 차려! 너한테 이런 기회가 허구한 날 올 줄 알아? 내가 장담하는데 그놈은 신이 그동안 너한테 짝사랑질이나 시키고 일 더미에서만 구르게 한 게 미안해서 특별 보너스 격으로 내리신 놈이 분명해! 그러니까 지 발로 걸어들어 왔을 때 못 도망가게 움켜잡으라구, 꽈악!!"

꽈악, 소리에 맞춰 슬비가 손안의 빈 종이컵을 단숨에 우그러뜨렸다.

"선배 얘기하다 왜 여기까지 온 거야? 벌써 들어갈 시간이네."

영희가 회피하듯 청바지를 탈탈 털며 벤치에서 일어섰다. 슬비는 눈을 흘기더니 자신의 구겨진 종이컵을 영희의 빈 종이컵에 쏘옥 넣어 옆에 있던 쓰레기통에 버리고 돌아왔다.

"너도 철야?"

걸어가며 영희가 묻자 슬비가 어깨를 으쓱거렸다.

"그렇지, 뭐. 난 편집 때문에. 엄마가 내 얼굴 까먹겠대. 집에 하도 안 들어가서. 얼마 전에 집에 들어갔더니 우리 집 고양이가 생전 처음 본 사람 취급하더라니까? 이야, 이거 웃긴 이야기인데 왜 눈물이 날 것 같지? 하하하."

썩은 미소를 짓는 슬비의 등을 기운 내라는 뜻으로 팡팡 두드려줬더니 오버액션을 취하며 넘어질 듯 휘청거렸다. 둘은 나란히 다크서클이 턱까지 내려온 얼굴로 키득키득 웃으며 눅진한 밤공기 속을 헤치고 환한 로비 안으로 천천히 걸어 들어갔다. 오늘도 피로에 찌든 방송쟁이들이 여기저기서 좀비처럼 흐느적거리며 돌아다니고 있었다.

"왜 계속 핸드폰만 만지작거려? 기다리는 연락이라도 있어?"

"내가 그랬나?"

성현이 자기 손에 쥐어진 휴대폰을 그제야 인식한 듯 식탁 위에 올려놓았다. 동네 친구인 정수가 알겠다는 듯 의미심장한 미소를 띠었다.

"이거 촉이 오는군. 여자구만?"

아니라고 둘러댈까 잠시 고민하던 성현이 그냥 인정하는 쪽을 선택했다. 어차피 이놈한테는 숨기고 말 것도 없는 관계였으니.

성현이 캔 맥주를 천천히 빙글빙글 돌리며 이야기를 시작했다. 시종일관 흥미진진한 표정으로 듣고 있던 정수가 이야기를 다 듣고는 고개를 끄덕거렸다.

"오호라. 그렇게 된 거군. 듣고 보니 이미 사귀는 사인데 뭘 그렇게 고민하냐?"

성현이 미간을 좁혔다.

"그런데 반응이 뭐랄까…… 너무 수동적이야. 보통 사귀는 사이면 아무리 바빠도 자주 생각나고 그럴 텐데."

"흐응. 그래?"

정수가 적당히 추임새를 넣어줬다.

"같이 일하게 됐다고 해도 반응이 영 심드렁하고, 내가 오늘 문자를 여섯 통을 보냈는데 답장이 딱 두 개 왔어. 아니 이게 말이 돼? 물론 이번에 처음으로 자기 거 맡게 된 거니까 정신없는 것도 이해하는데, 그래도 이건 너무 심한 거 아니냐고!"

말을 하다 점점 흥분한 것인지 성현이 맥주 캔을 식탁에 카랑 소리 나게 내려놨다. 그 소리가 지나치게 크게 울리자 당황한 성현이 멋쩍게 웃으며 맥주 캔을 입으로 가져갔다.

"괜찮아. 네 이런 모습 아주 건강하고 정상적인 수컷 같아서 좋다. 지금까진 여자에 대해 지나치게 흥미 없다는 듯 굴어서 난 또 네가 성적소수유전자를 타고난 것이 아닌가 내심 걱정했는데 말이지."

정수가 장난치듯 말하자 성현이 머리를 쓸어 넘기며 눈을 가늘게 뜨고 바라봤다.

"네가 연애를 안 하는 데에는 너네 누님들의 영향이 커서가 아닌가 생각은 했어. 여자에 대한 환상을 깡그리 부숴준 누님들이니. 그래서 네가 여자를 사귄다면 너 이상으로 깔끔한 여자라고 생각했는데 좀 의외네."

"……나도 그런 생각은 했었어."

성현이 순순히 끄덕거렸다.

"그나저나 그 여자 대단하네? 윤성현 앞에서 그렇게 시니컬할 수 있다니. 너는 가만있어도 여자들이 굴비 엮이듯 줄줄 꼬이는, 개인적으로 더럽게 재수 없는 타입이잖아. 혹시 작전 아냐? 그런 태도로 낚았으니 억지로 감정을 꾹꾹 눌러 참으며 무관심과 쿨시크를 가장한다거나."

"작전일 리는 없어. 그냥 천성이 좀 그런 성격인 것 같아."

"그럼 그런 쿨한 여자랑 어떻게 사귀게 된 거야? 그런 여자는 보통 넘어오기 힘든데."

정수가 아는 자만 진정한 맛을 느낀다던 치킨의 목을 잡고 잘근잘근 이빨질을 하며 물었다.

"……그런 일이 있었어."

성현이 새로 딴 캔 맥주를 마시며 정수의 시선을 피했다.

"흐응, 뭔가 있는 모양이군? 뭐 좋아. 둘러대고 싶다면 넘어가 주지. 오늘은 네게서 연애고자를 탈피했다는 소식을 들은 것만 해도 크나큰 수확이니까 말이지."

정수가 싱긋 웃으며 캔을 들어 올리자 성현이 미간을 찡그리고는 자신의 캔을 부딪쳤다.

"축하한다! 기념적인 윤성현의 연애고자 탈피를 위하여!!"

"그만 좀 해."

"축하한다! 기념적인 윤성현의 연애고……."

"야!!"

성현이 버럭 큰 소리를 내자 그제야 정수의 장난이 멈췄다.

장례식장 안에서 채인은 창백한 얼굴로 앉아 있었다.

채인의 모친이 몇 년간의 병고 끝에 사망했다는 기사는 하루 종일 포털 메인에 수많은 문상객들의 사진과 함께 도배되고 있었다. 왕년에 여배우였던 채인의 모친 한혜영의 이름과 과거 활동할 당시의 사진들도.

초췌한 얼굴로 앉아 있던 채인의 눈동자가 어느 순간 흔들렸다.

준한이 검은색 정장을 입고 분향을 하고 있었다. 그를 보는 순간 확 커진 채인의 까만 눈망울에 순식간에 눈물이 가득 차올랐다. 영정에 절을 마친 준한은 서럽게 눈물을 뚝뚝 쏟아내는 채인 앞으로 가 앉았다.

"상심이 크시겠습니다."

"준⋯⋯."

채인이 눈물로 얼룩진 얼굴로 무언가 말하려고 했지만 더 듣지 않고 준한은 벌떡 일어나서 그녀 앞을 지나가 버렸다. 다음 문상객인 여배우가 채인의 손을 잡고 연신 눈물을 찍어내며 무어라 말했지만 그녀 귀에는 전혀 들어오지 않았다. 황망한 눈동자로 대충 고개만 끄덕이며 준한의 뒷모습을 좇았다. 그가 피디들이 모여 있는 자리 쪽으로 가서 앉는 모습이 보였다.

"석 피디도 왔네? 잘 지내지?"

"자, 한 잔 받아."

먼저 앉아 있던 피디들이 준한을 향해 알은척했다. 옆에서 따라주는 술을 말없이 받는 준한의 뒷모습을 채인이 보고 있었다.

"이런 말 하긴 그렇지만 사실 독한 여자였지, 한혜영."

준한이 앉아 있는 자리에서는 이미 술을 한 잔씩 걸친 피디들이 목소리를 낮춰 이야기를 나누고 있었다.

"그러게요. 본인은 잠깐 활동한 거지 그닥 인기는 없었잖아요. 영화한 세 편 찍었나⋯⋯. 그런데 자기 딸이 잘나간다고 방송국에서 얼마나 유세였는지. 인지도도 떨어진 한혜영이 갑자기 나와서 굵직한 드라마 엄마 역은 다 꿰찬 건 다 이채인 볼모로 협박한 결과 아닙니까?"

"말도 마. 드라마국에 아는 선배가 직접 당한 얘기 해주는데. 뻔뻔하기가 무슨 쇠철갑을 얼굴에 두른 여자 같다더라. 표독스러운 얼굴로 웃으면서, 우리 채인이가 앞으로 정 피디님 드라마에 나갈 일 없을까요? 채인이가 한 번 드라마 나갈 때마다 시청률 최소 35% 이상인 거 아시죠? 전 그냥 많은 거 안 바라요. 그냥 여주 엄마나 남주 엄마로 매회 나와 주면 만족해요. 이러더라니까? 나 참, 그것도 이미 캐스팅 다 낙점된 상황에서."

준한은 피디들의 수군거림을 들으며 말없이 소주를 들이켰다.

"그래도 정 피디 그 후속작으로 여주인공 이채인 써서 「그 오후」 대박 난 거 아닙니까. 뭐 대박을 위해서라면 난 그 정도 새우등은 얼마든지 터져줄 마음 있어요. 솔직히 다들 그럴걸요?"

"그거야 뭐……. 어쨌든 한혜영 그 여자가 문제였어. 이채인이 처음부터 배우를 하고 싶었는지도 의심될 만큼 엄마한테 휘둘리는 거 보니까 불쌍하더라고."

두 잔째 소주를 들이켠 준한이 빈 술잔을 내려놓고 일어섰다.

"어? 석 피디 벌써 가려고? 왜 더 안 마시고."

"차 가지고 왔거든요. 편집이 다 안 끝나서 먼저 가보겠습니다."

준한이 고개를 꾸벅 숙이고 그 자리를 벗어났다. 요즘 가장 잘나가는 예능 피디인 준한에게 할 말들이 많았던 그들은 생각보다 빨리 일어선 준한의 뒷모습을 아쉬운 눈빛으로 바라보고 있었다.

장례식장을 빠져나오자마자 준한은 담배를 빼 물었다.

까끌까끌한 목으로 독한 담배 연기가 넘어가자 절로 인상이 써졌다. 깊이 들이마신 연기를 단숨에 밤공기로 뿜어내며 주차된 자신의 차 앞

195

으로 걸어가자 뒤에서 다급한 목소리가 들려왔다.

"준한 씨!"

준한이 멈칫하여 뒤돌아보자 눈물범벅인 얼굴을 한 채인이 서 있었다. 그의 시선이 숨을 몰아쉬고 있는 채인의 발에 닿았다. 얼마나 급하게 달려 나왔는지 짝짝이 신발을 신고 있었다.

"준한 씨, 나……."

이미 얼굴 가득 눈물범벅인데도 모자랐는지 채인은 그를 보자마자 눈물을 왈칵 터뜨렸다. 준한은 얼른 주변을 둘러봤다. 뒤쪽 주차장인데도 여기저기 기자들과 방송관계자들이 심심찮게 보이고 있었다.

"상주가 나와 있으면 어쩌자는 거야. 빨리 들어가."

짧게 말한 준한은 자신의 차 문을 열었다.

"준한 씨. 나랑 얘기 좀 해. 응?"

채인이 다가오는 걸 보면서도 준한은 차 문을 큰 소리를 내며 닫고 시동을 걸었다. 멈칫거리는 그녀의 옆을 준한의 차가 쏜살같이 지나갔다.

"흐읔……."

준한의 오래된 차가 시끄러운 소리를 내며 빠져나간 자리 앞에 덩그러니 남아 있는 채인이 꺽꺽대며 눈물을 쏟아냈다. 가녀린 어깨가 세찬 바람에 몸을 떠는 낙엽같이 슬프게 떨렸다.

부아아아아앙.

준한의 차가 무서운 속도를 내며 도로를 질주하고 있었다. 놀란 차들이 여기저기서 히스테릭하게 클랙슨을 울려댔다. 룸미러에 비치는 준한의 얼굴이 딱딱하게 굳어 있었다. 악다문 턱이 미세하게 경련을 일으켰다.

"……!!"

순간 크게 핸들을 비틀었다. 차 바퀴가 아스팔트를 신경질적으로 긁는 소리와 함께 옆에서 달려 나온 차가 아슬아슬하게 멈춰 섰다. 급브레이크 때문에 차가 크게 출렁거리며 비명을 지르는 듯한 굉음을 내고 멈췄다.

"죽으려면 혼자 죽어!! 미친 새끼야!!"

상대편 운전자가 놀란 가슴을 진정시키자마자 무섭게 욕을 쏘아붙이고 지나갔다. 준한 역시 차를 갓길에 세우고 거친 숨을 몰아쉬었다. 조금만 핸들 트는 게 늦었어도 죄 없는 상대편 운전자와 사이좋게 황천길로 가고 있었을지도 모른다.

"……빌어먹을!"

세게 핸들을 내려친 준한의 얼굴이 괴롭게 일그러졌다.

다음 날 아침 영희가 까치집 진 머리를 하고 비척이며 숙직실에서 나왔다. 잠을 거의 못 잔 상태라 피곤으로 얼굴이 퉁퉁 부어 있었다. 목에 수건을 감고 화장실로 들어가 거울을 본 영희는 깜짝 놀랐다.

"와, 원래도 봐줄 만한 면상은 아니었는데 부어터지니까 진짜 못 봐주겠다."

혼잣말로 중얼거리고 있는데 뒤에서 사람이 쓱 나타났다.

"그걸 이제 알았어?"

유진도 상태가 영희와 별다른 것이 없어 보였다. 유진이 시커먼 얼굴로 영희의 손을 답삭 잡으며 말했다.

"영희야. 너 없으니까 죽겠다. 완전 배가 산으로 갈 것 같아. 역시 대장만 믿고 있어선 안 되던 거였어!"

"아유, 난 그냥 군기반장이지. 선장은 선배가 했던 거 너도 알잖아."

영희가 되도 않는 소리라는 눈초리를 하자 유진이 한숨을 포옥 내쉬었다.

"그거야 아는데…… 넌 군기담당 겸 실세조력 겸 현장감독이었던 거지. 너 없이 통솔하기가 왜 이렇게 힘드냐. 스탭이고 멤버들이고 하나같이 말을 안 들어. 가뜩이나 정봉석 대신 들어온 이동진도 아직 적응 못 해서 그러고 있는데…… 대장도 웬만한 일 아니고선 그냥 한쪽에 늘어져 있으니까 우리가 죽겠어."

"늘어져 있는 거 같아도 볼 건 다 봐. 선배가 그렇게 무른 사람인 줄 알아? 알고 보면 무섭다우."

영희가 앞머리에 똑딱삔을 꽂고는 세면대에서 세수를 시작했다.

"하아, 어쨌든 이럴 때 네가 없다는 건 재앙이야. 재앙이라고……."

벽에다 머리를 비비던 유진이 퀭한 눈으로 영희를 바라봤다.

"넌 하는 일 잘되고 있어?"

"지금 내 얼굴 보고도 몰라?"

영희가 수건으로 대충 부벼 얼굴을 닦고는 슥 들어 올렸다. 유진이 알 만하다는 표정으로 또 한숨을 내쉬었다.

"그래. 너도 힘들겠지……. 에휴……."

"서로 힘내자고! 정 힘들면 석 선배랑 독대 한번 하고. 그럼 나 먼저 나간다."

수건을 목에 걸고 화장실에서 나온 영희가 복도를 걸었다. 그런데 회의실 문이 살짝 열려 있는 게 보였다. 내가 열어놓고 나왔나? 생각하며 문을 열고 들어가니 한쪽에서 의자를 붙여놓고 자고 있는 준한이 보였다.

옷도 어제 입고 있던 검정 양복이다.

"윽, 술 냄새. 얼마나 퍼마신 거야?"

준한을 살피던 영희가 눈살을 찌푸리며 고개를 돌렸다. 마치 까만 정장을 커다란 술동이에 넣고 절여뒀다가 걸치고 온 것처럼 술 냄새가 진동을 했다.

"선배. 일어나요, 선배!"

영희가 과격하게 흔들어 깨우자 움찔 놀라 고개를 든 준한은 눈도 제대로 뜨지 못하고 있었다.

"왜 여기서 자고 있어요? 숙직실 가서 편하게 자지."

"그러게…… 내가 왜 여기서 자고 있지?"

주위를 둘러보던 준한이 부스스 몸을 일으켜 뻗친 머리를 하고 잠시 멍청하게 앉아 있었다. 영희가 준한을 쿡쿡 찔렀다.

"아직 술이 덜 깬 것 같은데? 숙직실 가서 더 자요."

"으응."

대답을 한 준한이 얼굴을 북북 긁으며 눈을 감았다.

"숙직실 가서 자라니까요?"

"으으응."

웅얼거리듯 대답한 준한의 머리가 아래로 툭 떨구어졌다.

"에잇! 여기서 또 잠들겠네. 일어나라니까요!!"

영희가 준한의 팔을 잡아 일으켰다. 휘청거리며 일어난 준한이 다리에 힘이 없는지 자꾸 다리가 꺾였다.

"다리에 힘 좀 줘봐요, 얼른! 숙직실까지 데려다 줄 테니까요."

"으응."

"계속 대답만 하지 말고요! 던져버리기 전에!"

눈살을 찌푸리고 짜증을 팍 내자 그제야 준한이 몸을 제대로 가누려고 다리를 움직였다. 영희가 부축하려고 등에 팔을 올리는데 스텝이 꼬인 준한의 몸이 푹 하고 영희의 듬직한 어깨 위로 떨어졌다.

"어어?"

이게 웬 뜬금없는 드라마 시추에이션인가. 영희는 마치 자신을 꼭 끌어안은 자세가 되어버린 준한의 힘 풀린 몸을 지탱하기 위해 팔로 그의 등을 꽉 잡아야 했다. 그러니까 더욱 확실하게 얼싸안은 포즈가 되어버렸다.

"아유, 선배! 쫌!!"

영희가 준한의 양 팔뚝을 잡아 탈탈 흔들자 다시 그의 눈이 번쩍 떠졌다.

"어어? 영희 아니냐? 너 뭐하냐?"

"진짜, 술 깨면 가만 안 둬요! 발딱 서요! 당장!!"

준한이 몽롱한 눈을 크게 뜨고 영희를 바라봤다.

"어어? 김영희가 성희롱을 하네? 발딱 세워서 뭐하게?"

"선배에!!"

영희의 버럭거리는 목소리가 쩌렁쩌렁 회의실 안을 울렸다. 결국 준한은 화가 난 영희의 손에 뒷덜미를 잡혀 질질 끌려나오게 됐다. 영희는 숙직실 침대 위에 던지듯이 준한을 눕히고 어깨를 주무르며 나왔다.

"나 참. 대체 술을 얼마나 마셨길래……."

뻐근한 목을 이리저리 돌리며 걷고 있는데 문득 깨달았다.

'어? 그러고 보니 선배랑 그런 오묘한 자세로 있었는데도 아무렇지도 않네?'

예전 같으면 심장이 달달 떨렸을 텐데 신기하게도 전혀 아무렇지도 않았다.

'……그 녀석 때문인가.'

영희가 부끄러운 듯 머리를 긁적이며 씨익 웃었다.

겨우 기획안을 오케이 받은 영희의 눈은 판다마냥 시꺼멓고 퀭해 있었다. 앞으로도 산 넘어 산이겠지만 그래도 1차 관문을 통과한 후련함에 날아갈 듯한 걸음으로 집으로 왔다.

"얼마만의 마이홈이냐! 아우~ 좋아!!"

침대에 발라당 누워 부침개마냥 발딱발딱 몸을 뒤집어대며 푹신함을 실컷 즐겼다. 눈을 감으면 3박 4일은 내리 잘 것만 같은 피곤함이었지만 영희는 자기도 모르게 슬쩍 휴대폰을 들어 올렸다.

"흠, 그래도 엄연한 사귀는 사이인데 내가 바쁘다고 그동안 너무 그놈을 등한시했지? 여, 연락 한번 해봐야겠어."

누구 들으라는 듯 크게 혼잣말을 지껄인 영희가 슬쩍 통화버튼을 눌렀다. 그리고 보니 일 때문이 아닌 다른 이유로 그에게 전화하는 건 거의 처음이 아닌가 싶었다. 전화나 문자나 대부분 성현이 먼저 하고 있으니까.

뚜르르르, 뚜르르르…….

영희가 침을 꼴깍 삼켰다. 신호가 가는 짧은 시간이 마치 영겁의 시간마냥 길게 느껴졌다. 누군가에게, 특히 이성에게 이유 없이 전화를 한다는 건 이렇게 긴장되는 것이었다는 걸 처음 알았다. 그렇게 생각하니 늘 먼저 전화하는 그에게 미안한 기분이 들었다.

—여보세요.

"어, 서, 성현이니?"

이런. 긴장을 너무 했는지 말을 더듬어버리고 말았다. 대답하는 성현의 목소리에 왠지 더 긴장이 됐다. 주변이 시끄러운 걸 보니 일하는 중인 것 같았다.

"일하는 중이야?"

—네.

"바쁜 것 같은데 미안. 문자할게."

성현의 목소리가 낮게 가라앉아 있고 단답형인 걸 보니 전화 받을 상황이 아닌 모양이다. 영희는 황급히 사과한 뒤 전화를 끊었다.

"목소리가 왜 이렇게 안 좋담?"

날짜를 확인해보니 오늘은 듣보맨 회의가 있는 날일 것이다. 아까 만난 유진도 볼멘소리를 하더니 요즘 잘 안 풀려서 회의 분위기가 살벌한가……? 어쩌면 준한이 아직도 술이 안 깨서 회의 분위기가 그렇게 됐는지도 모른다. 영희는 유진에게 슬쩍 물어볼까 하다가 그냥 성현에게 문자를 보냈다.

[나 오늘 기획서 통과했다! 안 바쁘면 술 살게.]

무사히 전송된 것을 확인한 영희가 휴대폰을 베개 옆에 놓고 이불을 끌어당겨 몸에 돌돌 감았다. 에어컨 바람은 시원하고 몸에 폭신하게 감긴 이불의 감촉은 말랑해서 기분이 좋았다. 아, 기분 좋다. 이대로 잠들면 정말 좋겠…….

"엇?!"

영희가 눈을 번쩍 떴다.

이대로 잠들면 좋겠다고 생각했더니 정말 잠든 모양이다. 오후 늦게 집에 왔는데 주위가 껌껌해진 걸 보니 완전한 밤이 된 듯하다. 영희는 급히 손을 더듬어 휴대폰 먼저 확인했다.

전화가 몇 통이나 와 있었는데 그것도 모르고 자다니. 그런데 그 와중에도 성현의 답장은 없었다.

"바쁜가?"

아까 목소리도 안 좋더니 뭔가 일이 터졌다거나……. 촬영 중이거나 정말 바쁠 때를 제외하곤 늘 답장을 재깍재깍 보내던 녀석이라 조금 이상했다. 그러고 보니 나도 바쁘다고 답장 늦게 보낼 때도 많았는데…… 성현이도 이런 기분이었으려나? 그렇게 생각하니 또 미안해졌다.

영희는 방 불을 켜고 침대 위에 앉아서 자신의 과오를 돌이키며 잠시 반성의 시간을 가졌다.

"그런데 왜 답장이 안 오는 거지?"

반성은 반성이고 궁금한 건 궁금한 거다. 할 수 없이 다시 문자를 보내기로 했다.

[많이 바쁜가 봐??]

액정을 꾹꾹 눌러 문자를 치고 전송한 뒤 휴대폰을 앞에다 내려놓고 가부좌를 틀고 앉았다. 머리를 내리누르는 듯한 묵직한 피곤이 몸을 앞으로 고꾸라뜨릴 것 같았지만 꿋꿋이 참아내며 휴대폰을 매의 눈으로 노려봤다. 왜 이런 엄청난 졸음의 쓰나미를 참아내며 나는 오늘 성현을 만나고 싶은 걸까?

띠롱! 문자 소리와 함께 영희는 번개 같은 속도로 휴대폰을 낚아채 들었다.

[바빴어요. 오늘은 안 될 것 같아요.]

급히 문자를 읽어 내린 영희의 비장한 표정이 순식간에 맥이 탁 풀린 듯 힘이 빠졌다.

[알았어. 수고!]

답장을 보낸 영희는 잠시 액정을 물끄러미 바라봤다.

지금까지 몇 번이나 성현이 바쁘냐고 물어봤을 때도 영희는 바쁘다고 대답했다. 할 수 없었다. 진짜 바빴으니. 물론 성현도 진짜 바쁠 것이다. 그런데 왜 이렇게 맥이 풀려버리는 거냐고?

"에이, 잘됐지 뭐! 잠이나 실컷 자야지!"

영희는 또 누구 들으라는 듯 큰 소리로 말하며 다시 벌러덩 누웠다. 이불을 돌돌 감고 누워 있으니 당장 잠들 것 같은 피곤함을 뚫고 두서없는 생각들만 떠올랐다.

성현은 자신이 바쁜 것을 배려해서 일부러 바쁘냐고만 물어볼 뿐 따로 만나자는 말은 하지 않았다. 하지만 바쁜 스케줄 속에도 시간을 내서 잠깐이라도 들르고, 얼굴도장 찍고 가고, 컵케이크부터 보쌈까지 다양한 야식을 손에 쥐여주고, 잘하라고 응원까지 해줬다. 그래서 어서 기획서를 넘기고 만나서 조촐히 밥이라도 먹고 술이라도 한 잔 해야지, 하는 생각에 더 빨리 끝내려고 좀 더 무리한 것도 있었다.

그런데 성현이 바쁠 수 있다는 건 예상하지 못했다.

눈썹 휘날리게 바쁜 조연출인데. 왜 그 생각을 못 했을까……. 맘속으로 성현은 아무리 바빠도 자신이 시간을 내면 무리를 해서라도 시간을 맞춰 줄 거라는 생각을 했던 게 분명하다. 맙소사!

"……이기적인 김영희."

땅을 파고 들어가고 싶은 심정으로 이불을 파고들며 영희가 중얼거렸다.

성현이 휴대폰을 멍하니 바라보고 있었다.

[알았어. 수고!]

다섯 글자와 두 개의 문장부호가 들어간 간단한 문자.

"하아……."

"왜 그래? 무슨 일 있어?"

성현이 깊이 한숨을 쉬자 양 피디가 물었다.

"아뇨. 그냥요. 잠깐 담배 좀 피우고 오겠습니다."

성현은 양 피디를 향해 애써 웃어주고는 의자에서 일어나 회의실을 나갔다. 그대로 흡연실로 가서 담배를 피워 문 성현의 시선이 끊임없이 휴대폰 액정으로 향했다.

'괜히 바쁘다고 했나.'

벌써 수십 번, 어쩌면 수백 번을 했을지도 모르는 생각을 또 하고 있었다. 오늘은 회의가 있긴 했다. 지금도 분명 회의 중이고. 하지만 억지로 시간을 만들자면 못 만드는 것은 아니었다. 아마 평소였다면 그렇게 했을 것이다. 평소였다면…….

"어? 너도 있었냐."

흡연실 안으로 들어온 준한이 담뱃갑을 탈탈 흔들며 말했다. 준한을 보는 성현의 눈빛이 일순 흔들렸다.

"네."

성현은 짧게 대답하고 고개를 숙여 휴대폰을 봤다. 평소처럼 트레이닝복을 입고 사방으로 뻗친 머리를 하고 있는 준한은 느릿하게 걸어와 성현의 옆에 앉았다. 성현의 관자놀이가 꿈틀거렸지만 태연한 척 담배 연기를 내뿜었다.

"옷은 갈아입으신 겁니까?"

성현이 묻자 하품을 크게 하던 준한이 무슨 소리냐는 눈으로 돌아봤다.

"아까 봤는데 정장 입고 계시던 것 같았는데요."

"아아, 봤냐? 술 처먹고 제정신 아닐 때 본 거군."

준한이 픽, 하고 실소를 터트리며 말했다. 성현이 준한을 힐끗 보고는 휴대폰을 만지작거렸다.

"아까……."

잠시 고민하던 성현이 말을 꺼냈다.

술이 덜 깬 듯 멍한 표정으로 담배를 피우고 있는 준한이 성현에게 시선을 돌렸다. 무언가 말하려던 성현이 재떨이에 담배를 비벼 끄고 일어났다.

"아닙니다. 아무것도. 저 먼저 가볼게요."

"싱거운 놈. 알았다."

준한이 별 이상한 놈 다 보겠다는 표정으로 한 번 보고는 또 늘어지게 하품을 했다.

흡연실을 빠져나온 성현은 성큼성큼 걸어가던 걸음을 우뚝 멈췄다. 시선이 자연스럽게 손에 쥐고 있는 휴대폰으로 옮겨갔다.

지금이라도, 나갈 수는 있다. 지금 전화를 하면, 전화해서 바쁜 일이 끝났다고 하면…….

"젠장!"

성현이 신경질적으로 내뱉으며 손으로 머리를 마구 헝클었다.

"……왜 봐가지고."

얼굴을 일그러뜨린 성현이 휴대폰을 주머니 속으로 확 넣어버리고
회의실로 돌아갔다.

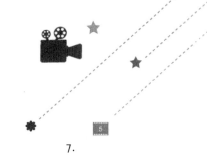

7.
남자한테 장어를 먹이는 의미

영희가 뒷목을 주무르며 방송국 로비로 들어섰다.

"김영희!"

퀭한 눈으로 돌아보자 커피를 들고 부리나케 달려온 유진이 영희의 살집 많은 옆구리를 쿡 찌르며 말했다.

"뭐야? 기획서 무사 통과됐다며. 근데 얼굴이 왜 이래? 어제도 못 잤어?"

"응. 좀 못 잤어."

영희가 입을 쩍 벌리고 늘어지게 하품을 했다. 유진이 영희 옆에 서서 따라 걸으며 물었다.

"왜? 일할 게 또 남아 있었어? 어제는 좀 자두지. 그동안 잠도 제대로 못 잤을 텐데."

"그러려고 했는데 신경 쓸 일이 좀 있어서."

"뭐 처음 맡은 거니 이해는 해. 부담감이 크겠지."

유진이 이해한다는 듯 끄덕거렸다. 사실 잠을 설친 건 일 때문이 아니었지만 영희는 그냥 묵묵히 걸었다. 그러다 문득 생각난 듯 유진을 쳐다보며 말했다.

"맞다. 어제 듣보팀 무슨 일 있었어?"

"어제? 아무 일도 없었는데? 그냥 평소처럼 회의했지 뭐. 왜?"

"응? 아냐. 그냥."

유진이 눈을 깜빡이며 묻자 영희가 애매한 웃음으로 흐렸다.

"어? 나 전화 들어온다. 나중에 보자!"

유진이 커피를 들고 황급히 전화를 받으며 회의실 쪽으로 걸어갔다. 눈을 가늘게 뜬 영희는 생각에 잠겼다. 흐음, 그랬구나. 별일은 없었구나. 그렇게 생각하니 왠지 짜증이 스멀스멀 기어오르는 것 같았다.

'윤성현! 너 때문에 내 황금 같은 휴식시간에 잠을 설쳤다고! 그렇게 바쁘지도 않았다면서 바쁜 척을 해? 고얀 놈 같으니……!'

영희가 불면증 걸린 판다 같은 눈을 날카롭게 빛냈다.

그 때 전방에 바로 그 문제의 고얀 놈이 나타났다. 성현이 복도에 서서 통화를 하며 이쪽으로 다가오고 있던 것이다. 옳다구나 잘 만났다! 싶어 가늘게 뜬 눈을 더욱 가늘게 좁히며 보고 있는데 통화 중이라 말을 걸기가 어정쩡했다.

우선 인사만 할까 하고 생각하고 있는데 성현이 영희와 조금 전에 분명 아이컨택을 했음에도 불구하고 영희 옆을 슥 스쳐 지나갔다.

"어라? 저 녀석이……?"

영희가 어이없는 표정을 하고는 멀어지는 성현의 등을 보면서 눈에 힘을 빡 줬다. 고의성이 다분히 느껴지는 의도적 회피…… 그렇단 말이지? 영희의 서슬 퍼런 눈이 레이저라도 발사할 듯 번뜩거렸다.

"잠깐 나 좀 봅시다?"

사무실 책상에 앉아 있는 성현의 어깨를 툭툭 친 영희가 말했다. 그는 영희의 얼굴을 올려다보더니 말없이 따랐다.

비상계단으로 성현을 데려온 영희는 빙글 돌아서 성현을 뚫어지게 바라보며 사무적인 말투로 말했다.

"성현 씨. 우리는 성인이라 생각합니다."

느닷없는 영희의 성인드립에 성현이 미간을 좁혔다. 이에 아랑곳없이 영희는 다부진 표정으로 말을 이었다.

"우리는 성인이니 서로의 연애관에 부합되지 않는 상대방에게는 언제든지 디앤드! 를 외칠 용기쯤은 있어야 한다는 것이죠. 치졸한 방법으로 피하거나 하는 그런 짓은 어린 찌질이들이나 하는 짓이에요."

"어린 찌질이……요?"

성현이 더더욱 황당하다는 표정을 지었다. 영희는 개의치 않고 말을 이었다.

"네. 그러니 그런 찌질한 짓은 그만두시고 마음에 안 들면 안 든다, 좋으면 좋다, 그렇게 확실히 말을 하는 것이 성숙하고 올바른 성인의 연애정리 방법이 아닐까요?"

최대한 쿨한 말투로 말을 마친 영희는 성현을 똑바로 바라봤다. 성현의 얼굴을 보니 가슴이 욱신거렸다.

어떻게 만나게 되었건 자신의 첫 연애였다. 일에 파묻혀 제대로 신경도 쓰지 못한 연애라 하더라도 첫 연애는 소중한 것이다. 설사 제대로 시작조차 못 해보고 끝나버리게 된다고 하더라도 첫 연애의 마무리는 깔끔하게 하고 싶었다. 다신 연애를 할 수 없게 되지 않기 위해서라도.

"하아……."

성현이 피곤한 얼굴로 한숨을 쉬었다.

"아니, 지금 한숨을……."

영희가 눈을 세모꼴로 치켜뜨고 훈계를 시작할 참이었는데 성현이 갑자기 제 머리를 마구 헝클였다.

애가 왜 이러는 거지? 하며 영희가 놀란 눈으로 쳐다보고 있으니 성현이 숙이고 있던 고개를 들고 영희와 눈을 마주쳤다. 그의 표정이 괴로운 듯 보여 이상하다고 생각하고 있는데 성현이 무언가 말을 하려고 입술을 달싹였다.

"하아……."

영희가 침을 삼키며 기다리고 있는데 성현은 다시 인상을 찡그리고 한숨을 푸욱 내뱉기만 하니 영희도 엄청나게 답답해졌다.

"도대체 왜 그러는……."

"미안합니다!"

성현이 머리를 숙이며 대뜸 사과하자 영희가 당황스러운 표정으로 바라봤다.

"미안합니다. 제가 못난 놈입니다!"

"아, 아니 못난 놈일 것까진 없지만 내 말은 그냥 연애의 끝은 제대로 하자는……."

"아니 난 끝낼 생각 없어요. 내가 선배한테 그런 건, 단지 어제……."

성현의 말에 영희가 눈을 둥그렇게 떴다.

"어제??"

성현이 또 말을 끊고 표정을 굳히고만 있자 영희가 답답한 표정으로 성마르게 뒷말을 재촉했다. 잠시 말없이 영희를 바라보던 성현이 착잡한 얼굴로 말했다.

"어제, 대장이 선배 안고 있는 거 봤어. 회의실에서."

"뭐? 내가 언제 석 선배랑…… 아!"

그게 무슨 개풀 뜯어먹는 소리냐는 듯 눈썹을 휘어 올리던 영희의 머릿속으로 어제 아침에 술 취한 준한과 몹시 애매한 포즈가 되어버렸던 상황이 휙 지나갔다.

"그, 그건 오해야! 어제는 선배가 일부러 그러려던 게 아니라 너무 취해서 몸을 못 가눠서……."

"알아."

성현이 말을 끊고 말했다.

"안다고? 아는데 왜……."

영희의 시야가 갑자기 깜깜해지더니 훅, 하고 코끝으로 성현의 체취가 느껴지는가 싶더니 어느새 그의 품에 깊숙이 안겨 있었다.

"아는데, 일부러 그런 게 아니라는 것도 아는데, 알아도 너무 화가 났어. ……미안."

낮은 목소리가 귓바퀴를 타고 간질이듯 귓속으로 들어왔다. 스스로도 답답했는지 성현의 목소리가 조금 억눌리듯 잠겨 있었다. 꽉 안긴 상태에서 영희의 심장이 빠르게 뛰기 시작했다.

"으, 응. 아니 미안할 건…… 없는데……."

심장 소리가 지나치게 커지고 있는 것 같아 무척 신경 쓰였다.

"……용서해주는 거지?"

낮은 목소리가 심장을 더욱 후끈하게 달아오르게 했다.

"그럼. 오해할 만하기도 했지. 그럴 만해. 응, 충분히."

까딱하면 목소리가 뒤집어질 것 같을 정도로 긴장해서 영희가 마른침을 꼴딱 삼켰다. 볼에 성현의 단단한 가슴이 느껴졌다. 자신을 껴안고 있는 강한 팔의 감촉도.

"그런데."

고개를 숙이고 있는 성현에게서 흘러나오는 목소리가 귓가를 간지럽혔다. 콧김이 훅훅 나올 것 같고 발가락 끝까지 오그라드는 이상한 간질거림이 전신을 훑어 내렸다.

"아무리 그래도 찌질이는 조금 심하지 않아?"

움찔한 영희가 잽싸게 사과했다.

"미안. 나는 그냥 네가 끝내려고 나를 피하려고 한다고 생각해서 말이지. 그래서 그런 건데…… 성현아. 그런데 여기서 이러고 있는 건 많이 위험한 것 같아."

"아, 그렇지. 회사니까."

성현이 몰랐다는 듯 안고 있던 영희를 놓아줬다. 영희는 볼을 긁적이며 애써 태연한 표정을 했지만 어두운 비상계단에서도 잘 보일 정도로 얼굴은 새빨갛게 달아올라 있었다.

"저기 그럼 내가 오해한 부분도 있고 네가 오해한 부분도 있으니까 이걸로 퉁 치는 걸로 하자, 오케이?"

"좋아. 단."

영희가 올려다보자 성현이 입술 끝을 비스듬히 기울였다.

"난 선배가 시간이 나길 눈이 빠져라 기다렸는데 오해 때문에 그렇게 돼 버렸으니까 어제 못 만난 거 오늘 만나. 그동안 제대로 만나지도 못해서 폭발하기 일보 직전이라고. 알아?"

미간을 살짝 좁히며 하는 말에 영희가 머리를 세차게 끄덕거렸다.

"그럼 오늘 맛난 거라도 먹으러 갈까? 뭐 먹을래?"

"으음, 난 뭐든 좋으니까 선배 가고 싶은 데로 가. 단 기운 좀 낼 수 있는 걸로 먹기. 선배 얼굴 너무 안됐다."

성현이 싱긋 웃으며 내려다봤다.

"그, 그렇게 심하니?"

그제야 제 얼굴 상태가 신경 쓰였는지 영희가 양손으로 볼을 문지르며 물었다.

"엄청나. 꼭 설사병 걸린 판다 같달까."

"설사병 걸린 판다……?"

영희는 잠시 싸늘한 눈빛으로 성현을 보다가 조인트를 확 깠다.

"아얏!"

"잠시 반성하고 나오도록!"

제 정강이를 붙잡고 콩콩 뛰는 성현을 뒤로한 채 영희가 버럭거리며 비상계단 문을 벌컥 열고 나갔다.

"누굽니까?"

오랜만에 집에 돌아와서 자고 있던 준한은 갑자기 울리는 현관벨 소리에 부스스한 모습으로 현관문으로 다가가며 물었다. 시간은 정확히 모르겠지만 꽤나 늦은 시간이었다. 만약 술 취한 친구 놈이 찾아온 거라면 엉덩이를 걷어차서 내쫓아버릴 생각이었다.

"누구냐고요?"

대답이 없자 한 번 더 불렀다. 또 대답이 없었다.

준한이 뭐야, 하고 짜증스러운 목소리로 중얼거리고 다시 뒤돌아서는데 문밖에서 목소리가 들려왔다.

"……나야. 준한 씨."

준한은 멈칫 멈춰 서선 벽시계를 확인했다. 새벽 한 시.

"이거 열어주면 안 될까?"

답답한 한숨을 토해낸 준한은 머리를 부볐다. 톱배우 이채인이 이 시간에 예능 피디 집 앞에 서 있는 모습을 파파라치나 아파트 주민에게 들켜봐야 좋을 일 없다. 최신식 카메라가 장착된 휴대폰을 너 나 할 것 없이 누구나 가지고 있는 시대 아닌가.

결국 준한은 짜증스럽게 머리를 부비고는 현관문을 열었다. 문밖에는 비에 젖은 채인이 서 있었다.

"미안, 비가 와서……."

채인이 고개를 숙이고 작게 말했다. 그건 분명 변명이었다. 우산이야 도처에 널린 편의점에서 살 수 있고, 손만 뻗으면 잡히는 택시도 널렸으며, 그녀에겐 전화만 하면 자다가도 벌떡 일어나 달려올 매니저도 있었다.

"들어와."

문만 열어준 준한은 그 말을 하고 몸을 돌려 집 안으로 들어갔다. 채인은 물이 뚝뚝 떨어지는 머리카락 사이로 준한의 뒷모습을 보며 천천히 들어와 문을 닫았다.

"상중에 이런 데까지 와도 되는 거야?"

"오늘 발인했어."

잠이 오지 않을 때마다 마시는 독한 위스키를 찬장에서 꺼낸 준한은 얼음도 없이 잔에 따라 마셨다. 채인은 그런 준한을 잠시 바라보다가 말했다.

"잠깐 욕실 좀 쓸게. 물 때문에 집 안이 엉망이 되겠어."

"기다려봐."

준한은 마시던 위스키 잔을 내려놓고 방으로 걸어갔다. 그리고 반팔 티셔츠와 트레이닝 바지를 가져왔다.

"넌 몸이 재산이잖아. 감기 걸리고 싶지 않으면 이거 입어."

"……고마워."

채인이 물기 어린 눈으로 그를 바라본 뒤 옷을 받아들었다. 채인이 욕실로 들어간 뒤 준한은 그녀가 서 있던 자리에 남아 있는 물기를 수건으로 대충 닦았다. 남은 양주를 들이붓듯 한입에 털어 넣고 탁 소리 나게 컵을 식탁 위에 내려놨다.

"후우……."

욕실 문을 노려보던 준한이 깊은 한숨을 내쉬었다.

"선배. 남자한테 장어를 먹이는 게 무슨 의미인지 알아?"

장어집에 마주 앉아 있는 성현이 영희를 바라보며 의미심장한 미소를 지었다. 술이 좀 올라왔는지 살짝 풀린 눈이 꽤나 짓궂어보였다.

"힘내라는 의미지, 뭐."

영희가 짐짓 아무것도 모른다는 얼굴로 소주잔을 비웠다.

"어떤 의미의 힘이게?"

"보양의 힘이지. 나나 너나 보양이 필요한 몸들이잖아? 특히 난 더하지. 설사병 걸린 판다 같은 몰골이니까."

"에이, 그 말이 그렇게 기분 나빴어?"

쿡쿡 웃으며 성현이 말하자 기다렸다는 듯 영희가 술기운이 올라온 벌게진 얼굴로 눈을 치떴다.

"당연하지! 너 은근 자주 그러는 거 알아? 전엔 뭐라더라. 못 봐주겠다면서 뭐라고 했었는데……."

영희가 열심히 기억해보려고 했지만 뇌가 알코올에 적셔진 건지 영 기억이 나질 않았다. 풋고추를 손에 든 영희가 성마른 손짓으로 휘휘 휘두르며 말했다.

"어쨌든! 넌 빈말이라도 말이야. 그런 말을 말이야. 사람 상처 받게 말이야."

"에이, 뭘 그런 걸로 담아둬. 장난인데."

"장난이라도 말이야!"

영희가 손에 쥔 풋고추를 양손으로 잡고 팍 분지르자 성현이 움찔 몸을 움츠렸다.

"그러지 말란 말이야!!"

시뻘게진 얼굴로 잘린 고추를 양손에 들고 분개하는 영희를 성현이 다독이기 시작했다.

"알았어. 알았어. 내가 원래 말을 좀 직설적으로 하는 면이 있어서 그래."

"그래도 말이야!!"

시종일관 목소리 톤을 낮추지 않는 영희는 역시 취한 듯했다.

"어? 선배 아까부터 무슨무슨 말이야, 로 모든 말이 끝나는데 이거 술주정이지? 전에도 그러더니."

"그런 거 아니란 말이야!!"

영희가 완강하게 부인했다. 하지만 눈은 게슴츠레하게 풀려 있었다.

"알았으니까 그 무시무시한 건 놔두고 이거 먹어."

성현이 장어살을 젓가락으로 집어서 간장에 찍은 뒤 영희 입 앞에 갖다 댔다. 영희는 눈을 크게 떴지만 술기운으로 반도 안 떠졌다.

"나 먹으란 말이야?"

"그럼 내가 먹을 걸 왜 선배 입 앞에 대겠어? 자, 아~ 해봐. 아~"

"……치과 같은 소리하지 말란…… 말이야."

영희는 우물쭈물거리더니 입을 쩍 벌렸다. 그 안으로 장어를 쏙 밀어넣은 성현이 쿡쿡 웃었다.

"정말 치과 갔을 때처럼 입을 크게 벌리면 어떡해? 목젖까지 다 봤네."

입안에 씹을 것이 들어온 영희는 본능적으로 열심히 씹었다. 장어가 입안에서 살살 녹았다.

"맛있어?"

성현의 말에 영희가 얌전히 고개를 끄덕였다. 성현이 싱긋 웃었다.

"그럼, 누가 먹여준 건데. 당연히 맛있을 거야."

정말 그래서 이렇게 맛있는 건가? 하고 영희는 알딸딸한 술기운 속에서 생각했다. 성현은 장어꼬리를 집어 들고 보고 있다가 뜬금없이 말했다.

"장어 먹고 키스하면 장어 맛이 나나? 한번 해볼까?"

"푸웃!!"

당황한 영희가 내뿜자 씹던 것들이 무차별적으로 성현의 얼굴에 살

포됐다.

"앗! 미, 미안!"

성현이 냅킨으로 얼굴을 닦으며 말했다.

"……이건 키스가 아니에요. 선배."

채인이 헐렁한 준한의 옷을 입고 욕실에서 나와 보니 그는 이불 하나 덮고 소파 위에 누워 있었다.

"왜 거기 누워 있어?"

"넌 방에 가서 자. 아침에 알아서 나가고."

채인이 몸을 돌리고 누워 있는 준한을 말없이 바라보다 한숨을 내쉬었다.

"……준한 씨. 난 이야기를 하러 온 거야."

"난 너와 할 얘기 없어. 그냥 잠이나 자고 돌아가."

싸늘한 준한의 목소리에 채인의 눈빛이 잠시 흔들렸다.

"내가 그렇게 미운 거야?"

"……."

여전히 몸을 돌린 채로 준한은 대답이 없었다. 채인은 대답 없는 준한을 향해 빠른 걸음으로 걸어가 준한이 덮고 있는 이불을 확 들춰냈다. 준한이 고개를 돌리자 턱을 바들바들 떨고 있는 채인의 얼굴이 눈에 들어왔다. 커다란 눈망울에 눈물이 가득 차 있었다.

"우리, 제대로 얘기해본 게 언젠 줄 알아? 내가 일본 가기 전부터니까 벌써 2년이 넘었어. 2년이나 지났다고! 알아들어? 이유도 모른 채, 아니. 이유라면 그거였겠지. 하지만 그 스캔들이 진짜가 아니란 건 준한 씨도 알잖아. 그건 그냥 루머였어! 나하고는 전혀 상관없는!"

실이 툭 끊어져버린 듯 채인이 날카롭게 소리를 질렀다.

"여기 방음 잘 안 돼. 목소리 낮춰."

준한이 소파 위에서 몸을 일으켜 앉으며 말했다.

"……누가 들어도 상관없어."

"어리석은 소리 지껄이지 마."

씹어 내뱉는 듯한 준한의 낮은 목소리에도 채인은 아랑곳하지 않았다.

"기다리면 오해가 풀릴 거고, 오해가 풀리면 만나줄 거라고 생각했어! 그럼 그때 그랬던 거, 힘들었던 거 다 이해해주고 넘어갈 수 있을 거라고 생각했어! 다시 당신과 행복할 수 있을 줄 알았어! 그런데……."

채인의 얼굴이 일그러지기 시작했다. 소파 위에 앉아서 핏발 선 눈으로 채인을 바라보던 준한은 고개를 돌려 시선을 피했다. 그는 늘 어린아이 같은 얼굴로 우는 채인을 바라볼 수 없었다.

"그런데, 한국에 들어올 때마다, 일본에서도, 항상, 전화했는데 당신은 나 피했어. 어떻게 그렇게 철저하게 잔인할 수 있는 거지……? 왜 내 얘길 들어주지도 않아? 오해였어. 그건 단지 오해였단 말이야."

"다 지난 일이야."

준한은 고개를 돌린 채로 차갑게 말했다.

"준한 씨!"

"이채인!"

날카롭게 치켜올라간 두 목소리가 공중에서 부딪혀 산산조각이 났다. 그 조각이 날아와 박혀 서로의 몸을 찢고 살갗을 헤집었다. 벌어진 상처에서 피가 철철 흘렀고, 그 피는 고통스럽게 심장을 움켜쥐었다.

정적이 흐르는 거실에는 채인의 거친 숨소리와 흐느낌이 불규칙적으로 울렸다. 깊은 한숨을 몰아쉬던 준한이 담배를 꺼내 물고 말했다.

"알고 있었어. 네 스캔들, 가짜인 거."

준한의 입에서 뿜어 나오는 뿌연 담배 연기를 흐린 시선으로 바라보던 채인의 눈이 의아스럽게 커졌다.

"알고 있었……다고?"

"그래. 알고 있었어. 알면서도 헤어지자고 한 거야. 그러니까 그거하고는 관계없는 문제야."

준한은 시선을 바닥에 둔 채 담배만 피우고 있었다.

"그럼 어째서야? 그걸 알면서 왜 나한테 헤어지자고 했어?"

멍청히 서 있던 채인이 떨리는 목소리로 물었다.

"싫어졌다고 했잖아."

"거짓말하지 마! 내가 당신을 그 정도로 모를 것 같아? 차라리, 정말 헤어져주길 바란다면 사실을 얘기해. 납득이 간다면…… 그럼 떨어져 줄 테니까. 이런 식으로 사람 피만 말리고 있지 말고 사실을 얘기해줘."

주먹을 꼭 쥔 채인의 하얀 손등에 핏줄이 돋아난 채 바들바들 떨렸다. 그 손을 보는 준한의 얼굴도 고통스럽게 일그러졌다.

"제발."

꺼져 들어갈 것 같은 목소리로 채인이 애원했다. 담배 연기만 내뿜고 있던 준한이 천천히 고개를 들었다.

"채인이와 헤어지게. 자네가 채인이 행복하게 해줄 수 있을 것 같은가? 여배우한테 스캔들이 얼마나 치명적인지, 누구보다 잘 아는 사람이 나야. 자네 때문에 채인이가 나락으로 떨어진 뒤에 사랑마저 식어버리면 우리 채인이는 어떻게 살라는 거지? 상대방이 철저하게 망가져도 자기만 좋으면 좋다는 식, 그게 자네가 말하는 사랑인가?"

"……네가."

채인의 얼굴은 엉망이었다. 준한은 언제부터 채인의 이런 우는 얼굴에만 익숙해져 버렸는지 기억을 더듬었다. 분명 2년 전 그때 이후로, 찾아오는 채인을 억지로 돌려보낼 때마다, 피할 때마다, 무시할 때마다…… 그때마다 채인은 저런 얼굴이었다.

"채인이한테는 내가 찾아왔다는 말은 하지 않을 거라고 믿네. 자네가 진심으로 채인이를 사랑하는지…… 지켜보도록 하지."

"부담스러웠어."

준한의 말에 채인의 눈이 정처 없이 흔들렸다.

"내가 부담스러웠다고……? 내가, 배우라서?"

"그래. 네가 점점 인기가 생기고, 한 순간에 모든 사람이 알아보는 여자가 되어버리니까, 내가 감당할 수가 없었다. 나 같은 놈의 여자라는 이유로 단 한 순간에 네가 있는 자리에서 끌려 내려올까 봐 무서웠어."

담담한 준한의 목소리에 채인이 버럭 소리를 질렀다.

"연예인 따위 언제든지 그만둘 수 있다고 했었잖아! 준한 씨가 그만두라고 한다면 지금이라도……."

"내가."

채인의 말을 잘라낸 준한이 고개를 들어 그녀의 눈을 똑바로 바라봤다.

"내가 네 발목을 잡는 존재밖에 안 된다는 자괴감이 항상 들었다. 그리고 그걸 너와 함께하는 한 끊임없이 느껴야 한다는 게 더 괴로웠고. 그래서 거기에서 도망친 거야. 스캔들이 거짓인 거 알면서도 그걸 빌미로 도망쳤다."

채인의 얼굴에 상처 받은 표정이 명백하게 드러났다.

"난, 그 정도밖에 안 되는 남자야."

"준한 씨, 난……."

"들어."

채인이 뭐라 말하려는 걸 제지하고 말을 이었다.

"내가 그 정도밖에 안 되는 남자인 거, 깨달은 순간 너와 함께할 수는 없는 거야. 그러니까 포기해."

담담하지만 확실한 어조로 준한이 말했다. 채인의 눈빛이 정처 없이 흔들리다가 떨어지는 낙엽처럼 바닥으로 툭 떨어졌다.

"꾸웨에에에엑!!"

새벽의 어둑한 골목길, 주차된 차 뒤에 쭈그리고 앉은 영희가 돼지 멱따는 소리를 질러댔다. 성현은 그 옆에 앉아 인상을 찌푸리고 영희의 등을 두드려주고 있었다.

"좀 적당히 마시지. 이기지도 못할 술을 왜 토할 때까지 마셔?"

"시꾸랍……읍……오로로로!!"

켈룩거리며 말하다가 또 한 차례 거세게 뿜어내는 영희를 흘겨보고 는 가방에서 티슈를 꺼내 숙숙 뽑아대며 잔소리를 했다.

"내가 선배 때문에 티슈랑 물티슈랑 숙취해소제랑 종류별로 구비해 놓고 다닙니다. 알아요?"

"고, 고맙다."

영희가 쪼그려 앉은 채로 손만 펴서 뒤로 디밀었다. 성현이 그 손에 뽑은 휴지를 쥐여주자 훌쩍거리며 닦는 소리가 나더니 또 손이 휙 내밀 어졌다.

"더 줘."

성현은 말없이 그 사이에 뽑아놓은 티슈를 쥐여줬다. 그렇게 몇 번 쥐여주자 팽, 하고 코 푸는 소리가 들렸다. 그 소리에 맞춰 이번엔 물티 슈를 뽑아서 대기하고 있다가 내밀었다.

"이제 괜찮아?"

영희가 으응, 하며 고개를 끄덕거리는 게 보였다.

"물 사올까?"

이번엔 고개를 저었다.

"자, 그럼 그만 가게 일어나."

성현이 영희의 등을 툭툭 치고는 부축해주며 말하자 영희가 비틀거리며 일어섰다. 양손으로 제 얼굴을 한 번 비빈 영희가 작게 말했다.

"미안."

"괜찮으니까 잘 잡아."

성현이 영희를 부축하며 걸어갔다.

"고마워. 넌 좋은 놈이야."

영희는 감동한 듯 성현에게 매달리며 손바닥에 남은 축축한 물기를 그의 옷에 스윽 닦았다.

"……지금 내 옷에 손 닦았지?"

"아아니이."

태연하게 부정한 영희가 씨익 웃자 성현이 눈을 가늘게 뜨고 바라봤다.

"방금 선배가 닦은 곳이 내 엉덩이 부분이라는 거 알아?"

"헉! 진짜? 어쩐지, 탄력이 좋더라니!"

마치 전혀 몰랐다는 듯 자기 손을 들어 올려 신기한 듯 쳐다보는 모습을 본 성현이 피식하고 실소를 흘렸다. 그 때 영희가 차도를 향해 팔을 번쩍 들어 올렸다.

"택시!"

영희가 슬레이트를 만지작거리며 앉아 있었다. 사인펜으로 〈가제: 버라이어티는 어디에나 있다. PD: 김영희〉라고 써 있는 슬레이트를 손바닥으로 쓰다듬는 뒷모습에서 왠지 모를 처연함이 묻어 나왔다.

"왜 이렇게 표정이 우울해? 진행이 잘 안 돼?"

성현이 음료 두 병을 들고 영희 옆에 털썩 앉으며 물었다. 힐끗 쳐다본 영희가 맥 빠진 한숨을 길게 내쉬었다.

"에휴, 나 이거 못 할지도 모르겠다."

"그게 무슨 소리야?"

쓸쓸한 표정으로 슬레이트를 매만지는 영희의 표정에서 뭔가 안 좋은 걸 직감했는지 성현이 진지한 얼굴로 물었다.

"대본 쓰래."

"뭐? 대본? 그거 리얼로 갈 거라면서."

미간을 좁힌 성현이 어이없는 표정을 했다.

"응. 리얼로 갈 건데, 그런 감동물은 초보가 잘 못 뽑아낸다고 대본 써서 가래. 그래서 대본질 할 거면 안 한다고 하고 나와 버렸어."

영희가 다시 한숨을 포옥 내쉬었다.

"요즘 시청자들이 얼마나 그런 데 민감한데 그걸 대본대로 하라고 해?"

"내 말이 그 말이야. 난 감동을 원하는 것도 아니고, 그냥 기획서에 적은 대로 담담하고 편안한 분위기에서 애들이랑 자연스러운 분위기 보여주고 싶다, 라고 했더니 부장님이 감동코드 없이 이딴 포맷 잡을 거면 때려치우래."

답답한 듯 성현이 내민 음료수 캔을 확 딴 다음 벌컥거리며 들이켰다. 성현도 자신의 캔을 따며 자조적인 웃음을 지었다.

"하……. 웃기는군. 감동도 자연스러운 상황에서 그냥 자연스럽게 나오는 게 감동이지. 항상 새로운 건 시도도 안 해보고 쌍팔년도 하던 방식만 들먹이고……. 이러니까 요즘 다 케이블로 몰려가는 거 아닌가?"

방송국 안도 알고 보면 보수적이기 이를 데 없는 구조다. 요즘 인기 있는 케이블방송에 뒤처지는 건 무조건 먹히는 소재만을 추구하는 데스크의 벽창호적 보수주의도 한몫했다.

참신한 아이디어와 번뜩이는 재치를 가진 역량 있는 피디들이 시청률로는 압도적인 지상파 방송을 포기하고 케이블 쪽으로 몰려가는 건 지상파에선 제재가 많기 때문이다. 조금이라도 새로운 트렌드를 선보이려고 하면 기획단계에서부터 줄줄이 거절당하기 십상이다.

"벌써 출연진 섭외도 시작됐는데 난감하네. 어쩌지?"

영희가 시무룩하게 말하자 성현이 안타까운 눈빛으로 바라봤다. 그녀의 답답한 심정이 이해가 돼서 그도 측은지심이 들었다.

"섭외는 어느 정도까지 진행됐는데?"

"아직 초기라 되든 안 되든 일단 찔러보고 다니고 있어. 1차에서 전멸하면 2차 리스트로 옮겨야지. 4차까지 만들어놨어."

영희가 머릿속으로 명단들을 떠올리며 비장한 얼굴로 말했다.

"그럼 1차는 못 먹는 감 찔러보는 수준이겠는데? 누구 찔렀는데."

"이강운이랑 정요한이랑……."

"풋!!"

성현이 탄산음료를 격하게 내뿜었다.

"어? 네가 웬일로 다 뿜어? 나한테 옮았냐?"

영희가 휴지를 건네주자 급히 입가를 닦은 성현이 소리쳤다.

"이강운? 배우 이강운??"

"그럼 우리나라에 이강운이라는 연예인이 또 있어?"

태연한 표정의 영희를 그가 말문이 막힌 표정으로 바라봤다.

"아니 그 사람은 예능은커녕 홍보용 시사회도 잘 안 나오는 사람이잖아! 신비주의 톱배우가 이런 데 왜 나와? 정요한도 A급이고! 섭외를 그런 식으로 하면 어쩌자는 거야?!"

성현의 말에 영희가 입술을 내밀고 비쭉거렸다.

"그러니까 1차 리스트라고 했잖아. 나도 뭐 사실 큰 기대는 안 해. 그냥 내가 입봉하면 꼭 한 번 섭외해보고 싶었던 사람들한테 뻐꾸기 한 번씩 날려보는 거지."

"그 사람들은 매니저랑 연락하기도 어려울걸."

어이없는 표정으로 보고 있던 성현이 고개를 설레설레 저었다.

"그건 그렇더라. 이름 있는 피디 아니면 연락처 알기도 힘들어. 그래도 내가 누구냐? 알고 있는 모든 인맥을 동원해서 알아냈지. 드라마국에 있는 친구가 힘써주기도 했고, 후훗."

스스로가 자랑스러운 듯 영희가 흐뭇한 표정을 지었다.

"뭐 그렇게 해서 만족을 한다면 선배 마음이지만……. 그래도 시간이 많지도 않은데 현실적으로 가능한 사람들을 수배하는 게 낫지 않겠어?"

"그건 나도 알아."

구시렁거리며 음료수를 홀짝대던 영희가 다시 한숨을 포옥 내쉬며 슬레이트를 매만졌다.

"에휴, 그럼 뭐해. 대본주작 날아다니게 생겼는데……. 나 정말 그 꼴은 못 봐. 아무리 입봉 기회라 하더라도 끝까지 그걸로 밀어붙이면 안 한다고 할 거야."

"……솔직히 부장님 성격상 앞날이 낙관적이진 않군. 이거 기획안 짜느라 몇 주를 고생했는데 억울하진 않겠어?"

아무래도 걱정이 된다는 표정으로 성현이 물었다. 영희는 잠시 생각하더니 고개를 흔들며 단호하게 말했다.

"억울해도 안 해. 아예 리얼 딱지 떼고 나간다면 모를까 리얼 딱지가 붙은 마당에 대본질할 수는 없어. 그건 시청자를 속이는 일이야. 처음부터 거짓말쟁이 피디가 되고 싶진 않아."

"김영희답네."

입술 끝을 비스듬히 올린 성현이 캔을 들어 올렸다. 영희도 씁쓸한 미소를 지으며 자신의 캔을 부딪쳤다.

"김영희의 그런 면이 난 정말 좋아."

"풋!!"

이번에 뿜은 건 영희였다.

며칠 뒤, 잠이 덜 깬 얼굴로 방송국 복도를 털레털레 걷고 있는 영희에게 유진이 급하게 달려왔다.

"야! 김영희!! 너 왜 전화 안 받아!"

난데없는 소리에 영희가 멍청한 표정을 짓더니 황급히 주머니에서 휴대폰을 뺐다.

"어? 배터리 나갔네? 나 방금까지 숙직실에서 자다 나왔어."

유진이 답답한 얼굴로 발을 동동 굴렀다.

"아유! 내가 전화를 몇 번을 했는데!! 대어를 물자마자 인간관계 상콤하게 정리된 줄 알고 서운했잖아!"

"응? 대어를 물다니? 내가? 무슨 대어??"

영희의 눈이 동그랗게 커지자 유진도 덩달아 커졌다.

"뭐야? 너 아직 몰라?? 연락 못 받았어?"

"그러니까 폰이 꺼져 있었다니……."

"이강운! 이강운이 네 방송에 나간대!! 지금 실시간으로 기사까지 쫙 나오고 있어!"

유진이 흥분하며 소리쳤다.

"뭐?! 지, 진짜??"

공포의 눈깔 비우기를 시전한 영희가 사무실 쪽으로 정신없이 달려갔다. 사무실에서는 다른 직원들도 이미 다 알고 있는지 엄지손가락을 들어 올리며 휘파람을 삑삑 불어댔다.

"대박인데? 김영희! 국장도 섭외 못 하는 대어를 어떻게 낚았어?"

"나한테도 소개 좀 시켜주라. 거하게 한턱 쏠게!"

여기저기서 쏟아지는 러브콜의 바다를 헤치고 자신의 책상에 도착한 영희는 급히 휴대폰을 충전기에 꽂았다. 컴퓨터 전원버튼을 누르고 초조한 표정으로 입술을 잘근잘근 씹고 있는 사이 휴대폰이 켜졌다.

"여보세요? 이강운 씨 매니저분이신가요? 저 김영희 피딘데요."

침을 꼴깍꼴깍 삼키며 영희가 말했다.

―아, 네. 아까 전화했는데 통화가 안 되어서 방송사 쪽에 먼저 알렸는데 괜찮죠? 기사가 먼저 나가게 생겨서요. 할 수 없이…….

"아유, 나와 주시기만 한다면야 그거야 상관없죠! 저기 이강운 씨랑 통화 가능할까요?"

―안 그래도 지금 저희가 그쪽으로 가고 있거든요. 좀 전에 부장이라는 분이 전화를 하셔서요. 일단 운전 중이니 도착하면 전화드릴게요.

"아, 지금요? 예! 알겠습니다!! 감사합니다!!"

영희가 통화하는 사람이 눈앞에 있는 마냥 충전기 꽂힌 휴대폰을 들고 감격에 찬 목소리로 연신 허리를 숙여댔다. 이강운이라니, 이건 정말 예상치 못한 월척이다!

"이강운이요??"

성현도 놀라움을 금치 못하는 표정으로 유진을 바라봤다.

"그렇다니까? 성현 씨도 안 믿겨지지? 나도 딱 그랬어. 지금 기사 확인해봐. 검색어를 쫙 장악하고 있는 게 누군지."

성현이 휴대폰을 열어 급히 확인했다.

『이강운 예능출연 확정』, 『이강운 예능』, 『이강운 예능나들이…….』

비슷비슷한 검색어가 순위권을 점령하고 있었다. 속보식으로 쏟아져 나온 기사들은 아직 별다른 정보가 없는지 대부분 이강운 사진만 떡 걸어놓고 이강운의 데뷔 후 첫 예능 출연에 팬들이 놀라운 반응을 보인다는 내용만 담고 있었다.

"좀 전에 영희 만나보고 왔는데 본인도 아직 모르고 있더라고. 내가 말해주니까 눈 까뒤집고 사무실로 부랴부랴 달려가더니 이강운 매니저한테 사실 확인하고 있더라니까? 하긴 그걸 누가 믿겠어. 만우절도 아니고!"

유진이 생각할수록 대단하다는 듯 눈을 반짝였다.

"저도 못 믿었는데요, 뭐. 그런데 이강운은 무슨 생각일까요?"

"글쎄? 나도 그게 궁금해. 영희 반응 보니까 원래 알던 사이도 아닌 것 같은데 왜 갑자기 예능에 나올 생각을 한 거지? 나오려면 시청률로 보나 유명세로 보나 우리 방송에 나오는 게 훨씬 이득인데 우리 건 지금까지 죄다 걷어차고!"

아깝다는 듯한 표정으로 유진이 한껏 목소리를 드높였다.

"이강운이 어딜 나와?"

준한이 회의실로 어슬렁거리며 들어왔다. 유진이 얼른 준한에게 성토했다.

"대장! 이강운이 우리가 보낸 수많은 러브콜은 걷어차고 영희가 맡은 파일럿에 나간대요! 이럴 수 있어요? 우리가 주말예능의 왕인데!!"

"그래? 영희가 섭외 잘했나 부지, 뭐."

대수롭지 않은 표정으로 턱을 벅벅 긁는 준한을 유진이 새초롬한 표정으로 흘겨봤다.

"지금 저희 섭외 능력이 딸린단 말이에요? 우리가 그동안 얼마나 애썼는데!"

"됐어. 어차피 나올 놈은 나오고 안 나올 놈은 안 나와. 이강운은 들 보맨 캐릭이랑 애초에 안 맞고. 우리가 게스트 자주 쓰는 방송도 아니 잖아. 쓸데없는 데 신경 쓰지 말고 자막대본이나 짜."

"칫, 알았어요."

유진이 샐쭉거리며 일어서더니 노트를 들고 회의실에서 나갔다. 한편 성현은 펜을 딸깍거리며 생각에 잠겨 있었다.

"어? 속보 떴는데 이채인 돌발 은퇴 선언했대요. 이강운 기사 묻히 겠네."

그림자같이 앉아 있던 정 피디가 준한을 향해 불쑥 말했다.

"뭐라고?!"

준한의 눈이 날카롭게 떠졌다. 정 피디가 태연한 얼굴로 노트북을 준한 쪽으로 돌려줬다.

『속보, 이채인 잠정 은퇴 선언!』

포털 메인에는 굵은 글씨로 기사 제목이 적혀 있었고, 이채인의 사진으로 도배질을 시작하고 있었다. 화면을 살펴보던 준한의 표정이 험악하게 굳더니 벌떡 일어나서 회의실을 뛰쳐나갔다.

"어이쿠!"

급히 회의실로 들어오던 양 피디가 급하게 나오던 준한과 어깨를 부딪치고 휘청거렸다. 준한은 쳐다보지도 않고 성큼거리며 복도로 빠르게 걸어갔다.

"대장 왜 저래?"

양 피디가 의아스러운 표정으로 준한이 사라진 쪽을 바라보며 물었다.

"글쎄요? 알고 봤더니 이채인 팬클럽 노원구 회장쯤 되나."

"뭐? 그게 무슨 소리야?"

도현의 말에 양 피디는 더욱 영문을 모르겠다는 얼굴을 했다. 정 피디는 알 듯 말 듯한 미소를 내걸고 조용히 앉아 있었다.

"처음 뵙겠습니다. 이강운입니다."

"넵! 반갑습니다. 김영희 피딥니다!"

영희가 강운이 내민 손을 마주 잡으며 넙죽 허리를 조아렸다. 강운은 영희를 향해 이대로 카메라에만 담아도 광고에 쓸 수 있을 것 같은 청량한 미소를 지었다.

"정말 감사드려요. 무작정 요청드려서 불쾌하셨을 텐데 선뜻 승낙해

주셔서 실은 깜짝 놀랐어요."

"저도 한번 해보고 싶었던 방송입니다. 방송의 취지가 제가 하고 싶던 것과 딱 맞아서 오래 고민하지 않았습니다."

"아이고, 정말 감사드립니다."

영희가 성은이 망극하다는 표정으로 다시 허리를 깊이 숙이자 강운이 멋쩍게 웃으며 손을 내저었다.

"이제 당분간 같이 해나갈 텐데 너무 그러시면 제가 불편해요. 편하게 대해주세요."

"아, 그래도 될까요?"

고개를 슬쩍 든 영희가 히죽 웃자 강운이 싱긋 웃었다.

"당연하죠. 피디님이신데."

"그럼 제 방식대로 하겠습니다. 제가 좀 난폭 다혈질 성향을 보일 수 있으니 이해해주세요. 원래 성격은 안 그런데 일할 때만은 괴팍해지거든요. 괜찮으시겠어요?"

영희가 호쾌하게 웃으며 강운의 팔을 툭툭 두드렸다.

"물론입니다. 원래 당하는 걸 즐기는 성향이라."

"아하하하! 이강운 씨는 농담도 잘하시네요!"

영희가 폭소를 터뜨리는데 유리문으로 둘을 지켜보던 성현이 안으로 들어왔다.

"어? 너 왜 왔어?"

자신의 옆에 착 앉는 성현을 보며 영희가 작게 물었다.

"왜긴요? 저도 한 팀인데 소개해주셔야죠. 처음 뵙겠습니다. 이번 방송 같이 만들 조연출 윤성현입니다."

"아아, 이강운입니다. 잘 부탁합니다."

성현이 내민 손을 선뜻 잡은 강운이 그의 얼굴을 빤히 바라보더니 말을 이었다.

"그러고 보니 연예인보다 더 유명하시다는 피디님이시죠? 직접 보니 정말 그럴 만하군요. 배우들 내에서도 흔히 볼 수 없는 미남이신데요."

"이강운 씨 앞에선 흔한 조연출나부랭이에 불과하죠. 그렇게 말씀해주시니 영광입니다."

성현이 싱긋 웃으며 화답했다. 그리고 잠시 웃는 얼굴로 서로를 바라보고 있는 둘을 영희가 의아하게 바라볼 무렵 강운이 미소를 유지하며 말했다.

"……그런데 손은 그만 놓아주시는 게?"

"아, 죄송합니다. 너무 잘생기셔서 멍하니 바라보다가 그만."

재빨리 잡고 있던 손을 떼며 성현이 말했다. 강운은 얼얼해진 제 손을 보더니 재밌다는 듯 씩 웃었다.

"여기 계셨군요. 이강운 씨! 와주셔서 영광입니다! 하하핫."

부장이 벗겨진 머리에 땀이 날 정도로 뛰어와선 강운의 손을 두 손으로 답삭 잡았다.

"부장 박민호입니다. 정말 정말 반갑습니다!"

"네, 저도."

강운은 지나치게 반가워하는 부장에게 짧게 대답하고는 웃으면서 손을 빼냈다.

"하하하, 날씨가 많이 덥죠?"

부장은 개의치 않고 강운 옆에 앉으며 물었다.

"거긴 피디님 자리인데요."

"아아! 그렇지, 그렇지! 내가 이강운 씨를 처음 봐서 정신이 없습니다. 하핫."

깜짝 놀란 제스처를 한 부장이 너스레를 떨며 맞은편 자리로 돌아가 앉았다. 영희와 강운, 성현도 각자 자리에 앉았다. 자리에 앉으며 영희 쪽의 의자를 자연스럽게 빼주는 강운의 모습에 성현의 눈썹이 살짝 꿈틀거렸다.

"자, 우리 김 피디가 프로그램 이야기는 잘 했을 거고, 뭐 따로 원하시는 게 있다면 얼마든지 요구하세요. 저희 측에서 능력이 되는 한 아낌없이 팍팍 지원해드릴 테니."

부장이 사람 좋은 미소를 만면에 띠고 최대한 친절한 목소리로 말했다.

"김 피디님, 그리고 보니까 이거 안 하신다고 하지 않았어요?"

성현이 영희 쪽을 보며 툭 던진 말에 부장의 얼굴이 한 순간에 사색이 되었다. 당황한 표정의 영희가 가만있으라는 듯 성현의 팔을 팔꿈치로 쿡쿡 찔렀다.

"왜요? 엎어질 수도 있는 건데 이강운 씨도 알고 있어야 되지 않나? 김 피디님이 그랬잖아요. 부장님이 대본 쓰라고 했다고. 그래서 시청자를 속이는 예능 따위 하지 않겠다고 김 피디님이 눈물까지 흘리며……."

성현이 개의치 않고 이강운을 바라보며 말했다. 부장이 잔뜩 당황한 얼굴로 웃고 있었다. 벗겨진 머리에서 땀이 순식간에 송골송골 맺혔다.

"야! 내가 언제……."

"김 피디님이 그렇게 말하지 않았어요?"

영희가 창백해진 얼굴로 소리 지르자 성현이 담담하게 말했다.

"그, 그런 말을 하……긴 했지. 그래도 내가 언제 울었다고……."

여유로운 표정의 성현과 달리 영희와 부장은 입만 뻐끔거리며 안색이 노래졌다 파래졌다 다이나믹하게 변하고 있었다. 잠시 그들의 얼굴을 바라보고 있던 강운이 입을 열었다.

"흐음, 그런가요? 만약 그런 거라면 저는 출연할 생각이 없습니다. 저는 어쨌거나 김 피디님이 저에게 처음 말씀하신 리얼이 담긴 담백한 감동포맷에 끌린 거니까요."

강운의 확고한 말에 부장이 두 팔을 번쩍 쳐올렸다.

"아이고! 오해입니다, 오해! 아, 아마 김 피디가 내 말을 오해한 모양입니다. 그렇지, 김 피디? 내가 분명 김 피디 포맷대로 하라고 했지 않나! 맞지? 응??"

부장의 절박한 눈빛을 캐치한 영희가 눈을 번뜩였다. 끔찍한 대본주작을 다신 꺼내지도 못하게 만들어버릴 절호의 기회였다.

"역시 그렇죠? 하긴 요즘 시대가 어떤 시대인데 부장님께서 저에게 대본질을 하라고 하셨겠어요? 그럴 리가 없죠. 제 귀가 썩었는지 종종 우리말 번역능력도 버벅거려서……. 오해였다니 죄송해요. 부장님."

"그, 그래. 오해가 풀렸다면 다행이지. 하하핫."

부장과 영희는 강운을 바라보며 환한 미소를 보였다.

"다행이네요. 전 김 피디님을 믿고 하는 거라, 김 피디님이 안 하시게 된다면 할 생각이 없었거든요. 그러실 분이 아니라는 걸 믿고 결정한 거니까 앞으로도 이런 오해는 없었으면 합니다."

강운도 화답하듯 빙긋 웃으며 말했다.

"물론이죠, 물론이고 말구요. 김 피디가 알아서 잘할 겁니다. 하핫!"

부장이 연신 웃으며 한 손으로 계약서를 쑥 들이밀었다.

"자, 그럼 이제 계약을 해볼까요?"

계약서를 쓰기 전까진 안심할 수 없다는 눈빛으로 계약서를 향해 고개를 숙이자, 부장의 윤기 도는 머리통이 조명 불빛을 받아 광채를 냈다.

"성현이 너 이강운 왔을 때 부장한테 똘기 부렸다며?"

양 피디가 편집실로 찾아와 성현의 어깨에 팔을 툭 걸치고는 싱글거렸다.

"그 정도는 아니에요. 누가 그래요?"

성현이 대수롭지 않게 받아쳤다.

"회의실에 커피 날랐던 작가가 그러던데? 밖에까지 다 들렸대. 넌 인마, 큰일 날 뻔한 거야. 방송 탄 인기피디라 그냥 놔두는 거지, 조무래기 피디였으면 부장 그 성격에 가만뒀을 거 같아? 당장 모가지든 시말서든 날아들지."

"그게 그렇게 됩니까?"

태연한 표정의 성현을 향해 양 피디가 한심하다는 표정으로 말했다.

"당연하지. 부장이 그렇게나 염원한 이강운 SBC 론칭 자리에서 깽판을 놓을 뻔한 건데 가만있겠냐? 네가 아직 어려서 세상을 모르는 모양인데……."

그렇게 양 피디는 한참을 설교하듯 일장연설을 늘어놓고는 왜 로도신은 자길 사랑하지 않는 거냐며 이상한 신세 한탄까지 주절거린 뒤에야 사라졌다. 양 피디가 사라진 편집실 문을 바라보며 피곤한 듯 얼굴을 쓸고 있는데 휴대전화 벨이 울렸다.

"선배?"

—응, 나야. 지금 이강운 씨 계약 기념으로 회사카드로 맛있는 거 먹으러 가는 길인데 같이 갈래?

"지금 대장도 없어서 여기 편집 도와줘야 돼요. 나중에 대장 오면 가든가 할게요."

—쳇, 비싼 거 먹을 건데 아쉽다. 일단 알았어~ 수고하고!

전화를 끊은 성현은 휴대폰 액정을 물끄러미 바라봤다. 이강운과 맛있는 거라……. 물론 영희가 잘생긴 연예인에게 홀라당 넘어가는 여자가 아니라는 건 알고 있었지만 여자들의 로망, 매년 결혼하고 싶은 남자 순위 1위를 달리는 배우님이시니 한편으로 걱정이 스멀스멀 올라온다.

"젠장, 대장은 이런 날 어디 간 거야?"

성현은 짜증스런 목소리를 내고는 신경질적으로 테이프를 넣었다.

"무슨 생각이야?"

채인은 기자들을 피해 경기도 인근 별장에 숨어 있었다. 채인의 대외적 휴대폰은 꺼져 있었다. 밑져야 본전이라는 생각으로 예전에 그녀가 사용하던 번호로 걸자 연결이 됐다. 채인은 뒷자리 번호가 준한의 생일인 그 번호를 아직 사용하고 있었던 것이다.

"무슨 생각일 거 같아?"

아무도 없는 별장에 혼자 칩거하고 있던 채인은 그 사이에 더 수척해져 있었다. 야윈 손가락으로 커피 잔을 들어 올리는 모습이 안쓰러울 정도로 앙상했다.

"지금이라도 취소해. 모친상 당한 충격으로 그런 거라고 기자회견하면 이해해줄 거야. 잠깐 쉬고 돌아오겠다고 해."

"내가 왜 그래야 해?"

채인이 천천히 커피 잔에서 입술을 떼고 고개를 들어 올렸다. 항상 반짝반짝 생기 있게 빛나던 눈동자가 텅 빈 유리알같이 공허했다.

"넌 배우야."

준한의 말에 채인이 흐릿한 얼굴로 실소를 흘렸다.

"알잖아. 난 내가 원해서 배우가 된 게 아니야. 모든 건 엄마의 뜻이었고, 톱배우란 타이틀은 엄마의 못 이룬 꿈이었고……. 이제 더 그럴 필요가 없어진 거니까."

"……."

준한은 침묵했다. 채인도 말없이 커피를 마시며 창밖의 산을 바라봤다. 연기하는 것이 너무 즐겁던 대학 시절의 생기발랄한 그녀의 얼굴이 준한의 머릿속에 떠올랐다.

"……배우가 되지 않았으면 좋았을 텐데."

한참 동안 말없이 커피만 마시던 채인이 작게 말했다. 눈을 가늘게 뜨고 바라보는 준한과 눈이 마주치자 옅은 미소가 그녀의 입술 위에 아스라이 번졌다.

"그렇잖아? 배우가 되지 않았더라면, 연기를 하지 않았더라면, 엄마의 꼭두각시가 되지도 않았을 거고……. 당신과 헤어지지도 않았을 테니까."

준한이 안주머니에서 거칠게 담배를 꺼내 물었다. 담배 끝에서 뿜어져 나왔다가 흩어지는 담배 연기보다 더 흐릿한 미소를 짓고 있는 채인의 모습이 그의 가슴을 묵직하게 내리눌렀다. 마치 그녀는 당장이라도 꺼져 들어갈 듯 희미해보였다.

"넌 타고난 배우야. 연기하는 걸 빼면 너한테서 뭐가 남지?"

"하지만 당신, 그래서 날 떠나갔잖아. 내가 연기를 안 했으면 지금 우리가 이렇게 되지도 않았을 테고."

여전히 사라질 듯한 미소를 입가에 매단 채인이 말했다.

"하……."

준한이 답답한 듯 셔츠 단추를 두어 개 풀더니 제 머리를 헝클었다.

"……그렇게 될 줄 알았더라면."

애써 담담하게 표정을 유지하던 채인의 눈이 붉어지더니 금세 투명한 눈물이 가득 차올랐다.

"그렇게 당신이 날 부담스러워할 줄 알았더라면 연기 따위, 안 했을 거야. 절대……. 어차피 나를 위한 연기도 아니게 되어버릴 거. 모든 것을 잃게 할 연기 따위, 배우 따위……!"

투명한 눈물이 채인의 뺨을 타고 흘러내렸다.

"당신이 내 전부였다고……. 알아? 엄마의 지긋지긋한 집착 때문에 죽어버리고 싶었을 때도, 당신 생각하면서 버텼어. 내가 잘되면, 엄마나 당신이 기뻐할 거라 생각해서 이를 악물고 열심히 했어. 그런데……."

서러운 듯 그녀의 숨소리가 점차 거칠어졌다.

"그런데, 결국 나한테 아무것도 안 남았어. 무엇을 위한 건지도 모를 연기와 대배우 타이틀만 남아버렸다고. 그게 얼마나 끔찍한지 알아? 당신이 알기나 해?? 내가 원한 건 당신밖에 없었는데!"

충혈된 눈으로 그녀를 바라보던 준한이 한숨을 내쉬고 소파 깊숙이 몸을 파묻었다. 괴로운 표정으로 눈을 감고 있는 준한 앞에서 채인이 또 어린아이 같은 울음을 터뜨렸다.

"으흑, 흑……."

그 날 준한의 거부로 채인에겐 버틸 마지막 명분마저 사라진 기분이었다.

늘 대본을 골라주며 감시하듯 그녀의 모든 것을 통제하려 들던 엄마에게서 벗어나 이제야 준한에게 갈 수 있다고 생각했다.

시한부 삶을 통보받고 이루지 못한 꿈에 대한 모든 히스테리를 채인에게 쏟아붓는 것을 참아내며, 자신의 삶을 대신 살아주는 인형인 양 채인을 드라마며 영화에 내보내는 것을 참아내며, 원하지도 않던 한류 스타의 길로 떠미는 강압을 버텨냈다.

버티면 준한과 다시 예전의 행복했던 때로 돌아갈 수 있을 줄 알았다. 만약 예전 일로 아직도 오해를 하고 있다면 무릎이라도 꿇고 빌려고 했다. 그러면, 그렇게까지 하면 마지못해 받아줄 줄 알았다.

"다 필요 없어. 이제……."

야윈 얼굴을 양손으로 감싼 채인이 한참 동안 서럽게 울었다. 눈을 감고 우는 소리만 듣고 있던 준한이 천천히 눈을 떴다. 충혈된 눈이 울고 있는 채인의 몸을 훑었다. 앙상하게 얼굴을 감싼 채인의 손가락과 뼈가 드러나 보이는 어깨에 시선이 닿자 그의 눈동자가 괴로운 듯 흔들렸다.

준한은 몸을 일으켜 천천히 채인에게 다가갔다. 그리고 그녀 앞에 무릎을 꿇고 앉아 흐느끼는 작은 어깨를 감싸 안았다.

"……!"

놀란 채인이 얼굴에서 손을 떼고 물기 어린 얼굴을 들었다. 준한의 일그러진 얼굴과 괴로움에 찬 눈동자가 그녀의 눈물로 말갛게 씻긴 투명한 눈동자에 가득 들어왔다.

"……미안하다."

준한이 잔뜩 잠긴 목소리로 말했다.

"네가, 이렇게 힘들어할 줄은 몰랐어. 그게 널 위한 거라고 생각해서 그렇게 한 건데, 그걸로 네가 이렇게 괴로워할 줄은 정말 몰랐다……. 미안하다, 채인아."

"그게 무슨 말이야……?"

그를 내려다보는 채인의 얼굴에 혼란스러움이 가득했다.

"얼마 전 내가 했던 말은 거짓말이야."

충격을 받은 그녀의 눈빛이 어지럽게 흔들렸다. 그가 무슨 말을 하고 있는 건지 이해가 되지 않는다는 표정이었다. 준한이 채인의 젖은 얼굴을 쓸었다.

"널 감당할 수 없다는 말, 그래서 헤어졌다고 말한 게 거짓말이라고."

"왜……? 왜 그런 거짓말을……."

준한이 채인의 어깨를 양손으로 움켜잡고 바짝 당겼다.

"이기적으로 들리겠지만 너를 위해서나 나를 위해서나 그렇게 하는 게 낫다고 생각했어. 그래서 거짓말한 거다. 진심이 아니었어. 가능하면 그렇게 거짓인 채로 버텨보려고 했지만…… 안 되겠어. 나 역시 네가 없으면 안 되니까."

아무 말도 못 한 채 채인이 눈앞의 준한을 바라보고 있었다. 그는 흔들리는 채인의 시선을 강하게 휘어 감으며 응시한 뒤 천천히 고개를 숙였다.

"미안하다. 채인아……용서해."

조용한 별장에 아무 소리도 들리지 않았다. 채인은 잠시 고개를 숙이고 있는 준한의 머리를 바라보고 있었다. 헝클어진 머리와 익숙한 가마가 눈에 들어왔다.

"……예전에."

옅은 웃음기를 띤 목소리가 들려오자 준한이 의아스러운 얼굴로 고개를 들었다. 채인이 그를 가만 바라보며 말을 이었다.

"대학 때, 당신 가마 부근에서 흰머리 일곱 개가 났다고 내가 뽑아줬던 거 기억나?"

"그랬었……던가?"

기억이 잘 나지 않는 듯 미간을 찌푸리며 준한이 기억을 더듬었다. 그 얼굴을 바라보며 채인이 작게 웃었다.

"그랬었어. 2학년 때였나? 그때였는데, 정말 신기한 거야. 다른 데는 흰머리가 하나도 없는데 딱 거기에만 몰려서 났으니까. 행운의 7이니까, 행운의 흰머리라고 당신이 뽑지 말라고 했는데 내가 당신 곯아떨어졌을 때 몰래 뽑다가 걸렸었지."

"아무리 둔해도 머리카락을 뽑는 데 안 깰 도리는 없잖아."

준한도 웃으며 말했다.

"그러니까. 그래도 난 기어코 그걸 다 뽑았어. 그땐 왜 그걸 그렇게 싹 뽑고 싶었는지 몰라. 아프다는 사람 억지로 잡아놓고. 우리가 그때 그렇게 된 후에 수도 없이 생각했어. 왜일까? 왜 당신은 날 떠나버리려고 하는 걸까, 왜 만나주지도 않는 걸까, 내가 무슨 잘못을 한 걸까……. 왜 내 이야기는 들어주지도 않는 걸까."

가만가만 말을 이어가는 그녀를 준한이 말없이 바라봤다.

"지난 일들을 하나하나 생각했어. 거기에 무슨 힌트가 있지 않을까 해서. 내가 무언가 큰 잘못을 해서, 그때 일을 마음에 담아두고 있다가 결국 터져서 이렇게 된 게 아닐까 하는 생각에. 그랬더니 그 흰머리가 생각나는 거야. 그걸 뽑아서 우리가 이렇게 된 건가 해서 하루에도 수십 번씩 후회하고, 인터넷으로 흰머리에 대한 주문을 찾아다니는 웃기지도 않는 짓을 하고……."

"채인아."

"준한 씨."

채인이 준한의 말을 막듯 강한 어조로 말했다. 그의 이름을 부른 뒤 잠시 숨을 삼킨 채인의 눈가가 다시 붉어졌다.

"준한 씨, 난……. 난 다신 그런 후회 하고 싶지 않아."

덜덜 떨리는 목소리로 채인이 말했다. 잠시 멈췄던 눈물이 또다시 그녀의 속눈썹을 적시며 두 뺨으로 흘러내리고 있었다. 그가 말없이 손을 뻗어 양 손가락으로 눈물을 닦았다. 뜨거운 눈물에 손가락이 데일 듯 아팠다.

"그러니까 그런 괴로움, 다신, 느끼게 하지 마."

채인이 무너지듯 준한의 목에 와락 매달리며 눈물을 쏟아냈다. 그는 채인의 등을 천천히 쓸어주며 낮게 말했다.

"다신 그런 일 없을 거야."

준한이 그녀를 꼭 끌어안자, 채인이 어린아이같이 잔뜩 찡그린 얼굴을 들었다.

"절대."

그의 단호한 목소리를 듣자 채인은 그제야 안심이 되었다. 그녀의 눈물 젖은 얼굴 위로 머리카락이 흘러내려 달라붙었다. 준한은 말없이 채인의 머리칼을 쓸어 넘겨주며 강하게 그녀를 껴안았다.

성현의 눈빛이 초조하게 모니터와 휴대폰 액정을 넘나들었다. 잘 먹고 있냐는 문자를 보낸 지 27분이 지나고 있었다. 물론 스타를 상대하느라 답장을 하지 못할 상황일 수도 있지만 27분 동안 휴대폰 한 번을 못 볼까 싶었다. 연락 올 데도 많은 피디가.

'빨리 답장을 보내라고.'

목구멍 아래로 짜증을 꾹꾹 눌러 삼키며 계속 휴대폰 쪽으로 시선을 돌렸다. 시야에 휴대폰 액정이 잘 들어오도록 자리도 바꿔주고 벨소리도 최대한 키웠다.

이제 2분만 있으면 30분.

'그 여자…… 또 진탕 마시고 정신줄을 놓은 거 아냐?'

그 생각을 하자 머릿속이 순간적으로 새까매졌다. 그러나 곧 평정심을 유지하려 냉정한 생각들을 쥐어짜내기 시작했다. 그 여자는 기본적으로 색기가 넘치는 사람이 아니다. 그런 종류의 색기는 일반 남자에게는 보이지 않는다. 나 같은 남자에게만 보인다. 이강운 그 남자 주변엔 연예계에서도 날고 기는 미녀들이 넘쳐난다. 그러니 굳이 선배에게 집착하진 않겠……. 하지만 만약 나와 같은 취향을 가진 놈이라면??

"젠장!"

성현이 모자를 벗어던지고 신경질적으로 제 머리칼을 움켜잡는 순간 편집실 문이 벌컥 열렸다.

"고생했다. 성현아."

준한이었다.

"대장! 어디 갔다 온 겁니까?"

성현이 준한을 보자 급히 모자를 다시 쓰며 일어났다.

"그럴 일이 좀 있었어. 도와줘서 고맙다. 이제 들어가 봐."

준한의 허락이 떨어지자마자 성현은 대충 인사한 뒤 휴대폰을 뒷주머니에 찔러 넣으며 황급히 편집실을 빠져나갔다.

영희에게 전화를 해서 찾아간 곳은 예약제 고급 참치집이었다. 룸 안에는 영희와 강운, 그리고 강운의 매니저 병철만 남아 있었다.

"왔어? 국장님이랑 부장님은 먼저 보내고 우리만 따로 남은거야."

영희가 자연스럽게 제 옆에 앉는 성현에게 말했다. 성현이 날카로운 눈으로 영희의 상태를 점검해보니 다행히 취해 보이진 않았다. 원래 이 시간쯤 되면 꼭지가 돌아 있어야 정상일 시간인데 그리 많이 마시진 않은 모양이다. 하긴 이런 중요한 자리에서 만취할 정도로 해이한 여자가 아니긴 했지만.

"술 한 잔 하시죠?"

강운도 전혀 흐트러지지 않은 모습이었다. 역시 프로군, 하고 생각하며 성현이 술잔을 내밀어 술을 받았다.

"저도 한 잔 따라드릴게요."

단숨에 잔을 비운 성현이 사케병을 들었다.

"아, 그럼."

잔에 남아 있는 술을 순식간에 비운 강운이 술잔을 내밀어 술을 받았다. 성현이 어서 마시라는 듯한 눈빛으로 보고 있자 강운이 멈칫하고는 싱긋 웃었다. 그리고 한 입에 술을 털어 넣었다.

"한 잔 더 하시겠습니까?"

"물론이지요."

이번엔 성현이 벌컥.

"저도 한 잔."

이번엔 강운이 벌컥.

"뭐하는 거야?"

웃으면서 둘의 모습을 보고 있던 영희가 점점 분위기가 이상해지자 성현의 팔을 툭툭 치며 물었다.

"뭐하긴요? 술을 나누고 있는데요. 평소 팬이었거든요."

성현이 사케잔에 넘치게 술을 부어주며 씨익 웃었다.

"저도 팬이었습니다. 간지피디시라고 들었는데."

강운도 찰랑거릴 만큼 술을 채워주며 싱긋 웃었다.

"에이, 부끄러운 소리죠."

성현 원샷.

"하하, 그런가요?"

강운 원샷.

성현 원샷, 강운 원샷. 성현 원샷, 강운 원샷, 원샷, 원샷, 원……

"형님, 그만 마시세요!"

"성현아, 그만해!"

끝도 없이 술잔을 꺾는 둘을 향해 영희와 병철이 결국 소리를 질렀다.

술자리가 끝난 뒤 강운은 병철에게 거의 업혀가듯 차에 태워졌다. 주차장에 아무도 없어서 다행이었다.

"무슨 술을 그렇게 마셔요? 형이 몸도 못 가누게 마시는 건 처음 봐요. 혹시 무슨 일 있던 거예요?"

병철이 운전하며 강운을 힐끗 쳐다봤다. 요즘 그의 행동들이 이해가 되지 않는 점이 많아서 안 그래도 신경 쓰이는 중이었다. 강운은 자동차 시트에 몸을 깊게 묻고 팔로 얼굴을 가리고 있었다.

"없어."

강운이 술에 취한 목소리로 짧게 대답하자 병철이 다시 물었다.

"그런데 왜 그렇게 많이 마셨어요?"

"아."

문득 팔을 내린 강운이 병철을 쳐다보며 물었다.

"내가 이겼지?"

"네??"

병철이 어이없는 얼굴로 되물었다.

"성현아! 정신 차려!"

영희가 휘청거리는 성현을 부축하여 택시에 태운 뒤 뺨을 탁탁 두드렸다.

"으응……."

성현이 눈도 뜨지 못하고 꿈틀거렸다.

"윤성현! 정신 차리라니까? 도대체 왜 이렇게 마신 거야? 응?!"

"……선배."

영희가 몸을 흔들어대자 성현이 몽롱한 눈을 번쩍 떴다.

"정신이 좀 들어?"

휴, 하고 안도의 한숨을 내쉬며 영희가 물었다. 성현은 멀쩡한 표정으로 영희를 슥 보더니 말했다.

"내가 이겼지?"

"뭐??"

그 말만 하고 다시 눈을 감고 잠에 빠져버리자 영희가 황당한 표정으로 헛웃음을 지었다. 남자들의 승부욕은 종종 웃기지도 않는 일에서도 뻥뻥 터져 나오곤 한다지만 그중에서도 술 승부는 무식하기 짝이 없는 종목이었다.

'그나저나 어쩐다? 이렇게 인사불성인 상태에서 집에 혼자 보낼 수도 없고……. 그러고 보니 애네 집도 모르잖아?'

만취한 성현을 보며 고민하던 영희가 결국 자기 집으로 데리고 가기로 했다. 택시로 집 앞까지 온 뒤에 곰 같은 힘이여 솟아라! 를 외치며 들쳐 업듯이 부축해서 집 안으로 들어오니 기운이 다 빠졌다.

"헥헥. 나보다 날씬해 보였는데. 헥헥. 남자는 역시 남자구나."

생각해보니 영희도 술을 꽤 마신 상태였다. 술기운이 더 오르기 전에 빨리 자야겠다고 생각하고 성현을 우선 소파 위에 눕혔다. 방 안으로 들어가 침대 위에 널려 있는 물건들을 몽땅 바닥 한쪽으로 몰아넣고 침대 위로 성현을 옮기려고 다시 나오다가 영희의 눈이 둥그레졌다.

"앗! 옷 뜯어지겠다! 내가 풀어줄게. 가만있어 봐."

성현이 답답한 듯 제 셔츠 단추를 잡아 뜯으려고 하고 있었다. 황급히 다가간 영희가 단추를 풀기 위해 손을 가져가자 내내 정신을 못 차리고 있던 성현이 눈을 가늘게 떴다.

"……선배?"

잠긴 목소리가 들려오자 영희가 고개를 들었다. 눈썹을 찌푸리고 눈을 몇 번 깜박인 성현의 흐릿한 눈동자 안에 영희가 들어왔다.

"선배 맞구나."

"응. 나 맞는데 답답해? 이거 좀 풀어줄까? 일단 내 침대로…… 끼약!"

술에 취해 몽롱한 눈빛으로 영희를 바라보고 있던 성현이 팔을 뻗어 영희를 확 잡아끌었다. 갑자기 그의 몸으로 포개지듯 쓰러지게 되자 놀란 영희가 비명을 질렀지만 곧 성현의 입술에 막혀서 소리가 뚝 끊겼다.

"으읍……!"

영희의 뒷목을 강하게 잡아끈 성현은 그야말로 폭풍 같은 키스를 퍼붓고 있었다. 술기운 때문인지 입술이 아플 정도로 세차게 빨아들이고는 벌어진 입술 사이를 단숨에 들어와 영희의 혀를 뜨겁게 휘어 감았다. 움찔거리며 도망치는 영희의 혀를 붙잡아 쉴 새 없이 빨아들이는 거친 키스에 영희의 심장이 미친 듯이 폭주하기 시작했다.

"하아, 하아……."

야한 소리를 내며 입술이 떨어지자 막혔던 숨이 동시에 터져 나왔다. 얼떨떨한 눈으로 성현을 보자 그의 눈동자가 무섭도록 어둡게 가라

앉아 있었다. 그 눈동자를 보니 아슬아슬한 긴장감이 아랫배로 퍼져나 갔다.

"너…… 술주정이야?"

눈앞에서 시선으로 잡아먹기라도 할 듯 뜨겁게 바라보는 성현의 눈 빛에 영희가 조금 부끄러워하며 물었다. 성현은 영희의 뒷머리를 좀 더 끌어당겨 닿을락 말락 하던 입술을 살짝 닿게 하고는 싱긋 웃었다.

"내가 말하지 않았나? 다음번엔 못 참는다고."

낮은 목소리가 흘러나올 때마다 입술에 닿는 느낌이 뜨거웠다. 점점 머릿속이 이상해질 것 같은 아찔한 열기를 느끼며 영희가 말했다.

"그, 그래도 지금은 너, 너무 취했어."

"쉿."

영희의 아랫입술을 살짝 깨물고 성현이 잠긴 듯한 저음의 목소리로 말했다.

"갖고 싶어. 지금 당장."

"아!"

도저히 정신을 차릴 수가 없었다. 머릿속이 팽글팽글 돌았다.

영희의 탱글한 가슴을 빨아들이는 음란한 소리가 조용한 거실을 울 리고 있었다. 소파 위에 누워 있는 영희는 실오라기 하나 걸치지 않은 알몸이었다. 그는 영희의 위에 올라타서 끊임없이 그녀의 몸을 탐하고 있었다.

노골적인 혀놀림으로 유두를 핥고 빨아대자 이미 팽팽하게 곤두서 있는 그곳에서 아찔한 감각이 번져 나왔다. 전에도 느꼈던 감각이지만 이번엔 좀 더 강했다. 타액으로 번들거리는 다른 한쪽 가슴을 주무르던 성현의 손이 엄지로 잔뜩 예민해져 발딱 선 유두를 살살 문지르다가 튕 기자 단말마의 신음이 터져 나왔다.

"아, 그만……."

숨넘어갈 듯 할딱거리던 영희가 고개를 젖히며 성현의 머리카락 사이에 손가락을 집어 넣어 움켜쥐었다. 그의 입술이 점차 아래로 내려갔다. 동그란 아랫배를 지나 까슬한 숲에 도달했을 때 영희의 허리가 고양이처럼 휘며 움찔거렸다. 자꾸 오므리려고 하는 허벅지를 단단히 잡아 벌린 성현이 숲 안의 촉촉하게 벌어진 꽃잎을 찾아내 한 입에 삼켰다.

"하으……웃……!"

치명적이고 야릇한 쾌감에 영희의 눈이 흐릿해졌다. 숨이 제대로 쉬어지지 않을 정도였다. 민망하고 부끄러웠지만 그런 것도 제대로 생각할 수 없을 만큼 짜릿한 쾌감이 온몸으로 퍼져나갔다. 여린 꽃잎에서 흘러나오는 꿀을 사정없이 빨아들이는 뜨거운 혀에 영희는 숨넘어갈 듯한 신음만 터뜨려댔다.

이대로 정신이 완전히 나가버릴 것 같다고 생각할 즈음에 성현이 고개를 번쩍 쳐들고 상체를 세웠다. 그녀가 강한 쾌감에 젖은 눈빛으로 흐릿하게 바라보자 번들거리는 제 입술을 혀를 내밀어 섹시한 움직임으로 쓸었다.

"들어갈 거야. 네 안에."

잔뜩 잠긴 목소리로 말하자마자 성현은 자신의 셔츠를 잡아 뜯듯이 벗어버리고 순식간에 블랙진도 잡아 내렸다. 탄탄하고 비율 좋은 나신이 눈앞에 나타나자 영희의 심장이 터져버릴 것 같았다. 더 이상은 보고 있을 수가 없어서 눈을 질끈 감았다. 성큼 다가온 성현이 다리 사이로 들어와 자리를 잡았다. 강하게 잡아 벌려진 허벅지에 그의 단단한 허벅지의 감촉이 느껴졌다.

성현의 목울대가 꿀꺽 움직였다. 손가락을 뻗어 촉촉하게 젖은 꽃잎을 확인하자 더 이상 견디기가 힘들었다. 그녀의 부드러운 몸을 껴안으며 단번에 가르고 들어갔다.

"아흑!"

"……웃!"

영희의 눈이 크게 떠지더니 고개가 뒤로 확 젖혀졌다. 단숨에 그녀 안으로 내질러 들어간 성현의 목에 빳빳하게 힘줄이 곤두섰다. 생전 처음 느껴보는 엄청난 쾌감에 그대로 사정해버릴 것 같은 느낌을 억지로 참아 누르며 거친 숨을 몰아쉬었다.

하반신이 둘로 쪼개지는 것 같은 통증에 영희는 입술을 질끈 깨물었다. 분명 호텔에서의 일이 있었으니 처음은 아닐 텐데, 이런 엄청난 충격을 기억에서 지워버렸다는 게 믿어지지 않았다.

"미안. 나 자제가 안 될 것 같아."

"뭐? 그…… 아!!"

성현의 엉덩이가 뒤로 밀려났다가 강하게 다시 짓쳐들어왔다. 뻐근할 정도로 가득 들어찬 이물감에 영희의 신음 소리가 크게 터져 나왔다. 깊숙이 들어올 때마다 허리 아래가 끊어져 나갈 듯한 고통에 그의 몸을 필사적으로 껴안았다.

영희의 고통에 일그러진 얼굴을 손바닥으로 쓸어내리며 성현이 안타까운 듯 얼굴을 잔뜩 찡그렸다. 하지만 그의 몸은 자제력을 잃은 듯 연신 영희의 좁은 골짜기 사이에서 거칠게 움직이고 있었다. 살과 살이 부딪히는 소리가 철썩거리며 조용한 거실을 울려댔다. 고통 사이에서 조금씩 밀려오는 쾌감의 실마리를 영희가 필사적으로 붙잡고 매달렸다. 거세게 들이칠 때마다 힘껏 껴안고 있는 그의 등 근육이 꿈틀거리는 것이 생생하게 느껴졌다. 좁은 소파 위에서 땀에 젖은 두 개의 몸이 정신없이 흔들렸다.

"아흐웃!"

움직임이 점차 거칠어지는 성현의 몸 아래에서 영희가 비명 같은 신음을 터뜨렸다. 영희의 양다리를 잡고 힘껏 밀어 넣을 때마다 그의 온몸의 근육이 터져버릴 듯 팽창하고 있었다. 미칠 것 같은 쾌감이 들불처럼 번지자 성현이 상체를 꼿꼿이 세우고 허리를 세차게 움직이기 시작했다. 리드미컬하게 움직이는 그의 몸에서 땀이 뚝뚝 떨어졌다. 눈앞에서 정신없이 출렁이는 풍만한 가슴을 움켜쥔 채 허벅지에 바짝 힘을 주고 엉덩이를 최대한 깊숙이 밀어 올렸다.

"아아, 아으읏!"

소파가 삐걱거리는 요란한 소리가 영희의 끊어질 듯한 신음 소리와 함께 점차 고조됐다. 성현의 팔뚝에서 힘줄이 불끈불끈 솟아올랐다. 척추를 타고 오르는 짜릿한 쾌감에 당장 폭발할 것 같은 것을 억지로 참아내며 그가 고개를 뒤로 한껏 젖혔다. 거대한 힘에 크게 짓찧어지자 잔뜩 힘이 들어간 영희의 발가락 끝이 바들바들 떨렸다.

뒤로 젖혔던 고개를 내린 그가 엄청난 힘으로 밀어붙이기 시작했다.

"아학!"

야생마같이 질주하는 움직임에 영희의 눈이 크게 떠졌다. 빳빳하게 힘이 들어간 몸이 뒤엉켜서 미친 듯이 흔들렸다. 눈앞에서 크게 출렁이는 그녀의 부풀어 오른 가슴을 움켜쥐자 성현의 입술에서 억눌린 신음이 흘러나왔다. 온몸의 힘이 팽창을 거듭하다 터질 것 같은 경계에 올라서자, 마침내 영희의 허리가 크게 꺾이며 성현의 등이 빳빳하게 굳었다. 소름 끼치는 절정의 쾌감이 지나간 뒤 땀에 젖은 몸이 영희에게로 쓰러지듯 무너져 내렸다.

"맙소사!!"

"언빌리버블!! 이럴 순 없어!!"

노트북 앞에 모여서 충격과 공포에 휩싸여 있는 그들 앞에 준한은 태연히 배를 북북 긁으며 나타났다.

"뭐가 이럴 순 없어?"

평소와 똑같이 까치집이 회오리쳐 있는 머리와 면도한 지 일주일은 넘은 듯한 덥수룩한 수염, 꼬장꼬장해 보이는 까만 뿔테안경을 쓴 준한에게서 흡사 후광이라도 뿜어져 나오는 것 같은 눈의 착각이 일었다.

"대, 대장 이 기사 사실이에요? 거짓말이죠??"

"무슨 기사?"

준한이 귀를 후비며 물었다.

"대장이랑 이채인이랑 연인 사이라는 거요!"

양 피디가 닦달하듯 재차 묻자 준한이 대수롭지 않은 얼굴로 말했다.

"아아, 채인이? 내 거 맞는데, 왜?"

"헉……!"

준한은 충격과 공포로 물든 사람들을 어슬렁거리며 지나 평소처럼 지정석에 나무늘보마냥 드러누웠다.

"어, 언제부터 만났는데요?"

"시끄럽다. 빨리 회의나 시작해."

믿기지 않는다는 얼굴로 몰려드는 집중 어린 시선들을 가볍게 무시하고 준한이 귀찮다는 듯 손을 내저었다.

"농담하시는 거죠? 동명이인이라거나…… 정말 그 이채인 맞아요??"

"시끄럽다니까."

"대장! 뭐라고 말 좀……!!"

그 때 회의실 문이 발칵 열리더니 긴 머리를 찰랑거리는 여자가 쑥 들어왔다.

"……!"

다들 입을 크게 벌린 채 물고기마냥 뻐끔대기만 했다. 채인은 들어오자마자 자신에게 확 쏠리는 경악스러운 시선을 보고 잠시 어리둥절한 얼굴을 했다가 금방 환한 미소를 지었다.

"죄송해요. 준한 씨가 여기 있다기에……. 제가 방해했죠?"

"전화하지. 여긴 왜 왔어?"

준한이 머리를 긁적이며 일어나자 채인이 뽀로통한 목소리로 투덜거렸다.

"준한 씨가 이거 놓고 갔잖아. 필요한 거라더니."

"아, 그랬나? 고맙다."

채인이 내민 USB를 받아든 준한이 그녀의 머리를 큰 손으로 헝클였다.

"그 정도로 뭘. 아, 회의 방해하면 안 되지. 나 밖에 나가 있을게."

주변을 둘러본 채인이 얼른 문밖으로 나가며 준한을 향해 끝나면 전화하라는 손짓을 했다. 문이 닫히자 회의실 안에 있는 모든 사람들은 믿기지 않는 현실 앞에 아직까지 돌처럼 굳어 있었다. USB를 주머니에 슥 넣은 채 주변을 둘러본 준한은 한쪽 눈썹을 홱 올렸다.

"언제까지 굳어 있을 거야? 일 안 해?!"

"어떻게 안 될까요?"

세 번째 찾아간 영희였다. 벌써 오늘만 해도 몇 번째인지 모르게 머리를 조아리며 시설장에게 촬영 협조를 구하고 있었다.

"죄송하지만 저희는 사춘기 아이들도 많아서 방송이 조금 부담스럽네요."

친할머니처럼 푸근한 인상의 나이 지긋한 시설장이 난처한 얼굴로 말했다.

"여기 제 기획안이에요. 제 설명으로는 이해가 잘 되지 않으실 수 있으니 꼭 좀 읽어주세요. 전 여기서 꼭 촬영하고 싶어요, 원장님."

거듭 부탁하며 영희가 고개를 숙였다.

"아하하, 그게…… 자꾸 그러셔도……."

"부탁드립니다. 또 찾아올게요."

영희가 클럽으로 명함을 꽂아서 엮은 기획서를 테이블 위에 놔두고 일어서서 꾸벅 허리를 숙였다.

"부탁드릴게요."

머리가 땅에 닿을 듯 연신 조아리며 보육원을 나선 영희는 한숨을 내쉬고는 뒤돌아봤다. 그리고 '풀잎 보육원'이라고 써 있는 낡은 녹색 간판을 한참 보고 있다가 뒤돌아섰다.

"어?"

돌아선 영희의 눈이 확 커졌다. 언덕 아래에 성현이 서 있었다.

"여긴 어쩐 일이야?"

잰걸음으로 성현에게 다가가며 물었다. 날도 더운데 언제부터 서 있었던 건지 성현의 콧방울에 땀이 엷게 맺혀 있었다. 그 땀을 보니 또 그날의 땀이 생각…… 아, 아니지. 아니야. 생각하지 말자.

"또 여기 갔을 거 같아서. 타. 태워다 줄게."

영희가 갑자기 얼굴이 붉어져선 고개를 붕붕 젓고 있는데 성현이 싱긋 웃으며 말했다.

"그, 그럼 고맙지."

어정쩡하게 웃은 영희가 차 안으로 들어갔다. 음란마귀가 제대로 씌인 건지 그날 이후 성현만 보면 가슴이 미친 듯이 뛰었다. 정작 이놈은 멀쩡해 보이는데 괜히 혼자 오버하는 것 같아 평소처럼 대하자고 열심히 마인드컨트롤 중이었지만 잘 되지 않았다.

"허락은 아직인 모양이군."

성현이 운전하며 물었다.

"응. 역시 쉽지 않네……."

맥 빠진 목소리로 중얼거리며 대답한 영희가 성현이 사준 커피를 쪽쪽 흡입했다. 보육원 안에서 필사적으로 떠들어대다 나왔더니 목 안이

칼칼했는데 차가운 커피가 넘어가자 시원하게 씻기는 듯했다.

"흐음. 그래도 이제 촬영시간이 얼마 남지 않았잖아. 이대로 가다가는 섭외하다가 촬영도 못하고 끝나겠는데?"

영희가 운동화를 벗고 양말을 벗어 맨발을 위로 척 올렸다. 성현은 힐끗 보고는 익숙한 듯 물티슈를 건넸다.

"그러니까……. 나도 그게 걱정이야."

영희가 물티슈로 발가락을 꼼꼼히 닦으며 한숨을 내쉬었다.

사실 취재하러 갔을 때 은근히 자기네 시설에서 촬영하길 원하는 시설장들도 많았다. 불쌍한 아이들을 위해 봉사하는 자신들의 모습이 찍히길 원하는 선생들도 많았고. 하지만 그런 곳은 탐탁지 않았다.

그곳에 있는 아이들을 불쌍한 존재로, 혹은 보호받아야 마땅한 특별한 존재로 인식하는 그들의 시선에서 오히려 차별을 느꼈다.

"그런 면에서 저기가 제격이라고 느꼈어. 그곳은 처음부터 그런 위화감이 전혀 느껴지지 않았거든. 방송되는 걸 원하지 않았지만 그건 다른 시설장들같이 뭔가 자신들의 비리가 드러날까 봐 두려워해서가 아니라 순전히 아이들의 인권을 배려한다는 이미지가 강했어."

성현과 마주 앉은 동네 감자탕 집에서 찬물을 들이켜며 영희가 말했다. 섭외가 잘 되지 않아서인지 목이 많이 탔다.

"그런데 왜 이 더운 날 감자탕이야?"

성현이 빈 물컵에 차가운 물을 채워 앞에 놔주자 영희는 그걸 단숨에 벌컥벌컥 들이켰다.

"이열치열이라잖아."

영희가 세 잔째의 물을 원샷 하곤 입가에 묻은 물기를 손등으로 거칠게 훔쳤다. 그 때 거대한 솥에 담긴 펄펄 끓는 감자탕이 나왔다.

"시설장 생각이 맞을 수도 있어. 솔직히 위험하잖아, 이런 소재. 누구나 공감하는 민감한 소재를 다큐가 아닌 예능으로 다루는 건데."

수저를 영희 앞에 놔주며 성현이 말했다.

"그건 나도 알아."

영희는 깍두기를 하나 집어서 으적으적 씹었다. 성현이 다시 말했다.

"나도 솔직히 걱정돼. 본격적인 입봉작인데 좀 더 무난한 소재로 하지 왜 이런 걸로 잡은 거야?"

"여기 깍두기 맛있어, 먹어봐."

영희가 성현 앞으로 깍두기 접시를 디밀었다. 성현이 미간을 살짝 좁히고 깍두기를 하나 집어 먹었다.

"맛있지?"

"맛있네. 그러니까 왜 좀 더 무난한 걸로……."

"여기 겉절이도 맛있어."

이번엔 겉절이 접시를 성현 앞으로 밀었다. 성현이 겉절이도 하나 집어 입으로 가져가며 투덜거렸다.

"묻지 말란 말을 이상하게도 하네."

"나도 잘 모르겠어서 그래. 나도 이걸 왜 하고 있는지 모르겠어. 왜 이렇게 집착하는지도 모르겠고. 다만 내가 지금 뭘 하고 싶은 걸까, 만약 피디로서 나한테 예능을 만들 수 있는 기회가 처음이자 마지막으로 생긴 거라면 뭘 만들어야 후회하지 않을까……. 그런 생각을 하다 보니까 이걸 구상하고 있더라고."

영희가 깍두기를 파워풀하게 씹었다. 깍두기를 씹는 격렬함에서 영희의 답답함이 느껴졌다.

"흐음……."

성현이 물을 마시며 영희를 바라봤다.

"어쨌든 기획서에 쓴 대로 그냥 그거야. 억지감동이니, 폭풍눈물이니 그런 거 다 빼고 드라이한 휴먼예능을 만들고 싶어. 그냥 그 아이들 그대로, 그들이 살아가는 모습 그대로, 어떠한 편파적인 시각 없이. 시청자들이 참여해서 같이 만드는 예능 많잖아. 그런 예능방송 만드는 거랑 똑같이."

"그게 얼마나 어려운 건데. 아무리 잘 만들어도 욕먹기 딱 좋은 코든데. 그래서 다른 피디들도 쉽게 도전 못 하는 거잖아. 리스크가 너무 크니까."

"그건 그렇지……."

영희가 기운 없는 얼굴로 보글보글 익어가는 감자탕을 바라봤다. 이 방송을 기획하면서 여기저기에서 한결같이 성현이 한 것과 같은 우려를 들었다. 안다. 성현의 말이 무슨 말인지도 알고 다른 사람들이 뭘 걱정하는지도 안다. 괜히 사회적 약자 이용해서 시청률이나 벌어먹는다는 소리 듣기 딱 좋은 소재라는 것도 안다. 하지만 그럼에도 그런 편견 없이 무언가를 만들 수 있고, 사소한 거라도 도울 수 있다고 생각한 건 오만이었을까?

성현이 턱을 괴고 창밖에 지나가는 사람들을 바라보다가 문득 생각에 빠져 있는 영희 쪽으로 고개를 돌렸다.

"그래도 난 선배가 잘할 거라고 생각해. 내 이런 고민은 그야말로 쓸데없는 고민이었다고 보란 듯이 한 방 먹일 만큼."

성현이 고른 이를 드러내 보이며 웃었다. 이쁜 놈이 이쁜 말만 골라 한다. 기특한 것. 영희도 푸훗 웃었다.

"믿어주시니 고맙소. 나 자신도 못 믿는 것을."

성현이 영희의 접시에 두툼한 살코기가 덕지덕지 붙은 뼈다귀 하나를 터억 올려줬다. 고마운 마음으로 영희도 그의 접시에 뼈다귀를 덜어줬다.

"에게? 솥에 있는 저게 더 큰데? 저건 선배 먹고 작은 거 나 먹으라고?"

성현이 한쪽 눈썹이 확 올라갔다.

"응."

영희가 당연하다는 듯 끄덕거렸다.

"너무하네. 나는 제일 큰 거 퍼줬는데, 선배한테."

"내가 말 안 했니? 감자탕도 내 영혼이라고?"

태연한 얼굴로 앙증맞은 성현의 뼈다귀 위에 시래기를 잔뜩 올려주자 그 시래기 산을 바라보며 그가 투덜거렸다.

"……선배 시래기 싫어하는구나."

"응. 난 순수한 육식파거든. 멸종위기종이야. 그러니까 많이 먹어야 돼."

미간을 찡그린 성현이 시래기를 후루룩 먹는 것을 보며 영희가 방긋 웃으며 말했다.

"성현아. 많이 먹어?"

"많이 드시죠. 김 피디님."

꾸역꾸역 시래기를 입안에 밀어 넣던 성현이 불퉁하게 말했다.

"장소 섭외가 안 된다고?"

준한이 쭈쭈바를 입에 물고 방송국 근처의 편의점 파라솔에 앉아서 말했다.

"네. 안 돼요. 원하는 데는 있는데 벌써 세 번이나 거절당했어요. 어쩌죠?"

영희도 아직 얼어 있는 쭈쭈바를 손바닥으로 쥐어짜고 있었다.

"삼고초려도 실패로 돌아갔다라……. 꼭 거기여야 돼?"

"네. 절실해요, 아주."

"그럼 될 때까지 해봐야지 뭐."

준한이 별수 있겠느냐는 표정으로 어깨를 으쓱했다. 영희도 그럴 줄 알았다는 표정으로 어깨를 으쓱하고는 손바닥으로 조금 녹인 쭈쭈바를 입에 물고 힘껏 빨았다. 골을 찌잉 울릴 정도의 차가움이 혀를 얼얼하게 만들었다.

"아, 저 기사 봤어요!"

생각났다는 듯 영희가 준한을 돌아보며 말했다.

"그 기사 안 본 사람 없는 것 같더니 너까지 봤으면 다 본 게 확실하군."

준한이 피식 웃었다.

"축하해요. 언젠가 다시 만날 거라고 생각은 했었어요."

"니가? 나도 모르는 걸 알다니 대단하다. 김영희."

"대단할 건 없어요. 대학 때부터 죽고 못 사는 관계인 거 뻔히 아는데요, 뭐. 잠깐 헤어져 있을 순 있어도 오래가진 않을 거라고 예상했어요. 우리 과 사람이면 다 알걸요?"

그런가, 하며 웃는 준한의 얼굴을 보며 영희도 빙긋 웃었다. 언젠가 이런 이야기를 하게 되면 좀 더 아플 것 같았는데, 생각보다 덤덤할 수 있다는 데 놀랐다. 준한에게 말했던 대로 예상했던 일이기도 했지만 아마 성현의 영향이 크겠지. 포기하고 있었던 짝사랑의 미련을 싹둑 잘라준 것만으로도 어쩌면 고마워해야 할지도 모른다. 이렇게 드라이하게 축하인사를 전할 수 있게 해줘서.

"그런데 귀찮지 않아요? 요즘 파파라치들 장난 아니라고 하던데. 이채인 연인이라고 하면 파파라치들한테는 황금어장 아닌가."

"뭐 그러라고 해. 각오하고 오픈한 거니까."

준한이 쿨하게 말했다.

"이런 거 보면 유명인이랑 연애하는 건 정말 고달픈 것 같아요. 지금도 어디서 찍고 있는 거 아닌지 몰라."

영희가 매의 눈을 하고 사방을 살폈다.

"왜? 네가 내 미모의 내연녀라고 뜰까 봐?"

준한이 콧방귀를 뀌자 영희가 몸을 바짝 낮춰 속닥거렸다.

"혹시 알아요? 알고 보니 삼각관계, 문란한 귀찮피디, 능력자가 아니라 바람돌이, 뭐 이런 게 뜰지."

"네가 바라는 게 아니고?"

"아, 들켰나? 남 잘되는 꼴 보면 배가 아파서요. 특히 연애 쪽으로는 배알이 뒤틀리다 못해 꽈배기처럼 돌돌 말리는 기분이거든요."

영희가 딱 걸렸다는 듯 이를 드러내며 히죽 웃었다.

"쓸데없는 소리 말고 빨리 섭외나 성공시켜. 막히면 얘기하고."

준한이 아이스크림 빈 껍질을 쓰레기통에 던지며 일어섰다.

"왜요? 선배가 도와주게요?"

영희가 내심 감동한 눈빛으로 올려다보니 준한이 슥 돌아보며 말했다.

"아니. 놀려먹게."

"뭐라고욧!!"

영희가 바락 소리쳤다. 준한은 큭큭거리면서 방송국 쪽으로 특유의 터덜거리는 느긋한 걸음걸이로 걸어가고 있었다.

"선배는 꼭 내가 소리 지르는 꼴을 봐야 만족한다니까······."

영희가 입술을 삐죽대며 투덜거리다가 휴대전화를 빤히 바라봤다. 이제 정말 시간이 얼마 남지 않았다. 다시 찾아가서 승낙할 때까지 무릎이라도 꿇고 있어야 하나? 아니면 그만 포기를 하고 지금이라도 다른 곳을······.

―듣! 보! 드으으으웃보오오오잇!! 듯뽀~맨!!

"깜짝이야!"

뚫어져라 바라보고 있던 휴대폰이 갑자기 커다란 벨소리를 토해내는 바람에 화들짝 놀라 그만 바닥으로 떨어뜨렸다.

"으갸악! 마이 폰!! 아직 할부금이 일 년 반이나 남은 마이 스마트한 폰이······!"

영희가 바닥에서 처참하게 구르는 자신의 폰을 번개 같은 속도로 낚아챘다. 울상을 짓고는 여전히 벨이 울리고 있는 휴대폰의 액정을 확인한 영희의 눈이 확 커졌다.

"네! 김영희입니다!"

급히 전화를 받으며 소리쳤다.

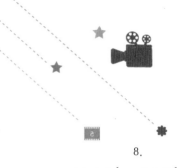

8.

버라이어티는 어디에나 있다

영희가 꾸린 스탭과 고심해서 뽑은 출연자들이 한자리에 모였다. '풀잎 보육원' 앞에 차를 세우고 스탭들이 오래된 건물 안으로 촬영장비들을 옮기는 것과 출연진들이 도착해서 아직은 어색하며 서성이는 것을 영희는 빠짐없이 카메라에 담았다.

"이강운 위주로 담아야겠죠? 이강운한테는 두 명 붙일까요?"

성현이 VJ들에게 설명해주다가 영희를 보며 물었다. 카메라를 들고 돌아다니던 영희가 고개를 저었다.

"그냥 한 명만 붙여. 다른 출연자들이 위화감 느낄 수 있잖아. 안 그래도 기죽는데 더 기죽게 할 필요는 없어."

성현은 끄덕거리고는 나머지 사항들을 지시해나갔다. 영희는 아이들 각각의 이름과 나이, 성격과 특징, 좋아하는 것과 싫어하는 것이 꼼꼼히 나열된 수첩을 다시 한 번 읽어나갔다. 뚜렷한 오프닝이나 큰 라인을 짜둔 대본도 없이, 다큐 형식으로 모든 상황을 찍는 것은 예능방송으로

서 모험일 수 있었다. 작가들에게도 억지로 상황을 만들지 말고 흘러가는 과정에서 가이드라인을 제시하거나 변동되는 일정에 따른 아이디어만 내줄 것을 주문했다.

재미가 없으면 모든 책임은 피디인 자신이 진다고 큰소리를 떵떵 쳐놓긴 했지만 과연 예능으로서의 역할을 할 수 있을지 영희 스스로도 확신이 없었다.

"불안한가 봐요?"

여유롭게 다가온 강운이 묻자 영희가 눈을 동그랗게 떴다.

"얼굴이 좀 굳어 있어서요. 전에 봤던 거와는 다르게."

예능이고 토크쇼고 출연이 거의 전무하다시피 한 강운은 오히려 전혀 긴장을 하지 않은 듯 편안해보였다. 과연 톱스타는 다르구나 생각하며 영희가 어깨를 으쓱했다.

"좀 그러네요. 막상 생각한 것을 시도하려니 조금 무모했던 게 아닌가 하고요. 나 혼자 쫄딱 망하면 상관없는데 강운 씨나 다른 사람들에게도 피해를 줄 것 같기도 하고……."

영희 말에 강운이 웃었다.

"하하. 별 걱정을 다 하십니다. 저는 그냥 놀러 나온 거예요. 이를테면 야유회 같은 거죠. 직원이 회사일만 잘하면 되지, 야유회에서 한 번 술 먹고 망가진다고 해고될 리가 있겠어요?"

"혹시 또 모르죠. 사장 가발이라도 들춰내면 그 앙갚음으로 잘릴지."

영희가 중얼거리듯 말했다.

"그런 사장 밑이라면 차라리 내 발로 나오고 말아요. 그러니까 걱정 말고 피디님 하고 싶은 대로 편안하게 하세요."

"고마워요. 조금 마음이 놓이네요."

강운이 부드럽게 미소 짓자 영희가 싱긋 웃었다.

"우와! 간지피다!"

성현이 촬영 장비를 같이 나르며 보육원 거실 안으로 들어서자 거실에 나와 있던 몇몇 아이들이 환호하듯 소리를 질렀다. 그때 5살 정도로 보이는 여자애가 성현의 다리에 매달리며 까르륵 웃자 크게 휘청였다.

"이, 인사는 조금 이따 하자. 이거 떨어뜨리면 큰일 나거든?"

넘어질 뻔한 성현이 겨우 중심을 잡고 말했지만 아이들은 관심이 없는 듯했다.

"꺅!! 완전 잘생겼어요!"

무슨 아이돌이라도 만난 양 방 안에 숨어 있던 여중생 두 명도 뛰쳐나와 오두방정을 떨며 소리를 질러댔다.

"자네가 연예인 같군."

조명감독이 킬킬 웃으며 말했다. 성현은 자꾸만 다리와 허리에 들러붙는 아이들 때문에 제대로 움직일 수가 없어서 진땀을 흘렸다.

촬영준비가 끝났다. 거실과 보육원 입구에만 고정카메라를 설치해두고 방에서 촬영할 때는 VJ를 대동하고 들어가는 식으로 하기로 했다.

"전에 언니가 얘기했다시피 꼭 촬영에 참여할 필요는 없어요. 촬영 기간 동안 생활하기가 좀 불편하겠지만 양해를 바라고, 촬영이라고 생각하지 말고 그냥 봉사하는 사람들 놀러 왔다거나 하는 식으로 편하게 생각해요."

야구모자를 눌러쓴 영희가 거실에 나와 있는 아이들 앞에 무릎을 꿇고 앉아서 말했다. 자연스러운 모습을 촬영하기 위해 최소한의 VJ들과 성현, 작가 두 명만 영희 옆에 앉아 있었다. 이강운을 비롯한 예능인 4명도 아이들을 마주 보고 앉아 있었다.

스무 명 남짓한 아이들은 두 줄로 앉아서 영희의 이야기를 들으며 연예인들이 신기한 듯 연신 힐끗거리며 자기들끼리 서로 찌르고 숙덕거렸다.

"방송이라고 불편하게 생각하지 말고 그냥 평소처럼 지내면 돼요. 공부하는 시간에 공부하고 TV 보는 시간에 TV 보고. 우리는 이곳에서 지내는 2주간 바로 옆에 있는 건물에 여러분을 위한 작은 공간을 만들 거예요. 도서관 겸 쉼터 정도 되겠는데 저희는 가능하면 여러분들과 같이 만들었으면 해요. 그러니 도와주고 싶은 마음이 들면 거기로 건너와서……."

"거기 흉가예요. 귀신 나오는데."

앞줄에 앉은 남자애 하나가 말했다. 영희가 제 팔을 들어 보였다.

"이 팔뚝 보이죠? 귀신 나오면 누나가 잡아줄 테니까 그건 걱정하지 않아도 돼요."

"감성팔이 아닌가?"

뒷줄에서 불쑥 냉랭한 목소리가 들렸다. 영희를 포함한 그 자리에 있던 모두의 시선이 그쪽으로 향하자 고등학생쯤 되는 하얀 얼굴의 눈이 커다란 여학생이 웃음기 없이 영희를 보고 있었다.

"……방금 뭐라고 했죠?"

영희가 되묻자 여학생은 또박또박 다시 말했다.

"감성팔이 아니냐구요. 고아들 이용해서 시청률 좀 올려보고 싶다고 솔직히 얘기하지 뭘 그렇게 빙빙 돌려서 말해요?"

"아니 이건 그런 게 아니라……."

박 작가가 끼어들자 여학생은 날카롭게 말을 잘랐다.

"당신한테 물어본 게 아닌데 왜 끼어들어요?"

잠시 당황한 표정의 박 작가는 최대한 목소리를 좋게 해서 설명하려 했다.

"학생이 오해하는 것 같아서 그런 거지. 우리는 그런 목적으로 하려는 게 아니고 다만……."

"제 말 못 들었어요? 낄 데 안 낄 데 모르냐구요."

여학생은 짜증난다는 듯이 박 작가를 한 번 노려본 뒤 다시 영희에게로 차가운 시선을 돌렸다. 박 작가의 얼굴이 붉으락푸르락해지자 영희가 성현에게 눈짓을 했다. 성현이 재깍 일어나 박 작가를 데리고 밖으로 나갔다.

순식간에 찬물을 끼얹은 것 같은 냉랭한 분위기가 거실 안을 맴돌았다. 생활지도원들은 터질게 터졌다는 표정이었고, 연예인들은 난감한 표정으로 영희와 여학생을 번갈아 바라봤다. 카메라 감독은 계속 찍어야 하는지 끊고 가야 하는지 고민하며 뒤에서 영희를 내려다보고 있었다.

영희는 카메라감독 쪽을 향해 계속 찍으라는 신호를 보내고 여학생을 마주 봤다.

"일단 일대일로 하는 말이니 내가 언니니까 말 놓을게."

영희가 팔짱을 끼고 허리를 쭉 피며 말했다.

"너 아주 영리하구나."

여자애의 이마가 살짝 구겨졌다.

"그런 소리에 넘어갈 만큼 어리지 않으니 어린애 취급은 하지 말고 답변만 해요."

"얼굴도 예쁘고 똑똑하고, 나도 네 나이 때 너만큼만 영리했으면 좋았을 텐데. 너처럼 예쁘거나."

"하, 어이없어."

여학생은 어이없다는 듯 코웃음을 쳤다.

그 때 성현이 스윽 다시 들어와 영희 옆에 다시 앉았다. 그러곤 영희의 귀에 손을 대고 귓속말을 했다.

"차 안에서 잠시 머리 좀 식히고 오라고 했어요."

영희가 여학생만 똑바로 바라보며 끄덕거렸다.

"이름이 뭐니?"

"그걸 내가 왜 말해야 하죠?"

차가운 목소리가 신경질적으로 내뱉어졌다. 영희는 태연한 표정으로 어깨를 으쓱했다.

"뭐 말하기 싫으면 하지 마. 부르기 편하려고 그랬던 거뿐이니까. 그럼 그냥 너라고 부를게. 넌 왜 이게 감성팔이라고 생각해?"

"감성팔이 아니면 왜 다른 데도 아니고 고아들 모아놓은 보육원에서 방송을 찍겠단 건데요? 이게 감성팔이가 아니면 뭔데?"

여학생은 눈을 가늘게 치켜뜨고 말했다. 단발머리의 한쪽을 단정하게 귀 뒤로 넘기고 냉소적인 표정으로 영희를 바라보는 여학생의 작은 얼굴은 영희 말대로 눈에 띄게 예쁜 얼굴이었다.

"왜 보육원에서는 못 찍어? 오히려 네 생각이 다른 사람들과 자기는 다르다는 차별을 스스로 근거에 두고 하는 말 아닐까? 모든 사람이 평등하다면 모든 사람이 참여자로서 예능방송에 출연할 수 있듯이 이곳 사람들도 출연할 수 있는 거잖아."

"뭐라구요?"

여학생은 눈을 더욱 크게 치떴다. 영희는 계속 말을 이었다.

"방송이 싫은데 이런 상황에 놓이게 한 건 미안하게 생각해. 가능하면 피해 끼치지 않고 촬영할 수 있도록 최대한 노력할게. 하지만 네가 말하는 그런 의도로 방송을 만들려는 건 아니야. 그렇게 보육원, 고아, 감성팔이라는 단어를 나열하며 연연해하는 네가 오히려 거기에 지나치게 열등감 느끼고 있다는 증거 아닐까?"

여학생이 벌떡 일어섰다.

영희를 내려다보는 시선이 서슬 퍼렇게 빛났다. 긴 속눈썹이 파르르 떨리는 게 보였다.

"……웃기지도 않아."

여학생은 씹어 내뱉듯 차갑게 말하고는 홱 돌아서 자기 방으로 들어갔다. 잠시 정적이 흐른 후에 영희가 박수를 짝짝! 치고 말했다.

"자! 방금 보신 여학생처럼 뭔가 맘에 안 든다거나, 따로 하고 싶은 말이 있을 땐 주저하지 말고 저에게 바로 말해 주시면 돼요. 촬영을 함께 하다가 자기 방으로 돌아가고 싶으면 언제라도 돌아가도 됩니다. 아셨죠?"

영희가 방긋 웃으며 아이들을 보며 말했다. 아이들은 어떻게 해야 할지 몰라 자기들끼리 눈치만 보고 있었다.

"그리고 아까 하던 말을 이어서 하자면, 옆에 짓는 건물은 여러분들만을 위한 공간이 될 거예요. 크게 보면 도서관이지만 작게 놀이시설도 만들었으면 하고, 여러분들이 즐길 수 있는 것들을 마련해뒀으면 하니까 원하는 것이 있으면 저에게 슬쩍 말해 주세요."

영희의 말에 구석에 앉아 있던 삐쩍 마른 안경 낀 남자아이가 손을 불쑥 들었다.

"예를 들어, 플스나 개인노트북 같은 것도 가능한가요?"

"으음, 그건 제작비를 검토해보고 개인 노트북까지는 힘들더라도 컴퓨터를 몇 대 더 늘려주는 방식으로 지원 가능하겠지요. 단, 여러분이 많이 도와주러 온다면요."

씨익 웃는 영희의 말에 남자아이가 안경을 손가락으로 추켜올리며 눈을 번뜩였다.

"개인 노트북이 가능하다면 하루 종일 도와드릴 수 있어요. 마침 방학이니까요."

"의욕은 충만하니 좋은데 공부도 해야 하니 그럴 것까진 없어요. 또 없나요?"

"저요! 저요!"

노트북과 플레이스테이션의 황금 로또가 이루어지는 광경을 눈앞에서 본 아이들은 너 나 할 것 없이 먼저 말하겠다고 다급하게 손을 들어댔다. 영희가 금세 소란스러워진 아이들을 진정시키며 말했다.

"앞으로 2주간이니 충분히 생각해볼 시간은 있을 거예요. 공부든 놀이든 여러분한테 도움이 된다면 가능한 한 지원할 테니 천천히 생각해보시고 말해 주세요. 자! 이제 잠시 휴식시간입니다! 우리 출연자분들과 2주간 같이 생활해야 하니 궁금한 것들 물어봐도 좋아요~"

영희의 말이 끝나자 아이들은 어물어물거리다 연예인들 앞으로 하나씩 다가가서 말을 걸기 시작했다. 성현과 한 작가는 한숨을 내쉬었다.

"만만치 않겠는데요. 보기만 해도 기가 쫙쫙 빨리네."

영희를 힐끗 쳐다보며 한 작가가 중얼거렸다.

"뭐 이 정도 복병은 있어야 재밌지."

"방금 장면 방송으로 내보낼 수 있을까요?"

성현도 미간을 좁히고 물었다.

"글쎄…… 앞으로의 전개상황을 봐서 결정해야겠지. 한 작가, 가서 박 작가한테 상황 설명해주고 좀 달래주고 와."

영희가 말하자 한 작가가 피곤한 얼굴로 일어섰다.

아이들이 모여 있는 쪽에서 출연자로 온 개그맨 오덕구가 난감한 얼굴로 이강운에게 슬쩍 귓속말을 했다.

"이런 컨셉인 거 알고 오셨어요?"

"아뇨."

강운이 고개를 젓자 덕구가 한숨을 내쉬며 목소리를 낮춰 투덜거렸다.

"2주간 풀 스케줄 비우라고만 말해 주고 자세한 건 하나도 말해 주지 않더니, 노가다에다가 골치 아픈 아이들 상대하게 생겼어요."

"이런 것도 해보면 좋은 경험일 것 같은데요. 독특하잖아요."

강운이 빙긋 웃으며 아이들을 바라봤다. 덕구는 강운을 멍하니 바라보더니 엄지손가락을 추켜올렸다.

"역시, 톱스타는 아무나 되는 게 아닌 모양이네요. 멋지십니다! 저도 그런 마인드로 해야겠어요."

덕구의 너스레에 강운이 미간을 살짝 찡그리며 웃었다. 이 기회에 이 강운과 인맥이라도 쌓아서 예능방송 나가서 얘기할 에피소드라도 만들자, 라는 것이 덕구의 솔직한 생각이었다. 아무래도 지금 같아선 방송이 제대로 만들어질 것 같진 않으니.

영희는 밖으로 나와 골목에 쭈그리고 앉아 '풀잎 보육원' 이라고 써 있는 오래된 간판 글씨를 멍하니 바라봤다.

"거봐요. 쉽지 않다고 했잖아요."

시설장이 어느샌가 옆에 다가와 있었다. 영희가 어정쩡하게 일어서며 머리를 긁적였다.

"죄송해요. 역시 불편해하는 아이들이 있네요."

"당연하죠. 예민한 아이들인데…… 한창 그럴 나이기도 하구요. 아이들이 다 이해해주진 않더라도 피디님이 이해해요. 저도 아이들을 제 뜻대로 할 수 없으니 도와드릴 수 있는 게 별로 없네요."

시설장이 웃자 눈가에 보기 좋은 주름이 졌다. 좀 전의 일로 기분이 안 좋으실 거라고 생각했는데 이렇게 말해 주니 영희는 눈물이 핑 돌 정도로 고마움을 느꼈다.

"허락해주신 것만으로도 너무 감사하죠. 방송 엎어질 뻔했는데 정말 다시 한 번 감사드립니다!"

"그만해요. 귀에 못 박히겠네."

시설장은 손을 내저으며 웃더니 영희 옆을 지나 건물 안으로 다시 들어갔다. 그 뒷모습을 멍하니 보고 있다가 보육원 옆의 황량한 폐가를 봤다. 원래는 보육원 시설에 속해 있는 건데 보육원 아이들 숫자가 적다고 지원금을 받지 못해 방치된 거라고 시설장이 설명했던 곳이다.

"방송 말아먹을지라도 번듯한 거 하나는 만들어주고 가마!"

영희가 결연한 표정으로 엉덩이를 툭툭 털고 일어섰다.

첫날이니 아이들이 좋아하는 고기를 구워서 먹기로 했다.

아이들은 양껏 볼 안 가득 상추쌈을 넣고 씹으면서 이런저런 이야기를 떠들어댔고 출연자들은 아이들 사이에 껴서 익숙한 리액션을 섞어가며 이야기를 들어줬다. 강운 역시 네 살짜리 아영이를 무릎에 앉히고 친히 밥을 떠먹이며 다른 아이들과도 대화를 이어나갔다. 눈에 하트를 뿅뿅 달고 강운을 바라보고 있던 6학년 미진이와 중학생 선영이도 옆에 찰싹 달라붙어서 이런저런 질문을 해대고 있었다.

"이채인, 실제로 봐도 정말 여신 같아요? 하연두는 성격이 엄청 못됐다던데."

사춘기답게 환상 속의 여스타들에 대한 질문공세가 한동안 이어졌다. 강운은 동그란 상추쌈 두 개를 만들어 둘에게 쥐여주며 말했다.

"너네들 잊고 있는 게 있는데. 지금 카메라가 찍고 있잖아? 그럼 내가 솔직하게 말할 것 같아, 아님 대외적인 대답을 할 것 같아?"

"아, 그건 그렇겠다."

아이들은 수긍하고 잠자코 상추쌈을 먹었다.

상 끄트머리에 앉아서 같이 고기를 먹던 성현이 옆에 앉아 있는 영희에게 귓속말을 했다.

"이강운 말이야. 생각보다 아이 잘 다루는 것 같지 않아?"

입안 가득 커다란 상추쌈을 밀어 넣은 영희가 흐뭇한 표정으로 끄덕였다.

"응. 그러게. 좋은 그림 나오겠어."

영희가 강운을 바라보는 표정에 괜히 기분이 안 좋아진 성현이 미간을 좁혔다.

"숨겨둔 애가 있다는 소문이 있던데. 저렇게 애를 잘 대하는 걸 보면 진짜 아닐까?"

"에이, 설마. 헛소리 말고 잠자코 고기나 먹어."

되도 않는 소리라는 듯 영희가 시큰둥하게 말하자 성현이 눈을 가늘게 뜨더니 영희 귓가에 가까이 대고 있던 얼굴을 떼고 짜증을 팍 냈다.

"선배는 좀 그만 먹어요! 애들 먹을 거 자기가 다 먹겠네!"

갑자기 면박을 받자 영희도 눈을 가자미마냥 쭉 찢고 목소리를 높였다.

"뭐라? 이거 내 돈 주고 산 고긴데 니가 왜 시비야? 좀 먹겠다는데!"

"그게 제작비 선배 돈이에요?"

"이거 내 카드로 긁은 거거든? 더 사오면 될 거 아냐!"

티격태격 실랑이를 벌이는 둘에게 모두의 시선이 모아졌다. 밥알을 튀겨가며 분개하던 영희가 갑자기 몰려드는 시선을 깨닫고는 히죽 웃었다.

"목소리가 좀 컸나? 헤헤, 신경 쓰지 말고 많이 먹어요들~"

"역시 미모의 흡입피디 명성은 어디 가지 않네요."

덕구가 천연덕스럽게 멘트를 날리자 다들 킥킥 웃었다. 영희는 너 때문이라는 듯 성현에게 눈을 부라렸지만 그는 모르는 척 고개를 돌렸다.

"듣보맨 보니까 계속 저러던데 실제로도 저러네? 그 물에서 구해주는 장면도 실제라잖아. 둘이 사귀는 사이라는 루머도 돌아다니던데 진짜 아닐까?"

미진과 선영이 둘을 힐끗거리다가 목소리를 낮춰서 수군거렸다.

"에이, 그건 제작진이 일부러 낸 소문이라던데. 시청률 올리려고."

"그런가……."

강운은 아영이에게 물을 먹이며 영희와 성현을 바라봤다.

식사와 과자파티가 끝난 뒤 다 같이 치우고, 후식으로 수박을 꺼내 잘라 먹으며 이야기를 이어나갔다. 내일부터는 본격적으로 공사를 시작할 테니 도와달라는 출연진의 말에 아이들도 그 사이 마음이 많이 풀렸는지 긍정적인 반응을 보였다.

"출연진들은 남자아이들 방에서 한 명씩 주무시면 되구요. 우리 스탭들은 여기 거실에서 떼취침입니다."

"불편하게……. 잠은 다른 데서 자고 내일 찍지 그냥."

박 작가가 투덜거렸다.

"2주간 합숙한다고 생각하세요. 출연진들만 안에서 재우고 우리만 편하게 잘 순 없잖아요."

영희가 웃는 얼굴이지만 단호하게 말했다. 이럴 때는 유진이 그리워진다. 유진은 촬영을 위해서라면 절벽 끝의 움막에서 잔다고 해도 군말없이 자는 프로정신으로 똘똘 뭉친 여자였으니까. 한참을 투덜거리던 박 작가가 포기한 듯 욕실로 씻으러 들어가자 영희는 절로 한숨이 포옥 나왔다.

아이들이 마음을 여는 속도는 과연 어른과 달랐다.

하룻밤 같이 먹고 자는 사이에 친밀도가 확 오른 듯했다. 공사 담당 전문가들과 함께 폐허의 바닥 수리부터 근처의 잡초 뽑기까지 아이들 대부분이 나와서 도왔다. 실제로 돕기보다는 그냥 장난치고 깔깔대며 노는 수준이었지만 그것만으로도 친밀감이 극대화된 것 같은 그림이 나왔다.

"어제만 해도 어떻게 될지 막막하더니 이런 샷 보니까 또 그럭저럭 괜찮을 것도 같네."

영희와 오래 알고 지낸 카메라 감독이 말했다. 낑낑대며 페인트 통을 나르던 영희도 다행이라며 웃었다.

"그래도 걔는 안 올 거 같지?"

영희보다 두 살 많은 박 작가가 끼어들어 말했다.

"아직은 무리겠죠. 그래도 좀 더 설득하면……."

"걔는 아예 싹수가 노래. 글러먹었어. 나와도 소용이 없으니까 아예 걔는 통편집으로 가는 게 나을 거야. 처음에 진상 놓고 안 나와서 내내 찝찝한 기분으로 방송 보게 할 거 아니면."

영희의 말을 끊은 박 작가는 혀를 차며 손사래를 쳤다.

"그래도 노력은 해 봐야죠. 물론 억지로 나오게 할 수는 없겠지만 그래도 잘 설득하면……."

"글쎄 그럴 거 없다니까? 두고 봐. 그런 애가 바뀌는 줄 알아? 절대 안 바뀌어. 내가 잘 알아! 방송계에도 널렸잖아, 그런 애들."

또 말을 싹둑 자르고 들어온 박 작가의 확신에 찬 목소리에 영희는 대답하지 않고 잠자코 페인트 통을 날랐다.

문득 생각나는 사람이 있었다. 어린애는 한 번 맘 떠나면 절대 바뀌지 않는다고 말하던 사람. 맘 주지 않으려고 작정을 하면 절대 주지 않는다고 말하던 사람. 아버지와 남동생만 데리고 이사 가기 전, 이모에게 푸념처럼 하는 새엄마의 소리를 들은 기억이 있다.

그 말이 맞을지도 모른다. 나 자신도 바뀌지 않았으니. 하지만…….

"들어줄게요."

생각에 빠져 있던 영희가 문득 귓속을 파고드는 목소리와 가벼워진 손에 고개를 들었다. 강운이 티셔츠를 어깨까지 걷어 올리고 영희 손에 든 페인트 통을 가뿐하게 빼앗아 들었다.

"이야, 역시 몸짱 스타라 이건가요? 팔뚝 예술인데요?"

영희가 땀에 반질거리는 강운의 불뚝 솟은 알통을 바라보며 엄지손가락을 추켜올렸다.

"이런 건 카메라 앞에 많이 노출하는 게 좋겠죠?"

강운이 페인트 통을 든 손에 보란 듯이 힘을 주며 씨익 웃었다.

"잘 아시네요! 하하."

영희가 깔깔대고 웃었다. 그 때 성현이 땀에 젖은 셔츠를 어깨까지 말아 올리고는 척척 걸어가 영희의 한쪽 손에 들려 있던 하나 남은 페인트 통을 뺏듯이 집어 들었다.

"이런 건 나 시키지 왜 들고 와요?"

성현의 말에 영희가 눈을 둥그렇게 떴다.

"뭐? 네가 아까 두 개쯤은 한 손으로도 거뜬하지 않냐고 했⋯⋯."

"내가 언제?"

성현은 웃기지도 않는 소리라는 듯 단칼에 자르고는 강운을 힐끗 쳐다봤다. 성현의 팔뚝도 강운 못지않게 탄력이 넘쳤다. 오히려 과하지 않은 굵기에 쩍쩍 갈라져 있는 근육이 강운보다도 모양이 좋게 보였다. 힘줄 솟은 졸인 근육을 자랑하듯 내밀고 있는 성현이 입꼬리를 올리며 강운에게 다가가 말했다.

"저랑 내기하시겠습니까?"

"무슨 내기요?"

강운이 성현을 바라보며 물었다. 둘 다 웃고 있는 표정이었지만 시선에서는 묘한 스파크가 튀기고 있었다.

"이 통 얼마나 많이 나르는지요."

"야, 그게 무슨 소리야? 강운 씨. 쓸데없는 내기는 하실 필요 없어요."

영희가 난감한 표정으로 강운에게 말했다.

"아뇨. 해봅시다. 전 이런 거 아주 좋아하거든요."

강운이 싱긋 웃자 성현도 끄덕이며 웃었다.

"역시 승부를 즐길 줄 아는 분이시군요. 남자는 그래야죠. 전 헬스장이나 뭐 그런 데서 일부러 만든 근육이 아니거든요. 현장에서 순수한

땀 흘리며 만든 근육입니다."

그 말에 강운의 한쪽 눈썹이 위로 획 치켜올라갔다.

"그럼 내 근육은 헬스장에서 일부러 만든 인스턴트 근육이라는 겁니까?"

"아니 전 강운 씨 근육 보고 한 말이 아닌데. 왜 그렇게 과민반응을 하시죠?"

성현이 손을 흔들며 웃었지만 눈 속엔 불꽃같은 승부욕이 이글거리고 있었다.

"성현아. 그만두……."

"좋습니다. 그럼 시작할까요?"

또 영희의 말과 강운의 말이 겹쳤다. 이미 둘만의 세계로 진입한 듯 성현과 강운은 나란히 서서 서로를 바라봤다. 강운을 찍고 있던 VJ가 카메라 감독에게 급히 무전을 쳤다.

"감독님! 여기 재밌어요! 빨리 와 봐요!"

"뭔데 그래?"

심드렁한 표정의 감독이 카메라를 어깨에 걸치고 슬렁슬렁 다가왔다. 그러다 나란히 서 있는 강운과 성현을 보자 눈이 크게 떠졌다.

"와우! 이건 그냥 담기만 해도 그림인데?"

서로를 바라보고 있는 강운과 성현은 둘 다 땀에 젖어 티셔츠가 몸에 찰싹 달라붙어 있었다. 떡 벌어진 어깨와 올록볼록한 초콜릿 복근을 보자 여성시청자라면 이 장면을 보고 절대 채널을 돌리지 못할 거라는 확신이 들었다.

"자, 지금부터 시작입니다. 시작!"

성현의 외침에 둘은 트럭으로 동시에 달려 나갔다. 필사적으로 달려 양손에 페인트 통을 몇 개씩 들고 건물 앞에다 나란히 쌓았다. 둘이 오고 가는 횟수가 반복될수록 양쪽에 비슷한 양의 페인트 통들이 순식간에 쌓여갔다.

"도대체 이게 뭘 하는 걸까요?"

영희가 다가온 카메라 감독을 향해 머리를 긁적이며 말했다.

"왜? 좋잖아. 이런 게 진정한 그림이야. 저 탱탱한 허벅지 근육이랑 꿈틀거리는 팔 근육을 보라고. 넌 여자면서 왜 저런 데에 촉이 안 서? 시청자가 원하는 건 바로 저런 그림이잖아."

"아아, 그런 거구나. 공부해야겠네요."

카메라 감독의 말에 영희가 진지한 눈빛으로 끄덕이며 말했다. 과연 노장 카메라 감독의 내공은 여러모로 깊었다.

"그런데 성현이는 의외네. 저 우리나라 톱배우 옆에 있어도 전혀 꿀리지 않으니……. 쟤는 연예인 하지 왜 조연출하고 있는 거래?"

"그, 글쎄요……. 전 그 정도인지는 잘 모르겠는데……."

영희가 어정쩡하게 웃으며 넘어가는 사이 어느새 트럭에 있는 페인트 통이 바닥을 보이고 있었다.

"이강운 이겨라!"

"간지피디 이겨라!"

아이들은 언제 몰려왔는지 양쪽으로 나뉘어서 둘을 응원해대고 있었다. 건물 안에서 바닥 작업을 하던 연예인들도 소리를 듣고 몰려나와 흥미진진한 눈빛으로 구경하고 있었다.

이윽고 마지막 페인트 통을 들고 거의 동시에 자신이 쌓은 페인트 더미 앞에다 던지듯이 내려놓고 누가 먼저랄 것도 없이 주저앉았다. 거칠게 숨을 몰아쉬고 있는 둘 대신 아이들이 숫자를 세기 시작했다.

"22개!"

"여기도 22개! 똑같다! 그럼 비긴 거네??"

승부가 나지 않자 아이들은 쑥덕거리며 아쉬운 얼굴을 했다. 성현과 강운도 내심 자기가 하나쯤은 더 날랐을 거라고 생각했던 건지 결과에 조금 짜증이 나는 표정이다.

"덕분에 빨리 옮겼으니 된 거죠, 뭐! 자. 나머지도 빨리빨리 합시다!"

영희는 박수를 치며 상황을 정리하고 아이들과 안으로 들어갔다. 다들 떠들며 다시 안으로 들어간 뒤에도 성현과 강운은 앉아서 땀을 닦아내며 호흡을 고르다가 시선이 부딪혔다.

방금 전까지 거친 호흡을 훅훅거리던 성현이 아무렇지도 않은 듯 슬쩍 기지개 켜며 몸을 일으켰다.

"꽤나 덥네요."

"그러게요. 덕분에 운동은 잘 한 듯한데요."

둘은 짐짓 여유 있는 표정으로 팔을 빙빙 돌리더니 건물 안으로 들어갔다. 카메라 감독은 둘의 뒷모습이 사라질 때까지 찍고는 피식 웃었다.

"이런 게 젊은 놈들의 객기라는 거지. 아우, 돋아."

카메라 감독은 제 목 언저리를 북북 긁더니 카메라를 들고 안으로 들어갔다.

일주일은 금방 지났다.

아이들은 어느새 연예인과 스탭들에게 꽤나 익숙해져서 식구같이 굴었다. 다 같이 힘을 합쳐 폐허가 된 건물의 외관부터 바닥 천장까지 보수하고, 치우고, 페인트를 바르고 하는 사이 자연스레 아이들의 이름을 외우게 되었다.

아이들도 하루하루 폐허였던 곳이 그럴싸한 건물로 바뀌어가는 것에 재미를 느끼는 모양이었다. 이제 더 이상 그곳을 흉가니 귀신 나오는 집이라고 부르는 아이는 없었다.

연예인들도 합숙하듯 지내는 것에 처음에는 거부감을 언뜻언뜻 보였지만 이강운이 태연히 있는 모습을 보고 자기들이 뭐라 할 수는 없는 듯 조용히 있었다. 애초에 2주간 올 스케줄을 비우고 합숙하듯 지낸다는 것이 계약사항이었으니 빠져나갈 명분도 없었긴 하지만 어찌 되었든 지금은 꽤나 적응된 모습이었다.

"세희는 나갔어요?"

엉망으로 뻗친 머리를 하고 화장실에 들어온 영희가 퉁퉁 부은 얼굴로 한 작가에게 물었다.

"그런가 봐요. 조금 전에 봤더니 방에도 없더라고요."

"주말이라 학교에 가진 않았을 텐데……."

영희가 등을 긁적이며 중얼거렸다. 벌써 촬영 일주일째인데 세희는 코빼기도 보이질 않았다. 평일에는 보충수업 갔다가 학원이니 독서실이니 하며 늦게 오고 들어오면 자기 방에 틀어박혀서 나오질 않았다.

"내가 뭐랬어? 걔는 애초에 없는 사람으로 해버리는 게 낫다니까. 그런 싸가지 없는 애는 절대 사회에 친화적이지 못해."

세수하던 박 작가가 그것 보라는 듯 기세등등하게 말했다. 화장실에는 카메라가 접근할 수 없으니 안심하고 말하는 듯했다.

"꼭 그러란 법은 없죠. 그래도 이왕이면 좋게 지내다 갔으면 좋겠는데……."

말은 그렇게 했지만 사실 영희도 자신 없는 부분이었다. 이미 절반의 촬영이 끝난 상태에서도 첫날 외엔 분량을 확보하지 못했으니 이대로 가면 정말 세희는 통으로 들어내고 처음부터 없던 것처럼 편집해야 될지도 모른다.

"지금 그림이 좋지 뭐, 화기애애하고. 애들도 친밀감 있게 잘 따라와 주고. 원하던 그림이 이런 거 아냐?"

단정하듯 말한 박 작가가 수건으로 얼굴을 닦는 사이 영희가 옆으로 가서 세면대에 물을 틀고 세수를 시작했다. 분명 보기에는 아름답고 훈훈한 모습일 수도 있지만 뭔가 빠진 듯한 느낌을 지울 수가 없었다. 세희를 놔두고 이대로 촬영을 지속해도 괜찮은 걸까?

"아유! 살살 좀 해! 물 다 튀잖아!"

"아, 죄송해요."

고민에 빠져서 세수를 하다 보니 저도 모르게 손이 격해진 모양이다. 옆에 서 있던 박 작가가 수건으로 얼굴을 다시 닦으며 미간을 찌푸리고는 밖으로 나갔다.

세수를 마친 영희는 목에 걸고 있던 수건으로 얼굴을 닦으며 거울을 바라봤다. 뭔가 정신이 번쩍 든 기분이었다.

골목 오르막길 입구에서 영희를 발견한 세희는 멈칫했지만 곧 못 본 체 지나가려고 했다.

"지금까지 기다렸는데 그냥 갈 거야?"

넓은 돌 위에 앉아 있던 영희가 엉덩이를 툭툭 털면서 일어났다.

"이건 무슨 컨셉이죠?"

세희가 눈을 치켜뜨며 말했다.

"무슨 컨셉이냐니?"

"어디 카메라라도 숨겨두고 성격 나쁜 여학생을 오랜 시간 동안 하염없이 기다리는 담당피디의 눈물 나는 노력, 뭐 이런 거라도 찍고 있는 건가 해서요."

영희가 피식 웃으며 천천히 다가왔다.

"안타깝게도 카메라는 다 보육원 안에 있어. 왜? 카메라에 찍히고 싶었던 거면 가져올까?"

영희의 말에 세희가 사납게 눈을 흘기더니 고개를 휙 돌렸다.

"잠깐 얘기 좀 하자. 이 앞에 공원 있던데."

"싫은데요?"

물러설 수 없다는 듯 결연한 표정으로 영희가 말하자 세희가 코웃음 치듯 빈정거렸다.

"부탁할게."

"부탁하면 제가 꼭 들어줘야 하는 법이라도 있어요?"

"그래도 부탁할게."

차가운 세희의 말을 하나하나 받아내며 영희가 진지한 눈을 했다. 세희는 미간을 찌푸리고 잠시 바닥을 내려다보더니 말했다.

"그럼 그냥 빨리 끝내는 게 낫겠네요. 짧게 끝내요."

세희는 선을 긋듯 또박또박 말하고는 몸을 돌려 공원으로 앞질러 걸어갔다. 영희는 일단 대화는 하게 되었다는 생각에 슬쩍 안도의 한숨을 내쉬고는 세희를 따라갔다.

노을 지는 공원은 작고 한적했다. 오래된 동네답게 공원도 세월의 흔적이 고스란히 남아 있었다. 공원 한편에 위치한 벤치에 나란히 앉아 영희가 말했다.

"너 공부 무지 잘한담서."

"……."

세희는 부정도 긍정도 하지 않았다.

"우리가 촬영하는 게 그렇게 싫으니? 그렇게 싫은 이유가 뭐야? 이제 일주일밖에 안 남았는데 그동안만 조금 협조해주면 안 될까?"

영희가 차분하게 말했다.

"참여하기 싫으면 안 해도 상관없다면서요."

"그건 그런데 지금 너만 빠져 있으니까……."

"그럼 처음부터 없는 사람치면 되겠네요. 카메라에만 안 잡히면 되지 않나? 잡힌 부분은 편집해 버리면 되는 거고. 말했다시피 그런 유치한 방송놀음에 장단 맞춰줄 생각은 아예 없거든요."

세희가 다리를 꼬고 운동화를 까닥거리며 말했다. 그 까닥거리는 발을 영희가 조용히 응시했다.

"너 다리 잘빠졌다."

세희가 눈썹을 찌푸리며 영희를 어이없는 눈으로 바라봤다.

"봐. 내 다리는 투실투실해서 총각무 같은데 넌 하얗고 가늘잖아."

"그래서요?"

영희가 제 다리를 들어 올려 가리키며 말하자 세희가 짜증나는 듯 말했다.

"아니 그냥 부럽다고. 나도 그런 다리를 갖고 싶었거든."

"살 빼세요, 그럼."

"그게 어디 쉽니? 일주일 밤을 새다시피 해도 신기하게 살은 안 빠져."

"그만큼 먹나 보지, 뭐."

세희가 코웃음 치자 영희가 억울하다는 듯 항변했다.

"잘 못 챙겨먹을 때도 많단 말야! 바쁘면 먹는 게 아니라 때우는 식이라고, 김밥이나 샌드위치 같은 걸로. 근데 살은 안 빠지잖아?!"

"그게 내 탓이에요?"

세희가 하얀 이마를 찌푸리며 바라보자 영희는 다리를 내리고 얌전히 앉았다.

"하긴 네 탓은 아니지. 그냥 그렇다고. 그런데 넌 장래 뭐가 되고 싶어?"

"이번엔 장래 타령이에요?"

아직도 끝난 게 아니냐는 표정을 노골적으로 드러내며 세희가 되물었다.

"아니, 그냥 넌 얼굴도 괜찮고 몸매도 늘씬하고 머리도 좋다니까 하고 싶은 게 많을 것 같아서."

"얼굴 뜯어먹고 살 것도 아닌데요, 뭐."

"부정은 안 하는 걸 보니 너도 인정하는구……. 아, 미안."

레이저라도 뿜을 듯한 살벌한 시선에 히죽거리고 웃던 영희가 잽싸게 말을 바꿨다.

"그래서 뭐가 되고 싶은데?"

"……그냥 평범하게 변호사요."

세희가 귀찮다는 듯 대답하자 영희가 놀란 눈을 했다.

"변호사가 그냥 평범한 거야??"

변호사가 평범하다니, 그럼 이 나라에서 평범의 기준에 못 미치는 사람이 90%가 넘는단 말인가?

"제 기준에선 평범한 거예요. 판사, 변호사, 검사 외엔 생각도 안 했으니까."

"그렇구나……. 넌 말빨 좋은 거 보니까 변호사엔 유리하겠다."

영희가 납득한 듯 끄덕거리며 말했다. 어쩐지 말대답을 따박따박 잘하더라니. 변호사가 되기 위해 말싸움 이기는 법이라도 연구한 게 아닌가 싶다.

"난 어릴 때부터 예능 피디가 되고 싶었어."

"관심 없는데요."

세희가 딱 잘라 말했다. 굴하지 않고 영희가 말하기 시작했다.

"그래도 들어봐. 내가 왜 예능 피디가 되고 싶었냐면, 나 어릴 때 할머니랑 같이 살았는데 할머니가 예능방송을 즐겨보셨거든. 지역방송에서 틀어주는."

영희가 잠시 말을 멈추고 숨을 골랐다. 운동화만 까닥거리고 있던 세희가 문득 영희에게로 시선을 옮겼다.

"……할머니가 돌아가셨을 때."

표정을 살짝 굳힌 영희가 조금 힘겹게 말을 이었다.

"아침에 할머니 방에 들어갔는데……. 처음엔 TV를 틀어놓고 앞에 누워 계시기에 TV를 보시는 줄 알았어. TV에선 또 할머니가 좋아하는 예능 방송이 나오고 있었거든. 보고 또 보고 하시던 건데……. 할머니는 그걸 보시다 돌아가신 거야."

"……."

어쩐지 입술이 바짝바짝 마르는 듯한 기분이 들었다. 혀로 마른 입술을 축이며 영희가 말을 이었다.

"혼자 사는 노인들은 TV를 보다 돌아가시는 경우가 많대. 우리 할머니도 그러셨던 거겠지. 그걸 보니까, 할머니가 그리도 좋아하셔서 돌아가시는 순간까지도 보고 있던 예능 방송을 내가 제대로 만들어보고 싶다는 생각이 들었어. 우리 할머니같이 예능방송에서 낙을 느끼는 사람은 세상에 많을 테니까."

세희는 잠자코 듣고 있었다. 말이 끊긴 동안 멀리서 개 짖는 소리와 참외를 파는 트럭이 지나가는 소리가 들렸다.

"누군가의 마지막 순간까지 행복을 주는 게 내가 만든 방송이라면 그것도 대단하지 않아? 내 방송이 그들을 조금이라도 행복하게 해줄 수 있다면…… 나한테 방송이란 어쩌면 할머니에 대한 제사 같은 건지도 모르지."

"……그 이야기를 저한테 하는 이유가 뭐예요?"

말없이 바닥을 바라보던 세희가 고개를 들고 말했다. 영희가 어깨를 으쓱했다.

"바로 그런 방송을 만들기 위해서야. 난 그래서 내 첫 방송을 제대로 만들고 싶고, 그런 내 마음을 솔직히 말을 해야 된다고 생각했어. 진심으로 말을 하면 네가 이해해주지 않을까 생각한 거야. 너에겐 결국은 방송에 대한 협조를 구하는 것밖에는 안 되겠지만 그래도 이런 이야기는……."

영희가 잠시 말을 멈췄다. 목소리가 살짝 떨릴 것 같았기 때문이다.

"한 번도 한 적이 없거든. 누구에게도."

세희는 살짝 눈썹을 찌푸린 채 흙바닥을 운동화로 직직 긁었다. 영희는 심장이 지나치게 쿵쾅거리는 기분이었다. 목이 탔다. 할머니가 돌아가실 때의 이야기는 지금까지 가슴에만 꽁꽁 묻어둔 이야기였다. 그만큼, 생각만으로도 아파서 견딜 수 없는 이야기였다. 할머니는 엄마가 돌아가신 뒤에 세상에 남은 유일한 내 편이었으니까.

"……그만 들어가요."

세희가 벌떡 일어나서 말하자 영희가 퍼뜩 올려다봤다.

"으, 응?"

"길게 얘기 안 한다고 했잖아요."

여전히 찬바람이 씽씽 부는 얼굴로 짧게 말한 세희가 앞질러 걸어갔다. 다리가 길어서 그런지 어느새 어둑어둑해진 공원을 빠른 속도로 빠져나가고 있었다. 영희도 허둥지둥 일어나 세희를 따라가며 말했다.

"목마르다. 음료수 안 마실래?"

"피디님이나 마시세요. 피디님이랑 같이 들어가는 거 애들한테 보이고 싶지 않으니 음료수 마시고 조금 이따 들어와요."

"어? 알았어, 그럼. 먼저 올라가."

어정쩡하게 서 있는 영희를 향해 쌀쌀맞게 말한 세희는 몸을 확 돌려서 오르막길을 성큼거리며 올라갔다. 그 뒷모습만 바라보고 있던 영희는 근처 슈퍼에서 탄산음료를 하나 사서 캔 뚜껑을 따고 단숨에 벌컥벌컥 들이켰다.

"역시 안 되려나. 하아, 맥주 마시고 싶으다."

"쉽지 않네?"

"으아앗!"

갑자기 뒤에서 들려오는 목소리에 영희가 깜짝 놀라서 캔을 떨어뜨릴 뻔했다. 돌아보니 성현이었다.

"너, 너 왜 여기 나와 있어?"

"선배 찾으러 왔지. 식사시간 다 되어 가도 안 오길래."

"그랬어? 그런데 쉽지 않다니? 너 혹시 나랑 세희랑 있던 거 봤어?"

영희가 벌렁거리는 가슴을 진정시키며 물었다. 성현은 태연하게 대답했다.

"봤지. 선배 찾으러 내려오니까 막 공원으로 올라가고 있길래 뒤쫓아 갔는데 둘 다 모르더라고? 그래서 그냥 엿들었지."

"여, 엿들었어? 뭘??"

성현의 말에 영희가 충격적인 얼굴을 하자 그가 의미심장한 눈빛으로 슥 바라봤다.

"다."

"다?!"

영희가 눈을 크게 뜨곤 기겁을 했다. 다 들었다니, 그 얘기까지 다?

"선배 전엔 그런 얘기 안 해주더니. 내가 왜 피디 되고 싶어 했냐고 물어봤을 때……. 뭐 됐어. 난 아직 못 믿을 사람인 모양이지. 그러니까 항상 애 취급이고."

당황스러운 표정의 영희를 눈을 가늘게 뜨고 보던 성현이 실망스러운 목소리로 말했다. 영희가 그를 멍청한 표정으로 보고만 있자 어깨를 으쓱하고는 앞질러 걸어가기 시작했다.

"성현아, 그게 아니라……."

영희가 난감한 얼굴로 뒤따라갔다. 그런 게 아니라고 해명하려 했지만 목구멍에 무언가가 콱 막힌 듯 답답하기만 할 뿐 제대로 말을 할 수가 없었다. 어떻게 설명해야 할지 몰라 머릿속이 빙글빙글 돌기만 했다.

문득 앞질러가던 그가 걸음을 멈추고 슥 돌아봤다.

"장난이야, 장난."

성현이 익살맞은 표정으로 씨익 웃었다. 영희가 눈을 둥그렇게 뜨고 있다가 안심한 얼굴로 함빡 웃으며 주먹질을 퍽퍽 했다.

"어우, 야! 놀랬잖아!"

성현이 미소 지은 채로 영희의 두 주먹을 잡아 쥐었다. 양손이 포박 당한 영희가 올려다보자 그의 진지한 눈과 마주쳤다.

"하지만 진심도 조금은 섞여 있으니까 선배도 반성해."

"아……알았어."

내려다보는 깊은 눈동자에 뜨끔한 기분이 들어 얼른 대답하고는 손을 잡아 빼려는데 성현이 그대로 영희의 손을 잡아끌었다.

"어어?"

어둑한 골목길 사이 커다란 트럭이 세워져 있는 담벼락 뒤로 영희를 데리고 들어간 성현은 차와 담장 사이의 좁은 공간에 그녀를 몰아넣었다. 놀란 듯 눈을 끔벅이며 성현을 올려다보자 가로등의 흐린 불빛 아래 아주 익숙한 눈빛이 보였다. 어둠보다 낮게 가라앉아 있는…… 그날 밤에 봤던 탁한 눈동자.

그 눈동자를 보자마자 침이 꼴깍 삼켜졌다. 빨리 들어가 봐야 되는데…… 누가 지나가면 어쩌려고? 등등 수많은 생각들이 떠올랐지만 머릿속의 생각과는 다르게 영희의 몸은 천천히 다가오는 성현의 입술을 자신도 모르게 받아들이고 있었다.

오랜만에 닿은 부드러운 입술이 뜨거웠다. 말캉한 혀가 기분 좋은 감촉으로 입술과 혀를 쓸자 숨이 금방 거칠어졌다. 그날 이후 일 때문에 제대로 된 스킨십을 할 겨를이 없었기 때문인지 더 아찔한 느낌이 퍼져 나갔다.

"하아……."

몇 번씩 입술이 닿았다 떨어지고 타액이 뒤섞이는 은밀한 소리가 좁은 공간 사이에서 울렸다. 혀놀림이 거칠어질수록 껴안고 있는 성현의 팔이 점점 단단해지는 것이 느껴졌다. 영희도 다리가 풀릴 정도로 기분이 좋아서 그의 목에 팔을 두르고 좀 더 깊이 몸을 밀착시켰다.

갈수록 뜨거워지는 입술을 서로 깊이 빨아대는 사이 점차 숨소리가 거칠어졌다. 밀착된 몸 아랫 부분에 묵직한 무언가가 느껴지자 순식간에 온몸이 뜨거워졌다.

그 때 갑자기 골목 입구에서 발자국 소리가 들렸다.

"아얏!"

깜짝 놀란 영희가 황급히 몸을 떨어뜨리다가 너무 확 머리를 젖힌 것인지 담벼락에 뒤통수를 콩 찧어버렸다. 사람이 지나가고 있어 크게 소리도 못 지른 영희는 발자국 소리가 멀어진 다음에야 울상을 짓고 뒷머리를 매만졌다.

"괜찮아?"

성현도 놀란 얼굴로 영희의 뒷머리를 손바닥으로 쓸었다.

"응. 괜찮아. 살짝 박았어, 살짝. 하하."

골목에 숨어서 몰래 키스하다가 담이랑 박치기 한 것이 창피해서 영희가 민망하게 웃었다. 성현은 걱정스러운 얼굴로 보다가 뒤통수를 슬슬 쓰다듬으면서 영희의 입술에 살짝 입을 맞췄다.

"다행이다."

보기 좋은 얼굴로 싱긋 웃는 성현에게 자기도 모르게 다시 입술이 돌진해 나갈 기세였지만 필사적으로 참아 누른 영희가 주차된 트럭 밖으로 빠져나왔다. 잠시 심호흡을 하고 성현에게는 이따가 들어오라고 한 뒤 영희가 먼저 보육원 쪽으로 올라갔다.

들어가니 저녁 만드는 걸 지켜보고 있던 한 작가가 물었다.

"어? 피디님 입술이 왜 퉁퉁 부었어요?"

"으응? 아, 바, 방금 입술에 모기가 물어서."

한 작가 말에 당황한 영희가 시뻘게진 얼굴로 얼버무렸다. 한 작가는 눈살을 찌푸리며 말했다.

"그거 엄청 간지러운데…… 괜찮아요? 약 발라야 되지 않나?"

"약은 무슨? 이 정도 가지고. 괜찮아, 괜찮아. 하하하."

영희는 손을 내저으며 어정쩡하게 웃고는 안쪽으로 샤샤샥 사라졌다. 아이들과 같이 있던 강운은 그런 영희의 뒷모습을 좇다가 문 쪽을 바라봤다. 성현이 천천히 들어오고 있었다.

"왜요? 밖에 뭐 있어요?"

눈을 가늘게 뜨고 성현을 보고 있던 강운이 미진의 말에 얼른 부드러운 미소를 지어 보였다.

"아무것도 아냐."

미진이 강운을 따라 밖을 내다보다가 그런가? 하고 다시 수다를 떨기 시작했다.

다음 날, 건물 안에 들여놓을 가구 재료인 원목을 다듬는 작업을 하고 있었다. 수배해둔 목공업자들이 미리 다듬어서 큰 틀을 만들어둔 원목을 출연자들과 스탭들이 조립하면 아이들이 페인트칠을 하는 식이었다.

영희는 보육원 쪽을 힐끔거리며 수시로 바라봤다.

'역시 안 오려나.'

작게 한숨을 쉬었다. 그래도 혹시, 하는 마음이었는데 역시 세희는 나타나지 않았다. 너무 쉽게 생각했던 거였을까? 하지만 그게 영희의 최선이었다. 진심을 이야기해도 반응해주지 않는다면……. 할 수 없는 일이었다.

"왜 그렇게 한숨을 쉬어요?"

강운이 어느 틈엔가 다가와서 물었다.

"아, 제가 그랬나요?"

영희가 어색하게 웃으며 머리를 긁적였다. 포기해야지 생각해도 마음이 쉽게 포기가 안 되는지 한숨이 또 나와 버린 모양이다.

"맘에 안 드는 게 있어요? 뭔가 더 원하는 장면이라든가……."

"아니요! 충분해요! 이강운 씨는 정말 생각보다 너무 잘해주셔서 더 바랄 게 없어요. 하하하."

영희가 별소리를 다 한다는 표정으로 손사래 치며 웃었다.

"정말인가요?"

강운이 한쪽 눈썹을 찡그리며 특유의 매력적인 미소를 지어 보였다.

"물론이지요! 그리고 이왕이면 그런 매력 포텐 터지는 미소는 제 앞에서가 아니라 카메라 앞에서 부탁드려요. 안방마님들 TV 앞에서 코피 철철 흘리며 쓰러지는 모습이 벌써 눈에 훤한데요?"

오버스러운 목소리로 영희가 추켜세우는 모습을 가만 보고 있던 강운이 말했다.

"피디님은요?"

"네?"

영희가 웃는 얼굴로 되묻자 강운도 싱긋 웃으며 말했다.

"피디님한테는 안 먹히는 건가?"

"아, 제가 맨날 과다출혈로 쓰러지면 안 되니까요. 방송을 위해서라도 정신줄 잘 부여잡고 있어야죠. 하하하."

영희가 코를 막는 시늉을 하며 너스레를 떨었다.

"아하……하……."

아무 말 없이 강운이 영희를 빤히 바라보고 있자 조금 뻘쭘해져서 어정쩡하게 웃음을 그쳤다. 흠흠, 하고 헛기침을 하고 고개를 들었는데도 강운은 계속 뚫어져라 바라보고 있었다.

"저한테 무슨 하실 말씀이라도……?"

"아뇨, 그런 건 아닙니다."

영희가 눈을 끔벅거리며 물으니 강운이 입꼬리를 묘하게 올리고는 원목을 조립하는 곳으로 걸어갔다. 영희는 고개를 갸웃거리며 다시 입구 쪽으로 시선을 돌렸다. 순간 영희의 눈이 확 커졌다.

"세희야!"

언제 왔는지 단정한 트레이닝복 차림의 세희가 서 있었다. 영희의 목소리에 출연자들을 찍고 있던 카메라 감독이 급히 카메라를 영희 쪽으로 돌렸다.

"왔구나, 잘 왔어! 정말 잘 왔어!"

영희가 함박 웃으며 달려가 세희의 손을 꼭 잡고 흔들었다.

"이건 좀 놓고 말해요."

세희가 시크하게 손을 뿌리치자 영희가 아, 그래, 하면서 멋쩍게 손을 놨다. 정말 감동적인 면모라고는 전혀 없는 아이다. 그래도 와준 게 어디야?

"이쪽에서 페인트칠하는 걸 도와주면 돼."

영희가 세희를 아이들이 있는 곳으로 이끌었다.

"어? 세희 누나다!!"

아이들도 세희의 등장이 의외였는지 다들 놀란 눈을 하고 다가왔다.

"언니 어떻게 된 거야? 절대 안 온다더니. 마음 바꾼 거야?"

"하도 매달리길래. 어디 칠해야 돼?"

세희가 새침한 표정으로 말하더니 어디서 가져왔는지 깨끗한 목장갑을 양손에 끼었다.

"누나, 여기 이 색으로 칠해야 된대!"

여섯 살 정수가 고사리 같은 손으로 페인트 통을 가리켰다.

"좀 예쁘게 칠하지 이게 뭐니?"

아이들이 칠한 부분을 보며 눈썹을 한 번 찌푸린 세희가 붓을 집어 들고 페인트 통에 담갔다 뺐다. 그리고 마치 숙련된 장인처럼 섬세한 터치로 꼼꼼히 칠하기 시작했다.

"우와, 언니. 대박! 완전 잘한다!"

아이들도 예술적인 세희의 터치에 감동한 얼굴을 했다. 세희는 입술 끝을 살짝 올리고는 바지런히 손만 움직였다.

"쟤가 웬일이래?"

박 작가가 한 작가에게 나직하게 속삭였다. 한 작가가 어깨를 으쓱이더니 고개를 저었다.

"저도 도통 모를 일이에요. 피디님은 아세요?"

"이제야 맘을 열어준 거겠죠."

영희가 팔짱을 끼고는 씨익 웃으며 말했다. 영희의 말에 한 작가가 갸웃거렸다. 그 때 성현이 세희를 보고 이마에 맺힌 땀을 팔뚝으로 훔치며 영희에게 다가왔다. 땀에 찰싹 달라붙은 성현의 셔츠 아래로 드러난 탄탄한 복부에 영희의 심박수가 거세게 빨라지기 시작했다. 노동하는 남자의 몸이 이리도 아름다울 줄이…….

'헉! 음란마귀가 또!'

영희는 볼이 발갛게 되는 것을 감지하고 황급히 모자챙을 잡고 깊숙이 눌러썼다. 성현은 영희에게 바짝 다가오더니 허리를 숙여 영희 귀에 대고 나직하게 말했다.

"축하해."

성현의 목소리에 후끈, 하고 귓속 달팽이관을 타고 척추를 지나 아랫배까지 뜨거운 무언가가 훑고 지나가는 느낌이었다. 영희는 모자를 더 깊이 눌러쓰고는 고개를 연신 끄덕이며 고맙다는 표시를 했다. 성현은 싱긋 웃으며 영희 옆에 나란히 서서 세희가 아이들과 페인트칠하는 모습을 바라봤다.

"이대로만 해주면 괜찮겠어요. 초반의 갈등도 있었으니 나중의 반전이 극대화될 거고……. 리얼이니까 더욱."

"그러니까. 이런 그림이라도 잡을 수 있어서 정말 다행이야. 세희의 붓터치가 들어갔으니까 결국 모든 아이들의 손이 합쳐진 거잖아."

기쁜 듯한 영희의 말에 박 작가는 맘에 안 든다는 듯 입술을 삐죽거리고 있었지만 나머지 사람들은 다들 훈훈한 표정이었다. 페인트를 칠하는 세희의 얼굴은 무표정했지만 한결 편안해진 표정이었다. 그것만으로도 정말 다행이었다.

영희는 저녁식사를 끝내고 보육원 앞 평상에 앉아 외부페인트까지 완벽하게 칠해진 신축 건물을 바라보았다. 건물의 모든 공사와 시설 정비가 끝났고 작은 독서공간에 책을 집어 넣는 작업도 끝났다. 이제 마지막 날인 내일 마무리와 축하파티만 남겨놓고 있었다.

세희의 합류 덕에 출연진이나 스탭들도 눈치 보던 사람이 없어져서 더 자연스러워졌다. 그래서인지 아이들과의 거리는 더욱 가까워졌고 덕분에 후반 부분엔 특히 좋은 장면이 많이 나왔다. 결과가 어떻게 되든 이번 촬영은 이것만으로도 만족이다.

뿌듯한 얼굴로 신축 건물을 바라보던 영희가 갑자기 자기 허벅지를 철썩 후려쳤다.

"이 망할 놈의 모기 새끼가!"

허벅지를 미친 듯이 긁어대던 영희는 더 이상의 헌혈은 안 되겠다 싶어 겅중거리며 현관 쪽으로 달렸다.

"피디님?"

영희가 현관을 막 빠져나오는 사람을 보고 놀라서 멈췄다. 강운이 4살짜리 아영이를 업고 걸어 나오고 있었다.

"이 시간에 어디 가세요?"

"아, 잠깐 산책하고 싶다고 해서요. 아영이가."

영희를 향해 등을 보여주며 업혀 있는 아영이 쪽으로 눈짓을 했다. 아영이는 부끄러운지 헤헷 웃으며 강운의 등으로 더욱 파고들었다.

"아영이 너 잘생긴 오빠 좋아하는구나?"

영희가 씨익 웃으며 묻자 아영이가 까르르거렸다.

"괜찮으시면 산책 같이 하실래요? 마지막 밤인데."

"그러죠, 뭐."

강운의 말에 영희가 흔쾌히 승낙했다. 어차피 실컷 뜯겼는데 헌혈 좀 더 한다고 나쁠 건 없겠지.

"아영아, 언니야도 같이 산책하자?"

영희가 아영이를 향해 벙긋 웃으며 말하자 아영이가 부루퉁한 표정으로 고개를 홱 돌렸다.

"칫, 언니야 아냐! 아줌마야!"

"뭐라고?! 언니야가 얼마나 무서운 언니인지 보여줄까?!"

아줌마라는 말에 영희가 대번 눈을 세모꼴로 치떴다.

"아영아. 이 언니 아줌마 아냐. 언니야."

강운이 부드럽게 말하자 아영이가 입술을 삐죽거리다가 할 수 없다는 듯 알았다며 끄덕거렸다. 어린것도 여자는 여자구나, 싶어 영희가 입술을 실룩거렸다.

영희와 강운은 천천히 마당을 걸었다. 마당 한켠엔 아이들이 만들어 놓은 작은 텃밭도 있었고 넓은 평상과 의자들이 있었다. 마당을 환히 비추는 가로등이 있어서 밤늦은 시간임에도 어둡지 않았다.

"아이를 참 잘 다루시네요? 숨겨둔 아이가 있다는 소문 정말이에요?"

영희가 제 팔에 붙은 모기를 손바닥으로 따악 쳐서 응징을 하며 물었다.

"그런 소문이 있는 줄은 몰랐는데요?"

강운이 고개를 갸웃거리며 곰곰이 생각하다가 말했다.

"으음. 조카들이 있어서 그런가? 아마 그럴 거예요. 조카들이 줄줄이 있거든요. 2살부터 16살까지 다양하게."

"아아, 그래서 그렇구나. 어쩐지 하루 이틀 상대해 본 솜씨가 아닌 것 같다 했어요. 저도 아이들 다루는 건 어렵거든요. 조카들 상대해본 적도 별로 없고……. 아이를 좋아하면 좋은 사람이라던데, 강운 씨는 이미지대로 정말 좋은 사람인 것 같아요."

영희가 끄덕거리며 말했다.

"제가 좋은 사람 이미지던가요?"

강운이 살짝 자조적인 미소를 입가에 띠고 말했다.

"국민 훈남 이강운이잖아요. 보통 마냥 착하기만 한 이미지는 그리 매력적이지 않은데 강운 씨는 뭐랄까, 알 거 모를 거 다 알면서 좋은 사람인 듯한 그런 느낌이라 더 매력적인 것 같아요."

"잘은 모르겠지만 그거 대단한 칭찬 같은데요? 쑥스러운데."

하핫 웃는 강운을 따라 영희도 웃다가 문득 손가락으로 자기 입술을 가리키며 쉿, 했다.

"아영이 벌써 잠들었어요."

영희가 목소리를 낮춰 말하자 강운도 목소리를 낮추고는 슬쩍 돌아봤다. 토실하고 말랑한 뺨이 강운의 등에 닿아 색색 주기적인 숨소리를 내고 있었다.

"역시 애는 금방 잠드네요. 그만 들어갈까요?"

피식 웃으며 영희가 말하자 강운이 주변을 한 번 돌아봤다.

"한 바퀴만 더 돌죠. 밤공기가 좋은데."

영희가 끄덕거리며 아영이가 깨지 않도록 발걸음을 천천히 옮겼다. 찌는 한낮의 더위와는 달리 밤은 끈적거림이 덜했다. 살짝 부는 바람 때문인지 산뜻함마저 들었다. 한여름 밤의 정열과는 거리가 있는 담백한 밤이랄까.

"촬영하는 동안 힘들지 않으셨어요? 첫 촬영인데 2주씩이나 합숙하게 되어버려서."

영희가 모기한테 연타로 당한 목덜미를 긁적이며 물었다.

"괜찮았어요. 군대도 갔다 왔는데 2년에 비하면 2주야 힘든 것도 아니죠. 아이들도 귀엽고, 작업하는 것도 의미 있고요. 직접 무언가 만드는 걸 좋아하는데 그래서 잘 맞았어요."

천천히 걸으며 강운이 말했다.

"다행이네요. 강운 씨 덕분에 촬영이 무사하게 이루어질 수 있었던 것 같아요. 보통 이런 경우에 출연자들이 서로 눈치만 보고 불만을 가지고 있다가 누군가 그런 뉘앙스를 보이면 부추겨서 크게 만들거나, 이때다 하고 편승하고는 하는데 강운 씨가 전혀 그런 티를 안 내서 다른 사람들도 다 잘 따라줬던 것 같아요."

"하하, 아닐 거예요. 다들 즐겁게 하는 것 같던데요. 방송 살리려는 개인기도 많이 치고. 난 그런 게 안 되더라고요. 그 사람들은 어떻게 그렇게 절묘한 순간에 그런 말들이 뛰어나오는지 정말 신기해요. 한편으론 참 부럽고."

강운의 말에 영희가 퍼덕이며 손을 흔들었다.

"에이~ 그건 당연한 거죠. 그분들은 그런 역할을 위해 캐스팅 된 거고 강운 씨는 강운 씨의 역할을 충분히 잘 해줬어요. 여러 명이 있을 때는 다 같이 웃기려고만 들면 안 되거든요. 어떤 사람은 조용히 받쳐주면서 분위기를 살려줘야 하고, 밑밥도 깔아줘야 하고, 또 어떤 사람은 그 자리에 있는 것 그 자체만으로도 반짝반짝 빛나기도 하구요. 강운 씨는 물론 후자예요."

"이왕이면 웃기면서 빛나면 더 좋잖아요?"

강운이 쿡, 웃으며 말했다.

"욕심도 많으셔라."

영희도 키득거렸다. 천천히 걷는 사이에 벌써 한 바퀴를 다 돌아 다시 현관 앞에 도착했다.

"그럼 그만 들어가죠."

영희가 현관문 쪽을 향해 손짓을 했다. 하지만 강운은 영희를 그 자리에 서서 바라보기만 할 뿐이었다. 영희는 둘 사이에 흐르는 미묘한 침묵이 길어지자 의아스러운 표정을 하고 강운을 마주 봤다.

강운은 마치 영화의 한 장면 같이 서 있었다. 배우라 그런지 그러고 서서 자신을 보고 있으니 자신도 마치 영화의 여주인공이라도 된 것 같은 묘한 기분이 들 때였다.

"악!"

갑자기 현관문이 벌컥 열리자 그 앞에 서 있던 영희가 뒤통수를 강하게 찧고 허우적거렸다. 영화의 장르가 코미디가 되는 순간이었다.

"선배? 여기서 뭐하는……."

밖으로 나오던 성현은 뒷머리를 그러쥐고 쪼그려 앉는 영희를 보고 깜짝 놀랐다. 하지만 그 앞에 있는 강운의 모습에 멈칫했다. 강운은 성현의 얼굴을 보고 싱긋 웃더니 천천히 걸어오며 말했다.

"아영이가 산책을 하고 싶대서요."

강운이 제 등에 업힌 아영이에게 슥 눈짓을 했다.

"아야야야……. 넌 무슨 문을 이렇게 세게 열어?"

영희가 얼굴을 잔뜩 찌푸리곤 손바닥으로 연신 머리를 문지르면서 일어섰다. 요즘 뒤통수 수난시대인가 보다.

"……그 앞에 선배가 있는 줄 몰랐죠."

성현이 시선을 강운에게 고정시킨 채 말했다. 강운은 유유히 걸어와서 영희 옆에 서서 물었다.

"큰 소리 나던데 괜찮아요?"

"괜찮아요. 깨지진 않았으니."

영희가 얼굴을 찡그리고 웃어주며 말했다.

"혹 나지 않았을까요?"

강운의 손이 영희의 머리로 향하는 걸 성현의 눈이 뚫어버릴 듯 바라보고 있었다. 강운은 그 시선을 즐기듯 천천히 영희의 머리를 손으로 쓸었다.

"그 정도로 혹 안 납니다! 머리 가죽도 남보다 배는 두꺼우면서 무슨 엄살입니까? 모기 들어오니까 빨리 들어와요!"

성현이 짜증이 가득 돋은 얼굴로 영희의 팔을 확 잡아끌었다.

"뭐, 뭐야??"

영희가 인상을 확 썼지만 성현은 아랑곳하지 않고 영희를 끌고 안으로 들어갔다. 뒤에 서 있던 강운은 둘을 지켜보며 잠시 서 있다가 조용히 문을 닫고 들어가 아영이를 눕히러 방으로 갔다.

보조등만 켜 있는 어두운 거실이 잘 보이지 않아 더듬거리며 영희가 자기 자리로 걸어갔다. 성현은 남자 스탭 라인의 촬영감독 옆으로 와서 영희 쪽을 눈을 가늘게 뜨고 봤다. 영희도 인상을 쓰고 머리를 문지르다가 성현과 눈이 마주치자 입술을 삐죽거리며 뱁새눈을 했다.

성현이 보란 듯이 자기 이불을 신경질적으로 팍팍 들춰내고는 눕자 그걸 본 영희는 눈을 부라리며 코웃음을 치고는 자기도 이불을 발로 뻥뻥 찼다.

"시끄러!!"

"헉, 미, 미안해요."

박 작가가 잠결에 짜증 섞인 목소리를 버럭 지르자 영희가 냅따 사과하고는 얌전히 이불 속으로 파고들었다.

"우와! 컴퓨터가 다섯 대가 들어왔네! 플스도 있다!"

개인용 노트북을 부르짖던 창석이가 눈을 반짝반짝 빛내며 새 컴퓨터를 어루만졌다. 아이들은 저마다 관심 가는 물품 앞을 기웃거리며 탄성을 질렀다. 세희는 도서관 한 귀퉁이에 꽂혀 있는 법률관련 전문서적을 유심히 보고 있었다.

"내가 특별히 주문한 거야. 어때? 도움이 되겠어?"

영희가 거만한 표정으로 책장에 기대 팔짱을 끼고는 물었다. 세희는 영희를 쓱 쳐다보더니 별거 아니라는 듯 어깨를 으쓱했다.

"절반은 이미 본 건데요."

"아, 그, 그러니?"

영희는 민망한 웃음을 지으며 책장에서 슬쩍 몸을 뗐다.

"그래도 이건…… 저도 찾던 거예요."

세희가 두꺼운 책 한 권을 뽑아서 페이지를 촤라락 넘기며 말했다. 영희가 다시 밝아진 얼굴로 활짝 웃었다.

"다행이다. 그건 도움이 되겠네. 그치?"

세희는 바보 같은 웃음을 짓고 있는 영희를 향해 한쪽 입꼬리를 슬쩍 올리더니 다른 책들을 훑어보기 시작했다. 영희는 멋쩍은 표정으로 어제 혹이 난 머리를 문지르며 다른 아이들이 있는 곳으로 갔다.

"맘에 들어?"

"네! 완전 좋아요!!"

아이들은 해맑게 웃으며 한껏 들뜬 목소리로 대답했다. 영희는 빵긋 웃는 유정의 머리통을 슥슥 문지르며 조금 씁쓸한 얼굴로 웃었다.

"……이런 반응을 기대했는데."

"네?"

"아무것도 아냐. 하하."

영희는 눈이 동그래진 유정의 어깨를 툭툭 치고는 출연진들이 아이들과 이런저런 이야기를 하며 웃고 있는 쪽으로 다가갔다. 이제 곧 헤어질 시간임을 아는 아이들은 못 물어본 것들을 물어보거나 친해진 연예인 옆에 찰싹 붙어 앉아 아쉬움이 담뿍 담긴 눈빛을 보였다.

조금 전 이곳으로 오기 전에 영희는 출연진들과 스탭만 따로 불러서 당부를 했다. 애써 과잉 연출하거나 억지 감동 짜낼 필요 없으니 그냥 산뜻하고 드라이하게 클로징 찍자고.

그 말 덕분인지 출연진들은 억지로 마지막 날이라고 무게 잡는 표정도 없고, 자연스러워 보였다. 영희는 그 모습에 만족했다. 이런 장르의 특징인 감동코드에 대한 부담만 덜어내면 한결 자연스러운 모습이 나온다.

아이들과 자연스럽게 웃으면서 대화를 나누는 연예인들을 보던 영희가 문득 맞은편에 서 있던 성현과 눈이 마주쳤다. 아이들과 웃고 있던 성현은 영희와 눈이 마주치자마자 표정을 굳히더니 고개를 홱 돌려버렸다.

'왜 저러는 거야, 쟤는?'

생각해보니 오늘은 아침에 일어나서부터 성현과 말 한 마디를 안 하고 있었다. 영희가 눈썹을 찌푸리는데 마침 섭외해둔 뷔페 차량이 도착했다.

"자! 이제 파티입니다! 다들 밖에 테이블 만들어둔 곳으로 나오세요!"

영희의 목소리에 아이들 먼저 와~ 소리를 지르며 우르르 밖으로 몰려나갔다. 뷔페직원들은 신속하게 테이블 위에 아이들이 좋아하는 맛깔나는 음식들을 종류별로 진열하고 음료부터 디저트까지 완벽하게 세팅했다.

아이들은 신나하는 얼굴로 접시 가득 음식들을 떠서 열심히 오물거리고 먹었다. 세희는 접시의 절반 정도만 담아 천천히 먹으며 얼굴에 소스를 잔뜩 묻힌 대준이의 입가를 닦아줬다. 강운도 아영이 옆에 앉아 아영이가 흘린 것들을 닦아주며 포크질을 도왔다.

영희는 멀찍이 서서 그녀가 준비한 마지막 만찬을 모두 즐겁게 즐기는 것을 보고 있었다. 보고 있기만 해도 절로 배가 부르는 것 같았다.

흐뭇한 표정의 영희를 바라보던 성현은 착잡한 표정으로 담배를 들고 보육원 밖으로 나갔다. 어젯밤에 영희의 머리를 쓰다듬던 강운의 모습이 계속 신경을 건들고 있었다. 아니 그 늦은 시간에 왜 둘이 밖에서 산책질이냐고?

"어? 안녕하세요."

골목 뒤편에 가니 강운의 매니저 병철이 쪼그려 앉아 담배를 피우고 있었다.

"아, 네."

성현은 그 옆에 서서 담뱃불을 붙였다.

"제가 자주 오려고 했는데 형이 오지 말래서 자주 못 왔어요. 이런 데 나온 적도 없으니 제 쪽에선 걱정되는 게 당연한데 말이죠. 어떻게, 별일은 없었죠?"

병철이 성현 쪽으로 바짝 붙어선 물었다.

"이강운 씨요? 아주 잘하시던데요, 여러 가지로. 아이들 대하는 것도 익숙한 것 같고."

성현이 미간을 찌푸린 채 담배 연기를 내뿜으며 말했다. 성현의 말에 그나마 좀 안심이 되었는지 병철이 그제야 미소를 지었다.

"다행이네요. 뭐 형이야 잘 할 것 같긴 했어요. 하지만 사실 저나 회사나 엄청 말렸거든요. 아니 뭐, 이 프로가 이상하다는 건 아닌데, 솔직히 여러 가지 리스크가 있잖아요. 영화 홍보로 황금시간대의 단독 토크쇼 자리에 나가는 것도 절대 안 한다던 형이었는데 뜬금없이 합숙 예능이라니, 그것도 보육원에서 말이죠. 저희가 안 놀랐겠어요?"

병철의 말을 들으며 성현이 미간을 좁혔다.

"그럼 왜 그렇게 우겨서 여기 나오게 된 겁니까? 이강운 씨는."

"그걸 저도 모르겠다니까요. 갑자기 꽂힌 건지……. 원래 형은 한 번 꽂히면 다른 건 생각 안 하고 밀어붙이는 경향이 있긴 하거든요. 그래도 왜 이런 쪽으로 꽂혔을까?"

병철도 도통 모르겠다는 듯 고개를 저으며 말했다. 성현은 잠시 생각하더니 물었다.

"혹시 이전에 우리 피디님과 이강운 씨가 만난 적이 있습니까?"

"네? 김 피디님이랑요? 글쎄요? 제가 알기론 없는데⋯⋯? 형이 예능 피디님이랑 만날 일이 얼마나 있겠어요. 예능을 아예 하질 않았는데."

"하긴 그렇겠죠."

성현이 수긍하듯 끄덕였다.

"촬영은 이제 얼마나 남았나요?"

"아이들 식사 끝나면 대강 준비하고 클로징 할 테니 얼마 남지 않았어요. 조금만 더 기다리시면 될 겁니다."

성현이 손목시계를 들여다보며 대답하고는 담배를 끄고 다시 안으로 들어갔다.

"짧은 기간이었지만 정말 즐거웠어요. 다들 너무나 수고가 많았습니다! 원장님과 선생님들도 너무 감사했어요."

모자를 눌러쓴 영희가 밝은 얼굴로 아이들을 향해 말했다.

짐을 꾸려서 나온 연예인들과 스탭들 앞에 아이들이 마지막 인사를 하러 나와 있었다. 시설장과 생활지도 선생들도 아이들 옆에 서 있었다. 세희 역시 담담한 표정으로 그 사이에 껴 있었다.

"대단하고 뜻 깊은 무언가를 만들고 싶었던 건 아니지만 그래도 함께했던 시간 동안 저도, 그리고 여러분도 무언가를 배워간 시간이 아닌가 합니다. 이야기는 충분히 했으니⋯⋯. 뭔가 거창한 인사는 접어두고, 환하게 웃는 얼굴로 헤어지도록 해요."

영희가 웃으며 아이들과 연예인들을 향해 말했다. 아이들의 얼굴이 시선에 하나하나 잡힐 때마다 목소리가 떨릴 것 같았지만 애써 담담한 목소리를 내며 최대한 힘껏 환한 미소를 지었다.

"⋯⋯흐윽!"

주저주저 서 있던 아이들 틈에서 왈칵 울음소리 하나가 터져 나왔다.

그 소리가 나오자마자 덕구가 엄청나게 큰 소리로 오열하며 유독 친하게 지내던 남자아이에게 달려가 덥석 껴안았다.

"금봉아! 으허어어어허어엉헝!!"

"으아앙! 덕구 형!!"

"흐……흐어어어엉!!"

그들의 울음을 신호탄으로 사방에서 물풍선이 터지듯 울음이 터져 나오며 아이들이 달려와 연예인이고 스탭이고 가리지 않고 매달렸다.

"가지 마요! 으허엉!"

아영이도 선영이도 미진이도 강운에게 매달려서 눈물을 흩뿌렸다.

"이, 이거 참……."

애초에 말한 장면과 달라 카메라 감독이 난처한 표정으로 옆을 보니 영희가 없었다. 둘러보니 영희도 창식이와 대준이를 끌어안고 대성통곡을 하고 있었고 성현은 울고 있는 여학생 세 명에게 둘러싸여 그들의 어깨를 두드려주고 있었다.

"끄어어어! 창식아! 대준아!! 으흐으으윽……!!"

그들 중 영희의 통곡 소리가 가장 크게 울리고 있었다. 마치 익룡이 포효하는 듯한 소리에 카메라 감독은 어이없는 표정으로 영희의 오열샷을 카메라에 큼직하게 담았다.

결국 눈이 퉁퉁 부어서 끌려나오다시피 촬영차로 태워진 영희는 티슈를 뭉쳐 얼굴을 묻고 계속 끅끅거리며 어깨를 들썩였다.

"그만 좀 해. 드라이하게 헤어지니 뭐니 하더니 이게 뭐야?"

"으흑, 죄, 죄송해요……흐응!"

박 작가의 태클에 영희는 연신 코를 풀어대며 쿨쩍였다. 조용히 휴지로 눈가만 찍고 있던 박 작가가 창밖을 보더니 영희를 툭툭 쳤다.

"어? 세희야."

세희가 영희가 타 있는 차량 창문을 두드리고 있었다. 영희가 벌게진 코를 하고 창문을 열었다. 세희는 눈물 흘린 흔적 따위는 하나도 없이 말끔한 얼굴이었다.

"얼굴, 가관이네요."

"그, 그러니?"

세희의 말에 영희가 코 푼 휴지로 다시 눈가를 찍어 닦았다. 그걸 본 박 작가가 눈물을 찍어대다 말고는 인상을 팍 찡그렸다.

"고마웠어. 세희야. 잘 지내고……."

영희가 눈물 때문에 목이 꽉 잠긴 목소리로 말했다. 세희는 얌전히 고개를 끄덕였다.

"피디님도 잘 지내세요. 생각보단 즐거웠어요."

"고, 고마워어어어……."

세희의 말이 또 눈물샘을 자극했는지 영희의 눈에 눈물이 금세 가득 차올랐다.

"그만 좀 울어요. 그렇게 맘이 약해서 어디 피디 하겠어요?"

"으흑. 알았어, 안 울게."

눈살을 찌푸린 세희가 핀잔을 주자 영희가 끄덕이며 또 코 푼 휴지로 눈물을 닦았다. 짐을 옮긴 스탭들이 다 탔는지 시동을 거는 소리가 났다. 세희는 무슨 말인가를 하려 잠시 주저하다가 차가 출발할 것 같자 그제야 말을 꺼냈다.

"피디님."

영희가 물기 가득한 눈으로 세희를 내려다 봤다.

"혹시…… 제 할머니 얘기 원장님한테 듣고 그런 말한 거예요?"

"할머니? 너네 할머니?"

의아스러운 표정으로 영희가 다급히 물었다. 눈물, 콧물이 범벅이 돼서 눈을 끔벅이고 있는 영희의 얼굴을 말없이 보고 있던 세희가 생긋 웃었다.

"하긴. 원장님이 그런 말씀 하실 리가 없지. 아무것도 아니에요."

차가 움직이자 세희가 한 발 뒤로 물러나며 말했다.

"세희야? 그게 무슨 말이야?"

"아무것도 아니라고요. 혹시 해서 물어본 거예요! 변호사 되면 한번 찾아갈 테니 그때까지 잘리지 말고 피디 하고 있어야 돼요! 알았죠?"

창밖으로 몸을 쭈욱 내밀고 있는 영희를 향해 세희가 큰 소리로 말하며 손을 흔들었다.

"알았어! 안 잘릴 테니까 꼭 찾아와!"

영희도 창밖으로 손을 내밀어 힘껏 흔들었다. 점점 작아지던 세희의 웃는 얼굴이 이내 시야에서 완전히 사라졌다.

"결국 쿨하고 드라이하게 웃으면서 헤어진 건 세희밖에 없네."

박 작가의 말에 눈이 벌게진 한 작가도 동조했다.

"그러게요. 이 방송의 진정한 승자는 세희였어."

"쟤 얼굴도 이뻐서 방송 나가면 꽤나 화제 될 것 같아. 변호사 될 거라던데 보육원에서 자란 미모의 변호사라는 타이틀 생기겠는데?"

"세희는 분명 성공할 거 같아요. 똑똑해서."

영희가 훌쩍이며 말했다.

"그런데 할머니 얘긴 뭐예요?"

"아, 그런 게 있어. 우리만 아는."

한 작가가 궁금한 얼굴로 물어보자 영희가 휴지를 둘둘 말아 뜯으며 황급히 넘겼다. 박 작가도 물었다.

"그게 뭐야? 궁금하게. 방송에 나와?"

"안 나와요. 개인적인 이야기예요. 그냥."

영희가 난감하게 휴지로 얼굴을 닦는데 앞자리에 앉아 있던 성현이 물티슈를 내밀며 말했다.

"더럽게 계속 훌쩍거리지 말고 이걸로 얼굴이나 닦아요. 코 닦은 휴지로 얼굴이나 닦고."

"뭐? 더럽다니 너 감히 선배한테 그런…… 아야!"

영희가 벌떡 일어서다가 차가 흔들려서 손잡이 부근에 머리를 박았다. 혹 난 곳을 또 부딪치니 통증이 장난이 아니었다. 아파서 눈물이 쏙 들어갈 정도였다.

자리에 앉아 머리를 문지르며 투덜거리던 영희는 문득 성현이 할머니 이야기에서 자신을 구해준 거라는 걸 깨달았다. 박 작가와 한 작가는 어느새 할머니 이야기는 싹 잊은 듯 이강운 이야기에 열을 올리는 분위기였으니.

영희는 슬쩍 휴대폰을 꺼내서 성현에게 문자를 보냈다.

[고마워.]

앞자리에서 휴대폰을 매만지는 듯하더니 답장이 바로 왔다.

[별말씀을.]

문자를 본 영희는 울어서 퉁퉁 부은 얼굴로 씨익 웃고는 의자에 몸을 깊숙이 묻었다. 촬영의 피로가 한꺼번에 쓰나미처럼 밀려와 온몸을 덮어버리는 기분이었다.

영희를 비롯한 스탭들은 모두 고개를 이리저리 꺾어가며 꿀잠에 빠져들었다.

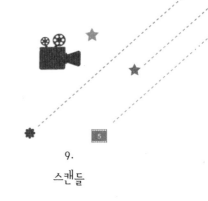

9.
스캔들

"축하해! 김 피디!"

"잘 봤어~ 방송 완전 좋드라!"

성현과 단둘이서만 모든 편집을 끝내야 했던 영희는 촬영 이후로 거의 잠을 자지 못하고 내리 편집실에만 갇혀 있었다. 그래서 정작 방송이 나가는 추석날에는 그동안의 모든 피로가 겹쳐 단단히 몸살에 걸리고 말았다.

영희의 상태를 본 성현은 노발대발하며 억지로 입원을 시킨 뒤 푹 쉬어야 한다며 노트북도 뺏고 일도 못 하게 철저히 감시했다. 그 때문에 국장님의 수고했다는 격려 전화까지 받았음에도 실감이 나지 않았다.

겨우 퇴원 후 방송국으로 출근해서 동료들의 축하를 받자 그제야 실감이 나기 시작했다. 영희는 반쪽이 된 얼굴로 쑥스러운 듯 인사를 받고 자기 책상에 앉아 인터넷 기사들을 살펴봤다.

『예능과 다큐의 절묘한 조화, 꾸밈없는 담백한 감동!』

『이강운 효과인가? 간지피디 효과인가? 파일럿 예능 사상 최고 시청률 갱신!』

『미모의 까칠녀, 윤세희에 네티즌 관심집중』

영희는 헤벌쭉한 얼굴로 기사 제목을 하나하나 클릭했다. 이렇게까지 좋은 반응은 예상하지 못했는데, 얼떨떨했지만 기분이 무지 좋았다.

"선배. 침 떨어지겠어요. 입 좀 다무시죠?"

"아, 내가 그랬어?"

영희가 쓰읍, 하고는 손등으로 입가를 황급히 닦았다. 성현은 미간을 찌푸리더니 허리를 숙이고 작게 물었다.

"몸은 이제 완전히 괜찮은 거예요?"

"웅! 멀쩡해. 그나저나 고맙다, 성현아. 네가 도와주지 않았으면 정말 큰일 날 뻔했어. 고마워."

영희가 활짝 웃으며 성현의 손을 꼬옥 잡고 말했다. 성현은 영희가 잡은 자기 손을 물끄러미 바라보다가 빼냈다.

"뭘요. 저도 많이 배웠어요."

"너 말투 엄청 사무적이…… 아차! 깜빡했네, 깜빡했어. 이럴 때가 아니지."

영희가 띠꺼운 얼굴로 말하다가 생각났다는 듯 벌떡 일어났다. 성현이 영문 모를 얼굴로 서둘러 사무실을 빠져나가는 영희를 따라갔다.

"뭐가 이럴 때가 아닌데?"

성현이 영희 옆을 따라 걸으며 물었다.

"석 선배한테 아직 인사를 못 했어. 이것도 선배가 밀어준 일인데 고맙다 인사도 하고 보고도 해야지. 편집하는 동안 바빠서 촬영 끝나고도 제대로 인사를 못 했거든."

"그럼 나도 같이 가."

그들은 준한이 있는 편집실 문을 노크하고 고개를 쑥 내밀었다.

"선배. 많이 바쁘세요?"

"아냐. 들어와."

졸린 눈을 하고 모니터를 보고 있던 준한이 의자를 뒤로 돌려 기지개를 쭈욱 폈다. 영희와 성현이 안으로 들어와 의자에 앉았다.

"저기…… 방송 보셨어요?"

영희가 쑥스러운지 뒷목을 긁적이며 묻자 준한이 쿨하게 대꾸했다.

"봤지. 그럼."

"어, 어떠셨어요……?"

영희는 다소 긴장된 표정이었다. 스승 같은 준한의 평가는 영희에게 가장 중요한 평가였다.

"뭐 잘했던데? 초보 티도 별로 없고, 흐름도 매끄럽고. 전반적으로 무리한 욕심을 버려서 괜찮은 게 나온 것 같던데."

"정말요?"

준한의 말에 긴장됐던 영희의 얼굴이 확 밝아졌다.

"근데 너무 울더라. 피디란 놈이."

"아……. 그, 그게……. 카메라 감독님이 거기도 찍고 있을 줄은……."

영희가 난처한 표정으로 머리를 긁적였다. 준한이 씨익 웃었다.

"그래서 더 좋은 그림이 나왔어. 억지스럽지 않고 좋던데."

"정말요??"

머리를 긁적이던 영희 표정이 또 밝아졌다. 준한이 한쪽 눈썹을 쓱 위로 올렸다.

"근데 코 푼 휴지로 또 얼굴 닦는 건 뭐야? 더럽게."

"아, 그, 그건 제가 넣은 게 아니라 얘가……."

영희가 성현을 쿡쿡 찌르며 말했다.

"그 장면이 웃기긴 했지만."

"저, 정말요?"

준한의 말 한 마디 한 마디에 표정이 순식간에 휙휙 바뀌는 영희를 보니 성현은 저도 모르게 비어져 나오는 웃음을 참느라 힘들었다. 준한이 피곤한 얼굴로 하품을 크게 했다.

"어쨌든 이걸로 조만간 좋은 거 맡게 될 기회가 생길 거야. 열심히 해봐."

"네? 서, 선배. 저 버리려고요? 저 듣보팀으로 돌아갈 거예요!"

영희가 준한의 말에 놀란 얼굴을 했다.

"시끄러. 어서 나가! 나 일해야 돼."

준한이 귀찮다는 듯 나가라는 손짓을 했다. 둘은 쫓기듯 편집실을 조용히 나와서 문을 닫았다. 성현이 영희를 내려다보며 말했다.

"대장 말대로 새로운 거 맡게 되면 본격 메인피디가 되는 거잖아. 좋은 거 아냐?"

"에이, 그런 기회가 그렇게 쉽게 오겠어? 아직 자신도 없고……. 당분간 선배 밑에서 더 배우다가 다시 기회 오면 그때 해봐야지."

영희가 어깨를 으쓱이며 대답했다.

"선배 오늘……."

성현이 말하는데 영희 휴대폰에서 진동이 울렸다.

"여보세요. 네. 김 피디 맞습…… 아아, 강운 씨?"

강운이라는 말이 나오자 성현의 눈썹이 꿈틀거렸다.

"뭘요, 강운 씨 덕분이죠. 하핫……. 오늘이요? 오늘 바쁜 일은 없긴 한……. 어어?"

성현이 영희의 전화기를 갑자기 낚아채더니 말했다.

"오늘 김 피디님 바쁩니다. 밤새서 회의해야 되거든요, 그럼."

그렇게 말하고 뚝 끊어버린 성현이 태연하게 영희에게 휴대폰을 넘겼다. 눈을 크게 뜨고 휴대전화와 그를 번갈아 쳐다보던 영희가 어이없는 얼굴로 말했다.

"너 이게 무슨 짓이야? 나 오늘 회의 없어."

"선배 오늘 회의 있어. 나랑, 밤샘회의."

성현이 진지한 얼굴로 말했다.

"뭐??"

영희의 황당한 표정을 그가 똑바로 내려다보고 있었다.

강운은 끊긴 휴대폰을 한참 쳐다보다가 피식 실소를 흘렸다. 마지막에 전화 받은 이가 누군지 짐작이 갔다.

"어떻게 할까……."

휴대폰을 잡고 빙글빙글 돌리던 강운이 중얼거렸다.

"그래도 내 전화를 네가 그런 식으로 끊어버리는 건 아니지. 일 전화잖아."

"촬영 다 끝나고 방송까지 나간 마당에 무슨 할 말이 더 남아 있다는 거지?"

영희의 말을 성현이 지지 않고 받아쳤다.

"방송에 대한 얘기일 수도 있잖아. 편집에 불만이 있을 수도 있고, 여러 가지가 있을 수 있는데 그걸 네가 마음대로 끊어버리면 어떻게 해?"

성현은 잠시 한숨을 쉬고 말했다.

"하아, 알았어. 그건 내가 잘못했어. 방송 나간 뒤니 개인적인 전화라고만 생각했으니까."

그 때 다시 영희 휴대폰이 울렸다. 액정을 확인한 영희는 성현과 눈을 맞춘 뒤 전화를 받았다.

"네. 김 피딥니다. 아, 예. 조금 전에는 죄송했어요. 알고 봤더니 오늘 회의가 있어서요. 하하, 제가 까먹었었나 봐요."

성현은 잠자코 영희의 통화 내용을 듣고 있었다.

"내일이요? 아, 내일은…… 네. 괜찮아요. 그런데 무슨 일로……?"

영희가 슬쩍 성현의 얼굴을 보며 물었다.

"혹시 방송에 뭔가 맘에 안 드신 내용이라도 있으셨……. 그런 건 아니구요? 아, 만나서. 알겠어요. 그럼 내일 저녁에 만나는 걸로 하죠. 네네. 알겠습니…… 예?"

영희의 묻는 소리에 성현이 미간을 찌푸리고 내려다 봤다. 영희는 조금 어두워진 얼굴로 알았다며 전화를 끊었다.

"왜 그래?"

"개인적인 면담이니 혼자 나오래서."

성현의 얼굴이 팍 구겨졌다.

"왜 혼자 나오라는 건데?"

"그건 나도 모르지. 개인적인 면담이라는 거 보니 아마 피디인 나한테만 따로 할 말이 있는 모양인데……. 이런 경우는 보통 좋은 일이 없단 말이지. 아무래도 불만인 것 같은데 무슨 불만이지? 내가 편집을 이상하게 했나? 강운 씨 이상한 장면은 특별히 없었던 것 같은데……."

영희가 갸웃거리며 근심 어린 표정을 했다. 성현은 짜증스러운 표정으로 영희에게 무언가 말하려다 한숨을 내쉬고 듬보맨 회의실 쪽으로 뒤돌아섰다.

"어쨌든 오늘은 저랑 회의 좀 하죠, 김 피디님. 끝나고 봅시다."

"아, 응."

곰곰이 생각하던 영희가 성현의 말에 퍼뜩 정신이 든 듯 대답했다.

성현이 복도를 걸어가는데 뒤에서 낯익은 여자 목소리가 들렸다.

"피디님, 이번에 나왔던 방송 같이 찍은 여자 피디분 좋아하죠?"

뒤돌아보니 해리가 화려한 무대의상을 입고 성현을 향해 미소를 짓고 있었다. 성현은 누군지 또 못 알아볼 뻔했지만 피디님이라는 말을 듣고 생각이 났다.

"조연출이라고 몇 번을 말했는데 머리가 나쁜 건지……."

"네?"

"아무것도 아닙니다."

성현이 중얼거린 소리는 못 들은 모양인지 해리가 생긋 웃으며 그 옆에 나란히 서서 걸었다.

"난 또, 왜 이렇게 쌀쌀맞게 대하시나 했더니 좋아하는 여자 때문에 그랬다면 이해할게요."

왜 내가 너한테 이해를 받아야 되냐고 묻고 싶은 것을 성현은 꾹 눌러 삼키며 말했다.

"무슨 소린지 도통 모르겠는데요."

"숨기실 거 없어요. 저번에 방송 보고 딱 알았거든요. 전 누가 누구한테 마음 있는지 그런 건 잘 맞추거든요."

해리가 장담하듯 말했다.

"놀라운 능력이군요."

성현이 장단을 맞춰주듯 어깨를 으쓱거렸다. 해리가 말한 건 사실이긴 했지만 누가 자기한테 마음이 없다는 것도 잘 맞추면 더 좋을 텐데 말이다.

"근데 피디님, 그거 알아요?"

"뭘 말입니까?"

해리가 앙큼한 눈을 빛내며 성현에게 한 발짝 더 다가와 귓속말하듯 속삭였다.

"같이 나온 이강운 있잖아요. 그 남자도 피디님이 좋아하는 여자 좋아하는 것 같던데, 알아요?"

"여기서 회의하는 거야?"

영희가 놀란 얼굴을 하고 물었다. 성현이 현관문을 닫고 영희를 안으로 이끌었다.

"선배 우리 집 온 적 없잖아."

"그렇긴 한데……."

영희가 오피스텔을 둘러보며 말했다. 꽤나 넓은 데다 사방이 어찌나 반질반질한지 바닥에 파리가 내려앉았다 미끄러질 것 같았다.

"혹시 따로 청소해주는 사람 있어?"

"없어. 내가 하는데?"

성현이 대수롭지 않게 말하자 영희는 움찔 놀랐다. 허구한 날 밤새는 직종에 있는 남자가 어떻게 집을 이런 상태로 유지할 수 있는 거지?

"잠깐 앉아서 TV라도 보고 있어. 뭔가 먹을 걸 만들 테니까."

소파 쪽 TV를 리모컨으로 켜고 영희에게 건네주며 성현이 말했다.

"어어? 너 요리도 해?"

"그냥 할 줄 아는 게 아니라, 잘해. 아주."

성현은 보기 좋은 미소를 싱긋 짓고는 주방 쪽으로 갔다. 영희는 배달책자를 뒤적이던 자신의 모습과 비교되어 머리를 긁적이며 소파에 앉았다. 멍하니 TV를 보다가 힐끗 주방 쪽을 보니 그가 익숙한 움직임으로 팬에 무언가를 지직거리며 만들고 있었다. 고소한 치즈와 빵의 향이 솔솔 흘러나오자 본능적으로 배에서 개구리가 울듯 꾸르륵거리는 소리가 났다.

"다 됐으니까 이쪽으로 와."

성현의 목소리에 영희는 발딱 일어나 잽싸게 주방 쪽으로 갔다. 식탁 위에는 두 개의 와인 잔이 와인병과 함께 놓여 있었고 깨끗한 접시 위에는 한눈에 보기에도 뭔가 고급스러운 요리들이 담겨 있었다.

"우와…… 이걸 그 사이에 다 만든 거야?"

"그리 오래 걸리는 요리들은 아니야. 앉아, 어서."

성현은 와인 잔에 붉은빛이 감도는 레드와인을 따르며 말했다.

"혼자 사는 남자가 먹을 걸 해주겠다기에 기껏해야 계란 넣은 라면 정도일 줄 알았는데……. 꼭 이태리 레스토랑에 와 있는 것 같아. 이것들은 이름이 뭐야? 냄새가 되게 좋다."

"이태리 요리 맞아. 이건 라비올리라고 이태리 만두 같은 거고, 이건 브루스케타. 바게트 위에 모차렐라 치즈와 토마토, 바질이랑 새우를 얹어 만든 거야. 와인이랑 궁합이 꽤 괜찮으니 어서 먹어 보시죠?"

영희는 침만 꼴딱꼴딱 삼키고 있다가 황급히 브루스케타를 손가락으로 집어 베어 먹었다.

"오! 맛있어! 맛있다!! 오묘한 맛인데 완전 맛있어! 성현이 너 요리 정말 잘한다!!"

쏟아지는 칭찬에 성현이 입술 끝을 올리며 웃었다.

"선배는 한식을 좋아할 것 같긴 하지만 그런 건 자주 먹으니까 가끔 이런 것도 괜찮지 않을까 해서 만들어봤어. 맛있다니 다행이네."

영희는 연신 맛있다는 말을 연발하며 와인도 몇 잔이나 순식간에 비워냈다. 성현도 영희가 폭풍흡입하는 모습을 만족스러운 표정으로 보며 음식을 먹었다.

만든 음식을 다 먹고 빈 그릇을 개수대로 옮기자 포만감에 헤실헤실 웃고 있던 영희가 그제야 생각난 듯 말했다.

"아, 그러고 보니 오늘 무슨 회의라고 했지?"

테이블을 닦은 성현이 싱크대 위에 행주를 놓고 어깨를 으쓱했다.

"회의는 사실 핑계야. 요즘 내내 바빠서 일 외적으로 만나는 일이 없었잖아. 아플 때도 일 얘기만 했을 정도니……. 항상 선배로만 만나다 보니까 연인 김영희가 보고 싶어서."

"아아……. 그런 거였어?"

영희가 멋쩍게 웃자 성현이 맞은편에 다시 앉아 진지한 눈으로 영희를 바라봤다.

"선배는 일로만 만나도 상관없나 봐?"

"응?? 뭐가?"

낮은 목소리에 영희가 고개를 들었다.

"연인관계는 회사 밖에서만 가능하다고 해놓고 회사 밖에서도 일만 하는데 전혀 문제될 것이 없어 보여서."

성현이 차가운 목소리로 말하고는 영희를 빤히 응시했다. 뜨끔한 기분에 영희가 눈동자를 굴렸다.

"미안. 그런 건 아닌데……."

"미안하다는 말 들으려고 물어본 건 아니야."

성현은 조금 기분이 상한 말투로 말하고는 머리칼을 쓸어 넘겼다. 영희가 일 때문에 힘들다는 걸 알기 때문에 서운한 티는 내지 않으려고 했는데 막상 태연하기만 한 영희를 보니 짜증이 났다. 이강운 때문에 질투하는 것도, 보고 싶어 하는 것도, 스킨십하고 싶어서 미칠 것 같은 것도 철저히 자기 혼자만의 기분인 것 같았다.

둘 다 한동안 말이 없었다.

침묵이 길어지는 것이 불편한 영희가 뭐라 말해야 하나 생각하고 있는데 성현이 갑자기 벌떡 일어났다. 의자 소리가 거칠게 나자 영희가 움찔 놀랐다. 단숨에 다가온 그는 테이블을 한쪽을 팔로 지탱하고 영희의 고개를 들어올려 순식간에 입술을 겹쳤다. 놀라서 얼굴을 돌린 영희의 턱을 잡아 돌려선 입술을 거칠게 다시 삼켰다.

"성현……. 읍!"

말을 하려다가 그대로 호흡이 막혀버린 영희는 축축한 혀가 입술 안으로 밀려 들어오자 눈을 질끈 감았다. 성현은 영희의 얼굴을 잡은 손에 힘을 줘서 뒤로 물러나지 못하게 고정시킨 뒤 거친 키스를 퍼부었다.

뜨거운 혀가 입술과 혀를 음미하듯 빨아대자 영희는 감은 눈 안이 팽글팽글 돌고 숨이 가빠왔다. 입술이 떨어졌다 다시 강하게 빨릴 때마다 거친 호흡이 어지럽게 뒤섞였다. 성현은 마치 화가 난 것 같이 세차게 입술을 탐하다가 얼굴을 떼더니 영희를 번쩍 들어 올려 식탁 위에 앉혔다.

"어?"

영희가 숨을 몰아쉬며 어리둥절한 눈으로 성현을 봤다. 테이블을 양손으로 짚고 영희 앞에 바짝 얼굴을 붙인 성현이 낮은 목소리로 말했다.

"왜 나 혼자 좋아하는 것 같지?"

성현의 얼굴에 명백하게 상처 받은 표정이 떠오르자 영희의 가슴이 욱신거렸다. 그런 게 아닌데……. 내가 표현을 잘 못 하는 것뿐인데……. 그런 말들이 머릿속으로만 맴돌고 있었다.

머뭇거리는 영희의 표정을 응시하던 성현이 후욱 하고 낮은 한숨을 내쉬었다.

"왜 나만, 불안하게 만드는 거냐고."

악문 잇새로 억눌린 목소리를 내뱉은 그가 순식간에 영희의 반바지를 잡아 벗겼다.

"아앗!"

순식간에 발목을 빠져나가고 있는 헐렁한 카고 반바지를 바라보며 영희의 눈이 당황으로 물들었다. 바닥에 무릎 꿇고 앉은 성현이 허옇게 드러난 양 허벅지를 움켜쥐고 확 벌리자 얇은 천 한 장에 가려진 은밀한 곳이 민망하게 드러났다. 그가 천천히 다리 사이로 고개를 숙이는 게 보이자 영희가 크게 숨을 들이켰다.

"아, 안…… 흐읏!"

성현의 뜨거운 입술이 부드러운 실크 속옷 위의 볼록한 살점을 빨아

315

들였다. 축축한 혀가 움찔거리는 살을 예민하게 핥아 올리자 영희의 눈
이 번쩍 떠졌다. 뜨거운 혀로 갈라진 부분을 쑤욱 핥아 올리자 새된 신
음 소리와 함께 허리가 활같이 휘었다.

영희는 팔을 뒤로 뻗어 식탁 위에 고정한 채 필사적으로 참았지만 하
반신에서 밀려오는 아찔한 쾌감에 팔이 바들바들 떨렸다. 얇은 천이 순
식간에 젖어들고 혀의 농밀한 움직임에 따라 자기도 모르게 엉덩이가
옴짤거렸다.

젖은 입술을 떼낸 성현이 기다란 손가락으로 축축하게 젖은 천을 바
짝 당겨 옆으로 밀치자 수줍게 떨리는 꽃잎이 고스란히 드러났다. 그의
눈이 욕망으로 새카맣게 젖어들었다. 거칠게 꽃잎을 삼키고 빨아대자
영희의 입술에서 비명 같은 신음이 터져 나왔다.

성현은 순식간에 몸을 세우더니 타액으로 번들거리는 입술을 혀로
핥았다. 흐릿한 영희의 시선이 자신의 바지 지퍼를 내리는 그의 손가락
에 닿았다.

영희의 속옷을 찢을 듯이 벌려 고정시킨 성현이 잔뜩 흥분한 남성을
뜨겁게 달아오른 꽃잎 속으로 단번에 밀어 넣었다.

"아학!"

"크웃……."

속옷 때문에 드나들 수 있는 공간이 팽팽한 데다 질펀하게 젖은 좁은
입구가 자신의 성기를 움켜잡듯이 조여오자 성현의 입술에서 낮은 신음
이 흘렀다.

"하앗! 아! 아흑!"

그가 참지 못하고 미친 듯이 단단한 엉덩이를 쳐올려대자 영희의 몸
이 위아래로 정신없이 흔들렸다. 고개를 확 젖히자 샹들리에 비친 자
신이 민망한 자세로 다리를 활짝 벌린 채 헐떡이고 있었다. 그 지나치
게 리얼한 광경에 놀란 영희가 눈을 질끈 감고 성현을 필사적으로 껴안

았다.

식탁이 삐걱거리며 흔들리는 소리가 살과 살이 맞부딪히며 내는 철썩대는 소리와 맞물려 식당을 음란하게 울리고 있었다. 성현이 갑자기 몸을 쑤욱 빼내더니 영희의 흠뻑 젖은 속옷을 한 손으로 확 끌어내렸다. 자유로워진 양손으로 영희의 다리를 잡아 올려 자신의 허리에 고정시키고 말랑한 영희의 엉덩이를 움켜잡았다.

"아흐읏!"

삐걱삐걱삐걱삐걱.

짐승같이 몰아붙이는 성현 때문에 식탁이 거친 마찰음이 커져갔다. 정신없는 와중에도 이러다 식탁이 부서져버리는 게 아닐까 무서워질 지경이었다. 영희의 목덜미에 얼굴을 묻고 이를 박은 채 헐떡이는 그의 불끈거리는 몸에 땀에 젖은 티셔츠가 찰싹 달라붙었다.

성현이 고개를 들어 영희를 바라봤다.

거친 숨을 몰아쉬면서도 영희는 가슴 한편이 저릿해짐을 느꼈다. 땀으로 범벅이 된 그의 얼굴이 괴롭게 일그러져 있었다. 괴로워 보이는 표정이, 영희의 얼굴을 잡아 깊숙이 입을 맞추는 안타까운 몸짓이, 필사적으로 몸을 섞는 거센 움직임이 어쩐지 맘이 아팠다.

진하게 혀가 섞여 들어가면서 성현의 움직임이 미친 듯이 빨라졌다. 야생마같이 질주하는 강한 움직임에 영희의 육감적인 가슴이 쉴 새 없이 출렁였다. 어느샌가 묶여 있던 머리가 풀어져 정신없이 나부끼고 있었다.

삐걱······삐걱삐걱삐걱!

"아아앗!"

"······크윽!"

공중에서 흔들리던 영희의 발이 허공에서 꼿꼿하게 굳었다. 그렇게밖에 불안한 마음을 표현하지 못하는 듯 거칠게만 밀어붙이던 성현의 허리가 빳빳해지더니 입술에서 억눌린 신음 소리가 터져 나왔다.

강운과 만나기로 한 곳은 강남에 있는 한식당이었다. 도착하니 강운은 먼저 예약된 방에 앉아 있었다.

"아! 일찍 오셨네요. 제가 먼저 온 줄 알았는데……."

영희가 서둘러 들어서며 주위를 살폈다.

"병철 씨는요?"

"볼일이 있어서요. 오늘은 저 혼잡니다."

아아, 하고 끄덕인 영희가 잽싸게 운동화를 벗고 온돌방 위로 올라가는데 허벅지 안쪽이 욱신거렸다. 어제 성현과의 거칠었던 관계 때문인지 오늘 하루 종일 근육통에 시달리는 중이었다. 원래 스킨십에 있어서 거친 부분이 있었지만 어제는 조금 이상함을 느껴서 신경이 쓰였다.

"주문은 먼저 해뒀어요."

강운의 말에 생각의 꼬리를 자르고 영희가 밝게 웃었다.

"그러셨어요? 저야 좋죠. 배고픈데 빨리 나오겠네요."

회갈색 니트를 입고 있는 강운은 편안한 표정이었다. 혹시 방송에 대한 불만으로 기분이 안 좋아져 있는 건 아닐까 걱정했는데 일단 조금 안심했다.

"방송 어떠셨어요? 제가 바로 전화드렸어야 되는 건데 죄송해요."

"아뇨, 괜찮습니다. 아프셨다고 들었는데 방송 때문에 고생을 많이 하신 모양이에요."

"엇, 그걸 어떻게 아셨지? 제가 원래 체력은 튼튼한데 이번엔 조금 무리를 한 모양이에요."

영희가 겸연쩍게 웃었다. 비실거리는 피디로 보일까 봐 조금 창피하기도 했다. 강운이 사기 주전자에서 차를 따라서 건네줬다.

"감사합니다."

영희가 양손으로 정중하게 받았다. 강운이 영희를 빤히 바라보기에 의아스러운 눈빛으로 마주 봤다.

"왜요?"

"오랜만에 만나서 그런가? 촬영할 때보다 더 거리를 두시는 것 같아서요."

강운의 말에 영희가 하핫 웃었다.

"아, 제가 그랬나요? 아무래도 촬영할 땐 필사적이라서 잊고 있었는데, 대배우시잖아요. 이렇게 있으면 왠지 화면을 보고 있는 것 같은 생각도 들어요."

"내가 그렇게 낯설어요? 대하기가 어렵나?"

강운이 미간을 살짝 찡그렸다.

"아뇨. 그런 게 아니라……. 오히려 너무 상상하던 이미지와 비슷해서 더 그런 것 같아요. 다정하고 친절한 이미지인데 실제로 그러시니까 더 연예인 같달까. 아, 아니 연예인은 맞지만요."

"전에 한 말과 비슷한 의미군요."

영희가 손을 내저으며 말하자 강운이 작게 웃음을 지으며 찻잔을 어루만졌다. 마침 요리가 나와 정갈한 접시들이 상 위에 차례로 놓였다.

"맛있네요. 아! 잡채가 어쩜 이렇게 탱글탱글할까요?"

어색한 공기가 흐를 때 음식만큼 좋은 화젯거리는 없다. 영희는 잽싸게 젓가락을 놀려 이것저것을 맛보며 품평을 늘어놓았다. 강운은 맛을 보는 정도로만 먹고 있었다.

"정말 맛있군요."

"아무래도 강운 씨는 정해진 식단이 있으셔서 이런 음식들은 조금 부담스러우신가 봐요."

영희의 물음에 강운이 어깨를 으쓱했다.

"사실 촬영 때는 휴식기라 가리지 않고 많이 먹었는데 곧 작품 들어갈 것 같아서 다시 관리를 시작했거든요."

"먹는 걸 참는다는 건 정말 힘들 것 같은데……. 저만 맛있게 먹어서 어쩌죠?"

말은 그렇게 하면서도 영희의 폭풍 젓가락질은 멈추지 않았다.

"아뇨. 습관화돼서 전혀 힘들지 않아요. 오히려 이렇게 맛있는 걸 앞에 두고 많이 못 먹어주니 음식한테 미안하죠. 영희 씨가 많이 드셔주시니 그나마 덜 미안해지는데요? 많이 드세요."

강운이 미소를 지으며 말했다. 영희는 화답하듯 씨익 웃고는 강운이 맛만 본 접시의 음식까지 싹싹 남김없이 해치웠다.

"후아, 정말 잘 먹었네요."

후식으로 나온 알싸한 수정과를 마시며 영희가 만족스런 한숨을 내쉬었다. 배가 부르니 기분이 좋아진 영희가 팔을 뒤로 쭉 빼고 앉아 볼록해진 배를 토닥이며 말하자 강운이 쿡쿡 웃었다.

"그나저나 이제 본론을 말씀해주세요. 방송에서 뭔가 불편하셨던 점이라도 있으셨나요?"

강운이 웃자 아차 싶었는지 영희가 슬쩍 자세를 고쳐 앉으며 말했다.

"아뇨. 영희 씨가 처음에 설명해주신 컨셉대로 잘 나온 것 같은데요. 기사들도 대부분 긍정적인 내용이었고."

"아, 다행이네요. 걱정했는데……. 그럼 오늘은 무슨 일로 만나자고 하신 건가요?"

영희가 안심한 표정으로 물었다. 그러자 강운이 특유의 미소를 지으며 영희를 가만 바라보더니 말했다.

"그냥 만나고 싶어서 만나자고 했는데, 그럼 안 되나요?"

"주말 예능이요?"

영희가 눈을 큼지막하게 뜨고 차장을 바라봤다.

"그래. 저번 방송이 호평이 자자했으니까 비슷하게 만들어 봐. 정규 편성시키기에는 조금 부담스러운 면이 있는 소재였으니 좀 더 편한 소재로."

차장이 날렵한 은테 안경을 추켜올리며 말했다.

"다음 개편 때 방송될 걸로요?"

"아니, 지금 일요일 저녁에 하는 「버라이어티의 제왕」 1부가 영 션찮아. 일단 만들어보고 괜찮으면 그쪽에다 편성할 거니까 기획서 먼저 만들어와 봐. 최대한 빨리."

"아, 네. 알겠습니다."

영희가 얼떨떨한 얼굴로 데스크 실을 나왔다. 준한의 말이 있긴 했지만 정말 이렇게 빨리 편성 기회를 갖게 될 줄은 몰라서 어안이 벙벙했다.

"거봐, 그럴 거라고 했잖아."

준한은 심드렁한 얼굴로 회의실 의자에 누워서 말했다.

"그래도 이렇게 빠를 줄은 몰랐죠! 저 어떡하죠?"

영희가 준한의 어깨를 잡고 탈탈 흔들었다.

"어떡하긴 뭘 어떡해? 까라면 까야지. 한두 번 해봐?"

준한의 말에 영희는 더더욱 당혹스러운 눈빛을 했다. 갑자기 어미에게서 내쳐진 외로운 승냥이의 표정 같았다.

"저, 전 아직 선배한테 배울 게 많단 말이에요!"

"충분하도다. 그만 하산하도록 하여라."

준한이 손을 휘젓는 것을 영희가 필사적으로 잡고 매달리는데 마침 유진이 들어왔다.

"영희 너, 임자 있는 능력자분께 그 무슨 경거망동한 짓이니? 그분 애인이 누군지 몰라?"

"아, 아니 그게. 선배가 자꾸 나 버리려고 해서."

영희가 처연한 눈빛을 어필하려고 바라보는데 유진은 맥없이 의자에 앉아 창밖을 내다보며 한숨을 포옥 쉬었다.

"근데 유진이 넌 왜 그래? 무슨 일 있어?"

"아니……. 아무것도 아니야."

왠지 표정이 심상치 않아 영희가 묻자 유진은 어두운 얼굴로 고개만 저었다. 영희와 준한은 의아스러운 눈빛을 교환하고 유진을 바라봤다. 뭔가 더 있는 것 같긴 한데 더 물어볼 수 없는 분위기여서 영희는 그냥 일어서 조용히 회의실을 나왔다.

"선배?"

마침 회의실로 다가오던 성현이 영희를 불렀다. 성현은 다시 듣보맨 팀에 합류해 있었다.

"아, 성현아. 마침 잘 만났어. 잠깐 따라와 봐."

"진짜 맡게 된 거네? 대장 말대로."

맞은 편에 앉은 성현이 에스프레소를 마시며 말했다.

"응. 일단 너한테 말을 해줘야 될 거 같아서……. 나도 조금 전에 들어서 아직 정리가 안 됐는데 그렇게 될 것 같아. 석 선배도 독립하라는 분위기고."

"잘됐네. 축하해."

성현이 싱긋 웃었다.

"그래도 이렇게 갑자기 맡게 돼서 조금 부담이 된달까……."

"어렵게 생각할 것 없어. 선배 능력 인정받았단 거니까 좋은 거잖아? 그리고 그때 노트 보니까 아이디어도 많던데 그중에서 맘에 드는 거 골라잡아서 하면 되지 않나? 뭐가 걱정이야?"

성현의 말에 크림을 추가한 카페모카 잔을 매만지던 영희가 그런가? 하며 곰곰이 생각했다.

"맞아. 그렇게 생각하니까 정말 좋은 일이긴 하네. 파일럿 프로는 단발짜리라 부담이 적었는데 정규 얘기 나오니까 나도 모르게 지레 걱정한 게 있었나 봐. 맞아. 어차피 거쳐야 하는 코스인데 이왕이면 빨리 올라가는 게 좋겠지."

영희가 끄덕거렸다.

"그렇다니까. 선배는 잘할 거야."

"고마워. 네가 얘기해주니까 힘이 난다. 헤헤."

그제야 영희가 빙그레 웃었다. 성현과 얘기하고 보니 심각할 게 뭐 있나 싶었다. 기회가 언제 또 올지 모르는데 왔을 때 답삭 잡는 게 도리가 아니던가!

하지만 부담을 털어내고 활짝 웃는 영희와 달리 성현의 얼굴은 조금 어두워져 있었다.

"야! 김영희!! 영희야!!"

미친 듯이 흔들어 깨우는 손에 영희가 퍼뜩 깼다.

"어우, 시끄럽게 왜 이래……."

회의실에서 쭈그리고 자고 있던 영희가 기름기가 잔뜩 낀 떡진 머리를 부스스 일으켰다. 잠이 덜 깨서 눈도 잘 못 뜨고 있는데 유진이 영희의 얼굴을 세차게 두드렸다.

"아야! 아야야! 아퍼!! 왜 이래?"

"네가 지금 이럴 때가 아니야! 너 휴대폰 얻다 놨어?"

영희가 신경질을 팍 내도 개의치 않고 유진이 닦달했다.

"폰? 여기……. 어? 배터리 나갔네."

"뭐? 넌 왜 맨날 결정적인 순간마다 배터리가 나가는 거야? 큰일 났어! 너 스캔들 터졌다, 스캔들!"

유진이 침을 튀기며 영희의 어깨를 잡고 탈탈 흔들며 말했다.

"스캔들?? 그게 뭔 소리야. 피디 연애질이 언제부터 스캔들 거리가 된다고…….."

영희가 하품을 크게 하며 말하자 유진이 답답한 듯 발을 동동 굴렀다.

"피디 스캔들은 당연히 관심 없지! 근데 상대가 무려 이강운인데 스캔들이 안 될 것 같아?!!"

"뭐?! 이강운?!!"

영희의 눈이 번쩍 떠졌다. 아니 이게 웬 자다가 스캔들 터지는 소리? 그것도 이강운이랑??

"그, 그게 무슨 소리야? 내가 왜 강운 씨랑……."

"그걸 내가 어찌 알겠니?? 어쨌든 지금 이럴 때가 아니야! 포털에 니 얼굴 모자이크만 돼서 쫙 떠 있어! 얼마 전 같이 예능방송 찍은 피디면 대놓고 너잖아. 사실 아니면 빨리 이강운한테 연락해서 기사 막으라고 그래! 이강운 소속사에선 뭐하는 거야?"

유진의 말을 듣고 얼굴에 핏기가 가신 영희가 부랴부랴 휴대폰을 들었다가 소리쳤다.

"아차! 배터리 나갔지!"

"우선 내 거 써, 여기!"

유진이 황급히 자기 휴대폰을 내밀었다.

"고마워. 빨리 전화를…… 아차! 강운 씨 전화번호가 내 폰 안에 저장되어 있는데! 너 혹시 박진아 작가 전화번호 저장되어 있어?"

"박 작가? 되어 있을 거야. 하긴 박 작가도 그 프로 같이 해서 이강운 전화번호 알겠구나. 내가 전화해서 물어볼게."

유진이 급히 박 작가에게 전화해서 강운의 연락처를 알아냈다. 그사이 영희는 아랫입술을 잘근잘근 씹으며 노트북을 켜서 기사를 살폈다. 파파라치가 찍은 사진들에는 촬영할 때 강운이 영희에게 사소하게 말

거는 장면부터 마지막 날 밤 마당을 산책하는 것, 그리고 얼마 전의 만남까지 세세하게 나열되어 있었다.

"참 절묘하게도 찍어놨네. 이렇게 보니까 진짜 몰래 사귀는 사이 같잖아?"

"나도 순간 진짜인 줄 알았어. 자, 내가 통화 눌렀으니까 해봐."

유진이 영희에게 휴대폰을 넘겼다.

"여보세요? 이강운 씨 맞나요? 아! 네! 저 김 피디예요! 네네, 많이 당황하셨죠? 저도 지금 알아서. 하하……. 정말 별일이 다 있네요. 그쵸? 정말 많이 당황하셨……."

마치 유명 개그프로의 한 코너 같은 통화 내용을 듣고 있던 유진이 답답한 표정으로 빨리빨리 본론을 말하라는 손짓을 했다.

"그러니까요. 네네. 많이 당황하셨…… 아, 아니 그게 아니라, 그래서 말인데요. 이거 빨리 정정하거나 기사 내리게 하거나 그래야 할 것 같은데……. 네? 지금 방송국이시라고요? 그럼 일단 만나서 얘기하죠. 7층으로 올라오시겠어요?"

영희가 전화를 끊자마자 유진이 부리나케 물었다.

"이강운 지금 방송국이래? 혹시 화 많이 났디?"

"아니 목소리로는 평소랑 별다를 게 없어서 잘 모르겠는데……."

그 때 회의실 문이 벌컥 열렸다. 영희와 유진의 눈이 동시에 문 쪽을 향해 쏠렸다. 문 앞엔 거칠게 숨을 몰아쉬는 성현이 서 있었다.

"어? 여긴 어쩐 일이야? 성현이 너도 영희 찾으러 온 거야?"

유진이 눈을 깜박이며 성현에게 다가가며 말했다. 성현은 유진과 영희를 번갈아 쳐다보더니 문에 기대섰다.

"네. 기사를 봐서……. 선배 왜 전화 안 되는 겁니까?"

"아, 그게 배터리가 나가서."

"나도 그래서 한참 찾아다녔잖아. 숙직실도 가보고. 성현이 너도 그랬구나?"

성현이 호흡을 고르고는 끄덕이며 다가왔다.

"기사 어떻게 된 거예요?"

"나도 몰라. 너 설마 그거 믿는 거 아니지?"

영희가 성현에게 물어보는 동시에 회의실 문이 다시 열렸다. 강운이었다. 그가 안으로 들어오자 성현의 눈썹이 꿈틀거렸다.

"아, 오셨어요? 기자들 따돌리고 오시느라 힘드셨죠?"

영희와 유진이 벌떡 일어나 인사했다. 강운은 괜찮다는 제스처를 취하고 영희 쪽으로 다가왔다. 얼굴을 딱딱하게 굳힌 성현이 그 모습을 바라보고 있는데 유진이 성현의 팔을 급히 잡아끌었다.

"우린 나가 있자. 성현아."

"그냥 여기 있으면 안 됩니까?"

강운과 영희를 번갈아 보며 하는 성현의 말에 유진이 놀란 얼굴로 바라봤다. 영희는 난감한 얼굴로 둘을 바라보고 있었다. 둘의 사이를 알 리가 없는 유진이니 지금 성현의 행동이 이해가 안 되긴 할 거였다.

"개인적인 이야기도 있어서요."

강운이 부드럽게 미소 지으며 말하자 성현의 미간이 확 좁아졌다.

"어떤 개인적인……."

"이, 일단 나가자! 성현아. 우리가 낄 데가 아니잖아."

유진이 성현의 팔을 억지로 잡아끌었다. 성현은 뭐라 더 말하려고 하다가 영희의 난처해하는 얼굴을 보고 짜증스러운 표정으로 밖으로 나갔다.

"앉으세요."

문이 닫히고 둘만 남자 영희가 강운에게 의자를 권했다.

"여기서 잔 거예요?"

의자를 붙여놓은 자리에 잠바가 펼쳐져 있는 걸 보고 강운이 물었다.

"하하. 네, 기획서 쓸 게 있어서요."

머리를 긁적이며 영희가 강운의 앞에 앉았다. 그러고 보니 자다 깨서 세수도 못 했다는 게 생각나 얼굴을 손바닥으로 대충 쓸었다.

"강운 씨도 많이 놀라셨죠? 저랑 이런 기사가 나서 이미지에 타격을 많이 입으셨을 텐데⋯⋯."

"전 괜찮아요."

강운은 정말 괜찮다는 얼굴로 웃고 있었다. 영희는 난감하게 웃으며 머리를 벅벅 긁고는 다시 말했다.

"저기 소속사에서는 어떻게 하신다고⋯⋯. 기사 올린 쪽에 법적인 문제도 검토하고 있나요?"

"아뇨. 그냥 놔두라고 했어요."

담담한 강운의 목소리에 영희가 깜짝 놀란 얼굴로 말했다.

"네? 왜요? 그런 절차를 밟고 정정기사를 내야 좀 가라앉을 것 같은 데⋯⋯. 찌라시 기사라고 무시하면 큰일 나요. 인터넷에서 이 시간에도 엄청난 속도로 퍼지고 있을 테고요."

"상관없어요."

"예에??"

영희의 눈이 더 커졌다. 연예인한테 스캔들이 얼마나 치명적인데 도대체 이 남자가 무슨 배짱인가 생각하고 있는데 강운은 말없이 웃으며 영희의 얼굴을 응시했다.

"난 기분 좋은데요? 영희 씨랑 이런 기사가 나서."

영희의 표정이 경악으로 번졌다.

"뭐, 뭐라고요?"

"들으신 대로예요. 얼마 전에도 이런 말 한 것 같은데? 나 영희 씨한 테 개인적으로 관심 있다고."

영희가 얼빠진 얼굴로 되묻자 강운은 담담한 표정으로 말했다.

"그땐 농담이시라면서요?"

"농담이라고 한 건 영희 씨였죠."

곰곰이 생각해보니 한정식 집에서 강운의 말을 듣고 영희 자신이 큰 소리로 웃으며 농담하지 말라는 식으로 넘어갔던 기억이 났다.

혼란스러운 표정으로 강운을 보고 있던 영희가 문득 예리하게 눈을 빛내더니 사방을 살폈다. 강운이 의아스런 얼굴을 하자 영희가 고개를 홱 돌리고 눈을 가늘게 뜨고 말했다.

"……지금 이거 몰카죠?"

영희는 이해가 되지 않는 지금 상황을 몰카라 단정 지었다. 어라? 그러고 보니 분명 전에도 성현에게 이런 말을 했었다. 강운은 영희의 말이 재밌는지 어깨를 들썩이며 쿡쿡 웃었다.

'우와! 대, 대박!'

문에 몸을 찰싹 붙이고 귀를 대고 엿듣고 있던 유진과 성현, 그리고 그들을 보고 따라 붙어서 엿듣던 양 피디의 얼굴도 충격으로 물들었다.

그 때, 한계에 다다른 성현이 회의실 문을 덥석 잡고 밀려고 했다. 그걸 본 양 피디와 유진이 깜짝 놀라서 이렇게 진지할 때 웬 장난인가 하고 성현의 얼굴을 봤다. 그리고 이내 장난이 아님을 깨달았다.

'성현아! 안 돼!!'

그들은 파랗게 질린 얼굴로 소리 없는 비명을 지르며 온몸으로 성현을 잡아떼서는 복도로 끌고 갔다.

한편 한참을 웃고 있던 강운이 영희를 향해 시선을 돌렸다.

"영희 씨 6년 전에 드라마 땜빵 자리 도와주러 왔던 거 기억해요?"

"네? 6년 전이면……. 글쎄요, 땜빵 자리는 자주 가서 기억이 잘 안 나는데."

영희가 눈을 찌푸리고 필사적으로 기억을 더듬으며 말했다.

"「노스텔지어」라는 드라마요. 내 데뷔작인데."

듣고 보니 언뜻 생각이 났다. AD시절 여기저기 불려 다니던 중에 그 드라마도 있었던 것 같다.

"그랬던가요? 그런데 강운 씨 데뷔작은 다른 거라고 알고 있는데……?"

영희의 말에 강운이 입꼬리를 비스듬히 올렸다.

"필모그래피상의 데뷔작은 다른 거지만 사실 내 진짜 데뷔작은 그거 였어요. 엑스트라 수준의 조역이지만 팬들 사이에서는 영상도 돌아다니 고 해요."

"그랬군요. 하긴 필모그래피는 보통 주·조연 이상 가는 걸로 올리 니까."

영희가 끄덕이자 강운이 미소를 띠고 말했다.

"내 첫 촬영이 그거였어요. 사진 촬영 말고는 제대로 해본 적도 없어 서 조명불빛만으로도 머리가 어지럽고 토할 것 같고 아무것도 안 보이 는데, NG가 벌써 6번이나 난 거예요. NG가 반복될수록 머릿속은 더 하얘지고."

"맞아요. 그게 보통 신인들이 겪는 통과의례죠. 처음부터 잘하는 사 람이 어딨겠어요."

영희가 고개를 연신 주억거렸다.

"감독도 더 이상 못 참겠는지 화가 잔뜩 난 얼굴로 나가라고 소리쳤 는데 그 소리도 제대로 들리지 않고 머릿속은 웅웅거렸어요. 아, 나 잘 렸구나. 이대로 끝인가, 하는 생각에 정말 끝도 없는 나락으로 추락하는 기분이었는데 어디선가 목소리가 들린 거예요. 선배, 그래도 점점 나아 지는데 한 번만 더 찍읍시다, 라고."

강운이 영희의 눈을 똑바로 응시하고 있었다.

"아무것도 들리지 않았는데 그 말이 너무나 선명하게 귓속으로 파고 들었어요. 그리고 그 말이 마지막 동아줄같이 느껴져서 7번째에야 겨우 제대로 연기를 할 수 있었어요."

"그 말을 한 게 저라는 말씀이세요?"

영희의 말에 강운이 고개를 끄덕였다.

"전 전혀 기억이 안 나는데……. 촬영을 도와주러 갔다는 것만 언뜻 기억나요."

영희가 도통 생각이 나지 않는다는 듯 고개를 갸웃거렸다. 강운이 말 없이 영희를 바라보고 있었다.

"그날부터 계속 영희 씨를 생각하고 있었어요. 마음 한편에 계속."

"너, 김영희 좋아했었어? 뜬금포네, 진짜."

양 피디가 성현을 겨우 진정시키고 물었다. 유진도 믿어지지 않는 얼굴이었다.

"성현이 너 그랬구나……. 그래서 아까 그렇게 숨도 못 쉬고 영희 찾아온 거였어?"

"……."

성현은 말없이 담배만 피우고 있었다.

"이강운은 또 뭐야? 이야, 진짜 센세이션하다. 댓글대로 김영희는 전생에 나라를 수십 번 구한 모양이지? 아니 얼마 전에 대장 때문에 충격받은 지 얼마나 됐다고……. 어쩌다가 우리 팀에 능력자들만 모인 거야?"

양 피디가 담배를 물고 헛웃음을 지었다.

"성현아. 포기해. 상대가 다른 사람도 아니고 이강운이잖아. 난 너같은 얼굴이 더 좋지만 그래도 톱스타의 구애를 걷어찰 정신 나간 여자가 어디 있겠어?"

유진이 안쓰러운 얼굴로 성현의 팔을 잡고 말했다. 성현이 대답 없이 일어섰다.

"그만 가볼게요."

"아니 성현……."

"그래. 너무 상심하진 말고."

유진이 성현을 잡으려고 하자 양 피디가 제지했다. 일어선 성현의 표정이 너무 안 좋아서 유진도 더 잡지는 못했다. 어두운 얼굴로 복도계단을 내려가는 그의 뒷모습을 바라보던 유진이 두 주먹을 불끈 쥐고 부르르 떨었다.

"으으, 김영희……. 이 복 받은 것 같으니라고! 근데 난 뭐야?!"

"성현아!"

가방을 메고 성현의 집 앞에서 잠복하고 있던 영희는 성현이 보이자 손을 흔들어댔다. 영희는 방송국 앞에서 기자들에게 잡혀 한창 시달리다 도망쳤다. 겨우 집 앞 골목에 당도하니 집 앞에도 기자들이 포진해 있어 아연실색하여 택시를 타고 이쪽으로 온 참이었다.

성현은 영희를 보고 귀에서 휴대전화를 뗐다.

"우리 집 앞에 기자들 쫙 깔렸어. 나 좀 숨겨주라."

영희가 민망한 표정으로 웃으며 말했다. 성현은 한숨을 쉬더니 주변을 둘러보고 영희를 엘리베이터에 태웠다.

"……아까 이강운 씨와 얘기 잘 끝냈어?"

엘리베이터 안에서 성현이 물었다.

"응? 응. 뭐……. 그쪽 회사가 크니까 잘 수습해달라고 했어. 어차피 사실이 아니니까. 나도 만나는 기자마다 아니라고는 했는데 보나마나 내 말은 씨알도 안 먹히겠지."

영희가 피곤한 얼굴을 손바닥으로 쓸었다. 엘리베이터에서 내려 현관문에 당도하자 성현이 문을 열어주며 말했다.

"당분간은 피곤하겠네."

"그럴 것 같아. 기자들 피해 다니려면……. 지금 상태에선 방송국이고 집이고 안전한 데가 없어. 나 오늘 여기서 기획서 써도 될까?"

"그럼 그렇게 해."

성현이 짧게 대답하고는 집 안으로 앞장서서 들어갔다. 영희가 눈치를 보며 따라갔다.

"근데 너 목소리가 쌀쌀맞은 것 같은데……. 화났어? 너도 알겠지만 스캔들은 절대 사실이 아니……."

"알아. 화 안 났어."

짧게 대답한 성현의 목소리가 영 딱딱해서 영희는 계속 따라가면서 물었다.

"정말이야?"

"어디까지 따라올 거야? 샤워 같이 하자고?"

성현이 슥 뒤돌아보며 무표정한 얼굴로 말했다.

"아, 미, 미안!"

어느새 욕실까지 따라 들어와 있자 영희가 깜짝 놀라서 밖으로 튀어나갔다. 욕실에서 흘러나오는 물소리를 들으며 영희가 고민에 빠졌다.

'강운 씨가 한 말을 성현이한테 말을 해야 되나……? 아니, 믿어주기나 하겠냐고? 나도 못 믿을 소리를! 으아! 민망해!'

상상만 해도 민망해서 영희는 얼굴을 감싸 쥐고 소파 위에서 발을 동동 굴렀다. 갑자기 욕실 문이 벌컥 열리는 소리가 들리자 영희는 스프링 튀듯 발딱 일어나 태연한 척 앉았다.

"배고프면 냉장고 안에 있는 것들 먹으면 돼. 렌지에 데우면 되는 것들이니까 대충 데우면 먹을 만할 거야."

성현은 수건으로 머리를 털며 말했다.

"어? 넌?"

영희가 다가가며 물었다. 성현은 영희 쪽은 보지도 않고 옷방으로 걸어갔다.

"난 옷만 갈아입으러 온 거라 다시 방송국 가봐야 돼."

"지금?"

영희 눈앞에서 옷방 문이 닫혔다. 일하려고 온 거긴 하지만 성현이 다시 나간다니 왠지 조금 서운했다. 성현이 면티에 슬림한 라이더 재킷을 걸치고 나왔다.

"언제 오는데? 늦게 와?"

영희가 현관 쪽으로 향하는 성현 뒤를 불안한 표정으로 졸졸 따라가며 물었다. 성현이 스니커즈를 신고 문을 열려다 뒤돌아서 영희를 바라봤다. 웃음기 없는 차가운 얼굴이었다.

"아마 오늘은 못 들어올 것 같으니 편하게 일해. 문은 잠금장치 있으니까 나갈 때는 그냥 나가면 되고."

"아……."

영희가 뭐라 하기도 전에 성현이 문밖으로 쌩하니 나가버렸다. 현관문이 닫히자 잠금장치 소리가 철컥, 하고 들렸다.

"역시 화났나……?"

영희가 머리를 긁적이며 뒤돌아서 터덜터덜 소파로 걸어갔다. 멍한 얼굴로 풀썩 앉아서 또 고민에 빠졌다. 역시 스캔들 기사 때문에 화났나? 이럴 땐 어떻게 해야 하지? 도무지 알 수가 없었다.

'아니, 그 기사가 사실이 아니라는 건 자기도 알 거 아니냐고. 계속 같이 있었는데…….'

엉뚱한 기사 때문에 성현이 화가 나 있는 거라고 생각하니 짜증이 났다. 결국 나를 믿지 못한다는 소리 아닌가?

"하아⋯⋯."

영희가 한숨을 내쉬며 소파 위에 털썩 누웠다. 일로도 머리가 복잡한데 이런 문제들까지 더해지니 머릿속이 과부화가 걸린 것같이 피곤했다. 어긋난 태엽장치처럼 끼릭끼릭 소리만 날 뿐 맞물려 돌아가지 않고 헛도는 기분.

"피곤하다."

짝사랑만 할 때는 그냥 혼자 속 썩이고 혼자 털고 일어나는 혼자만의 문제였는데 연애라는 건 전혀 그렇지가 않았다.

맘대로 안 되고, 신경 쓰이고, 속이 답답했다.

강운은 최도욱과 바에 앉아 있었다. 말없이 보드카만 마시고 있는 강운을 바라보던 도욱이 입을 열었다.

"잘 안 된 모양이군."

도욱의 말에 강운이 어깨를 으쓱하고는 고개를 끄덕였다. 도욱이 호기심 어린 눈을 빛냈다.

"하⋯⋯. 대단한 여자군. 이강운을 밀어내다니."

강운이 쿡쿡 웃고 있는 도욱을 못마땅한 듯 쳐다보며 보드카를 마셨다. 오래 묻어둔 감정이니만큼 실망도 컸다.

"그러게 좀 더 빨리 하라니까. 왜 기회만 기다리다가 다 망치시나. 그냥 원래 그 여자 있던 데서 출연섭외 왔을 때 나가지. 굳이 혼자 프로그램 맡을 때까지 기다린다고 여유 부리더니만."

도욱이 느긋하게 바 의자에 몸을 기대며 말했다.

"그래도 거기 나가봐야 메인피디가 다른 사람이니 그 여자한테 직접적으로 도움을 주는 게 아니잖아."

"결과적으로 더 빨리 만날 수는 있었겠지."

"하긴⋯⋯."

강운이 씁쓸하게 웃으며 술잔을 바라봤다. 시기를 기다린다는 것이 오히려 기회를 놓치게 만든 꼴이 돼 버린 것 같았다.

"나 그 여자 만난 적 있어."

도욱의 말에 강운이 고개를 들고 바라봤다.

"언제?"

"좀 됐는데 방송국에서 우연히 소개받을 자리가 있었어. 우리 팀 피디랑 친구인 모양이더라고…… 듣자 하니 그 여자, 그쪽 후배 중 누군가와 뭔가 있는 것 같던데?"

느른하게 웃고 있던 도욱이 몸을 뒤로 젖히며 말했다.

"……그런 것 같더군."

강운이 표정을 굳히더니 시선을 아래로 내렸다. 도욱이 의외라는 얼굴을 했다.

"이런, 알고 있는 모양이지? 좀 놀려줄까 생각해서 말 안 하고 있었는데."

"저번에 촬영할 때도 같이 있었어. 만난다는 남자가 그 남자일 가능성이 커."

강운이 말없이 한숨을 바라봤다. 도욱은 조용히 강운을 보고 있다가 물었다.

"그래서 이제 어떻게 할 건데? 포기할 거야?"

"글쎄……."

술잔을 천천히 돌리며 생각에 잠긴 강운을 도욱이 말없이 바라보다 잔에 남아 있는 술을 털어마셨다.

강운의 소속사에서 특단의 조치가 내려졌는지 스캔들은 루머라는 정정기사가 물밀 듯 올라왔다. 증거사진으로 나온 사진도 다 촬영 기간 동안 스탭들과 단체합숙을 하던 장소에서 찍힌 거라는 반박자료도

냈다.

처음부터 이런 여자와 스캔들이 날 리가 없다고 반신반의하던 팬들은 그제야 납득이 된 모양인지 패닉에서 빠져나와 김 피디님 악플 달아서 죄송해요, 라는 사죄의 댓글들을 남기기 시작했다.

덕분에 쫓기듯이 따라붙던 기자들도 대부분 사라졌다. 마지막까지 의심의 끈을 놓지 않는 기자정신이 투철한 몇몇 기자들만이 아쉬움을 떨치지 못하고 영희 주변을 배회하는 듯했다.

"정정보도도 나갔어요. 기사가 잘못된 거예요. 네, 신경 쓰지 마세요."

스캔들 덕분에 아버지에게까지 전화가 왔다. 영희는 벌써 수십 번이나 반복한 멘트를 아버지한테도 똑같이 반복하고 전화를 끊었다.

"스캔들이 무섭긴 무섭구나……."

영희가 저도 모르게 혼잣말을 내뱉자 유진이 눈을 흘겼다.

"그 무서운 스캔들 나도 한번 나보고 싶네. 부러운 소리 대놓고 하지 말고, 오늘 시간 좀 내주라. 많이 안 바쁘면."

"오늘? 왜? 무슨 일 있어?"

영희가 묻자 유진이 한숨을 포옥 내쉬었다.

"그냥 우울해서. 나랑 같이 술이나 마셔주라."

전에 한숨을 푹푹 쉬고 있던 유진이 안 그래도 이상해 보이긴 했었다. 뭔가 고민이 있어보였는데 그 후로 여러 가지 일들 때문에 까마득히 잊어버린 것이 내심 미안해서 영희는 알겠다며 끄덕였다.

유진이 차를 가져왔다기에 둘은 주차장으로 내려갔다.

"어?"

주차장에서 유진이 깜짝 놀란 목소리를 냈다. 다른 곳을 보고 있던 영희가 돌아보니 강운이 서 있었다. 영희가 어색하게 웃으며 인사를 했다.

"여기서 다 만나네요."

"아, 나 차 좀 빼올게. 잠깐 얘기하고 있어."

유진은 강운에게 고개인사만 하고 잽싸게 차 있는 쪽으로 갔다. 둘만 남겨놔서 더 난처해진 영희가 더욱 어정쩡한 웃음을 지었다. 스캔들 터진 것도 이제 겨우 수습되고 있는데 여기서 이러고 있다가 기자들 눈에라도 띄면 곤란한데……

"이제 기자들은 덜 괴롭히죠?"

강운이 미소 지으며 말했다.

"네? 네! 이제 많이 나아졌어요. 하하. 방송국엔 볼일 있으셔서 오신 거예요?"

말이 끊길세라 영희가 잽싸게 질문을 했다. 강운이 고개를 숙이고 입꼬리를 슬쩍 올렸다.

"너무 그렇게 긴장하지 마세요. 서운하게."

"아, 아니 긴장이라뇨. 전 절대 긴장 따위 한 적이 없답니다. 하하……"

영희가 도리도리 신공을 보이며 손까지 흔드니 꽤나 우스꽝스러운 모양이 됐다. 이 손을 언제 멈춰야 하는지도 몰라 어정쩡한 몸짓을 계속하고 있으려니 더 우스웠다.

"하하하……"

억지로 웃고 있는 것도 한계가 있는 법이라 얼굴 근육이 슬슬 팽팽하게 당겨오기 시작했다. 그 때 다행히 유진의 차가 다가와서 빵빵거렸다.

"아. 왔네요. 그, 그럼 저는 이만 가볼게요."

구세주를 만난 듯 안도의 한숨을 속으로 내쉰 영희가 강운을 향해 잽싸게 허리를 숙여 인사했다. 영희가 후다닥 차로 달려가는데 강운이 뒤에서 불렀다.

"영희 씨."

돌아보니 강운이 무언가 말을 할 듯하다가 입을 다물고 고개를 저었다.

"아닙니다. 아무것도."

"아, 예에. 그럼."

흐린 미소를 짓는 강운에게 다시 고개를 숙이고 유진이 기다리고 있는 차에 올라탔다. 강운은 그 자리에 서서 유진의 차가 빠져나가는 걸 지켜보고 서 있었다.

"어? 오빠. 잠깐만요."

막 출발하려던 벤을 세워달라고 하자 매니저가 의아스러운 얼굴로 쳐다봤다.

"왜?"

"잠깐, 잠깐이면 돼요."

해리는 눈을 빛내며 휴대폰을 창문에 바짝 갖다 댔다. 저기 보이는 두 명은 이강운과 스캔들의 주인공인 그 유명한 피디가 분명했다. 둘이 같이 있는 모습을 향해 휴대폰에 달린 카메라 렌즈를 들이대고는 찍기 시작했다.

"이강운이랑 피디님이 좋아하시는 그분, 사귀는 거 맞는 것 같은데요?"

해리가 휴대폰을 들고 빙빙 돌리며 성현에게 말했다. 성현은 복도에서 따라붙은 해리를 슬쩍 쳐다보고는 계속 걸어갔다.

"아니라던데요. 내가 알기론."

"맞는 것 같은데? 방금 지하주차장으로 올라오는데 둘이 같이 있더라고요."

성현이 그 자리에 우뚝 멈췄다.

"방금, 말입니까?"

"네. 방금. 여기 사진도 찍었는데요? 못 믿겠으면 보여 드려요?"

당당하게 웃으며 해리가 말하자 성현의 표정이 혼란스러운 듯 굳어졌다. 해리는 그의 표정을 확인하곤 즐거운 얼굴로 조금 전 주차장에서 찍은 사진을 보여줬다.

"제 말이 맞죠?"

사진을 본 성현의 얼굴이 딱딱하게 굳었지만 아닌 척 고개를 돌렸다.

"……할 말이 있었나 보죠. 정정기사 때문일 수도 있고."

"같이 차를 타고 어디를 가려는 것일 수도 있잖아요? 둘 사이에 공기가 뭔가 오묘~하더라니까요?"

해리가 속눈썹을 연신 퍼덕거리며 말했다.

"뭐 그런 것일 수도 있고."

성현은 관심 없다는 표정으로 휴대폰을 돌려줬다. 해리는 고개를 갸웃거리며 다시 성큼 걷는 성현을 따라갔다.

"그래도 괜찮아요? 좋아하는 사람이잖아요."

"괜찮다고 하진 않았어요."

"그럼 안 괜찮은 거예요? 질투 나요? 도대체 어떤……."

갑자기 성현이 빙글 몸을 돌려 해리를 내려다봤다. 아무리 봐도 잘생긴 얼굴이 바로 앞에서 내려다보자 해리는 숨을 멈췄다.

"안 괜찮다고 하지도 않았고. 그럼 전 바빠서."

바로 앞에 있는 회의실 문을 잡고 태연히 말한 성현이 안으로 쑤욱 들어갔다.

"아니, 저기 피디님!"

성현이 회의실 안으로 들어가버리자 해리가 문 앞에서 어정쩡하게 서서는 입술을 삐죽거렸다.

"치, 뭔가 반응이 있을 줄 알았는데……."

스케줄이 끝났는데도 이거 하나 보여주러 방송국에 다시 올라왔는데, 그런 노고에도 성현은 전혀 태도의 변함이 없었다. 해리는 구시렁거리며 휙 뒤돌아서 앙칼진 굽 소리를 내며 복도를 걸어갔다.

　영희와 유진은 생맥주집에 마주 앉아 치킨을 뜯고 있었다. 아니 정확히는 치킨을 뜯고 있는 건 영희였고 유진은 샐러드만 깨작거리면서 맥주를 마시고 있었다.

　"배 안 고파? 치킨 괜히 시켰나?"

　게걸스럽게 열 손가락을 다 사용해서 후라이드치킨을 뜯던 영희가 문득 고개를 들고 물었다. 유진이 고개를 저으며 대답했다.

　"아냐. 그냥 입맛이 없어서 그래."

　"왜 입맛이 없는데. 무슨 일 있어?"

　영희가 먹던 치킨을 내려놓고 휴지로 입가에 번들거리는 기름과 치킨 부스러기를 대충 닦아내며 물었다.

　"하아……. 내가 미쳤지."

　유진이 단숨에 맥주를 벌컥벌컥 들이켜며 말했다.

　"무슨 일인데 그래."

　영희가 걱정스럽게 물었다. 일이 막힐 때도 이렇게까지 오래 우울해하진 않던 유진이었다. 기분이 좀 오락가락할 때는 많지만 가라앉았다가도 금세 나아져서 주위에 큰 걱정은 시키지 않는 성격의 소유자다.

　맥주잔을 내려놓고 창밖을 비장한 표정으로 바라보고 있던 유진이 드디어 입을 열었다.

　"……나 양 씨랑 잤어."

　"풋!"

　유진이 짜증나는 얼굴로 티슈로 얼굴을 닦았다. 영희가 눈을 커다랗게 뜨고 충격적인 표정으로 유진을 바라보고 있었다.

　"양 씨? 양 피디??"

"그래, 양학진. 그놈 맞아."

유진이 다시 맥주를 들이켰다.

"어, 어쩌다? 너 언제 양 피디랑 역사를 쌓은 거야? 서로 그런 사이는 아니지 않았어?"

"아니었지. 물론! 절대! 네버!! 그런데 그 망할 놈의 술 때문에……."

유진이 머리를 움켜잡고 고통스러운 표정을 지었다. 술 때문에 사고 쳤다는 말에는 영희도 움찔했다. 아직까지 돌아오지 않는 기억의 판도라 상자 속에서 나도 분명 사고를 쳤더랬지. 제대로 된 경험을 하고 난 뒤에 생각해보니 그땐 끝까지 간 것 같진 않지만……. 그래도 알몸으로 같은 방에 있었으니 사고는 사고였다.

"괜찮아. 그럴 수도 있지, 충분히."

영희가 다 이해한다는 성모마리아 같은 인자한 미소를 띠고 말했다.

"의외로 대범하네? 이런 데는 은근 꼬장꼬장할 것 같았는데."

"날 그렇게 봤어? 아냐~ 살다 보면 그런 일들은 있을 수 있지. 많이들 겪는 일이고."

영희가 고개를 주억거리며 말하자 조금 안심이 되었는지 유진이 부여잡고 있던 머리칼을 놓고 맥주를 더 시켰다.

"그동안 좀 남자한테 굶긴 했지만…… 내가 그놈이랑 그리될 줄 누가 알았겠냐고?"

"그러게. 거의 식구 같은 사이 아닌가? 볼 거 못 볼 거 다 본 사이. 그리 파란만장하진 않지만 지난 연애사까지 서로 줄줄 꿰고 있고. 술 취할 때마다 그걸로 진상이니 찌질녀니 서로 놀려대면서."

"내 말이 바로 그 말이야."

유진이 새로 나온 맥주를 사약을 먹듯 쓰디쓴 표정으로 들이켰다.

"하아……. 영희야."

술잔을 내려놓은 유진이 갑자기 결연한 눈빛으로 영희를 바라보며 말했다. 다시 치킨을 손에 들고 뜯고 있던 영희가 왜? 라는 눈짓을 했다.

"나랑 화장실 좀 같이 가주라."

"니가 애냐? 왜 화장실을 같이 가 달래?"

영희가 피식 웃으면서 말했다. 유진은 가방에서 주섬주섬 무언가를 꺼냈다. 길쭉한 네모진 상자를 빼낸 유진이 테이블 위에 탁 내려놨다.

"너…… 이건?"

그 상자의 정체를 확인한 영희가 흔들리는 눈빛으로 먹던 치킨을 떨어뜨렸다. 유진이 입술을 깨물며 말했다.

"나 임신한 것 같아. 맨정신에 안 될 것 같아서 술까지 마셨는데도 혼자서는 도저히 못 해보겠다. 그러니까 나랑 화장실 좀 같이 가줘!"

유진과 헤어진 영희는 착잡한 얼굴로 택시를 잡아탔다.

남 연애사에 왈가왈부하고 싶진 않지만 유진이나 양 피디나 식구 같은 막역한 사이인지라 걱정을 안 할 수는 없었다.

"아차!"

잠시 차창 밖을 복잡한 표정으로 보고 있던 영희가 급히 가방에서 휴대폰을 꺼냈다. 액정을 켜보니 부재중 기록 중에 성현에게서의 연락은 없었다.

"에이."

영희는 한숨 섞인 투덜거림을 내뱉고는 다시 창밖으로 시선을 돌렸다. 그날 성현의 집에서 밤새 일을 하고 다음 날 아침 일찍 방송국으로 왔다. 사무실에서 성현을 마주쳤을 때 그냥 간단한 눈인사만 나눴을 뿐이다.

그 후로 별다른 연락이 없다. 오해하는 것일까? 생각해봤지만 이미 정정기사도 다 나간 후고, 지금쯤은 일말의 오해도 다 풀렸을 거라고 생각했기에 곧 삐친 것도 풀어지겠지 하고 바쁜 기획서 작업에만 몰두해 있었다.

하지만 기획서 작업 중에도 끊임없이 휴대폰을 체크하고 성현의 연락이 없는 것을 확인할 때마다 가슴에 돌덩이가 내려앉은 것처럼 답답해졌다. 성현이 뭔가 뚜렷이 화를 내거나 한다면 차라리 해명을 할 수 있을 것 같은데 딱히 아무 말도 없으니 그저 답답하기만 하다.

내일은 먼저 연락을 해서 앉혀놓고 무슨 말이라도 해봐야겠다고 생각하며 택시에서 내렸다. 터덜거리며 좁은 집 앞 골목을 오르는데 계단 쪽에서 목소리가 들려왔다.

"김영희 씨."

깜짝 놀라 뒤돌아보니 어두운 골목에 강운이 서 있었다. 그 사람이 강운이라는 걸 확인하자마자 눈이 확 커져선 급히 주변을 둘러봤다. 아직 의심의 끈을 놓지 않은 파파라치가 숨어 있을지도 모르는데 이런 위험천만한 짓을 하다니!

"여긴 어떻게 알고……."

영희가 당황스러운 얼굴로 목소리를 낮추고 다가갔다. 맥주를 마셨는데도 단번에 느껴질 만큼 강운에게서 독한 술 냄새가 훅 끼쳐왔다.

"왜. 나는 안 된다는 겁니까?"

고개를 숙인 강운이 한숨 섞인 목소리로 중얼거리듯 말했다.

"내가 그 남자보다 훨씬 오래전부터 당신을 지켜봐왔는데……. 난 그냥 시기를 기다려왔을 뿐인데……."

술을 얼마나 마셨는지 제대로 서 있기도 힘들어 보였다. 가물거리는 눈으로 응시하는 강운을 보니 한편으로 미안하다는 생각도 들었다.

"미안해요."

하지만 안 되는 건 안 되는 거니까. 사과밖에 할 수 있는 일이 없다.

"기회는 없는 겁니까? 조금도?"

"네. 미안해요."

영희가 고개를 숙이고 말했다. 잠시도 틈을 두지 않고 하는 거절에 강운의 이마가 찡그려졌다. 후우, 하고 한숨을 내뱉은 그는 휘청이는 몸을 바로 세웠다.

"강운 씨. 정말 미안해요. 저기 지금 거동이 힘들어 보이시는데 제가 매니저분한테 연락……."

휴대폰을 꺼내며 말을 하는데 갑자기 강운이 영희를 확 껴안았다. 너무 놀라 말도 못 하고 굳어 있는데 강운의 조금 짓눌린 듯한 목소리가 들려왔다.

"알겠어요. 포기할 테니까…… 잠시만 이러고 있을게요."

어떻게 해야 하나, 하고 영희는 잠시 망설였다. 잠시만 이러고 있겠다는데 밀어내기도 난처하고 그렇다고 이러고 있다가 사진이라도 찍히면? 하는 생각이 머릿속을 정신없이 돌아다녔다.

잠시 후 강운이 영희를 놔줬다.

"곤란하게 해서 미안했어요. 그럼."

뒤로 물러난 그가 고개를 숙이고 말했다. 몸을 돌리는데 휘청거리자 영희가 잡아주며 말했다.

"매니저분한테 제가 전화를 할게요. 새벽이지만 누가 알아보기라도 하면……."

강운은 영희가 잡아준 손을 빼내며 자조 섞인 미소를 지었다.

"놔두세요. 부탁입니다."

그 말에 더 잡을 수가 없어서 영희는 그냥 놔줬다. 강운이 휘청이며 골목을 내려가 택시가 다니는 길까지 나가는 것을 확인하고 다시 집 쪽으로 몸을 돌렸다.

"……어?"

영희의 눈이 다시 커졌다. 골목 오르막길 위에서 성현이 내려다보고 있었다.

반가운 마음에 골목을 달려 올라간 영희는 멈칫했다. 성현의 표정이 딱딱하게 굳어 있었다. 영희의 얼굴도 덩달아 창백해졌다. 그러고 보니 방금 상황이……. 언제부터 보고 있던 거지? 이야기가 들릴 만한 위치는 아닌 것 같으니…… 가만, 지금 이거 오해할 상황 맞지?

"아유! 전화를 하지 왜 기다리고 있어. 지금이 몇 신데, 언제부터 기다린 거야?"

"선배."

영희가 일부러 호들갑스럽게 말하는 것을 성현이 뚝 끊었다. 무겁게 깔리는 그의 목소리에 영희가 숨을 삼키고는 바라봤다. 무겁게 내려앉은 성현의 눈빛을 응시하는 사이 점점 불안해졌다. 이거 아무래도 제대로 오해한 모양인데…….

"성현아. 오해하지 마. 방금 강운 씨 본 건 저기, 할 얘기가 있어서 잠깐 만난 거야. 잠깐."

일단 무슨 해명이라도 해야 할 것 같아서 영희가 급히 말했다.

"……선배."

"으, 응?"

성현이 다시 묻고 영희를 바라봤다. 눈빛이 조금 전과 달리 차분히 가라앉아 있었다. 그 눈을 보자 왠지 심장이 조이는 듯이 뻐근한 기분이 들었다. 느낌이 안 좋았다.

"그럼 어디 갔다 오는 길인데?"

"아 그게……."

영희는 말을 하려다 아차 싶었다. 절대 누구에게도 말하지 말라는 유진의 말이 머릿속을 가로질렀다. 평소에 유진과 개인적으로 술자리를 잘 갖지는 않기 때문에 갑자기 술을 마셨다고 하면 성현이 이유를 물을 것 같았다.

"그게, 그러니까……. 잠깐 친구 좀 만날 일이 있어서. 거기 갔다 오는 길이야."

순간적으로 둘러댈 말을 찾아낸 영희가 웃으며 말했다.

"무슨 친구?"

"이, 있어. 그런 친구. 오래된 친구. 아~주 오래된 친구. 아하하하하."

거짓말에 능숙하지 못하다 보니 긴장 때문에 자신이 너무 과장스럽게 웃어버린 것을 뒤늦게야 알았다. 그래도 갑자기 뚝 웃음을 그쳐버리면 더 이상할 것 같아서 애매하게 웃음 끝을 흐리면서 어정쩡하게 끝내버렸더니 역시나 더 이상한 꼴이 되어버렸다.

"왜 나한테 거짓말하지?"

성현의 목소리가 어둠보다 낮게 가라앉아 있었다. 영희의 얼굴이 당혹감으로 물들었다.

"거, 거짓말이라니?"

"선배가 지금 하고 있는 게 거짓말 아니야?"

"아니 그건……. 아냐. 거짓말이 아니라……."

영희는 순식간에 온몸에서 식은땀이 쭉 뽑혀져 나오는 기분이었다. 정처 없이 흔들리던 영희의 시선이 성현의 얼굴에 닿았을 때 영희는 순간 얼어붙는 것 같았다.

성현이 저런 표정을 하는 사람인 줄은 몰랐다. 저렇게 차가운 눈빛을 하는 사람인 줄은 정말 몰랐다.

"……성현아."

해명을 해야 한다는 생각에 영희가 마른 입술을 축이며 조급하게 성현을 불렀다. 목소리가 저도 모르게 떨려서 나오고 있었다. 그 때, 말없이 응시하고만 있던 성현이 조용히 말했다.

"그만두자."

놀란 표정으로 멍청히 서 있던 영희가 물었다.

"뭐……라고?"

"거짓말을 해야 하는 관계라면 그만두자고. 서로에 대한 믿음 없이 어떻게 계속 관계를 이어나갈 수 있지?"

성현의 차가운 목소리에 영희는 심장이 쿠웅 떨어지는 기분이었다.

"지금, 지금 헤어지잔 소리야?"

"맞아."

영희가 당혹스러운 표정으로 성현을 바라보고만 있었다. 그런 영희를 성현이 날카로운 시선으로 차갑게 응시했다. 자신을 더욱 비참하게 만들 이별의 이유 따위 구구절절 설명하고 싶지 않았다. 무슨 이유에서 이 여자가 지금 거짓말을 하고 있는지도 생각하고 싶지 않았다. 믿고 싶었지만 결국 돌아오는 건 거짓말밖에 없다는 사실에 정신이 나가버릴 것 같은 배신감과 분노가 밀려왔다.

"아니, 성현아. 그게 아니라, 잘못됐어. 사실 네가 지금 오해하고 있는 부분이 있는데……."

"듣고 싶지 않아!"

칼날같이 단호한 성현의 목소리에 영희가 놀란 눈으로 말을 멈췄다.

"듣고 싶지 않다고. 더 이상 아무 말도! 거짓말이나 늘어놓는 사람에게 더 듣고 싶은 말 따위……."

성현의 목소리가 짓눌리듯 억눌려 나왔다. 그는 신경질적으로 제 머리를 헝클이더니 거칠게 숨을 몰아쉬었다. 영희는 멍한 얼굴로 그냥 그를 바라보고 있을 뿐이었다. 성현이 벌겋게 충혈된 눈으로 영희의 얼굴을 노려봤다. 분노로 덜덜 떨리는 턱을 감추려 이를 악물어야 했다.

"……단 한 마디도 없어."

그 말을 남기고 홱 돌아선 성현은 뒤도 돌아보지 않고 성큼거리며 골목을 내려갔다. 영희는 얼빠진 표정으로 그 자리에 그대로 못 박힌 듯 서서 성현의 뒷모습을 바라보고 있었다.

성현의 모습이 완전히 시야에서 사라진 뒤에도 한참을.

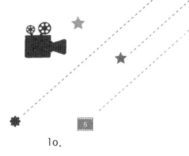

10.

흡입PD와 간지PD는
어디로 사라졌는가?

"차순형이라고 합니다! 잘 부탁드립니다!"

듬직한 체형의 순형이 큰 소리로 인사하며 허리를 직각으로 숙였다.
영희는 순형의 어깨를 툭툭 치며 말했다.

"군대도 아닌데 너무 각 잡을 거 없어. 그렇게 인사하다간 허리 부러
지겠다. 입사한 지 얼마 안 됐다고?"

"네! 그렇습니다!"

영희의 말에도 순형은 어지간히 긴장한 모양인지 빳빳한 목에 핏대
를 세우며 소리쳤다. 영희는 귀를 막고 인상을 찌푸리고는 앞장서서 걸
어갔다.

"다른 사람들은 회의실에 있으니까 가서 소개시켜 줄게. 궁금한 거
있으면 뭐든 물어보고. 어렵게 생각할 건 없어. 뭐 이것도 만들어서 방
송이 될지는 나도 정확히 모르니까 그냥 경험 쌓는다고 편안하게 생각
하면 될 거야."

앞서 걸으며 설명하던 영희가 수첩에 무언가 적다가 며칠 못 감은 머리를 볼펜 끝으로 득득 긁었다.

"아, 미안. 더럽니?"

뒤를 슥 돌아보며 영희가 물었다.

"아닙니다! 피디는 원래 그런 겁니다!"

"그건 또 뭔 소리야? 어쨌든 따라와."

"넷!!"

순형이 우렁차게 대답하고는 영희를 뒤따라 회의실로 갔다. 영희의 기획안은 무사히 통과되어 제작 단계를 밟고 있었다. 대충의 포맷은 잡혔지만 출연진들을 구상하는 단계에서 애를 먹고 있었다. 같이 일하게 된 피디와 작가들의 의견을 모으기도 쉽지 않았고 의견을 모은다 해도 섭외단계에서 허물어지기 일쑤였다.

회의실에서 순형을 소개시키고 그대로 회의를 진행했다. 회의는 새벽까지 이어졌지만 오늘도 이렇다 할 성과는 보이지 않았다.

"오늘은 여기까지 합시다. 내일 다시 회의할 테니 아이디어 생각해 와요."

영희의 말에 피곤에 찌든 얼굴을 한 제작진들이 하나둘 일어섰다. 순형만이 아직도 초롱초롱한 눈으로 영희를 바라봤다.

"순형이도 오늘 회의한 내용 들었으니 대충 어떤 거 생각해야 되는지 감 잡히지? 우리 기획에 맞는 인물 중에서 추천할 사람 있나 생각해봐."

"네! 알겠습니다!"

대답과 함께 각 잡힌 걸음걸이로 순형이 가방을 챙겨 나갔다. 썰물처럼 빠져나간 회의실에 영희 혼자 덩그러니 남아 손바닥으로 얼굴을 쓸었다.

"하아……"

한숨을 내쉬고는 노트북을 당기고 노트를 펼쳐서 아직 컨택해보지 않은 예능인들을 체크하기 시작했다.

그 때 갑자기 문이 열리더니 영희와 눈이 마주친 순형이 멈칫했다.

"어? 피디님은 안 가십니까?"

"아직 할 게 남아서. 넌 왜 다시 온 거야?"

"놓고 간 게 있어서요."

순형이 엉거주춤 테이블을 돌아 플러그에 꽂아뒀던 충전기와 휴대전화를 빼서 가방에 집어 넣었다. 영희는 다시 노트북에 시선을 향하고 있다가 순형이 인사하는 모습이 보이자 고개를 들고 말했다.

"아, 성현아."

"네?"

순형이 멀뚱한 눈으로 영희를 쳐다봤다. 잠시 동안 영희는 자기가 뭐라고 한 줄 모르고 있다가 곧 깨닫고는 당황스러운 표정으로 서둘러 말했다.

"미안. 순형이지, 순형이! 하하! 잠깐 헷갈렸어."

"뭐 그럴 수 있죠. 어떤 사람은 순혁이라고 부르고 어떤 사람은 순영이라고 부르고 어떤 사람은 선영이라고도 불렀는데요. 제 이름이랑 닮은 사람도 많은가 봅니다. 그럼 가보겠습니다!"

순형이 사람 좋아 보이는 인상으로 씨익 웃었다.

"그래. 조심해서 들어가. 내일 일찍 나오고."

우렁차게 대답한 순형이 다시 허리가 부러져라 숙이고는 문을 닫고 나갔다. 영희는 닫힌 문을 한참 바라보다가 노트북으로 시선을 옮겼다.

하지만 화면 안의 어떤 것도 눈에 들어오지 않았다.

갑자기 튀어나온 성현의 이름에 스스로도 놀랄 정도로 당황하고 있었다. 헤어진 지 그리 오래된 것도 아닌데 성현을 본 지가 까마득하게 느껴졌다. 아니, 헤어진 날 이후로 거의 제대로 본 적이 없었다. 그전에는 자연스럽게 마주칠 일들이 그렇게 많았는데 이상하게도 이 좁은 예능국 안에서 우연히라도 마주쳐지질 않았다.

듣보맨팀에 가면 자연스럽게 마주칠 수 있을 것 같아서 준한이나 유진을 찾는 핑계로 몇 번 가봤지만 그럴 때마다 성현은 보이질 않았다. 그렇다고 회의시간에 대놓고 찾아가는 짓은 너무 속이 보이는 것 같아 선뜻 하지 못했다.

'그러고 보니 그렇네. 네가 언제나 찾아왔었구나.'

영희가 있는 곳을 찾아다닌 건 언제나 성현이었다. 그걸 지나고 나서야 알게 됐다.

한숨을 길게 내쉰 영희는 얼굴을 다시 쓸고 화면에 집중하려고 노력했다. 억지로 일에 집중하지 않으면 자기도 모르게 성현의 생각으로 돌아가고 만다. 조금의 틈만 있으면 마치 물이 스며들듯 그의 생각이 밀려 들어왔다. 그리고 그건 너무나 괴로웠다.

동아줄을 잡듯 영희는 필사적으로 일로 도망쳤다.

"그게 뭐야? 왜 그런 걸로 헤어져?"

슬비가 말도 안 된다는 얼굴로 종이컵을 구길 듯이 힘주어 들고 영희를 바라보고 있었다. 밤샘 작업 중에 방송국 앞 계단에 나란히 앉아 자판기 커피를 마시는 중이었다.

"헤어지자니까 헤어져야지."

밤바람이 쌀쌀해져서 재킷의 옷깃을 여미며 영희가 담담하게 말했다.

"야. 헤어질 땐 헤어지더라도 오해는 다 풀고, 할 얘기는 다 하고, 그러고 헤어져야지. 그렇게 일방적인 게 어디 있어? 넌 결국 걔가 정확히 무슨 오해를 하는지도 모르고 있는 거잖아."

"내가 거짓말을 했다는 데 화가 났겠지."

종이컵을 매만지며 영희가 말했다.

"네가 거짓말 한 데도 이유가 있잖아. 그러고 보니 걔도 좀 그렇네? 무슨 사정이 있는지 들어보지도 않고 무작정 헤어지자는 건 뭐야?"

분개하는 슬비를 향해 영희가 고개를 저었다.

"그것만이 아니야. 그전에 오해할 만한 상황이 몇 번 있었어. 아마 그런 것들이 겹친 거겠지……."

영희가 식어가는 커피를 호록 마셨다. 원래 오해라는 건 하나의 사건으로 갑자기 일어나는 것이 아니다. 여러 가지의 유기적인 사건들이 아주 조금씩 뒤틀려버려 나중엔 커다란 빈틈이 생겨버리는 거다. 더 이상 메꿀 수 없을 만큼.

"그럼 넌 그걸 다 알면서 그냥 있는 거야? 넌 오해해라 난 모르겠다, 하고?"

영희가 말없이 고개를 끄덕였다.

"왜? 너 걔랑 헤어지고 싶었어?"

이번엔 고개를 흔들었다.

"그럼 도대체 왜?!"

슬비가 답답하다는 듯 소리쳤다.

"오해라는 것도 결국 믿지 못하니까 생기는 거잖아. 뭐 됐어. 그냥 혼자 있는 게 나은 것 같아. 이게 나랑 어울리는 것 같고. 난 짝사랑이 어울리는 사람이야. 되도 않는 연애 따위를 하려고 드니까 이렇게 된 거 같아."

모든 걸 포기한 듯한 영희의 맥없는 표정을 보던 슬비는 이해가 안 된다는 듯 인상을 찡그렸다.

"짝사랑에 어울리는 사람이 어디 있어? 그럼 평생 짝사랑만 하다가 늙어 죽으려고?"

"뭐 그게 나다운 거라면 그렇게 해야지."

영혼 없는 얼굴로 히죽 웃는 영희의 팔뚝을 슬비가 세게 꼬집어 비틀었다.

"아야!!"

"듣자 듣자 하니 지랄도 풍년인 소리 하네! 그거 니 혼자 상처 안 받으려고 하는 행동인 거 모르지? 짝사랑이라는 게 얼마나 치사한 건지 알아? 네가 왜 짝사랑을 하냐면, 되든 안 되든 혼자만의 감정이니까 네가 크게 상처 받을 일이 없어서! 그 안전빵 때문에 짝사랑을 고집하는 거라고! 상처 받기 싫으니까!!"

영희가 꼬집힌 팔뚝을 쓰다듬으며 아프다는 얼굴로 인상을 썼다. 슬비는 벌떡 일어나서는 영희의 팔뚝을 한 번 더 세게 꼬집었다.

"야! 아파!!"

"아프라고 꼬집는다! 이 치사빤스 김영희!! 넌 좀 아파봐야 돼!"

"아프다니까! 야! 진짜 아파!! 아야야야!!"

슬비는 놀라운 속도로 순식간에 다섯 방이나 꼬집고는 홱 하니 돌아서서 쿵쾅거리고 들어가 버렸다.

"쪼그만 게 손만 매워선…… 아, 진짜 아프네."

영희는 팔뚝을 연신 문지르며 얼굴을 찌푸리고 구시렁거렸다. 사실은 팔뚝보다 슬비의 말이 더 아픈 것 같기도 했다. 언젠가 성현도 그런 말을 했었다.

상처 받기 싫어 짝사랑만 하는 치사한 김영희.

난 치사한 걸까?

"윤성현! 너 도대체 왜 이래??"

세연이 지긋지긋하다는 표정으로 소리를 꽥 질렀다. 성현은 세연의 말은 들은 척도 하지 않고 절도 있는 동작으로 대걸레질을 했다. 세연은 소파 위에서 아이를 안고 성현의 분노의 대걸레질을 어이없이 보다가 다시 소리쳤다.

"아니 청소해주는 건 좋은데 청소도 하루 이틀이지! 맨날 와서 이렇게 집 안을 뒤엎으면 어떡해? 지금 밤 12시야. 우리 진희가 시끄러워서 잠을 못 자고 있다고!"

"진희도 깨끗한 집을 좋아할 거야."

며칠을 박박 문질러 대서 광이 날 것 같은 바닥을 힘껏 밀어 닦으며 성현이 태연히 말했다. 세연이 한숨을 쉬며 진희를 옆에다 눕히고 고쳐 앉았다.

"말해봐. 너 무슨 일 있지?"

세연의 말에 성현이 순간 멈칫했지만 곧 다시 걸레를 밀어댔다.

"아무 일도 없어."

"거짓말하지 마. 내가 너 하루 이틀 보니? 태어날 때부터 본 몸이야, 이래 봬도! 니 얼굴만 봐도 견적 딱 나온다고. 이런 식으로 누나 괴롭히지 말고 말해봐. 진희가 못 자니까 나도 벌써 며칠째 수면부족이다. 누나 수면부족 땐 짜증 대마왕 되는 거 알잖아? 이게 정말 육아에도 좋지 않고…… 도대체 무슨 일인데 그래?"

세연의 말에 성현은 대걸레를 벽에다 세우고는 맞은편 소파로 저벅저벅 걸어와 털썩 앉았다.

"누나."

"응. 말해봐."

이제야 말해줄 생각인가 싶어 세연이 진지한 눈빛을 빛냈다.

"날 동생이 아니고 그냥 다른 남자라고 생각하고 들어봐. 나랑 이강운이랑 둘이 대시하면 누굴 선택할 거야?"

"그거야 당연히 이강운이지."

고민할 가치도 없다는 듯 짧게 말하고는 세연이 물었다.

"그런데 그걸 왜 물어봐? 네 고민과 무슨 관련이라도 있는 퀴즈야? 아, 그러고 보니까 너 전에 이강운이랑 같이 촬영한 적 있지? 무슨 일 있었어?"

"하아……."

성현이 답답한 듯 한숨을 내쉬었다.

"지금, 지금 헤어지잔 소리야?"

"맞아. 헤어져."

그 말을 한 건 아마 반은 질투였고, 또 남은 반은 자격지심이었을 것이다. 그걸 알면서도 말했다. 뻔히 보이는 거짓말을 하는 모습에 화가 났다. 화가 나서 견딜 수가 없었다. 항상 나 혼자 좋아하는 기분도 화가 났고 그렇게 불안하게 만드는 그 여자가 화가 났다. 하지만…….

"아무것도 아냐."

성현은 기운 빠진 얼굴로 일어섰다.

"어어? 왜 말을 하다 말아? 사람 궁금하게. 왜 그러냐니까?"

세연의 말은 들리지도 않는 듯 성현은 세워둔 대걸레를 들고는 욕실로 향했다. 세연은 영문 모를 표정으로 고개를 갸웃거렸다.

"무슨 뚱딴지 같은 소리만 하고…… 쟤 정말 이상하네."

세연이 생각난 듯 욕실을 향해 소리쳤다.

"아! 성현아! 내일 우리 남편 출장에서 돌아오는 날이니까 내일부터는 너네 집이나 닦아! 나연이네 집에 가든가!"

"그래서 우리 집으로 온 거냐? 이 청소귀신아."

정수가 TV 리모컨을 빙글빙글 돌리며 말했다.

"청소귀신이라니. 그건 듣기 좀 그렇다?"

성현은 싱크대 닦기에 열중해 있었다. 이곳은 청소할 곳이 아직 많다는 사실이 그의 날카로운 심리를 조금이나마 안정시켜 줬다.

"방송계에서 7년 넘게 살아남아 출세 노선을 착실히 밟아가고 있는 지나치게 털털한 일중독 여자와 잘 안 되냐?"

싱글거리며 묻는 정수의 말에 성현이 고무장갑을 낀 채로 뒤돌아봤다.

"끝났어."

성현이 짧게 말하고 싱크대를 수세미로 힘을 주어 벅벅 문지르기 시작했다. 성현의 대꾸에 정수는 잠시 얼빠진 표정을 하더니 되물었다.

"뭐? 끝나? 너 그 더럽…… 털털한 여자랑 헤어졌어? 언제??"

"2주 전에."

"왜?? 어째서?? 도대체 왜 그랬는데??"

닦달하듯 묻는 정수를 향해 성현이 수세미를 놓고 돌아섰다.

"지금 청문회 하냐?"

"아, 아니! 그냥 궁금해서 그렇지. 왜 그렇게 됐는데? 그때 보니까 너 그 여자한테 꽤나 빠져 있던데……. 농담이지?"

정수가 소파에서 일어나 다가와서는 식탁 의자에 앉았다. 성현은 말없이 수세미를 다시 세제 푼물에 담갔다.

"진짜 끝났다니까."

미간을 찡그리며 성현이 말했다. 정수는 답답한 표정으로 보고 있다가 냉장고에서 캔 맥주를 꺼내 뚜껑을 땄다.

"웃기고 있네. 끝났다는 놈이 이렇게 청소귀신이 돼서 청소에 미쳐 돌아다니냐? 맘대로 안 되니까 이상한데 꽂혀서는……."

"……."

성현이 짜증스러운 표정으로 싱크대를 닦던 수세미를 물 담긴 통에 거칠게 던지고는 고무장갑을 벗어 던지고 냉장고 문을 확 열었다. 그리고 캔 맥주를 빼내서 정수 앞에 앉아 벌컥벌컥 들이켰다.

"그래. 차라리 그렇게 술을 마시든가! 청소에 꽂힌 것보단 그게 훨씬 정상적인 놈으로 보인다. 평소에는 결벽증 티 별로 안 나는데 이럴 때 보면 딱 그거라니까. 어쨌든 말해봐. 왜 그런 건데?"

정수가 몸을 일으켜 찬장에서 마른 오징어를 꺼내 굽기 시작했다. 정수의 뒷모습을 마뜩잖게 바라보던 성현은 맥주 한 캔을 순식간에 비운 뒤 크게 한숨을 내쉬고 말하기 시작했다. 말하고 나면 조금 답답한 게 풀리지 않을까 하는 일말의 기대감에 이야기를 시작했는데 말이 끝날 때쯤엔 테이블 위엔 맥주 캔이 열네 캔이나 쌓여 있었다. 그중 대부분은 성현이 마신 거였다.

"흐응……. 그렇게 된 거군."

차분하게 듣고 있던 정수가 오징어를 질겅질겅 씹으며 골똘히 생각에 잠겼다.

"뭐 그러지 않았을까 대강 예상은 했다. 이강운 튀어나온 부분부터. 그런데 넌 뭐가 그렇게 맘에 안 드는 거야?"

"뭐가?"

취기로 붉어진 얼굴을 하고 성현이 물었다.

"지금 그 여자랑 이강운이랑 사귀는 건 아닌 것 같다며. 그런데 뭐가 문제냐고? 그리고 그런 거짓말 정도야, 나도 많이 했어. 여자 사귀면서 나이트 갔는데 그냥 갔다고 한 적도 많아. 그건 내 쪽에서는 선의의 거짓말이라고 생각하는데?"

"웃기지 마. 거짓말에 무슨 선의가 있어."

성현이 피식 웃으며 맥주 캔을 입으로 가져갔다.

"선의의 거짓말이지. 여친은 쓸데없는 의심은 안 해도 되니까 좋은 거고. 나는 양심의 가책은 좀 있지만 그래도 여친과 싸우지 않으니까 좋은 거고. 안 그러냐?"

"그거랑 이거랑 같냐?"

"상황은 달라도 본질적으로는 같을 수 있지. 그 여자가 이강운이랑 사귀려고 그랬던 거면 너랑 헤어지고 지화자 좋구나 귀찮은 놈 떨궈냈구나, 하고는 바로 답삭 물겠지. 이강운이 그 여자한테 고백하는 것도 들었다며. 안고 있었다는 것도 이강운이 일방적으로 그런 거고."

그날의 상황을 생각하니 또 화가 치솟는 것 같아 성현이 손바닥으로 얼굴을 쓸었다. 정수는 오징어를 씹어대며 격렬한 강론을 펼쳤다.

"그럼 네가 오해한 것일 수도 있잖아! 아무것도 확인되지 않았어. 모두 네 머릿속에서 벌어진 일이고 약간의 정황들만 있는 거지. 안 그래? 넌 그냥 이강운과 비교된다는 것에 자존심이 상해서 그 여자를 가해자로 만들어버리고 도망친 거잖아."

"도망친 건 아냐."

성현이 날카로운 눈으로 정수를 노려봤다.

"아니, 넌 도망친 거야!"

정수도 지지 않고 말했다.

"도망 안 쳤어!"

"도망친 거 맞다니까?!"

"아니라니까!!"

까앙!

성현이 빈 맥주 캔을 벽에다 거칠게 던졌다. 알루미늄 재질이 딱딱한 타일 벽에 부딪히는 소리가 조용한 거실에 크게 울렸다.

"……."

성현은 자신도 놀란 표정으로 정수를 바라보고 있었고 정수 역시 성현을 마주 보고 있었다.

"……젠장."

얼굴을 감싼 성현이 의자에 털썩 주저앉으며 말했다. 정수는 말없이 성현을 바라보다 태연한 얼굴로 오징어 다리를 하나 더 들고 씹었다.

"괜찮아. 힘들면 그럴 수도 있지, 뭐. 어차피 치우는 건 네가 치울 거고."

얼굴을 감싼 채 성현은 그대로 한참 앉아 있었다.

"……네 말이 맞아. 난 질투심에 멋대로 생각하고 멋대로 결론 내리고 멋대로 도망쳤는지도 모르지."

성현이 고개를 들고 피곤한 얼굴로 머리칼을 쓸어 넘겼다.

"흐음."

정수가 끄덕거리며 새 캔 맥주를 따서 성현 앞으로 밀었다. 이렇게 한 번 폭발하고 나면 순순히 인정하게 되는 것이 생기기 마련이다.

"하지만 그런 스스로를 견딜 수가 없어, 내가."

성현이 낮게 한숨을 내쉬며 맥주 캔을 가만히 내려다보더니 은색의 알루미늄 캔의 동그란 테두리를 손가락으로 천천히 쓸었다.

"……그래서 더 이상 안 될 것 같아."

영희는 유진과 방송국 근처 식당에 앉아 있었다. 물수건으로 손을 닦으며 영희가 성마른 목소리로 물었다.

"아직 말 안 했어? 양 피디한테."

"응. 아직."

유진이 대수롭지 않게 대답했다.

"도대체 어쩌려고 이래?! 최대한 빨리 말……하라니까."

말하는 도중 감자탕이 나와서 영희가 잽싸게 목소리를 낮췄다. 방송국 근처니 이런 이야기는 조심하는 게 좋았다. 보글보글 끓고 있는 감자탕을 말없이 바라보고 있던 유진이 어두운 얼굴로 한숨을 쉬었다.

"그냥 말 안 하면 안 되나?"

"말 안 하고 어쩌려고. 혼자 낳아서 키우려고? 지우진 않을 거라면서."

"어떻게 지워? 이미 생긴 애를."

유진이 눈을 치켜뜨고 목소리를 높이자 영희가 주변을 살피며 조용히 하라는 손짓을 했다.

"좀 조용히 말해!"

"연예인도 아닌데 숨겨봐야 뭘할 거야."

유진이 자조적인 목소리로 말했다.

"정작 숨기면 안 될 사람한테는 숨기면서 무슨……. 네가 말 안 하면 내가 할 거야."

"미쳤어?"

영희의 말에 유진이 놀란 얼굴로 소리쳤다.

"남자한테도 책임이 있지. 같이 저지른 남자는 아무것도 모르는데 너혼자 끙끙대고 인생 어떻게 살지 고민할 건 또 뭐야? 이건 처음부터 같이 고민해야 될 문제였어. 어차피 너한테 놔둬 봐야 시간 백날 지나도 말 못 할 것 같으니까 아싸리 내가 할게."

"그러지 마! 알았어! 내가 할게. 내가 한다고!"

유진이 마지못해 대답했다. 그제야 추궁을 멈춘 영희가 국자를 집어 들었다.

"일단 감자탕이나 먹자. 입맛 없어도 많이 먹어줘야……."

영희가 국자를 들고 접시에 감자탕을 크게 떴다.

"어어? 너 왜 그래?"

유진이 당황스러운 목소리로 말했다. 유진의 접시에 감자탕을 떠주던 영희가 갑자기 닭똥 같은 눈물을 뚝뚝 흘리고 있었다.

"영희야. 왜 그래? 무슨 일 있었어? 응??"

감자탕을 보니까 그놈 생각이 났다. 자기 건 작은 것만 덜어준다고 투덜거리던, 투덜거리면서도 시래기만 잔뜩 얹어준 그릇을 싹싹 비우고 또 큰 뼈다귀를 골라 접시에 덜어주던.

"어머머, 얘 큰일 났나 봐! 영희야. 너 진짜 무슨 일 있는 거야? 왜 울어??"

걱정은 되지만 선배는 분명 잘할 수 있을 거라고 말해 주던 그놈이 이제 옆에 없다.

같이 감자탕도 먹고, 곱창도 먹고, 삼겹살도 구워먹고, 치킨도 같이 뜯던 그놈이 감쪽같이 옆에서 사라져 버렸다.

온데간데없이, 사라져 버렸다.

처음부터 없었다는 듯.

"코, 흥!"

"흥!!"

유진이 철철 우는 영희를 감자탕 집에서 데리고 나와 인적 드문 건물 계단에 앉히고 실컷 울게 한 뒤에 휴지를 뽑아 눈물 콧물 닦아줬다.

"이제 좀 시원해?"

"응. 고마워."

영희가 코에 댄 휴지를 부여잡고 코맹맹이 소리로 말했다.

"아니 왜 그런 일을 숨기고 있었어? 지금까지."

유진이 살짝 서운하다는 말투로 말했다.

"미안. 말하기가 조금 그랬어."

"하긴 나도 임신하지만 않았어도 양 씨 그놈이랑 그렇게 된 거 말 안 했을 테니……. 뭐 한편으로는 이해해."

고개를 끄덕거리던 유진이 생각났다는 듯 말했다.

"아! 그래서 그랬구나. 그때 이강운이 너한테 고백하는 거 엿들었었다고 했었잖아. 그때 성현이가 막 얼굴이 무시무시해져서 안으로 뛰쳐 들어가려고 하길래 개가 너한테 마음이 있다고만 생각했었는데……. 하긴 그때도 꽤나 의외였긴 했지만."

"아아. 그때……."

"그때 괜히 말렸나 보다. 그런 사이인 줄 알았으면 뛰쳐 들어가게 그 냥 놔둘걸. 그랬으면 그런 오해는 하지 않고 넘어갈 수 있었을 텐데. 어머! 생각해보니 그러네! 마지막에 오해한 것도 나 때문이잖아? 내가 성현이한테 얘기할까?"

유진이 퍼뜩 깨달은 듯 황급히 말하자 영희가 고개를 저었다.

"아냐. 그럴 거 없어. 나도 그때 설명하려고 했는데 성현이가 안 듣는다고 했었어. 그 날은 그것보다 다른 이유가 더 컸고. 아마 나한테 뭔가 실망했던 게 많았던 것 같아……. 그냥 인연이 아닌 거지 뭐. 정말 좋아하는 사이라면 이런 문제로 헤어지진 않았을 거야."

"멍충아. 헤어져야 마땅한 문제는 이 세상에 없어! 절대 헤어져야 마땅한 문제도 이겨내고 잘 먹고 잘 사는 연인들이 얼마나 많은지 알아?"

유진이 답답한 듯 제 가슴을 주먹으로 쿵쿵 쳐댔다. 영희는 쿨쩍이며 티슈를 더 뽑아 코를 한 번 시원하게 팽 풀었다.

"어이구, 그러는 넌? 그렇게 잘 알면서 왜 아직 양 피디한테 말도 못 해?"

"아, 아니 내 문제는 내 문제고. 난 아직 시기를 보는 거잖아, 끝난 게 아니라. 말해서 잘 되면……. 뭐 몸이 먼저 나갔긴 했지만 어찌어찌 잘 될 수도 있는 거고."

유진이 볼을 붉적이며 말했다.

"뭐야? 지금까지 그런 말 안 하더니 그런 것도 생각하고 있었네. 그냥 혼자 키운다니 어쩐다니 그러더니."

"혹시 양 씨 그놈이 모르쇠 할까 봐 겁나서 그런 거지……. 근데 사실 양학진 그놈이 좀 실없긴 해도 나쁜 놈은 아니잖아. 임신했다고 하면 적어도 모르쇠 하지는 않겠지. 어쨌든 영희야. 나도 용기 내볼 테니까, 너도 이대로 끝내진 마. 그런 오해로 그렇게 끝나버리면 나중에 정말 후회할 거야."

영희가 고개를 숙이고 아랫입술을 지그시 깨물었다.

"최준한테는 연락해봤어?"

영희가 복도를 빠르게 걸어가며 순형에게 물었다. 순형은 짐을 잔뜩 들고 영희 뒤를 헐레벌떡 따르며 대답했다.

"네. 최준은 확정됐어요. 이제 나머지 두 명만 더 채우면 될 것 같아요."

"두 명이라……."

어정쩡한 답을 준 게 벌써 몇 명 되니까 그중에서 골라 추려도 될 것 같긴 했다. 수첩에 적어놓은 후보 명단을 보며 걷던 영희가 일순 걸음을 멈췄다. 맞은편에 성현이 걸어오고 있었다.

그도 영희를 발견하고 조금 놀란 얼굴로 걸음을 멈춘 상태였다. 둘의 시선이 허공을 가로질러 얽혔다. 마치 모든 시간이 정지한 듯 둘의 흔들리는 눈동자만 서로를 향해 있었다.

"……피디님, 피디님?"

"어어, 응?"

갑자기 뒤에서 순형의 목소리가 들려와서 영희가 돌아봤다.

"왜 갑자기 대답이 없으세요?"

순형이 이상하다는 표정으로 영희를 보고 있었다.

"미안. 뭣 좀 생각하느라고……. 뭐라고 했어?"

"컨택했던 개그맨한테서 이런 문자가 왔는데요. 뭐라고 대답해줘야 돼요?"

영희가 순형과 대화하는 사이 성현도 숨을 고르고 다시 걸음을 옮겼다. 순형이 영희에게 휴대폰을 보여주고 있는 옆으로 성현이 슥 지나갔다. 눈으로는 휴대폰 액정을 보고 있었지만 모든 신경은 성현에게로 쏠려 있어서 그가 지금 옆을 지나간다는 것을 느낄 수 있었다.

"이건 그냥 대충 정해지면 답변드린다고 보내면 돼."

영희가 억지로 자연스러운 웃음을 지어 보이며 말했다. 순형은 아아,

그렇군요. 하며 머리를 긁적이고는 답장을 보냈다. 혹시 하는 마음에 영희가 뒤를 돌아봤다.

하지만 복도를 오가는 사람들 중 성현의 모습은 없었다.

"피디님? 안 오세요?"

"아아, 응. 갈게."

순형의 재촉을 듣고 영희가 다시 고개를 돌려 걸음을 옮겼다.

톡. 톡. 톡⋯⋯.

편집실에서 성현은 손가락으로 책상을 톡톡 두드리며 생각에 빠져 있었다.

'같이 일하게 된 작가나 조연출인가?'

퍽이나 자연스럽게 영희와 붙어 있는 그 남자가 신경이 쓰였다. 방송국에서 익숙한 얼굴 같진 않았으니 연차가 얼마 안 된 조연출일 가능성이 컸다.

'⋯⋯그 남자와 내내 붙어 지내는 건가? 나랑 그랬던 것처럼?'

톡톡톡톡톡.

성현의 손가락이 책상 위를 치는 속도가 점점 초조하게 빨라졌다. 그 남자가 자신이 했던 것처럼 술 취한 그 여자를 업고 간다거나, 어딘가 지방촬영 답사를 갔다가 배가 끊겨서 같은 방에서 자게 된다거나⋯⋯. 그런 일들을 상상만 해도 화가 치밀어 올라 미칠 것만 같았다.

"젠장!"

벌떡 일어난 성현은 편집실 문 쪽으로 성큼성큼 걸어가다가 문 앞에서 우뚝 멈춰 섰다. 잠시 망설이며 그 자리에 서 있다가 의자로 되돌아와 털썩 앉았다. 신경질적으로 얼굴을 부비고는 의자 뒤로 머리를 젖히고 긴 한숨을 토해냈다.

"⋯⋯김영희. 당신은 아무렇지도 않아?"

나지막하게 중얼거리는 성현의 목소리가 한숨처럼 입술 사이로 흘러나왔다가 흩어졌다.

"이걸 나 입으라고?"

영희가 눈을 둥그렇게 뜨고 유진을 바라봤다.

유진은 우아한 블랙 드레스를 위풍당당하게 들고 서 있었다.

"이거 원래 여배우한테 갈 건데 내가 어렵게 공수해 온 거야. 가슴 부분이 좀 파이긴 했지만 롱 드레스라 노출도 심하지 않아."

영희가 어이없는 얼굴로 드레스와 유진을 번갈아 쳐다봤다. 아니 가슴이 저 정도로 파였으면 이미 노출은 충분한 거 아닌가?

"미쳤어? 무슨 피디가 시상식에 이런 드레스를 입어?"

"너 이번에 유력 후보에 오른 거 알아? 파일럿으로 했던 「버라이어티는 어디에나 있다」로."

"정말? 내가?"

영희가 깜짝 놀라며 묻자 유진이 혀를 쯧쯧 찼다.

"이렇게 자기 소식엔 늘 둔감하다니까. 내 듣기로 꽤 유력하다고 들었어. 그러니까 이런 드레스를 입어도 오버는 아닐 거란 소리지."

"그래도 오버지! 피디는 그냥 정장이나 입으면 됐지 뭔 놈의 드레스야, 드레스가."

자신만만하게 말하는 유진을 영희가 되도 않는 소리라는 듯 쏘아붙였다.

"어어? 작년에 상 받은 피디들 못 봤어? 다 번드르르한 드레스 입고 시상대 올라간 거 못 봤냐고! 우리 팀만 허름하게 입고 나가서 내가 얼마나 분했는데! 대장도 이번엔 어떻게 해서든 턱시도 입힐 거야, 내가! 분명 상 받을 거니까!!"

"아니 아무리 그래도 나는……."

투지에 불타는 유진의 얼굴을 부담스럽다는 듯 시선을 살짝 돌리며 영희가 말했다.

"걱정 마! 나도 드레스 입을 거야. 너만 입는 거 아냐! 정 피디한테도 내가 억지로 드레스 쥐여줬어. 나도 아직 배가 나오진 않았으니 무리 없이 입을 수 있고. 그리고 너 요즘 살도 빠져서 이런 거 입기에 딱 좋아! 아직 좀 포동한 감이 있긴 하지만 뭐, 그래도 잘 보면 육체파로 보이기도 하고. 뭣보다 글래머러스하잖아?"

"그 정도로 살 안 빠졌어!"

영희가 기겁해선 소리쳤다.

"내 보기엔 반쪽이 됐구만, 뭘. 어쨌든 시상식에 성현이도 올 텐데. 이번이 기회라고 생각하지 않아? 잘 생각해보라고."

"……!"

성현도 온다는 소리에 순간 영희의 눈동자가 미세하게 흔들리는 것을 유진이 놓치지 않았다. 유진은 이브에게 속삭이는 뱀처럼 간들간들한 목소리로 속삭였다.

"이번 시상식에 상 받을 사람들 소품실 가장무도회 의상 빌려서라도 드레스 입고 오라고 사장이 엄포를 놨대. 우리 사장 취향 독특한 거 알지? 화려한 거 지독히 좋아하는 거. 그러니까 어차피 입어야 된다는 소리야. 이 정도는 아무것도 아냐. 이번에 제대로 꾸며줘서 성현이가 정말 아깝다! 내가 미친놈이었어!! 하고 생각하게 만들어서 되돌아오면 좋잖아. 안 그래?"

사장 부분은 과장을 좀 많이 섞었지만 다행히 제대로 먹힌 모양이었다. 영희는 매의 눈을 하고 유진이 들고 있는 하늘하늘한 블랙 시폰 드레스를 샅샅이 훑었다. 가슴 부분이 확실히 파인 편이긴 하지만 하체는 대부분 가려주니 다른 사람들도 다 입는다면 그리 크게 문제 될 것이 없을 것 같기도 하고…….

유진은 싱긋 미소 지으며 영희의 품에 드레스를 안겨줬다.

"빌린 거니까 조심해서 입어야 한다? 화장이랑은 샵 수배해 둘 테니까 나랑 같이 가서 해."

영희는 유진의 말은 들리지도 않는 듯 비장한 표정으로 드레스를 움켜쥐고 노려봤다. 정말 상을 받을지는 알 수 없지만 정말 만에 하나, 유진의 말대로 이걸 입은 모습을 보고 성현이 다시 반해준다면⋯⋯.

"까짓 그렇다면야 하루쯤 못 입어줄 것도 없지."

영희의 결의에 찬 중얼거림을 들으며 유진이 입꼬리를 느슨하게 올렸다. 안 그래도 성현이와 헤어지게 된 데 자신의 탓이 큰 것 같아 신경 쓰였는데 헤어진 지 얼마 안 됐으니 이번 기회를 제대로 활용하면 잘 풀리지 않을까?

"잠깐 얘기 좀 해요."

해리가 성현 앞을 막아서서 말했다. 까칠한 성현의 얼굴은 지친 기색이 역력했다.

"또 뭡니까?"

피곤한 얼굴을 쓸며 성현이 말했다.

"이번이 마지막이니까 잠깐만 시간 내줘요. 이제 귀찮게 하지 않을 테니까."

마지막이라는 말에 성현은 한숨을 내쉬고 해리를 따라 옥상으로 올라갔다.

옥상에는 아무도 없었다. 방송 관계자라지만 얼굴 알려진 아이돌과 밖을 둘이 다니는 건 부담스러운 일이었다. 그런 면에서 옥상은 차라리 나았다. 앞서 걸어가던 해리가 빙글 뒤로 돌았다. 평소와는 달리 웃음기가 없는 얼굴이었다.

"나, 오빠 좋아해요."

해리는 맘을 단단히 먹은 듯 성현의 눈을 똑바로 보고 말하며 한 걸음 더 다가왔다.

"처음 봤을 때부터 좋았어요. 오빠가 그 피디님 좋아한다는 걸 안 다음에도 변하지 않았고……. 계속 오빠 생각만 나요. 나, 받아주면 안 돼요?"

점점 다가오던 해리가 성현의 앞에 서서 옷깃을 잡을 듯 천천히 손을 뻗었다.

"싫습니다. 이제 됐죠?"

해리의 손을 툭 밀쳐낸 성현이 잘라 말했다.

"네……?"

전혀 예상하지 못했던 말인지 해리의 얼굴이 표정관리가 전혀 안 되어 형편없이 일그러졌다. 성현은 그 말만 하고 몸을 돌려서 옥상 입구 쪽으로 성큼성큼 걸어갔다. 해리는 충격을 받은 듯 멈춰 서서 문을 열고 나가는 성현의 뒷모습을 멍청한 얼굴로 바라보고 있었다.

떠들썩한 연말 시상식에 조연출들은 발바닥에 땀이 나도록 뛰어다니는 중이었다. 방송국 입장에선 집안 잔치니 차질 없이 잔치를 끝내야 하는 역사적 사명을 띠고 정신없이 준비에 열을 올렸다.

성현은 이제 그런 군번은 지났기에 준한과 양 피디와 함께 천천히 시상식장 안으로 들어갔다.

"작년까진 저도 저 속에서 무전기 들고 죽어라 뛰어다녔는데요."

"말도 마. 난 신입 때 상 주러 나온 전지현 데리러 대기실 갔다가 문도 못 열고 밖에서 발만 동동 구르다가 하마터면 방송사고 낼 뻔했어. 그 문 열고 나오라고 하는 게 왜 그렇게 힘들던지. 이야……. 지금 생각해도 진땀이 난다."

양 피디가 몸을 부르르 떨며 말했다.

"생방송이니 스릴이 넘친다니까요."

성현과 양 피디의 뒤로 준한이 인상을 쓰고 뒤따르고 있었다. 양 피디가 힐끗 뒤돌아보며 말했다.

"아, 그만 얼굴 좀 펴요! 이왕 입은 거."

"걔는 도대체 왜 이딴 걸 입으라고 하는 거야? 뭐 대단한 거 받는다고……."

유진의 강력한 요구와 사정과 협박에 할 수 없이 턱시도 차림을 하고 끌려나온 준한은 영 기분이 좋지 않았다.

"어? 이채인이다! 대장. 저기요, 저기!"

앞쪽의 귀빈석 자리에 이채인이 앉아서 준한을 향해 환하게 웃으며 손을 흔들고 있었다. 연예대상 시상식에 자신이 시상 참가자도 아니면서 굳이 참석해서 자리를 빛내주고 있는 이유는 애인인 준한의 시상을 축하해주기 위함이라는 기사가 실시간으로 인터넷에 쏟아지고 있었다.

"봐요. 카메라 플래시 대장한테 쏟아지고 있는 거. 턱시도 입길 잘했죠?"

유진은 먼저 자리에 앉아 있다가 준한이 앉자 옆구리를 쿡 찌르며 말했다. 준한은 짜증스러운 표정으로 목 언저리가 불편한 듯 계속 손가락으로 카라를 매만지고 있었다.

"저기 성현이 팬클럽도 앉아 있네."

양 피디가 키득거리며 2층의 방청객들을 보며 말했다. 성현은 간지 피디라고 써진 알록달록한 플래카드를 보더니 경악스러운 얼굴로 다시 고개를 돌렸다.

"연예인이 따로 없구만. 나보다 이놈을 턱시도 입히지 그랬어?"

준한이 투덜거렸다.

"그래도 상 받는 건 대장이니까, 화면 나오는 것도 대장이잖아요. 성현이야 뭐 평소에도 잘 입고 다니고 오늘도 간지 나게 입고 왔으니 따로 입힐 건 없겠네."

유진이 성현을 찬찬히 살펴보며 말했다.

심플한 발망 라이더 재킷 안에 화이트 셔츠를 받쳐 입고 슬림한 블랙 스키니로 모노톤 룩을 연출한 센스가 보통내기가 아니다.

탐나는 시선으로 성현을 훑던 유진이 퍼뜩 생각난 듯 일어섰다.

"영희 얘는 왜 아직 안 오는 거야?"

영희가 새로 맡게 된 팀은 대부분 시상식 준비에 참여하는 사람이 많아서 영희는 준한팀에 자리를 만들어 놨다. 그런데 올 시간이 넘었는데도 오지 않는 것이다. 아까 샵에서 화장까지 풀로 장착해줬는데 들어오질 않자 유진이 결국 찾으러 나섰다.

"야! 김영희!"

입구에서 머뭇거리고 있는 영희를 발견한 유진은 냅따 달려가서 팔뚝을 잡아 끌어당겼다.

"뭐하고 있어? 안 오고!"

"나, 나 안 되겠어! 이 뱃살 터질 것 같은 거 봐! 도저히 이 꼴로는 못 가!!"

영희가 도망치려고 힘을 썼지만 유진의 그 마른 몸 어디에서 그런 괴력이 나오는 것인지 영희를 붙잡고 질질 끌고 갔다.

"걱정 말라니까 그러네. 하나도 안 뚱뚱해 보여! 그리고 그 드레스 가슴 부분 많이 파져서 어차피 다 시선이 그쪽으로 간 다니까? 넌 가슴만은 김혜수 못지않은 글래머니까 자신감을 가지라고!"

"자신감은 뭔 놈의 자신감이야! 쪽팔려서 이러고 못 나가겠다니까!! 차라리 날 죽여!!"

"아, 글쎄. 시간 없어! 빨리 오라니까?!"

옥신각신하며 영희를 끌고 유진이 자리로 돌아왔다. 창피해서 고개를 들지 못하고 있는 영희를 준한과 양 피디가 보더니 놀라는 표정을 지었다.

"오오~ 이게 누구야?! 우리 흡입피디 맞아? 응?"

"김영희 진짜 너 맞냐? 여자는 역시 꾸미면 완전히 변해버리는구만……. 하, 무서운 세상이야."

양 피디와 준한이 영희에게서 시선을 떼지 못하며 한마디씩 하자 영희가 조금 자신감을 얻은 듯 슬쩍 고개를 들고 허리에 손을 얹고 포즈를 취했다.

"그……그래요??"

"포즈는 좀 깨는데?"

준한이 씨익 웃으며 말했다.

영희는 어정쩡하게 웃으며 준한을 보고 있었지만 시선 끄트머리에 있는 성현이 여간 신경 쓰이는 게 아니었다. 영희의 표정을 읽었는지 유진이 성현의 팔을 쿡쿡 찌르며 오버스럽게 말했다.

"성현아, 영희 좀 봐봐. 완전 글래머러스하지 않아? 이렇게 보니까 또 새롭지?"

유진의 말에 고개를 숙이고 있던 성현이 영희를 바라봤다.

"……."

말없이 바라보고 있는 성현 앞에서 영희는 더욱 얼굴에 경련이 일 것만 같았다. 애써 태연한 표정을 지어보려고 해도 더욱 딱딱해지는 피부 당김이 예사롭지 않았다. 바짝 긴장하고 있는 것을 성현에게 들킬 것 같아 마른침을 삼키고 있는데 유진이 대답 없는 성현을 또 재촉했다.

"왜 말이 없어? 어떠냐니까?"

마침내 성현이 입을 열었다.

"아예 다 벗고 다니죠? 싸 보이게 그게 뭐야."

"……!"

차가운 성현의 말에 마치 찬물을 끼얹은 것처럼 조용해졌다. 시상식 시작 직전의 시끌시끌한 주변 소리들만이 고요한 그들 사이를 부유했다. 놀란 얼굴과 굳은 얼굴의 시선들이 당황스럽게 얽혔다.

"하하, 그르게! 안 어울리게 이게 무슨 짓이람?"

영희가 어색하게 웃으며 머리를 긁적이더니 뒷걸음질을 쳤다.

"역시 갈아입는 게 낫겠지? 하하하. 금방 갈아입고 올게!"

그 말만 하고 영희가 도망치듯 뒤돌아서는 달리기 시작했다.

"여, 영희야! 기다려 봐!"

당황한 유진이 황급히 뒤따라갔지만 영희는 마치 우사인 볼트가 빙의한 듯 날랜 속도로 사람들 틈을 헤치고 빠져나갔다.

둘이 사라지고 난 자리에 싸늘한 정적이 감돌고 있었다.

"윤성현 너 미쳤어? 그게 선배한테 할 소리야?"

준한이 정색을 하고 말했다. 양 피디도 난감한 표정이었다.

"너 말 너무 심했어. 영희가 아무리 마음이 넓다지만 그런…… 어?"

그 때, 미간을 일그러뜨리고 있던 성현이 벌떡 일어섰다.

"젠장."

딱딱하게 굳은 얼굴로 낮게 욕설을 내뱉으며 조금 전 영희와 유진이 사라진 방향으로 뛰어갔다. 성현이 달려 나간 쪽에서 오고 가던 사람들이 여럿 부딪히는 소리가 들렸다.

"쟤 왜 저러냐?"

영문 모를 표정으로 보고 있던 준한이 양 피디를 향해 고개를 돌리며 물었다.

"그, 그게……."

양 피디는 얼굴을 긁적이며 뭐라 말해야 되는지 난감한 표정이었다.

"뭔가 아는 게 있군? 신속하게 말해봐. 빨리."

준한이 한쪽 눈썹을 추켜올리곤 양 피디를 닦달하기 시작했다.

"아니 그게 개인적인 얘기들이라 좀……."

"시끄럽고 빨리 말해 보라니까?"

준한의 눈 부라림에 쫀 양 피디가 할 수 없이 알고 있는 이야기들을 하나하나 고해바치기 시작했다.

"영희야! 김영……! 어??"

유진이 헉헉거리고 복도에서 영희를 뒤쫓다가 자기 앞을 휙 지나가는 성현의 뒷모습에 놀라서 멈춰 섰다.

"성현이잖아?"

길쭉한 다리로 시원하게 달리는 성현의 뒷모습을 보니 얼마 안 가 영희가 잡힐 것 같았다.

"그래. 얼릉 붙잡아라, 성현아!"

모로 가도 서울만 가면 됐다. 유진은 입술 끝을 지그시 올리고는 이마에 송골송골 맺힌 땀을 닦으며 뒤돌았다. 뒤돌아선 유진이 퍼뜩 생각난 듯 급히 배에 손을 갖다 댔다.

"아차. 나 무리한 거 아니지?"

유진은 아직 전혀 솟아오르지 않은 배를 살살 문지르며 천천히 걸어서 기자들과 연예인들로 인산인해를 이루고 있는 시상식장 입구 쪽으로 향했다.

갑자기 누군가가 팔을 휙 낚아채자 영희가 놀란 눈으로 뒤돌아봤다.

"무슨 여자가 구두 신고 이렇게 잘 뛰어?"

성현이 가쁜 숨을 몰아쉬며 영희를 내려다보고 있었다. 영희는 지금 자기를 잡고 있는 사람이 성현임을 확인하고 당황스러운 눈으로 팔을 잡아 빼려고 했다.

"이거 놔."

"못 놔."

성현이 태연한 얼굴로 팔을 더 강하게 잡아당겼다.

"이거 놓으라니까."

"못 놓는다고."

영희가 눈을 치켜뜨고 성현을 올려봤다. 성현도 굳은 표정으로 영희의 팔을 잡고 있는 손에 힘을 줬다.

"왜 이래? 싸 보이는 여자 팔은 왜 잡아?"

쏘아붙이듯 말하자 잠시 주변을 둘러본 성현이 그대로 영희 팔을 잡아끌었다. 영희가 팔을 잡아 빼려고 안간힘을 썼지만 그는 아랑곳하지 않고 근처에 있는 비상구 안으로 영희를 밀어 넣었다.

문이 굳게 닫히자 영희가 성현을 노려봤다.

"이게 무슨 짓이야? 비켜."

영희가 성현 뒤에 있는 문으로 무작정 돌진하자 그가 영희의 팔을 난폭하게 잡아채서 원래 자리에 돌려놨다.

"아야! 나 옷 갈아입고 가봐야 돼. 비키라니까?"

다시 문 쪽으로 돌진하는 영희를 이번에도 낚아채서 돌려놨다. 영희가 어이없는 얼굴로 성현의 얼굴을 올려다봤다.

"너 왜 이래? 진짜."

"……."

어두운 비상구에서 성현의 눈빛에서 불꽃이 튀기는 것 같았다. 무서울 정도로 강렬한 눈빛으로 내려다보자 영희는 저도 모르게 숨을 들이켰다. 긴장된 분위기가 어두운 비상구 계단 앞을 팽팽하게 만들고 있었다.

"성현……."

그가 영희의 얼굴을 잡아 단숨에 입술을 집어삼키는 바람에 목소리가 나오다가 짓눌려버렸다. 놀라서 밀어내려고 했지만 성현은 완강하게 영희의 입술 사이를 벌려 혀를 밀어 넣었다.

뜨거운 혀가 거칠게 입안으로 밀려들어와 영희의 움찔거리는 혀를 낚아챘다. 숨 막히게 입술을 틀어막고 진한 키스를 퍼부어대자 성현의 가슴을 밀어내려던 영희의 손가락에 힘이 풀렸다. 뜨거운 숨결이 입술이 떨어질 때마다 서로에게 쏟아졌다.

뒤로 주춤거리며 밀리던 영희의 등이 차가운 벽에 맞닿았다. 더 이상 도망칠 곳이 없어지자 다리에도 힘이 풀릴 것 같았다. 입술로 전해지는 뜨거움과 혀에 느껴지는 아찔한 감각에 영희의 머릿속이 텅 비어버렸다. 익숙한 성현의 스킨향이 코 안으로 훅 밀려들었다.

그 향기에 어질어질하던 머릿속에 성현에 대한 아프도록 시린 감정이 봇물처럼 터져 나왔다. 가슴이 무너질 것 같던 괴로움과 안타까움이 다시 터져 나오자 영희는 자기도 모르게 그의 목을 끌어안고 필사적으로 그의 혀를 받아들이고 있었다. 미칠 듯한 허기에 사로잡힌 포식자처럼 그는 영희의 입술을 탐했다.

"하아……."

질척한 소리를 내며 입술이 떨어지자 막혔던 숨결이 터져 나왔다. 심장이 세차게 뛰고 있었다. 달아오른 호흡에 영희의 어깨가 급히 오르내렸다.

눈앞에서 둘의 시선이 어지럽게 얽혔다. 그의 충혈된 눈이 어쩐지 눈물 나게 안타깝게 느껴졌다.

"……미안."

성현의 입술에서 갈라진 목소리가 새어 나왔다.

"미안해. 그런 말해서……. 그렇게 생각한 게 아닌데. 그냥……."

성현은 말을 멈추고 혀로 마른 입술을 축였다. 미간을 찌푸리고 단어를 찾는 성현의 표정을 영희가 말없이 응시했다. 길게 한숨을 내쉰 그의 입술이 다시 열렸다.

"그냥, 당신이 그런 옷 입고 있는 걸 다른 사람들이 보는 게 싫었어.

그게 화가 나서 그랬어. 미안해."

울컥, 하고 영희의 심장부터 목울대까지 무언가가 뜨겁게 치솟아 올라왔다. 목구멍까지 올라온 그것은 순식간에 눈물샘을 자극해버려 눈앞을 뿌옇게 만들었다.

머리 위에서 성현의 목소리도 살짝 떨리듯 내려왔다.

"나는 역시 당신이…… 좋은 것 같아."

영희는 입술을 깨물었다.

"그래서 당신 없으면 안 될 것 같고."

입술을 깨물어도 눈물이 넘쳐흘러 고개를 들지 못했다. 성현의 꽉 막힌 듯 잠긴 목소리가 귓속을 파고들었다.

"……보기 싫은 건가? 나."

그제야 영희가 고개를 들었다.

"보기 싫은 거 아냐. 눈에서 침이 나와서."

아무렇지 않은 척 농담을 하자 성현이 쿡, 하고 웃었다.

"당신은 이런 순간에도 장난이 나와?"

"……쑥스러워서."

영희가 손가락을 코에 대고 훌쩍거렸다. 성현이 발갛게 반질거리는 영희의 코에 살짝 키스했다.

"대답해줘. 나만 그런 거야?"

성현이 채근하듯 물었다. 아랫입술을 잘근거리던 영희가 드레스 자락을 움켜쥐고 심호흡을 했다.

"나도 네가 좋아. 네가 옆에 없다는 게 그렇게 힘들 줄은 몰랐어. 잡고 싶었어, 잡고 싶었는데 그러지 못하는 내가 너무 싫었어……."

바보같이 또 눈물샘이 터져 버렸다.

"그러니까 먼저 말해 줘서 고마워. 정말…… 고마워."

눈물이 자꾸만 흘러 볼을 타고 미끄러져 내렸다. 영희를 바라보고 있던 성현이 깊은 한숨을 내쉬며 영희를 자신의 품 안으로 끌어안았다. 눈물이 성현의 까만 재킷에 뭉개졌다.

"너 옷 다 버려. 나 화장도 했는데 오늘……."

성현이 피식 웃으며 더 깊이 영희를 껴안았다.

"티슈 없으니까 여기다 닦으라고."

"이거 세탁비 많이 나올 텐데 가죽이라……. 나 지금 콧물도……."

"그냥 있어. 이 무드 없는 여자야."

장난스럽게 말한 그가 영희의 머리카락에 손을 집어 넣어 헝클이듯 천천히 쓰다듬었다. 영희가 코를 훌쩍거리며 가만 안겨 있었다.

"……고마워."

성현의 나지막한 목소리가 들렸다. 눈물 때문인지 귀가 먹먹해서 그의 목소리가 멀리서 들리는 것 같았다.

"나도."

영희가 코를 훌쩍이며 대답했다.

가만 안겨 있으니 성현의 심장 소리가 들렸다. 들뜬 듯 빠르게 뛰는 심장 소리. 이대로 지구가 갑자기 멸망해 버린다고 해도 상관없을 것 같았다.

"아차!"

영희가 퍼뜩 생각난 듯 얼굴을 성현의 재킷에서 확 떼어냈다. 그러자 콧물이 재킷과 일심동체를 이룬 듯 코에서 쭈욱 늘어났다. 깜짝 놀란 영희 얼굴이 시뻘겋게 변하더니 다시 화다닥 얼굴을 재킷에 묻었다.

"헉! 보, 보지 마!"

"이미 다 봤는데."

성현이 쿡쿡 웃으며 자신의 티셔츠 아래쪽을 잡아 올려 영희의 코에 갖다 댔다.

"흥, 해봐."

"시, 싫어!"

영희가 흠칫 놀라 완강히 거부했다.

"얼른. 나한테 토사물 쏟아낸 적도 있으면서 뭘."

"뭐?! 내, 내가 언…… 앗!!"

놀라서 고개를 들어 올리는 영희의 코를 성현이 재빨리 감싸더니 닦아냈다. 영희는 고개를 돌려대며 거부하다가 마지막 한 방울까지 깨끗이 닦이고 나서야 풀려났다.

"……내가 너한테 오바이트를 했다고? 언제?"

뭔가 탈탈 털린 기분이 된 영희가 체념한 목소리로 물었다.

"응. 선배는 기억 안 나겠지만 그래서 나 선배 처음 만난 날 선배 집에서 샤워도 하고 나왔는데?"

성현은 아무렇지도 않게 영희의 코를 닦은 부분을 매듭마냥 묶더니 대답했다.

"뭐어?!! 마, 말도 안 돼!"

영희의 얼굴이 경악으로 물들었지만 그는 아랑곳없이 말했다.

"진짜야. 선배 바래다주는데 집 앞에서 갑자기 쏟아내서 할 수 없이 선배 집에 들어가서 샤워하고 옷 빨고 있는데 선배가 갑자기 들어와서 깜짝 놀랐었지."

놀라움에 입을 다물지 못하고 영희가 성현을 바라봤다. 처음 만난 날이라니……. 그러고 보니 그날 이후 꿈속에서 한동안 성현의 미끈한 알몸이 나온 덕분에 꽤나 시달렸었는데, 그게 그래서 그런 거였구나! 어? 가만. 그, 그럼 혹시……?

"그럼 그때부터 내가 만취만 하면 우리 집에 나타나던 우렁각시가……?"

눈을 가늘게 뜨고 묻는 영희의 말에 성현이 알 듯 모를 듯한 미소를 씨익 지으며 말했다.

"그런데 선배, 좀 전에 아차라고 했잖아. 무슨 일 있어?"

"너 그런 식으로 말 돌리려…… 헉! 맞다! 나 시상식! 시상식 잊고 있었어!!"

영희가 다시 생각난 듯 소리쳤다. 이대로 지구가 멸망해버려도 상관 없다고 생각한 게 방금 전이긴 하지만 그래도 시상식을 내팽개칠 수는 없지 않은가? 하지만 울어서 애써 공들인 화장도 엉망이 돼버렸으니 이대로 갈 수는…….

"어차피 늦었는데 뭐."

영희가 패닉에 빠진 듯 난감해하자 성현이 싱긋 웃으며 영희를 벽에 천천히 밀어붙였다. 올려다보니 성현의 비스듬히 올라간 입꼬리와 묘한 빛을 띠는 눈동자가 뭔가 심상치 않았다.

"아니 늦긴 했는데 그래도…… 으읍."

등 뒤로 벽의 서늘한 감촉이 느껴지자마자 입술에 뜨거운 것이 겹쳐졌다.

입술이 닿자마자 시상식 따위는 영희의 머릿속에서 하얗게 지워져버렸다. 영희는 입술을 벌려 촉촉한 혀를 담뿍 받아들였다. 그의 혀가 간질이듯 건들다가 뜨겁게 감쌀 때마다 아랫배에서 훅, 하고 열기가 올라왔다.

둘의 고개가 이리저리 부드럽게 꺾이며 움직임이 점차 급박해졌다. 그의 목을 감싸 안은 영희는 단물을 삼키듯 그의 혀를 쭉쭉 빨았다. 성현은 거친 숨결을 토해내고는 한 손으로 영희의 허리를 확 잡아 끌어당겼다.

"아."

틈새 없이 바짝 밀착된 몸에서 그의 단단한 남성이 느껴져 영희가 짤막한 비명을 터트렸다. 통통하게 부어오른 영희의 입술을 성현이 놓치지 않고 집요하게 빨아댔다. 탐스러운 가슴을 한 손에 움켜쥐자 순간 영희가 깜짝 놀라 소리쳤다.

"안 돼!"

성현이 영희의 목덜미를 빨던 얼굴을 들어 올렸다. 영희가 당황스러운 표정으로 보고 있었다.

"왜 안 돼?"

성현이 잔뜩 잠긴 목소리로 물었다.

"여기 감시카메라 있을 거야."

"설마. 방송국에 비상구가 한두 군데도 아니고 여긴 사람들도 잘 사용 안 하는 덴데?"

영희의 말에 성현이 미간을 좁히고 주위를 둘러보며 말했다.

"그, 그래도 모르잖아. 경비 아저씨가 다 보고 있을 수도 있어."

다시 겹쳐지려는 성현의 입술을 손가락으로 막으며 영희가 필사적으로 속삭였다. 말은 그렇게 했지만 속으로 제발 아니길 바라면서. 정말이지 자신의 리얼한 키스신을 누군가에게 실시간으로 중계했다고는 생각하고 싶진 않다.

성현은 영희의 눈을 뚫어지게 바라보며 자신의 입을 막고 있는 손가락을 혀로 살짝 핥았다. 영희는 손가락에 느껴지는 혀의 축축한 감촉에 흠칫 놀라 손을 뗐다.

"……나 더 이상 못 참을 것 같은데? 당장 가지고 싶어."

성현이 짓궂은 눈으로 도망가는 영희의 손가락을 살살 핥으며 말했다. 마치 도발하는 듯한 그의 섹시한 눈빛에 심장이 터져 버릴 듯 쿵쾅거렸다.

"지, 지금?"

그가 가만 고개를 끄덕거리자 영희는 잠시 눈동자를 굴려가며 고민했다. 그러는 중에도 성현은 그녀의 손가락을 맛나게 쪽쪽 빨고 있었다.

'이럴 수가! 사람 손가락에도 성감대가 있다니!'

영희는 정신이 아찔해졌다. 손가락이 바들바들 떨리고 있었다. 전에 치킨 먹을 때도 그랬지만 단지 손가락을 빨고 있다는 것에 왜 이렇게 흥분이 되는 건지 모르겠다.

"읏."

성현이 한쪽 손으로 영희의 손가락을 잡고 빨아대며 다른 한쪽 손으로 드레스 위에 팽팽하게 솟아오른 영희의 젖가슴을 주물렀다. 손가락과 가슴에서 느껴지는 묘한 쾌감에 영희는 다리가 풀릴 지경이었다. 이대로 있으면 정말 감시카메라고 뭐고 일을 저지를 것 같다는 불안감이 엄습했다.

"성현아. 저기……. 여기서 우리 집보다 너네 집이 가깝지?"

영희가 하악거리며 거친 숨을 몰아쉬더니 겨우 말했다. 그 말에 성현은 빙긋 웃더니 영희의 손을 잡았다.

"따라와."

성현은 그대로 영희의 손을 잡고 계단을 내려가기 시작했다. 영희는 헝클어진 머리와 드레스를 손으로 대충 정리하며 성현을 따라 주차장으로 향하는 계단을 내려갔다. 둘의 발걸음 소리가 심장 소리만큼 크게 계단을 울리고 있었다.

그 시간 생방송 화면에선 시상식장에서 준한이 미간을 찌푸리고 트로피를 든 채 수상소감을 말하고 있었다.

"내 상 받기도 귀찮은데 대리수상까지 하라니 정말 귀찮습니다. 김영희! 너 성현이 놈이랑 사라져서 어디로 간 거야? 내가 니 상까지 대신 받고 앉아 있어야 되겠어? 니들 내일 보면 가만 안 둬!"

그 날의 수상소감은 그 자리에 앉아 있던 모든 사람들과 특히 성현의 팬클럽을 멘붕으로 빠트리고 한동안 인터넷을 뜨겁게 달군 것은 두말할 필요가 없다.

'역시 귀찮피디 다운 수상소감이다.' '흡입피디와 간지피디는 어디로 사라졌는가.' '이강운은 뭐고 간지피디는 또 뭐란 말이냐. 흡입피디, 진정한 마성의 피디?' 등등 까도 까도 계속 나오는 양파같이 그들의 사연은 수많은 사람들의 궁금증을 불러일으키며 사방팔방의 게시판을 떠돌았다.

시상식장에 있던 사람들 중 딱 한 사람, 준한의 말에 해맑은 얼굴로 박수치며 환호했던 채인의 사진과 영상 역시 '부창부수'라는 제목으로 다양한 짤방과 패러디를 양산해냈다는 것은 또 하나의 시상식 뒷이야기였다.

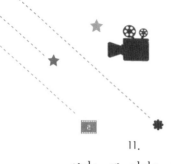

11.
여자는 배, 남자는 항구?

"선배! 이거."

뒤에서 들리는 소리에 영희가 걸음을 멈추고 돌아봤다. 방송용 인터컴을 착용한 성현이 성큼성큼 다가와 손에 든 무언가를 내밀었다.

"이게 뭐야?"

영희가 자동적으로 손바닥을 벌리며 물었다. 손바닥 위에 작은 원형의 길쭉한 플라스틱 통이 쥐어졌다.

"입술 많이 텄어. 이거 발라."

립글로스였다니. 영희가 눈썹을 찌푸리더니 투덜거렸다.

"내가 이거 바를 시간이 어디 있어? 바빠 죽겠는데. 나 지금 얼굴 노랗게 뜬 거 안 보여?"

"바르는 데 몇 초나 걸린다고. 꼬박꼬박 발라. 키스할 때 아프단 말야."

립글로스가 쥐어진 영희의 손을 꼬옥 오므려주며 성현이 싱긋 웃었다.

"칫, 알았어. 그럼 나 간다!"

입술을 삐죽이며 립글로스를 점퍼 주머니에 대충 챙겨 넣은 영희가 바쁜 듯 뒤돌았다. 성현은 종종걸음으로 멀어지는 영희에게 소리쳤다.

"끝나면 전화해!"

멀리서 영희가 알았다는 듯 대충 끄덕이는 모습이 보였다. 영희의 뒷모습을 잠시 바라보고 있던 성현이 인터컴을 매만지며 촬영세트장으로 돌아갔다.

"영희 지나갔냐?"

복도를 보고 갑자기 튀어 나갔다가 돌아온 성현에게 양 피디가 물었다. 성현이 원래 자리로 돌아와서 큐시트를 살펴보다가 끄덕거렸다.

"맨날 같이 있을 텐데 뭔 할 말이 많아서 그렇게 부리나케 튀어 나가?"

"별로 같이 못 있어요. 둘 다 워낙 바쁘잖아요."

성현이 어깨를 으쓱이며 말했다. 양 피디도 하긴 그렇겠군, 하며 중얼거렸다.

같이 있는 시간이 적다 보니 한 번 만날 때마다 최선을 다해 표현하려는 편인데 그 표현이 대부분 몸으로 이루어진 것들이라 영희는 더 피곤해 보이는 듯도 했다. 아무래도 좀 더 영희의 몸을 적응시켜야겠다고 생각하며 묘한 미소를 띠고 촬영장을 활보하는 성현을 유진이 부럽다는 눈길로 보고 있었다.

"성현이는 갈수록 애가 섹시해지네~ 아주 물이 올랐어. 임자 있는 놈이 왜 저렇게 페로몬을 뿌리고 다니는 거야? 전직 팬클럽 회장 맘 설레게."

"어어? 너 지금 누구 보면서 태교질이야? 멀쩡한 애 아빠를 옆에 두고."

양 피디가 유진의 말을 들었는지 도끼눈을 하고 성큼 다가왔다.

"결혼도 하지 않았으면서 무슨 아빠?"

유진이 눈을 흘기며 코웃음을 쳤다.

"그러니까 결혼하자니까?"

양 피디가 지지 않고 강하게 말했다.

"엄머, 웃겨! 연애도 안 했는데 웬 결혼 타령이래?"

유진이 팔짱을 끼고 말하자 양 피디가 답답한 얼굴로 설명하기 시작했다.

"꼭 연애하고 결혼해야 돼? 상황 봐서 결혼 먼저 할 수도 있는 거지. 선 봐서 결혼하는 사람들도 연애 과정 없이 잘만 살더라. 연애만 주구장창 하다 결혼 못하는 사람들 한둘이야?"

"양학진 씨. 전 그런 거 싫거든요? 결혼한 다음에 애 낳고 키우다 보면 연애할 시간 날 것 같아요? 그럴 바에야 차라리 애 키우며 나 편한 대로 혼자 사는 게 백 번 천 번 낫지."

양 피디의 얼굴이 대번 붉으락푸르락해졌다.

"뭐야?! 그럼 지금 우리 애를 아빠 없는 애로 만들 셈……."

"인간아! 목소리 좀 낮춰! 촬영장인 거 몰라?"

시뻘건 얼굴로 언성을 높이는 양 피디의 입을 황급히 막은 유진이 눈을 부라렸다. 양 피디는 주변을 둘러보더니 유진의 손을 내리고는 마지못해 목소리를 낮췄다.

"어쨌든 일단 결혼부터 해! 배 더 불러오기 전에 부모님 만나 뵙고 날 잡자."

"싫다니까요?"

유진은 쌀쌀맞게 말하고는 몸을 홱 돌렸다.

"뭐? 이봐! 유진아! 유진……."

등 뒤에서 황급히 이름을 부르며 난감해하는 양 피디의 목소리를 들으며 유진이 입술을 내밀고 비죽댔다.

'웃겨. 결혼하자고 하기 전에 사랑한다고 먼저 해야 하는 거 아냐? 꼭 애 때문에 코 꿰여서 결혼하자는 것 같잖아! 멍청한 양 씨 같으니!'

유진은 씩씩대며 양 피디에게서 멀리 걸어가버렸다.

성현은 촬영이 끝나자 잽싸게 주차장으로 내려가며 전화를 했다.

"나야. 언제 끝나?"

―오늘? 지금 촬영답사 와 있어서 좀 늦을 것 같은데.

"어디로?"

―보길도.

"보길도? 섬이잖아! 거기까지 갔어?"

성현이 한 손으로 차 문을 열고 들어가 시동을 걸며 미간을 찡그렸다. 그리 멀지 않으면 바로 데리러 갈 생각이었는데……. 그러고 보니 통화음도 안 좋고 영희가 말하는 소리 너머로 바람 소리가 웅웅 들렸다. 날씨가 안 좋은 모양이다.

"누구랑 갔어? 거긴."

―누구긴. 만만한 우리 막내랑 왔지.

성현의 눈썹이 홱 위로 휘어져 올라가며 얼굴이 딱딱하게 굳었다.

"막내면…… 그 어리다는 조연출인가 하는 놈?"

―어. 지금 배 뜨는 거 알아보라고 보냈는데 안 오네. 여기 날씨가 심상찮아서 나갈 수 있을지…….

성현의 머릿속으로 예전에 영희와 섬으로 답사 갔다가 고립됐을 때의 상황이 파노라마처럼 지나갔다. 이마에 불끈 힘줄이 솟는 것이 느껴졌다.

―성현아. 일단 여기 나가는 배편 알아봐야 되니까 끊어봐. 혹시 갇히게 되면 내일 들어가게 되니까 알아두고.

"……선배."

―어? 뭐라고? 잘 안 들려.

영희가 바람 소리 때문에 잘 안 들리는지 한쪽 귀를 막고 전화기를 가까이 댔다.

─나 지금 해남으로 갈 테니까 어떻게든 땅끝 항구까지 나와 있으십시오. 알겠습니까?

"뭐? 아니, 왜……."

성현이 목소리를 깔고 말한 후 전화를 확 끊어버리자 영희가 눈을 크게 뜨고 끔벅였다. 그 때 순형이 헐레벌떡 달려오며 소리쳤다.

"피디님! 배가 뜰 수는 있을 것 같대요! 일단 배 타는 곳에 가서 대기해야 될 것 같아요!"

"뭐? 알았어! 가자!"

영희가 서둘러 가방을 메고는 일어섰다.

성현은 급히 차를 출발시키며 내비게이션에 땅끝 선착장을 입력했다.

"6시간이라……."

곁눈질로 시간을 확인하고 맹렬히 속도를 올렸다. 고속도로에 접어들자 귓가가 웅웅할 정도로 스피드가 느껴졌다. 성현은 개의치 않고 액셀을 밟아댔다.

'내가 도착할 때까지 그 섬에서 빠져나오지 않았기만 해 봐!'

룸미러에 비친 성현의 눈이 이글거리며 번뜩였다.

선실 안 의자에 앉은 영희가 뜨거운 커피를 순형에게 쥐여준 뒤 휴대폰을 만지작거렸다. 좀 전에 성현에게 전화를 하려고 했지만 안테나가 잡히지 않아 못 했다. 곧 배가 출발한다는 문자를 보내긴 했는데 전송이 안 돼서 여러 번 재전송만 누르다가 다시 통화를 시도했지만 실패했다.

'정말 온다는 건가?'

영희가 고개를 갸웃거리며 커피를 호로록 마셨다. 날씨 때문에 출발

시간에서 한 시간이나 가까이 늦어졌다. 서울에서 오는 데 한두 시간 걸리는 것도 아니고, 도대체 무슨 생각이지?

창밖으로 꿀렁거리는 바다를 내다보던 영희 표정이 어두워졌다. 이렇게 큰 배가 널뛰듯 흔들리는 걸 보니 아무래도 심상치 않다. 설마 이 큰 배가 뒤집어지진⋯⋯. 에이, 설마.

물 공포증인 영희에게 그건 정말 끔찍한 상상이었다. 필사적으로 붕붕 고개를 흔들며 옆을 바라보니 순형은 그새 커피를 원샷 하고 잠들어 있었다. 멀미를 아예 하지 않는 타입이라니. 정말 부럽기 짝이 없다.

그 때 갑자기 선실 내에 안내방송이 울려 퍼졌다.

—승객 여러분께 안내 말씀 드립니다. 갑작스런 기상악화로 목적지까지 운행하기에는 위험하다는 판단이 들어 노화도 항구에 임시 정박을 합니다. 양해를 부탁드리겠⋯⋯.

안내방송이 나오자 선실 안에 있던 사람들이 일제히 술렁거리기 시작했다. 영희는 황급히 순형을 깨웠다.

"순형아! 순형아! 일어나 봐!"

"네, 네?"

그새 꿀잠을 잔 건지 순형이 눈도 제대로 못 뜨고 고개를 들었다.

"해남까지 못 간대. 기상악화 때문에 일단 노화도에 내려준다는데, 언제 다시 뜰지 모른다나 봐."

"아, 그래요? 할 수 없죠, 뭐."

순형은 별일 아니라는 듯 기지개를 폈다.

"그, 그래. 물론 별수 없긴 한데⋯⋯."

영희가 당황스러운 얼굴로 창밖을 살폈다. 배가 출렁일 때마다 마치 물속에 가라앉을 듯 파도가 높이 일렁였다. 하루 더 머물고 가는 거야 물에 빠지지 않는 이상 사실 큰 상관이 없었지만 문제는 성현이었다.

영희는 다시 성현에게 통화를 시도했지만 허사였다.

아까부터 전화해대느라 그나마 남아 있는 배터리도 올인 될 기세였다.

"순형아. 너 배터리 짱짱해?"

"폰 배터리요? 전 배 타기 전에 폰 꺼졌는데요?"

천진난만한 얼굴로 대답하는 순형을 보고 영희는 고개를 저으며 체념한 듯 의자에 털썩 앉았다. 노화도에 들어가면 전화할 곳이야 찾을 수 있겠지.

"피디님! 뭐해요? 빨리 와요!"

순형이 짐을 잔뜩 들고, 비바람을 맞으며 누군가에게 휴대폰을 빌려 손에 쥔 채 사색이 되어 있는 영희를 불러댔다.

"으, 응! 가, 갈게!!"

영희는 마지막으로 이마를 잡고 창백해진 얼굴로 머릿속을 쥐어짜봤지만 허사였다.

'성현이 전화번호를 모르겠어!'

아아, 이것이 스마트폰의 저주인가? 편리함만 찾던 현대인의 머리를 깡통으로 만들어버리는 저주!

"감사했습니다."

영희는 할 수 없이 포기하고 휴대폰을 주인에게 돌려주며 꾸벅 허리를 숙였다.

"배에 탔던 사람들 여기 마을 회관에서 숙박도 된다니까 대충 끼어서 자기로 했어요. 차 가지고 탔던 사람들 중에 차에서 자는 사람들도 있으니 넓진 않아도 잘 수는 있을 거 같아요. 잘됐죠?"

순형이 정말 잘됐다는 얼굴로 말했다.

"응? 으응, 그렇네."

영희가 끄덕거리며 미소 지었지만 머릿속으로는 해남으로 달려오고 있을 성현 생각에 암담했다.

'연락도 안 되고 아침까진 섬에서 나갈 수도 없게 생겼으니 큰일이네…….'

깜깜해진 하늘은 우르릉 소리를 내며 거센 비를 뿌려대고 있었다. 사람들이 복작거리는 마을 회관 안으로 들어선 영희가 잠바에 묻은 물기를 털어내고 있는데 볼록한 무언가가 만져졌다.

"아."

꺼내보니 아까 방송국에서 성현이 쥐여준 립글로스였다. 어딘가에 부딪힌 모양인지 플라스틱 부분이 조금 깨져 있었다. 불길하다고 느끼는 순간 쩌적, 하고 천둥소리가 요란하게 지축을 뒤흔들었다.

'설마…….'

척추를 타고 스멀스멀 기어오르는 불길한 느낌을 털어내듯 머리를 붕붕 흔들었다. 안에 있으면 더 불안할 것 같아서 회관 입구로 나갔다. 옆에서 동네 주민인 듯한 아저씨들이 대화 중이었다.

"저기 아저씨, 궁금한 게 있는데요……."

영희가 슬쩍 다가가 물었다.

"뭘 말이오?"

이 추운 비바람 몰아치는 겨울날에도 얇은 깔깔이 하나만 달랑 걸친 섬 사나이 포스의 아저씨가 시크하게 대답했다.

"지금 땅끝 항구에 마중 나온다는 사람이랑 연락이 안 돼서 그러는데요. 거기서도 배가 여기서 묶인 걸 알 수 있나요?"

"그믄 알제 모르겠소? 배 묶인 거야 예삿일도 아닌디……. 남편이 잡으러 왔는갑소?"

"네? 아, 아뇨. 그런 건 아니고……. 하하, 어쨌든 알게 된다는 거군요. 감사합니다."

아저씨는 영희의 인사도 시크하게 넘겨버리고 뒤집어질 것 같은 우산만 받친 채 위풍당당하게 마을 쪽으로 걸어갔다.

'그래도 알려준다니까 다행이네. 바로 돌아가면 그래도 내일 일에 지장이 없⋯⋯진 않겠군. 왕복만 몇 시간이야? 불쌍한 성현이. 괜히 헛고생만 하고⋯⋯.'

영희가 퍼붓는 비를 바라보며 쪼그려 앉았다. 번쩍하고 번개가 내리치자 깨진 립글로스 케이스를 매만지며 불안한 표정을 지었다.

다행히 아침 일찍 배가 뜰 수 있을 정도로 날씨는 개어 있었다.

"섬 날씨는 참 신기하단 말이죠. 어제 그렇게 난리 부르스를 추더니 오늘은 쨍하네."

순형이 늘어지게 하품을 하며 짐을 들고 배에 올라탔다. 영희도 퉁퉁 부은 얼굴로 가방을 메고 배에 올랐다. 밤을 거의 꼬박 지새웠는데 얼굴은 왜 이렇게 부은 건지 조금 전에 배에 타면서 유리창에 비친 자신의 모습을 보곤 흠칫 놀랐다.

예정과 다르게 1박을 더 하게 돼서인지 선실 안에 있는 사람들도 다들 피로에 찌든 얼굴로 곯아떨어졌다. 어제와 달리 쾌속운행을 하는 중이라 배에 흔들림도 적어서 부족한 잠을 채우기에는 괜찮은 모양이었다.

"아, 드디어 육지다⋯⋯!"

영희는 물 위에서 벗어난 해방감에 선착장에 도착하자마자 털썩 주저앉았다. 정말 길고도 긴 하룻밤이었다.

"광주터미널로 가서 비행기를 탈까요?"

순형은 쌩쌩한 얼굴로 영희 옆에 서서 물었다. 성현이 걱정돼서라도 빨리 올라가봐야 할 것 같아 영희가 그러자고 하며 하품을 크게 하는데 뒤에서 익숙한 목소리가 들렸다.

"영희 씨는 저랑 갈 데가 있으니 혼자 가셔야겠는데요."

영희와 순형이 동시에 뒤돌아봤다. 뒤에서 성현이 팔짱을 끼고 서 있었다.

"성현아! 너 어떻게 여기⋯⋯. 밤새 여기 있었던 거야?"

영희가 눈을 둥그렇게 뜨고 물었다.

"선배님 안녕하십니까!"

순형이 허리가 꺾어져라 숙이며 인사했다. 별로 안 친한 선배를 대할 때의 순형은 여전히 군대식이었다. 지금처럼 무서운 얼굴을 하고 있는 선배에게는 더 그랬다.

"볼일이 있으니 영희 씨는 내가 데려가죠."

성현은 영희 손을 잡아끌며 말했다.

"어? 저기⋯⋯."

"넵! 그럼 방송국에서 뵙겠습니다!"

영희가 둘을 번갈아 보고 있는 사이 순형이 재까닥 인사하고는 팽 달려갔다. 이미 멀리 떨어진 순형의 뒷모습을 멍하니 보고 있으니 뒤에서 성현의 가라앉은 목소리가 들렸다.

"따라와."

성현이 영희 손을 확 잡아서 끌더니 해안도로 한쪽에 세워둔 자기 차에 태웠다. 많이 화가 나 보여서 영희가 눈치를 보며 물었다.

"여기서 잔 거야? 오늘 회사는??"

"오늘은 못 간다고 해뒀어. 어제 촬영 끝났으니까."

"아, 맞다. 너 어제 촬영이었지."

영희가 벨트를 매며 끄덕거렸다. 성현이 자리에 앉아 피곤한 듯 얼굴을 쓸었다.

"표정이 안 좋네. 피곤하지? 차에서 자면 불편한데⋯⋯."

딱딱하게 굳어 있는 성현의 얼굴을 힐끔거리던 영희가 멋쩍게 웃으며 말했다. 그런데 아무리 기다려도 대답이 돌아오지 않아 다시 말을 이었다.

"미안. 나도 빠져나오려고는 했는데 배가 못 간다고……."

"알아."

성현이 영희의 말을 잘랐다. 차 안에 묵직한 침묵이 감돌았다.

"……미안. 연락하려고 했는데 배터리가 나가서……. 어떤 아줌마한테 전화기는 빌렸는데 저기……. 번호가 생각이……."

왠지 변명을 하면 할수록 점점 더 진흙탕에 빠지는 기분에 영희 목소리도 덩달아 딱딱해져 갔다.

성현은 여전히 묵묵부답이었다. 어떻게 해야 하나 싶은 마음에 영희도 입을 다물고 잠시 전방만 바라봤다.

비바람 치던 어제가 말짱 거짓말이었다는 듯 보닛 위로 내려앉은 햇빛이 반짝반짝 빛났다. 차창 밖으로 펼쳐진 바다도 우유 거품 같은 포말을 잔잔하게 만들어내고 있었다.

그 때 옆에서 콩, 하는 소리가 들렸다. 영희가 고개를 돌리니 성현이 핸들 위로 머리를 박고 엎드려 있었다. 그에게서 낮은 한숨이 새어 나왔다.

"성현아. 많이 화났……어?"

"멍청이."

성현이 하는 말에 영희가 눈을 끔벅였다.

"……응?"

"멍청이."

"뭐라고??"

"멍청이!"

영희가 눈살을 찌푸렸다.

"야. 아무리 그래도 멍청이라고 할 것까진……."

성현이 영희를 와락 껴안았다. 영희는 말을 하다 숨이 막힌 듯 켈룩하고 잔기침을 터뜨렸다.

"걱정했잖아."

잔뜩 잠긴 목소리에 그만 가슴이 울컥했다. 그의 깊은 한숨 소리가 귓가에 닿았다. 으스러질 듯 꽉 껴안고 있는 단단한 팔뚝을 달래듯 쓰다듬으며 영희가 말했다.

"……미안. 내가 잘못했어."

하아, 한숨을 토해내며 성현이 영희의 목덜미에 고개를 묻었다. 6시간을 내리 달려와 밤새 풍랑 치는 바다를 바라보며 속이 타들어갔던 그의 심정이 영희에게도 절절히 전해져 마음이 아파왔다.

"너 한숨도 못 잤지."

등을 꽉 껴안으며 영희가 말하자 성현이 천천히 고개를 끄덕였다.

"그럼…… 우리 가까운 데 어디서 좀 자다 갈까? 나도 밤새 잠을 못 잤더니 너무 피곤하다."

성현이 멈칫하더니 고개를 들고 영희 얼굴을 바라봤다.

"그래도 돼?"

"이대로 운전하면 위험하잖아. 피곤해서."

"아니 근데……. 난 선배랑 둘이 있으면 못 자는 거 알잖아. 또 선배 괴롭힐 텐데……."

조금 머뭇거리는 말투로 말하자 영희가 가늘게 눈웃음을 지으며 입술을 살짝 포갰다.

"바라던 바야."

성현이 놀라운 얼굴로 영희를 보고 있다가 입 끝을 늘이며 웃었다.

"아니, 언제부터 이렇게 섹시한 표정을 짓게 된 거지? 섬에 가서 뭐 이상한 거 먹고 왔어?"

영희가 푸훗 하고 웃음을 터뜨리자 성현이 고개를 숙여 영희의 귓불을 살짝 깨물고는 시동을 걸었다.

"후회하셔도 이제 되돌릴 수 없습니다. 각오 단단히 하십시오. 선배님."

성현이 낮은 목소리로 영희의 귓가에 속삭였다.

"후배님도 각오 단단히 하셔야 될 거예요. 실은 제가 어제 낙지를 좀 많이 먹었거든요. 아시죠? 낙지. 주저앉은 소도 일으켜 세운다는 그 낙지요."

영희의 손끝이 허벅지를 살짝 쓸자 성현의 입술에서 나직한 음성이 터져 나왔다.

"아, 미치겠네."

가장 가까운 호텔을 찾아 내비를 찍고 쏜살같이 달려온 그들은 엘리베이터까지는 그럭저럭 미소 비슷한 표정도 지으며 평정을 유지하는 듯했다. 하지만 룸 안으로 들어와 문을 닫는 순간 마치 딴사람마냥 다급하게 엉켜들었다.

"자. 잠깐! 성현아, 신발, 신발 좀……."

허리를 꺾을 듯 사정없이 격렬한 키스를 퍼붓자 영희가 다급하게 말했다. 성현은 들리지도 않는 듯 그대로 현관 벽에 영희를 밀어붙인 채 거칠게 그녀의 입술을 삼켰다. 짓눌려진 입술 사이로 할딱대는 호흡이 연신 쏟아져 나왔다.

성현이 입술을 떼어내고 영희의 패딩 점퍼를 벗겨내자 영희도 그의 두꺼운 카키색 야상을 벗었다. 다급한 손길로 영희의 두꺼운 후드 티도 벗기고 그 안의 니트까지 밀어 올려 벗겼는데도 또 셔츠가 나오자 성현이 잔뜩 잠긴 목소리로 투덜거렸다.

"도대체 옷을 몇 개를 입은 거야?"

"추웠단 말야."

영희가 킥킥거리며 급히 단추를 풀려는 성현의 손길을 바라봤다.

"단추도 많은 걸 입어선……. 에잇!"

급한 마음에 자꾸만 손이 미끄러지자 짜증이 난 성현이 셔츠를 잡고 힘을 줘서 단추들을 잡아 뜯어버렸다. 커다래진 눈으로 튀어 나가는 단추를 보던 영희가 웃음을 터뜨렸다.

"우와, 우리 성현이 상남자네?"

"웃지 마. 나 지금 죽겠어."

미간을 찡그린 성현이 웃고 있는 영희의 입술을 자신의 입술로 막았다. 촉촉한 영희의 혀를 혀끝으로 매만지듯 쓸며 브래지어 안으로 손을 집어 넣어 물컹한 가슴을 움켜잡았다.

"아."

그의 기다란 손가락 사이로 예민한 유두가 쓸리자 영희가 순간 탄성을 터뜨렸다. 아랫입술이 부풀어 오를 때까지 입술로 물고 잘근거리던 성현이 머리를 아래로 내렸다. 위로 밀려 올라간 브래지어 아래에 출렁이며 드러난 젖가슴을 삼키자 벽에 달라붙은 영희의 허리가 둥글게 휘었다.

팽팽하게 곤두선 핑크빛 돌기를 혀로 살살 굴려대자 영희의 눈앞이 아찔해졌다. 아랫배가 짜릿해지는 감각에 저도 모르게 신음을 흘리는데 성현의 손이 어느새 영희의 바지 버클을 풀고 있었다.

"서, 성현……."

순식간에 바지를 허벅지 아래까지 잡아 내려버린 성현이 무릎을 굽히고 영희 앞에 앉았다. 자신의 둔덕 바로 앞에 그의 얼굴이 놓이자 영희는 부끄러움에 손을 내려 가리고는 엉덩이를 뒤로 뺐다.

"치워."

성현은 가차 없이 그녀의 손을 잡아 치우고는 양손으로 토실한 엉덩이를 도망가지 못하게 붙잡았다. 그리고 그대로 살구색 팬티를 잡아 내렸다.

"아!"

비밀스러운 언덕에 뜨거운 숨결이 와 닿자 영희가 비명 같은 신음을 내질렀다. 아래에서부터 축축한 혀가 쓸고 올라와 옴찔거리는 정점을 단번에 삼켰다. 영희의 허리가 확 꺾이며 성현의 머리카락을 움켜쥐었다.

영희의 바들거리는 은밀한 샘을 성현은 맛있게 들이마셨다. 다리가 풀려 더 이상 서 있을 수 없게 되었을 때 그가 주저앉는 영희를 룸 입구의 바닥에 앉히고 다리를 들어 올려 신발과 바지를 차례로 벗겨냈다.

결국 성현은 야상만 벗어버린 데 반해 자신은 홀딱 벗은 몸이 되어버리자 영희는 왠지 무척 부끄러워졌다.

"왜 그래? 아까의 각오는 어디로 가버린 거야?"

성현이 씨익 웃으며 천천히 영희의 앞으로 바짝 다가갔다. 영희가 눈동자를 옆으로 굴리자 성현이 턱을 잡고 정면으로 고정시켰다. 영희의 시야에 욕망으로 짙어진 그의 까만 눈동자가 들어왔다. 마른침이 꿀꺽 넘어가고, 이상한 흥분에 심장이 질주하기 시작했다.

성현의 입술이 영희의 예민한 귓바퀴를 건드렸다. 뜨거운 숨소리가 귓속으로 들어오자 영희가 어깨를 움츠렸다. 딸깍이며 그가 자신의 바지 버클을 푸는 소리가 야하게 들려왔다.

"열어줘."

낮게 가라앉은 목소리가 귓속으로 파고들자 아랫배가 헐떡였다. 그녀의 다리를 벌려 그 사이에 자리 잡은 성현이 느른하게 입꼬리를 올리며 숨을 쉴 때마다 오르내리는 탐스러운 가슴을 쥐며 속삭였다.

"지금 당장."

"아흑!"

그의 불뚝 솟은 기둥이 촉촉해진 수풀 사이를 사정없이 질주해 들어왔다. 앉은 자세로 받아들이느라 뒤로 지탱한 팔이 바들바들 떨려왔다. 그의 중심이 뻐근하게 짓쳐들어올 때마다 엉덩이 살이 바닥에 쓸려 뒤로 밀려나갔다.

영희의 헐벗은 하얀 다리가 사정없이 벌려져선 공중에서 흔들렸다. 대낮이라 훤한 호텔 룸 안에 혼자 발가벗겨져 야한 신음을 흘려대는 자신이 부끄러웠다. 하지만 쑤걱거리며 밀려들어오는 강렬한 쾌감에 점차 머릿속이 하얗게 텅 비어갔다.

"후우."

성현은 한 팔로 몸을 지탱하고 영희의 엉덩이가 밀려나가지 않게 다른 한 손으로 잡아당기면서 가쁜 숨을 몰아쉬었다. 온몸에 털이 곤두설 것 같은 강렬한 자극에 금방이라도 사정할 것 같았다.

영희가 허리를 당기며 잔뜩 힘이 들어간 그의 탄탄한 엉덩이를 움켜잡았다. 그러자 성현이 크릿, 하고 거친 신음을 내뱉으며 영희의 하얀 어깨에 이를 박았다. 길게 움직이던 골반 움직임이 점차 짧고 강해져 영희를 쳐올리기 시작했다.

"아흣!"

영희가 불끈대는 엉덩이를 부여잡고 고개를 홱 젖혔다. 그때 영희의 몸에서 그의 몸이 쑤욱 빠져나갔다. 빈틈없이 안을 꽉 채우고 있던 이물감이 사라지자 영희의 흐릿한 눈이 안타까움으로 물들었다. 성현은 영희의 허리를 확 잡아 돌렸다. 무릎이 딱딱한 바닥에 닿고 머리카락이 바닥을 향해 늘어졌다. 엎드려진 자세의 영희의 뒤에서 허리를 세우고 풍만한 엉덩이를 움켜잡은 그가 촉촉한 골짜기 사이로 딱딱한 기둥을 밀어 넣었다.

"헉……!"

둘의 입술에서 신음이 터져 나왔다.

틈 없이 빠듯하게 가득 들어차서 무섭게 조여드는 느낌에 성현의 심장이 터질 것만 같았다. 허리를 움직일 때마다 영희의 엉덩이 쪽으로 자꾸 내려가는 니트를 벗어버린 성현이 빠르게 질주하기 시작했다.

"으읏…… 아윽!"

바닥에 닿은 무릎이 밀어붙여지는 힘 때문에 쓸려서 아픈데도 개의치 않았다. 쑤욱 빠져나갔다가 뿌리까지 깊게 쳐올릴 때마다 땀이 맺혀 있는 그의 탄력 있는 허벅지 근육이 꿈틀댔다.

"미, 미칠 것 같……. 흐읏!"

영희의 목소리가 정신없이 흔들리는 몸 때문에 뚝뚝 끊겨 나왔다. 그 목소리가 더 자극이 되었는지 성현의 움직임이 더욱 거칠어졌다. 바닥을 향해 있는 영희의 가슴이 세차게 앞뒤로 출렁거렸다. 더욱 깊이 짓쳐 들어가던 불기둥을 잔뜩 달아오른 영희의 꽃잎이 꽉 움켜쥐자 성현은 더 이상 못 참겠다는 듯 거친 신음을 토해내며 온몸에 힘을 뻣뻣이 주었다.

"아, 아아!"

영희의 자지러지는 교성과 함께 마침내 탐스러운 하얀 엉덩이 위에 욕망의 분신이 쏟아져 내렸다.

얼굴을 쓰다듬는 손길에 영희가 살풋 눈을 떴다. 잠에 취해 가물가물한 시야 사이로 성현의 얼굴이 보였다. 눈이 마주치자 눈꼬리가 부드럽게 휘어진다.

"……안 졸려?"

자꾸 잠이 쏟아져 아래로 내려가는 눈꺼풀을 억지로 밀어 올리며 영희가 물었다.

"아까워서 못 자겠어. 이렇게 여유롭게 보고 있는 게 오랜만이라."

"그러고 보니까 너…… 목소리 되게 좋다? 원래 좋긴 했지만…… 약간 잠겨서 더 그런 것…… 아."

잠에 취한 몽롱한 목소리로 띄엄띄엄 말하던 영희가 문득 눈을 떴다. 성현이 의아스런 눈으로 바라보자 눈을 몇 번 끔벅인 영희가 말했다.

"여기 오니까 생각났는데 그때 호텔에서…… 어떻게 된 거야?"

잠시 미간을 좁히고 고민하던 성현이 할 수 없다는 듯 입을 열었다.

"거짓말한 건 아냐. 가자고 한 건 선배가 맞으니까. 그날 선배 바래다주는데 호텔 앞에서 갑자기 남자랑 한 번도 호텔 가본 적 없다고 버럭거리면서 앞장서서 들어갔거든."

"헉! 지, 진짜?? 거짓……."

당황스러운 표정으로 말하던 영희의 머릿속으로 하나의 장면이 휙 지나갔다. 호텔 방 안에서 뭐라 뭐라 소리를 지르며 헐크처럼 제 옷을 찢듯이 벗고 달려들어선 성현의 옷을 막 벗기고 있는 장면이…… 맙소사!

"그래도 그날은 아무 일도 없었어. 결국은 선배가 옷만 벗기고 그냥 잠들어버렸거든. 덕분에 난 밤새 죽는 줄 알았어."

성현이 투덜거리듯 말했지만 영희는 부끄러워서 고개를 들지 못하고 있었다. 성현은 씨익 웃으며 시뻘게진 영희를 껴안았다.

"덕분에 우리가 이렇게 됐잖아. 그러니까 약간 거짓말한 건 이해해 줄 거지?"

영희는 그의 품 안에서 고개만 끄덕일 뿐 창피해서 대답도 할 수가 없었다. 성현은 부끄러워하는 영희가 귀여워서 더욱 꽈악 껴안았다.

그런데 문득 영희의 입술에서 고른 숨소리가 색색 흘러나왔다. 성현이 영희를 내려다보고는 쿡쿡 웃었다. 그새 잠들어버리다니.

성현이 얼굴을 천천히 영희의 귓가로 가져갔다.

"사랑해."

자그맣게 속삭이는 목소리가 꿈속에서도 달콤했는지 영희가 히죽 미소를 지었다. 성현도 싱긋 웃으며 아직도 통통하게 부어 있는 입술에 살짝 입술을 포갰다.

영희의 숨결 향이 맛있었다.

에필로그

한동원 기자(이하 한 기자): 김 피디님의 첫 정규 프로그램인 리얼 직업예능 「제발 시켜만 주십시오!」가 초반의 우려를 이겨내고 시청률 고공행진을 이어가고 있는데요. 무시무시한 취업난과 비정규직의 서러움, 정리해고의 칼바람에 시달리는 현실을 제대로 풍자했다는 호평과 사회의 단면을 너무 희화화시켜서 보기 불편하다는 혹평을 동시에 받으며 매회 많은 화제를 불러일으키고 있습니다. 김 피디님께서는 예상하셨던 반응인가요?

김영희 PD(이하 김 PD): 아뇨. 전혀 예상하진 못했어요. 오히려 철저히 망할 수도 있겠다는 생각은 했는데 이렇게까지 이슈화될 줄은 정말 몰랐어요.

한 기자: 사실 제 개인적으로는 이젠 조금 유행이 지난 '힐링'이라는

컨셉을 그야말로 제대로 보여줘서 먹힌 게 아닐까, 하는 생각도 드는데요. 김 피디님 생각도 같으신가요?

김 PD: 아무래도 우리 사회가 힘들다 보니까 동감해주시는 분들이 많으신 건 사실인 것 같아요.(부끄러운 듯 머리를 긁적이며)

한 기자: 개인적으로 궁금한 사항이지만 김 피디님의 정신적 지주이자 스승으로 알려진 석준한 피디는 이번 프로가 소위 말하는 대박이 난 것에 대해 어떻게 평가를 하던가요?

김 PD: 어디 얼마나 잘되는지 두고 보자던데요.(웃음) 농담이구요, 인기작을 만드는 것보다 그 인기를 유지시키는 게 훨씬 더 어려운 거라는 나름 피가 되고 살이 되는 조언을 해주셨어요.

한 기자: 하긴 석준한 피디는 몸소 롱런 인기예능의 산증인이시니 그럴 것 같네요. 그럼 이쯤에서 독자님들이 가장 궁금해하실 부분에 대해 질문 좀 드리겠습니다.

김 PD: 아, 벌써 인터뷰 끝내시는 건가요? 수고 많으셨…….(황급히 일어나는)

한 기자: 어딜 빠져나가시려고요. 대답하기 전까진 절대 보내지 말라고 저희 편집장님께서 직접 압박을 주셨다는 걸 말씀드렸던가요?(그래서 일부러 한우를 대접해드린 거랍니다. 웃음)

김 PD: 아니요.(단호한 표정으로)

한 기자: 지금 들으셨죠? 그럼 묻습니다. 2살 연하 연예인급 꽃미모 연인인 윤성현 피디와의 애정행각 사진들이 SNS에 수시로 퍼지고 있는데요. 사진 올리신 목격자분들에 따르면 김 피디님은 시종일관 시크하고 윤성현 피디가 잠시도 가만있지를 못하고 물고 빨고 하더라는 공통된 주장이 있는데요. 사실입니까?

김 PD: 사실이 아닙니다.

한 기자: 윤성현 피디가 얼마 전 남들보다 빠르게 피디 직함을 단 데에 대해 김 피디님을 출세의 발판으로 사용했다는 소문에 대해서는 어떻게 생각하시나요?

김 PD: 그러려면 처음부터 저 같은 햇병아리 말고 출세한 피디를 선택했겠죠. 아니 사실 윤성현 피디 정도면 간부급도 가능했을걸요? 방송국 내에서도 팬클럽이 있을 정도였는데 왜 저 같은 여자를 골랐겠어요? 미친 게 아니고서야. 하하하.

한 기자: 충분히 설득력이 있는 말씀이네요.

김 PD: ……웃자고 한 소리였는데.

한 기자: 아, 노, 농담입니다. 그럼 작년 연예대상 시상식 때 두 분이 사라지셨을 때도 이미 비밀 연애를 하고 있었다는 주장에 대해서는?

김 PD: 잘 기억이 나지 않습니다.

한 기자: 그 날 윤성현 피디 오피스텔 주차장에서, 까만 드레스를 입은 김 피디님과 시상식 날 찍힌 윤성현 피디와 똑같은 차림의 남자가 서둘러 엘리베이터를 타고 올라가는 것을 보았다는 제보도 있었는데요.

김 PD: 기억이 도통…….(찬물을 벌컥벌컥 들이켜며)

한 기자: 어제 새벽에 피디님 집에서 휘파람을 불며 나오는 윤성현 피디를 봤다는 제보에 대해서는?

김 PD: 푸웃!(물을 뿜으며) 이, 이거 지금 인터뷰가 아니라 무슨 청문회였어요?

한 기자: 청문회 같은 대답으로 일관하고 계신 건 김 피디님이신데요.(웃음)

김 PD: 앗! 인터뷰 시간 다 됐네요! 수고하셨습니다!!(급히 일어나서 사라지심)
(죄송합니다. 김 피디님, 많이 당황하셨어요? 저희도 편집장님에게 달달 볶이고 나온 상태라…… 이거 보시면 이해해주실거죠?) ⓒ시크릿뉴스

"아! 진짜, 완전 말렸어!"
영희가 인터넷에 올라온 기사 창을 확 닫으며 분통을 터뜨렸다.
"그냥 맞다고 하지 그랬어. 다 사실이던데."
성현이 느긋한 표정으로 말하자 영희가 눈을 흘겼다.
"이게 다 너 때문이거든? 그러니까 밖에선 조심 좀 하자니까."

"왜 그래야 되는데? 건강무쌍한 남녀가 만나서 건강무쌍하게 연애질하는 게 죄인가? 안 그래도 바빠서 제대로 볼 시간도 얼마 없는데 그 얼마 안 되는 시간까지 남들 눈치 봐가면서 손가락만 쪽쪽 빨고 있어야 돼?"

성현이 당연하다는 듯 말했다.

"그래도 조금 조심할 필요는 있는 거잖아. 어찌 됐든 노출된 사람들이니까."

"난 싫어. 원래 하고 싶은 거 참으면 병 되는 거야. 사회에 물의를 주는 것도 아니고 법에 저촉되는 것도 아니잖아."

듣고 보니 일리가 있는 일이니 반박할 말이 없어져버려 영희는 그냥 입을 다물고 특집 기획안 구상지만 끄적거렸다.

"너네 집은 에어컨도 빵빵 나오고 좋다. 우리 집은 에어컨이 빌빌거려서 완전 더운데."

"그러니까 에어컨 한 대 장만해드린다니까? 좋은 걸로."

"네가 왜? 우리 집인데. 게다가 내가 너보다 월급도 세고……."

영희가 말하다가 뭔가 이상한 점을 발견했는지 고개를 들고 옆 소파에 노트북을 끼고 누워 있는 성현을 바라봤다.

"성현아. 그러고 보니까 여기 상당히 비싸지 않아? 조연출 수입가지고는 이런 데서 못 살 텐데 어떻게 이런 데를 구했어? 슬비가 그러던데 너 옷도 죄다 비싼 거라던데……."

"오피스텔은 원래 형이 살던 덴데 해외에 나가 있어서 나한테 넘기고 간 거야. 옷은 뭐 그냥 좋아하니까."

"아, 그런 거야? 난 혹시 네가 사채라도 쓰고 있는 게 아닌가 조금 걱정했거든."

그의 옷들이 좋아한다고 떡떡 살 수 있는 액수의 것이 아님을 알지 못하는 영희는 곧이곧대로 믿고 끄덕거렸다.

"내가 이래서 김영희가 좋아."

혼자 쿡쿡 웃고 있는 성현을 이상하다는 듯 영희가 바라봤다. 종종 이해할 수 없는 혼잣말들을 하는 녀석이니 새삼스러울 것도 없다만.

"아, 맞다. 정봉석 있잖아."

오랜만에 나온 정봉석이라는 이름에 성현이 눈썹을 홱 올렸다.

"우리 멤버 중에 이번에 제리 군대 가잖아. 그래서 멤버 영입 한 명 더 해야 돼서 한번 전화해볼까 하고."

"뭐?!"

성현이 소리를 버럭 지르자 영희가 눈을 크게 뜨고 그를 바라봤다.

"깜짝이야. 왜 그렇게 소리를 질러?"

"내가 지금 소리 안 지르게 생겼어? 정봉석이라니! 그 자식이 무슨 짓을 했는지 기억 안 나?!"

성현이 지지 않고 눈을 부라리며 말했다.

"뭐 그 사람이 내가 물 공포증 있는 거 알고 했던 행동도 아니잖아. 어찌 됐든 질타도 많이 받고 방송생활 접고 있으니 그런 일들에 대한 대가도 받은 셈이고."

"그게 선배 때문에 그렇게 된 거야? 본인이 음주운전해서 욕 얻어먹고 못 나오고 있는 거지. 어쨌든 안 돼!"

씩씩거리며 일어선 성현이 정수기에서 차가운 얼음물을 받아 들이켰다. 아직도 그때 일을 생각하면 열이 확확 오르는데 그런 시한폭탄 같은 놈을 한창 인기물살 타고 있는 자기 프로그램에 꽂아 넣겠다니 도대체 이 여자는 무슨 생각인 건지 이해가 되지 않았다.

"아마 그 사람도 침체기 겪으면서 많이 반성했을 거야. 처음엔 안 그랬던 사람이야. 얼마나 열심히 하고 겸손했던 사람이었는데……. 초반엔 나 고생한다고 직접 파스도 사다 주고 그랬었어. 그 먹는 거 좋아하는 사람이 먹는 것도 잘 나눠주고."

나직이 한숨을 내쉰 영희가 소파에서 일어서서 다가왔다.

"어쨌든 변했잖아. 뜨니까 변하는 사람들 한두 명 보는 것도 아니고, 변하는 사람은 처음부터 그릇이 그것밖에 안 되는 거 아닌가?"

"그래도 마지막으로 기회를 한 번 더 주고 싶어서. 자숙하는 동안 어쩌면 예전의 모습을 조금쯤은 되찾았을 수도 있잖아?"

"……만약 안 바뀌었으면."

성현이 미간을 찡그리고 영희를 내려다봤다.

"그럼 확 잘라버리지, 뭐! 하하하."

"당신이 퍽이나."

그가 맘에 안 든다는 듯 입술을 삐죽이자 영희가 까치발을 하고 성현의 뒷목을 당겨 쪽 소리가 나게 뽀뽀를 했다.

"믿어주라. 응?"

영희가 성현의 눈을 똑바로 바라보며 말했다. 성현이 할 수 없다는 듯 한숨을 쉬며 말했다.

"……대신 전과 똑같으면 바로 자르기다? 안 자르면 내가 가서 촬영장 엎어버릴 줄 알아."

"알았어. 알았어. 약속할게!"

그제야 조금 안심한 듯 성현이 영희의 허리를 확 끌어당겼다. 성현이 목에 이를 박듯 잘근거리자 영희가 웃음을 터뜨렸다.

"어어? 또? 조금 전에 했잖아!"

"그땐 그때고, 지금은 지금."

성현이 아랑곳하지 않고 입술을 점점 아래로 내렸다.

"뭐? 안 돼! 나 일해야 된단 말야. 오늘 벌써 세 번이나……. 아, 하하하하! 간지러! 안 된다니까?"

자지러지듯 웃는 영희의 목소리가 투닥거리는 움직임에 섞여 나오다가 옷이 벗겨지는 소리와 함께 점차 잦아들었다.

"오랜만이네요. 잘 지내셨어요?"

커피숍에서 마주 앉은 정봉석이 코를 매만지며 헛기침을 했다. 그는 눈에 띄게 수척해 있어, 그간의 마음고생을 얼마간 짐작할 수 있었다.

"네. 뭐……. 그럭저럭 지냈지요."

"제가 무슨 일로 부른 것 같아요?"

영희가 점원에게 커피를 시키고는 싱긋 웃으며 물었다. 봉석은 불안한 듯 눈동자를 살짝 굴리더니 머리를 긁적였다.

"그때 일 때문이라면 사과해야죠. 안 그래도 사과해야지 생각하고 있던 차였거든요."

"아뇨. 다 지난 일 가지고 사과하라고 부른 게 아니에요. 봉석 씨 요즘 제가 하는 프로 보셨어요?"

"아아. 물론 봤지요. 즐겨보고 있습니다. 하하. 처음부터 잘되기 힘든데 대단하십니다."

봉석이 당연하다는 듯 끄덕이며 말했다.

"그럼 우리 제리 곧 입대하는 것도 아시겠어요."

"네네. 알지요."

봉석이 재차 끄덕였다. 그렇게 기고만장하던 사람이 이렇게 연신 비굴한 웃음을 짓고 있는 것에 영희는 마음이 아팠다. 인기라는 것이 사람을 이렇게 높이 떠올렸다가 추락시키기도 하는 걸 보면 정말 무섭다는 생각도 들었다.

"제리 나가면 멤버를 하나 뽑아야 되는데, 저는 같이 일하던 호흡도 알고 하니까 봉석 씨가 들어오셨으면 하는데 어떠세요?"

"네네, 그렇…… 예??"

자동적으로 대답하던 봉석이 깜짝 놀라 고개를 들고 영희를 쳐다봤다.

"지, 지금 캐스팅 제의……를 하는 겁니까? 저한테?"

"네. 맞아요. 생각해보실 시간 필요하세요?"

영희가 웃으며 커피를 빨대로 쪽쪽 빨아마셨다. 단 걸 먹으니 미소가 절로 지어졌다.

"아, 아니 생각해볼 시간이 필요할 리가……. 저보다는 피디님이 생각해볼 시간이 필요하신 게 아닌……. 아닌가?"

봉석이 혼란스러운 듯 마른 입술을 혀로 축이다가 커피 잔에 입을 대고 급히 들이켰다.

"하하. 저는 당연히 생각 다 하고 결정해서 연락드린 거죠. 어때요? 같이 하실래요?"

"물론 하겠, 하겠습니다! 해야죠!"

봉석이 커피 잔에서 입을 떼고 다급하게 소리쳤다.

"좋아요. 그럼 계약이랑 연출진들도 따로 만나보는 자리 만들어야 하니 제가 다시 연락드릴게요."

"아아, 네……. 저 그런데."

영희가 빨대를 물고 봉석을 바라봤다. 그는 무언가 말을 할 듯 말 듯 주저하는 표정이었다.

"혹시 그러니까 그, 출연하게 해준다고 해놓고 연락을 끊으시거나……. 그런 건 아니시겠죠……?"

난처한 표정으로 말하는 봉석을 바라보던 영희가 웃음을 터트렸다.

"아유, 제가 무슨 그거 가지고 좀스럽게 그러는 사람이던가요? 저 그런 짓 할 만큼 유치하지도, 한가하지도 않으니까 그런 걱정일랑 푹 놓으세요."

"제가 오해했다면 죄송합니다."

봉석이 고개를 푹 숙였다.

"괜찮아요, 괜찮아. 뭘 그런 걸 가지고. 하하."

영희가 괘념치 말라는 식으로 너털웃음을 지었다.

"……봉석 씨?"

한참을 웃다가 봉석을 바라보니 아직도 고개를 숙이고 있었다. 뭔가 이상한 느낌이 들어 영희가 봉석을 불렀다. 봉석의 어깨가 사시나무처럼 덜덜 떨리고 있었다.

"크으, 죄, 죄송합니다."

봉석이 뚝뚝 떨어지는 눈물을 황급히 훔쳤다. 영희가 당황스러운 얼굴로 테이블에 있는 냅킨을 건넸다. 고개도 들지 못하고 손만 내밀어 냅킨을 받아 쥔 봉석이 눈가를 꾹꾹 눌러 닦았다.

"미안합니다. 정말. 사실 요즘 제가 정신이 나갔을 때 했던 짓거리들 때문인지……. 여기저기서 대놓고 망신 주려고 불러내서 출연시켜준다고 해놓고 한 달이고 두 달이고 연락만 기다리다 보니 속이 쪼그라들 대로 쪼그라들어서……. 김 피디님도 그러시려는 줄 알고 나왔는데……."

"그러셨군요……. 많이 힘드셨겠어요."

영희가 티슈를 더 꺼내며 말했다.

"저한테 개인적인 원한이 없는 피디들도 소문 듣고 괘씸하다고 안 써주는 마당에……. 김 피디님이 이런 제안을 해주실 줄은 정말 몰랐어요. 정말, 정말 감사합니다."

연신 고개를 숙이는 봉석의 눈이 벌겋게 충혈되어 있었다. 영희가 손을 내저으며 웃었다.

"아유, 이제 사과는 그만하세요. 제 방송 살려주실 수 있는 능력이 있다고 생각해서 섭외하는 거지 제가 뭐 자선사업가도 아니구요. 충분히 능력 있으신 분이니 잘해주실 거라고 생각해서 말씀드린 거예요."

영희가 밝게 웃으며 봉석의 어깨를 두드렸다. 봉석은 고개를 주억거리며 벌게진 눈가를 연신 티슈로 꾹꾹 눌렀다.

"네. 믿어주셔서 감사합니다……. 피디님."

"뭘요. 나가서 맛있는 거나 먹으러 가죠? 개그맨은 자신감이 생명인데 이렇게 약해지셔서 어떡해요? 촬영 전까지 자신감 폭풍흡입 기간으로 삼고 최선을 다해 드셔주셔야겠어요."

영희가 봉석의 팔을 잡아끌며 말했다. 멋쩍은 듯 웃으며 손바닥으로 얼굴을 쓸은 봉석이 그제야 안심을 했는지 미소를 지었다.

"그럼 그럴까요? 제가 전 재산을 털어서라도 거하게 사겠습니다!"

"아유, 쉬는 동안 힘드셨을 텐데 제가 사야죠. 예전에 듣보맨 멤버들이랑 자주 가던 고깃집에 가서 오랜만에 질펀하게 함 구워보죠! 자, 갑시다!"

커피라도 사겠다는 봉석을 만류하고는 악착같이 제가 계산한 영희가 씩씩하게 밖으로 나갔다.

"선배?"

—엽뗴요?

"하, 얼마나 퍼마신 거야?"

전화를 받자마자 혀가 꼬부라지는 정도를 감지한 성현이 화가 난 목소리로 말했다.

—쪼콤 마셨슴돠, 쪼콤.

"거기 어디야?"

성현이 차키를 들고 편집실을 빠르게 빠져나오며 물었다.

—집 앞임돠.

영희의 말에 멈칫 걸음을 멈췄다.

"진짜야?"

—진짬니돠. 대문 여는 소리 안 들리심꽈?

휴대폰에 귀를 바짝 대고 가만히 들어보니 철컹철컹하는 육중한 쇳

소리가 들렸다. 정말 집 앞인 모양이다. 성현은 하아, 하고 안도의 한숨을 내쉬며 다시 편집실 쪽으로 걸음을 옮겼다.

"나 없을 땐 술 좀 적당히 마셔. 누구 피 마르는 꼴 보려고 그래?"

—오늘 피가 아주 바싹바싹 마르는 인간을 만나고 왔습돠.

"누구?"

—정봉석 쒸요.

정봉석과 미팅한다더니 오늘이었던 모양이다. 결국 남자와 술을 꽐라가 되도록 마셨단 말인가. 미간을 찡그린 성현은 편집실 문 앞에서 다시 발길을 돌려 흡연실로 향했다. 전화기 너머로 현관문 안으로 들어가서 소파에 드러눕는 듯한 소리가 들렸다.

"선배. 옷은 갈아입고 자야지."

—······귀찮습돠.

성현은 흡연실에 도착해서 담배를 꺼내 물었다. 술에 취한 목소리도 귀엽다. 그래서 빨리 끊고 싶지 않지만 졸려하는 영희를 억지로 붙잡고 있자니 그것도 좀 미안하다.

"술은 왜 이렇게 많이 마신 거야? 무슨 일 있었어?"

성현은 결국 욕망에 따르기로 했다.

—아무 일도 없었습돠. 다만······. 역시, 정봉석 쒸한테 맡기길 참······. 잘해따는 생각에 기분이 좋았슴······돠.

"흐응, 왜?"

잠에 취해 점차 몽롱한 목소리가 작아져서 성현은 통화 음량을 최대한 올리고 귀를 바짝 가져다 댔다.

—그 사람한테······ 실망한 채로 있지 않아도 되니까······. 다행이······.

결국 말이 다 끝나기도 전에 드렁거리는 소리가 들려왔다. 성현은 잠시 듣다가 쿡쿡거리며 전화를 끊었다.

영희의 말을 들어보니 다행히 정봉석이 쉬는 동안 상당한 마인드의

변화가 있었던 모양이다. 그래도 맘에는 안 들었지만 영희가 이렇게 곤드레만드레가 될 정도로 기분 좋게 취할 수 있는 일이라면 뭐 나쁘진 않겠지, 라는 생각이 들었다.

성현은 혼자 납득한 듯 끄덕거리고는 일어나 기지개를 한 번 쭈욱 피고 목을 양옆으로 뚜둑거리며 편집실로 향했다.

영희와 성현이 후다닥 결혼식장 안으로 뛰어 들어갔다. 인산인해를 이루고 있는 결혼식장 안으로 들어가자 주례가 이어지는 중이었다.

"성현아! 이쪽!"

신랑 측 끝 쪽에 앉아 있는 준한이 손을 흔들었다. 영희의 손을 잡고 그쪽으로 가려는데 성현에게 누군가가 알은체를 했다.

"윤성현. 너도 왔어?"

"어? 루리 누나."

전에 방송국 복도에서 마주친 적이 있는 여자였다. 라디오 피디라고 했던가? 묘하게 질투를 느끼게 했던 여자라 보자마자 딱 기억이 났다. 영희는 슬쩍 성현의 옆에 서서 그가 잡고 있는 자신의 손을 강조하듯 들어보였다.

"어머, 안녕하세요. 기사로 많이 뵀어요. 방송도 잘 보고 있구요. 시대 정서까지 예능에 반영하는 놀라운 신공에 늘 탄복하면서 본답니다."

방글거리며 말하는 루리의 칭찬에 영희도 경계를 풀고는 머리를 굽히며 인사했다.

"아유우. 그리 대단할 것도 없는데요. 하하, 감사합니다."

"루리 누나도 요즘 잘나가던데? 나도 라디오 들었어. 그 유명 DJ분은 같이 안 왔어?"

성현의 말에 루리가 조금 부끄러운 듯 홍조를 띠었다.

"헤헷. 들었어? 부끄럽게."

"엇, 대장이 부른다. 누나. 그럼 다음에 봐."

준한 쪽을 바라본 성현이 급히 루리에게 인사를 하자 영희도 허리를 숙이며 루리와 인사하고는 다시 그의 손에 이끌려 걸어갔다.

성현과 영희는 준한이 있는 테이블로 가서 앉았다. 준한 옆에는 채인과 듣보맨팀이 앉아 있었다.

"그 스카프 저도 있어요. 이번 시즌 거 색 참 예쁘게 나왔죠?"

"네? 아아, 네네."

채인의 말에 영희가 어색한 미소를 지으며 성현을 힐끗 바라봤다. 나올 땐 그냥 나왔는데 성현이 보더니 코디가 너무 심심하다며 가방에서 꺼내더니 매줬다. 채인도 있다는 거 보니 여자 건가? 가방에 왜 여자 스카프가 있는 거지? 그러고 보니 요즘 성현이가 자꾸 손에 뭘 쥐여주거나 몸에 걸어주거나 하는 데 지나치게 익숙해진 것 같았다.

"결혼식 보니까 빨리 결혼하고 싶어지지 않아?"

성현이 영희의 귓가에 속삭였다.

"아니, 절대."

영희가 신랑, 신부 쪽을 보며 웃고 있었지만 목소리는 쫙 깔아서 단호하게 말했다. 성현이 다시 속삭였다. 그들의 복화술 같은 대화가 이어졌다.

"난 빨리 하고 싶은데."

"난 결혼식 안 할 건데?"

"뭐? 왜?!"

갑자기 큰 목소리를 낸 성현에게 주위의 시선이 쏠렸다. 영희와 성현은 주위를 둘러보더니 아하하, 웃으며 머리를 꾸벅거렸다.

"왜 싸우냐?"

준한이 한심하다는 눈빛을 하며 물었다.

"선배가 결혼식 안 하겠다잖아요."

"우리도 안 할 건데."

채인이 해맑게 웃으며 말했다.

"네? 선배네는 해야 되지 않나? 채인 씨가 톱스타잖아요."

"그거랑 결혼식이랑 무슨 상관이야? 난 결혼식 싫어. 이렇게 사람들 바글바글거리는 거 딱 질색이고."

영희의 말에 준한이 미간을 좁히며 말했다.

"아무리 그래도 결혼식은 여자의 로망이라잖아요. 더구나 웨딩드레스는 사실 채인 씨같이 아름다운 여자들을 위해 존재하는 거라고요!"

"그럼 넌 왜 안 한다는 건데? 자기도 안 하면서."

준한이 눈을 가늘게 뜨곤 말했다.

"저 같은 체형에 웨딩드레스가 어울리겠어요?"

"어울리지, 당연히! 누구보다 예쁠걸?"

듣고 있던 성현의 단호한 목소리에 주변에서 우우 하는 야유가 쏟아졌다. 남 결혼식에서 웬 염장질이냐는 항의성 멘트도 날아왔다. 영희가 눈살을 찌푸리며 성현에게 입 다물라는 손짓을 했지만 성현은 태연한 얼굴로 뭐가 문제냐는 듯 어깨를 으쓱했다.

"정말 괜찮아요? 하고 싶으면 억지로 결혼식장에 끌어다 놓으면 돼요. 제가 묶어 드릴 수 있는데."

영희가 비장한 표정으로 채인을 보며 말하자 준한이 황당한 표정을 했다.

"전 이 사람만 있으면 돼요. 다른 건 아무것도 필요 없어요."

꽃 같은 얼굴로 준한을 향해 생긋 웃으며 말하는 채인에게는 대놓고 야유가 날아오진 않았지만 준한에게 질투의 시선이 쏟아졌다.

"넌 무슨 쓸데없는 소리를 하고 있어."

준한은 민망하다는 듯이 말했지만 입 끝은 살짝 올라가 있는 것이 내심 기분이 좋은 것이 틀림없었다.

영희가 다정한 표정으로 서로를 마주 보고 있는 준한과 채인을 바라봤다. 준한이 행복해져서 정말 다행이라고 생각했다.

"질투 나게 자꾸 대장만 볼 거야? 설마 아직 미련을 못 버렸다거나……."

어느 틈에 스윽 귓가에 다가온 성현이 낮게 속삭였다.

"그런 게 아냐."

영희가 쿡쿡 웃으며 작게 말했다.

"정말 아냐?"

성현이 미심쩍은 눈빛을 거두지 못하고 영희 쪽으로 좀 더 몸을 기울이는데 여기저기서 원성이 터져 나왔다.

"질투 나게 자꾸 양쪽에서 그럴 겁니까? 여기 커플석이라고 처음부터 지정해두든가요."

"옳소!"

수혁이 샴페인 잔을 홀짝이며 투덜거리자 옆에 있던 도현도 거들었다.

"꼬우면 너도 빨리 하나 만들든가."

준한이 시크하게 받아치자 결혼식장에서 커플지옥 솔로천국이라고 외치던 무리가 투덜거리며 잠잠해졌다.

"그나저나 주례 더럽게 기네. 저 양반 주례 길기로 유명한데 왜 저 양반으로 한 거야? 유진이 배 나와서 몸도 힘들어 보이는데."

쯧, 하며 준한이 혀를 차며 말하자 존재감 없던 정 피디가 샴페인만 홀짝거리다가 처음으로 목소리를 냈다.

"모르셨어요? 저분이 주례해준 부부 중에 깨진 커플이 하나도 없잖아요. 그래서 양 피디가 스케줄 안 된다는 거 따라다니면서 사정사정했다던데요."

"그랬구나. 그런데 양 피디님이랑 유진 누나랑 도대체 언제 저런 관계가 된 거예요? 저 솔직히 청첩장 받고 깜짝 놀랐는데 저만 그런 건가?"

"나도 놀랬다. 유진이 임신한 것도 그냥 살찐 건 줄 알았는데."

도현의 질문에 준한도 고개를 저으며 말했다.

"정 피디님은 알았어요?"

"……"

정 피디는 말없이 샴페인 잔을 홀짝이며 입술 끝을 올렸다.

"미소 저 녀석은 모르는 게 없는 녀석이니까. 어쨌든 운명이니까 이렇게 결혼도 하고 그러는 거지. 이유나 시기가 무슨 상관이 있겠냐? 잘 살면 되는 거야."

"하긴 그렇네요."

준한의 말에 다들 동감한다는 듯 끄덕거렸다.

그 때 영희가 어? 하며 성현을 바라봤다. 성현의 손이 테이블 밑으로 영희 손을 꽉 잡고 있었다. 전혀 티내지 않고 사람들의 대화를 듣고 있는 성현의 얼굴을 보고 영희도 슬쩍 미소를 띠고는 성현의 손을 마주 잡았다.

"야! 가서 주례 끝내라고 해! 신부 쓰러진다!"

유진이 휘청거리는 걸 본 준한이 버럭 소리를 지르고 나서야 겨우 겨우 주례가 끝났다. 지나치게 길었던 주례 여파로 임산부인 유진은 남은 결혼식 일정을 의자에 앉아서 치러내야 했다.

"그래도 행복해 보이네."

결혼식이 끝나고 돌아오는 차 안에서 성현이 운전하며 말했다.

"응. 다행이지."

결혼하니 못하니 둘이 난리를 피우다가 결국 집에 임신 사실이 발각돼서 양 부모님의 스피디한 진행능력으로 바로 결혼식을 치르게 된 것

치고는 둘 다 표정이 좋아보였다.

"이러니 저러니 해도 좋아했던 모양이지? 어차피 결혼할 거 뭘 그렇게 튕겼나 몰라."

영희가 피식거리며 말했다. 성현이 신호를 기다리면서 핸들에 손을 올리고 힐끗 영희를 쳐다봤다.

"선배도 어차피 할 거 너무 튕긴다고 생각 안 해? 우리도 할 때 됐잖아. 나이로 봐도 그렇고."

신호가 바뀌어 차를 출발시키면서 성현이 말했다.

"에이, 아까부터 자꾸 왜 그래? 농담 그만해."

영희가 피식 웃으며 말하자 성현이 돌아봤다.

"……뭐?"

성현이 갑자기 핸들을 확 돌리더니 차를 갓길로 세웠다. 끼이익 하는 급브레이크 소리와 함께 차 안이 크게 출렁거렸다.

"앗!"

영희가 놀란 얼굴로 고개를 돌려보니 성현의 표정이 무섭게 딱딱해져 있었다.

"내가 장난으로 결혼하자는 사람으로 보여?"

차갑고 낮은 목소리가 성현의 입에서 나오자 영희가 뜨끔한 표정으로 고개를 숙였다.

"……미안. 내가 실수했어."

영희가 바로 사과했다.

"네가 그런 말 가볍게 하는 사람 아니라는 건 알아. 그치만……. 생각지도 않았던 결혼 얘기를 갑자기 듣게 되니까 당황해서 웃어넘기려다 보니 말이 그렇게 나왔어. 미안, 진심으로 사과할게."

성현이 답답한 얼굴로 거칠게 창문을 열더니 담배를 꺼내 입에 물었다. 영희는 난처한 얼굴로 그를 바라보다가 창밖으로 시선을 돌렸다. 말없이 담배를 피우고 있던 성현이 입을 열었다.

"혹시 나를 못 믿어서 그래? 아니면, 나랑 연애는 하고 싶어도 결혼하고 싶진 않은 건가?"

"그건 아냐."

"그럼 왜 그런 식으로 피하려고 든 건데? 설명해봐. 내가 납득할 수 있게."

영희가 한숨을 내쉬고 천천히 성현 쪽으로 고개를 들었다.

"……납득이 될지 모르겠어."

"괜찮으니까 해봐."

성현의 목소리가 조금 부드러워진 걸 확인하고 영희가 입을 열었다.

"난 널 만나기 전까지는 연애도 무서워했어. 알지?"

성현이 고개를 끄덕였다.

"그 이유도 기억나?"

이번에도 고개를 끄덕였다.

"같은 이유야."

영희의 말에 성현이 눈썹을 찡그렸다.

"같은 이유라고……? 언젠가 내가 변하든, 선배가 변하든 할까 봐?"

영희가 손가락을 매만지며 끄덕거렸다. 옆에서 성현이 쿡, 하고 웃는 소리가 들렸다.

"김영희는 여전히 겁쟁이네. 다른 건 강하면서 왜 이런 데는 이렇게 약한지 몰라. 평소의 그 배짱은 다 어디 갔어? 그렇게나 강한 사람이 왜 연애 쪽은 상처 받을까 봐 이러지도 저러지도 못하고 도망만 가는 어린애가 되어버릴까?"

성현이 느른하게 웃으며 영희 쪽으로 점점 다가갔다. 영희는 제 손가락만 꼼질거리며 그러게, 내가 왜 그럴까 하고 중얼거렸다.

"선배 나 좋아해?"

영희가 끄덕거렸다.

"많이 좋아해?"

이번에도 끄덕거렸다.

"그럼 결혼하자."

영희가 천천히 고개를 들어 올려 성현 쪽을 향했다. 어느새 바짝 다가와 있는 그와 눈이 마주쳤다.

"나랑 연애할 때도 처음엔 많이 무서웠지만 해보니까 괜찮았지?"

"……응. 좋더라, 너무."

얌전히 끄덕거리는 영희를 보며 성현이 싱긋 웃었다.

"거봐. 당신이 생각하는 거랑 다르잖아. 실제는 무서워할 게 아니라 좋은 거였잖아. 내가 당신 많이 사랑하고, 당신이 나 많이 좋아하면 우린 충분히 잘 해나갈 수 있어. 날 믿어."

영희가 대답 없이 성현의 눈을 바라봤다. 기다란 속눈썹 때문에 눈 아래가 살짝 그늘이 져 있었다.

"풋."

영희가 갑자기 웃음을 터뜨렸다.

"뭐야? 왜 웃어?"

분명 웃는 타이밍이 아닌데 뜬금없이 웃음을 터뜨리니 성현이 조금 당황스러운 눈빛으로 물었다. 영희가 웃음을 멈추고 입술 끝을 올리며 말했다.

"내가 복에 겨웠다 싶어서, 성현아. 나 정말 전생에 지구라도 구한 걸까? 이번 생에 너한테 이렇게 사랑받는 걸 보면."

예상치 못한 말에 성현이 잠시 영희를 바라보고 있다가 웃음을 터뜨리며 와락 껴안았다.

"뭐야? 갑자기 왜 이렇게 사람 기분을 좋게 만들어? 아깐 그렇게 속 썩이더니!"

웃음기를 잔뜩 머금은 성현의 목소리가 귓가에 맺히자 영희도 활짝 웃으며 등을 껴안았다.

"사랑해."

영희의 귓가에 달콤한 숨을 불어넣으며 성현이 속삭였다.

"나도 사랑해."

"……!"

성현이 갑자기 영희를 확 떼어내더니 정색을 하자 영희가 놀란 눈을 했다.

"왜, 왜 그래? 내가 뭐 잘못 말했어?"

영희가 얼굴을 무섭게 굳히고 있는 성현에게 말했다.

"하하…… 하하하하!"

그 딱딱한 얼굴이 확 풀리더니 아이 같은 얼굴로 웃음을 터뜨렸다. 너무나 기쁜 듯이 한참을 웃고 있자 영희가 어리둥절한 표정으로 바라봤다. 성현이 영희를 다시 숨이 막힐 정도로 꽉 껴안았다.

"……처음이야. 선배가 사랑한다고 한 거."

"내가 그랬……나?"

"그랬어. 좋아한다는 말은 종종 했지만."

그러고 보니 사랑한다고 확실히 말했던 기억이 없긴 했다. 시도는 해본 적이 있지만 결국 입 밖으로는 꺼내지 못하고 좋아한다는 말만 겨우 했었다.

"조, 조금 부끄러워서 그랬나 봐."

"알아. 그래도 들으니까 너무 좋다."

성현이 몸을 살짝 떼고 영희의 손을 제 가슴에 갖다 댔다. 쿵쾅거리는 성현의 심장 소리가 손끝으로 느껴졌다.

"봐봐. 이렇게 좋아. 느껴지지?"

영희가 제 손을 바라보며 고개를 끄덕였다. 활짝 웃는 성현을 보니 괜스레 가슴이 뜨끔하고 미안해졌다.

"⋯⋯앞으론 자주 해줄게."

이렇게 좋아할 줄 알았으면 진작 해줄 것을⋯⋯. 물기 어린 목소리를 들키지 않으려 코가 맹맹한 척 일부러 훌쩍거리며 말했다.

"무리하지 않아도 돼. 너무 자주 하면 심장에 안 좋아. 봐봐, 이렇게 된다니까?"

성현이 영희 손을 다시 제 가슴에 처억 대고는 말했다.

"그리고⋯⋯."

성현이 잡고 있던 영희 손을 천천히 아래로 내리더니 벨트 아래에 갖다 댔다. 손바닥에 느껴지는 묵직한 촉감에 영희가 흠칫 놀라 바라보니 입술 끝을 느른하게 올리며 그가 속삭였다.

"여기에도 안 좋은 것 같아. 그 말 하자마자 이렇게 돼서 미치겠어. 어쩌지?"

"어, 어떡하긴 뭘 어떡해. 빨리 운전해서⋯⋯."

영희가 말을 끊더니 흠, 흠 하며 목소리를 골랐다.

"⋯⋯아무도 없는 곳으로 가야지."

성현이 위험한 눈빛으로 씨익 웃더니 영희의 손을 풀어주고 시동을 걸었다.

"그거 좋은 방법이군."

말이 끝나자마자 차를 출발시킨 성현은 속도위반 따위는 무섭지 않다는 듯 호기로운 손놀림으로 속도를 올려댔다. 영희는 창밖을 바라보며 쿵쾅거리는 심장을 진정시키다가 문득 룸미러로 성현과 눈이 마주쳤다.

누가 먼저랄 것도 없이 푸흣, 하고 웃음을 터뜨리고는 성현이 한쪽 손으로 영희의 손을 잡았다. 따뜻한 온기가 손등에서부터 전신으로 퍼져나갔다. 성현의 어깨에 슬쩍 머리를 기댄 영희가 연습하듯 속으로 속삭였다.

'사랑해⋯⋯. 사랑해.'

"나도."

성현이 불쑥 대답하자 영희가 깜짝 놀라서 기대고 있던 고개를 들었다.

"어? 뭐라고?"

성현은 눈을 둥그렇게 뜨고 자신을 보고 있는 영희를 보며 말했다.

"뭐가? 나 아무 말도 안 했는데?"

"그래⋯⋯? 내가 잘못 들었나? 전에도 이랬던 것 같은데⋯⋯?"

영희가 갸웃거리며 눈을 끔벅거리다가 포기한 듯 그의 어깨에 다시 기댔다. 성현은 웃음이 나오려는 것을 겨우 참아 넘겼다. 영희는 자신이 혼잣말처럼 입 밖으로 중얼거렸다는 사실을 깨닫지 못하는 모양이었다.

도착하기 전까지 그들의 손가락은 서로를 내내 꼼질거리며 간질이고 있었다.

6개월 후.

"영희야. 축하해!"

슬비가 신부 대기실로 들어오며 활짝 웃었다.

"으, 응. 왔어?"

하얀 웨딩드레스를 입은 영희가 뻣뻣하게 굳은 얼굴로 인사했다. 슬비가 영희 등을 툭툭 쳤다.

"안 어울리게 왜 이렇게 긴장했어?"

"명색이 결혼식인데 어떻게 긴장이 안 되냐? 아야야, 배도 살살 아프고⋯⋯."

미간을 찌푸린 영희가 청심환을 집어 삼켰다.

"이렇게 긴장하는 거 보니까 확실히 김영희도 여자구나. 넌 결혼식에도 긴장은 하나도 안 하고 국밥 먹듯 후루룩 끝내버릴 줄 알았는데."

"넌 무슨 친구 결혼식을 국밥에 비교하냐?"

영희가 인상을 찌푸리자 슬비가 눈을 흘기며 말했다.

"밖에 화환 보니까 장난 아니던데, 너 왜 너네 신랑 집에 대해선 얘기 안 한 거야?"

"아, 말도 마. 나도 결혼 준비하면서 깜짝 놀랐어. 성현이가 말을 안 해주는데 내가 어떻게 알았겠어."

피곤한 얼굴을 설레설레 저으며 영희가 말했다. 집안 차이가 이렇게 날 줄 알았으면 진심으로 결혼을 다시 생각해보려고 했다. 그런데 성현이 그걸 예상한 건지 정신없이 결혼식 날까지 몰아붙여서 어찌어찌 끌려와 버렸다. 다행히 시부모님들은 좋으신 분들이라 깊게 생각하지 않기로 했다.

그 때 대기실로 키 큰 남자가 쑥 들어왔다.

"축하드립니다."

최도욱이었다. 영희가 슬비와 도욱을 번갈아보더니 말했다.

"아, 감사합니다. 슬비와 같이 오신 거예요?"

"네."

도욱은 태연하게 대답했지만 슬비는 옆에서 표정이 안 좋았다. 영희는 뭔가 둘 사이의 복잡한 내막이 있는 것 같아 깊게 물어보진 않기로 했다.

잠시 영희를 내려다보던 도욱이 말했다.

"이강운 씨도 축하한다고 전해달라고 했습니다. 스케줄 때문에 같이 오진 못했지만."

"아아. 그래요? 이강운 씨랑 친하신가 봐요. 고맙다고 전해주세요."

영희가 생긋 웃으며 말했다.

"그러죠. 그런데 개인적으로 궁금한 것이 있는데……."

도욱의 말에 옆에 있던 슬비가 흠칫 놀랐다.

"그, 그만 나갈게! 영희야! 이따 식장에서 보자!!"

잼싸게 외친 슬비가 도욱을 끌고 급히 대기실 밖으로 나갔다. 영희가 영문을 모를 표정으로 갸웃거리고 있는데 이번엔 듣보맨 식구들이 들이닥쳤다.

"결혼 축하해. 김 피디!"

"축하해! 영희야!!"

밀려들어오는 축하인사에 영희가 부끄러운 듯 웃었다.

"결혼식 안 한다더니, 이쁘기만 하구만 왜 안 한다고 한 거야?"

영희의 웨딩드레스차림을 훑어보던 준한이 말했다.

"하핫. 신부화장이 요즘 분장 수준이라 그래요. 옆에 분장 없어도 아름다운 분이 계시니 대장도 결혼식 하지 그래요?"

영희가 채인을 보며 준한을 쿡쿡 찔렀다.

"아, 난 안 한다니까."

준한이 진저리 치듯 말하는 사이 성현이 안으로 쑥 들어왔다. 말쑥한 턱시도 차림의 성현을 본 유진을 포함한 여자들이 호들갑을 떨었다.

"이야, 성현 씨 턱시도빨 죽인다! 역시 간지피디는 다르네!"

"뭘요. 와 주셔서 감사 합니다."

성현이 싱긋 웃으며 대답했지만 그의 눈은 들어올 때부터 영희에게 향해 있었다.

"시선 봐라, 시선 봐. 결혼식 날까지 저렇게 그윽하게 아이컨택해야 돼? 에잉, 여기 더 못 있겠다! 나가자! 이따 식장에서만 보면 되지 뭐!"

못 참겠다는 듯 버럭거리며 사람들이 우루루 나가는데도 성현은 아랑곳하지 않았다. 태연한 얼굴로 배웅하고 돌아온 성현이 천천히 영희에게 다가왔다.

"진짜 간지피디라 다른가 봐. 너무 멋진 거 아냐? 신랑이 지나치게 멋지면 곤란한데 말이지."

영희가 투덜거리자 성현이 쿡쿡 웃으며 영희의 볼을 매만졌다.

"당신이 훨씬 예뻐. 나 아까부터 눈도 못 떼고 있는 거 안 보여?"

"……그, 그래?"

성현의 말에 기분이 좋아진 영희가 씨익 웃었다.

"그럼. 다른 사람들한테 보이기 싫어서 데리고 도망치고 싶을 만큼."

거짓말이라도 왠지 자신감이 생기는 말이라 영희가 그제야 활짝 웃었다.

"긴장되지 않아?"

성현이 영희의 옆에 앉으며 물었다.

"많이! 그래서 청심환도 먹었어. 심장이 왜 이렇게 떨려? 죽겠어, 아주."

"걱정 마. 내가 계속 같이 있을 건데 무슨 걱정이야?"

영희를 향해 그가 부드럽게 미소 지었다. 그 미소를 보니 긴장이 좀 풀리는 것 같았다. 정말 마법 같은 존재가 아닐 수 없다.

"그러고 보니 그러네? 긴장할 필요 없겠어."

생긋 웃는 영희의 입술에 성현이 살짝 입을 맞췄다.

"사람들 왔다 갔다 하는데 이런 데서……."

부끄러운 얼굴로 사방을 살피던 영희의 손을 잡고 그가 나지막하게 말했다.

"조금 전에 장인어른께서 신랑 대기실에 찾아오셨어."

성현의 말에 영희가 깜짝 놀랐다.

상견례 때 만난 것 외에는 따로 아버지를 만나지 않았다. 새엄마도 남동생도 결혼한답시고 살갑게 대하기에는 너무나 먼 존재였다. 아버지도 그랬다. 성현을 소개받고 별다른 말씀이 없으신 것은 딱히 마음에 들고 안 들고의 문제가 아니라 무관심해서였을 것이다.

"신랑 대기실에 찾아오셔서 그러시더라. 전에는 제대로 얘기도 못 했는데, 당신 정말 좋은 아이니 잘 부탁한다고……. 아비 노릇 제대로 못 해줘서 이런 말 할 면은 안 서지만 그래도 자기 대신 꼭 좀 잘해달라고 몇 번이나 말씀하셨어."

잠시 성현이 잡고 있는 손을 바라보던 영희가 가만히 끄덕거렸다.

"……그랬구나."

"그래서 걱정 마시라고 전해드렸지. 당신 좋은 여자인 거 누구보다 내가 잘 아니까 걱정하실 것 없다고."

성현이 싱긋 웃었다.

"고마워."

영희도 마주 웃으며 대답했다. 아직은 모든 걸 이해할 수 없지만 언젠가 조금 더 아버지를 이해할 수 있을지도 모른다. 언젠가는…….

"신랑 신부님. 이제 나오셔야 돼요."

"아, 네!"

웨딩홀 직원이 급히 들어와서 말하자 둘이 의자에서 일어섰다.

"긴장은 좀 나아졌어?"

"응. 얘기하는 동안 많이 나아졌어."

성현이 싱긋 웃으며 손을 내밀었다. 영희가 손을 뻗어 잡았다. 스멀 거리며 다시 올라오던 긴장이 그의 손을 잡으니 거짓말같이 사라져 버렸다.

"자, 어서 갑시다. 빨리 당신이 내 여자라는 걸 밝히고 그 드레스 벗겨버리고 싶으니까. 나만 보게."

진심인 듯 성현이 재촉하며 손을 잡아끌자 영희가 까르르 웃음을 터뜨리며 그의 손에 이끌려 빠르게 걸어갔다. 웨딩드레스가 끌리지 않도록 잡고 있던 직원들이 황급히 걸음을 빨리했다. 달리듯 걸어 나가는 영희의 하얀 드레스가 커다란 꽃잎처럼 하늘하늘 춤추듯 휘날렸다. 마치 하얀 물결처럼.

— *The End*

작가 후기

벌써 세 번째 책이라니.

스스로도 몹시 놀라고 있는 중인 바나이옵니다.

영희와 성현이와 함께한 시간 동안 힘들었지만 많이 즐거웠습니다. 개인적으로는 아무것도 모르고 글 쓸 때보다 점차 정체성을 찾아간다고 느꼈던 소중한 시기이기도 하네요.

영희처럼 열심히 하고 싶다라고 생각하고 성현 같은 놈에게 사랑받으면 좋겠다, 라는 흐뭇한 상상을 하며 즐겁게 작업했습니다. 방송가 이야기를 쓰기 위해 공부를 나름대로 많이 했지만 충분히 살리지 못해 아쉬운 마음도 있어요. 그래서 시리즈 3연작을 구상 중인데……. 이 책에도 등장하는 인물들이니 누군지 맞춰보시면 재밌……지 않다고요? 죄, 죄송합니다.

매번 책이 나올 때마다 고생하시는 뿔 미디어 식구들, 특히 시혁 씨에게 감사 인사를 드리고 싶네요.

부족한 글이지만 즐겁게 봐주셨다면 기쁘겠어요. 그럼 다음 피디 시리즈를 기대해주시길!

—바나 올림.

지금부터 방송불가!

1판 1쇄 찍음 2013년 6월 26일
1판 1쇄 펴냄 2013년 7월 2일

지은이 | 바 나
펴낸이 | 정 필
펴낸곳 | 도서출판 뿔미디어

편집장 | 이재권
기획·편집 | 정시연
편집디자인 | 이진선
관리, 영업 | 김기환, 임순옥

출판등록 | 2002년 9월 11일 (제1081-1-132호)
주소 | 부천시 원미구 상3동 533-3 아트프라자 503호 (우)420-861
전화 | 032)651-6513 / 팩스 032)651-6094
E-mail | scarlets2012@hanmail.net
카페 | http://cafe.daum.net/scarletR

값 9,000원

ISBN 978-89-6775-367-2 03810

Scarlet

스칼렛

Scarlet

스카렛